文化名家暨「四个一批」人才自主选题资助项目

梁国典 著

南来的挑战

——梁国典文集

中华书局

图书在版编目（CIP）数据

南来的挑战:梁国典文集/梁国典著. —北京:中华书局,2017.6
ISBN 978-7-101-12518-4

Ⅰ.南…　Ⅱ.梁…　Ⅲ.新闻-作品集-中国-当代　Ⅳ.I253

中国版本图书馆 CIP 数据核字(2017)第 059522 号

书　　名	南来的挑战——梁国典文集
著　　者	梁国典
责任编辑	高　天
出版发行	中华书局
	（北京市丰台区太平桥西里 38 号　100073）
	http://www.zhbc.com.cn
	E-mail:zhbc@ zhbc.com.cn
印　　刷	北京瑞古冠中印刷厂
版　　次	2017 年 6 月北京第 1 版
	2017 年 6 月北京第 1 次印刷
规　　格	开本/710×1000 毫米　1/16
	印张 22½　插页 2　字数 392 千字
印　　数	1-2000 册
国际书号	ISBN 978-7-101-12518-4
定　　价	88.00 元

目 录

上篇 通讯

下篇 论文

上篇　通讯

二百元钱的分量

　　普通的二百元钱，谈不上有多大分量。可禹城县善集公社王庄大队王炳义、赵玉英夫妇捐给公社办水利的二百元钱，却是相当有分量的。

　　话要从头说起。王庄大队以前是善集公社有名的穷队，王炳义家是队里数得着的穷户。丈夫在外干临时工，妻子在家带着两个孩子，日子过得紧巴巴的。这几年，实行了生产责任制，穷日子渐渐熬出了头。这不，头几天刚卖了一次棉花，就收入了三百多元。怎么花这笔钱呢？

　　丈夫想，家境好了，国家的支援不能忘，先得拿出一百元来，把国家的贷款还上。剩下的钱，买架缝纫机，再给玉英和孩子添件新衣服。这几年，家里家外多亏玉英操持，真辛苦她了。

　　妻子也有自己的打算。她想起了今年夏季大旱时的情景：为给责任田的棉花、玉米浇上水，夫妻俩白天黑夜，东跑西颠，又是借机器，又是买柴油，又是等水源，那个忙碌劲就甭提了。现在农活中最愁人的，莫过于浇水这桩事了。眼下，国家的底子还薄，该办的事又那么多，咱们何不拿出点钱来，用在办水利上？

　　夫妻俩把各自的想法一说，都不觉相视而笑。当下商定：缝纫机暂缓购买，新衣服以后再添，这三百多元钱，一百元还贷款，那二百元捐给公社搞水利建设。

　　第二天一大早，王炳义就把这二百元钱送到了公社，并说明了他跟爱人的想法。

　　接到王炳义夫妇的捐款，公社党委书记杨吉庆感到这二百元钱沉甸甸的。一对家境刚有好转的普通农民夫妇，辛辛苦苦一年，丰收后首先想到的不是自己的小家，而是国家这个大家；不是想自己的吃、穿、用，而是想到发展集体生产。这是多么可贵的精神啊！同时，杨吉庆也敏锐地从二百元钱中，看到了群众要求搞水利建设的迫切愿望。他想：这是群众对我们提意见啊！

　　这一天，杨吉庆亲自来到了王炳义家，赞扬他们爱国家、爱集体的行动，代表公社党委向他们表示感谢，并详细询问了他们对水利建设的想法和要求。接着，杨吉庆又走访了全社的一些富裕户、一般户和困难户，以及劳力多的户和劳力少的户,广泛听取了大家对水利建设的意见。在走访调查的基础上,杨吉庆召开了公社党委会议。在会上,大家围绕水利建设问题开展了讨论,很快统一了思想,并对下一步的水利建设提出了新的设想。为解决灌溉条件较差的公社西南部十六个大队的用水问题,决定兴修三条引黄水渠。其中一条直通王炳义家所在的王庄大队。现在,公社已着手测量,并做规划和集资等筹备工作。一旦准备就绪,就马上动工。今冬完工,明春即可受益。

这事一传开,人们对王炳义夫妇爱国家、爱集体的行动非常钦佩,也纷纷赞誉公社领导体察民意,急群众之所需的良好工作作风。

（《大众日报》1983 年 10 月 31 日,作品获山东省好新闻二等奖）

热闹的农机公司

"这些天,县农机公司简直被买机器的挤破了门!"我们刚到平原县,就听到这样一个消息。

耳听是虚,眼见为实。到那里一看,果然不错。还未到农机公司的大门,就见一辆辆拖拉机,拉着柴油机、水泵、切脱机、收割机的小驴车、地排车迎面而来,令人目不暇接。来到农机公司大院,就更热闹了。人多得虽不至于挤破门,但确有点逢集的味道。人们当中,有的在围着机器摸摸这,看看那;有的在打听机器的价钱或听技术人员介绍机器的性能;还有的正把买好的机器往车上搬……院内马达轰鸣,欢声笑语不断。在一部崭新、漂亮的 12 马力拖拉机面前,一个 30 岁左右的年轻人正在往机上油箱里灌柴油,准备发动机器。我们凑上前去,跟他攀谈起来。他叫田丰平,家住城关镇闫庄大队。这几年,他靠赶小驴车搞运输发了财。前一阶段,他对自己走的是不是正路还犯过嘀咕,可今年中央一号文件下达后,他心里踏实了,决心来他个"鸟枪换炮",放手大干。我们说:"这部拖拉机全武装起来要 5000 多元钱,你可真舍得下本钱哪!"他笑着说:"有党的富民政策撑腰,用不了几年,这些钱就会赚回来。"说完,爽朗地笑起来。在另一边,两辆小驴车上已抬上了两部收割机。我们问站在车前的主人:"麦苗还没返青,怎么就买起收割机来了?"主人说:"好不容易碰上了,还能不买!"接着,他主动向我们介绍说,他是王庙公社张老虎大队的,现正承包着集体的拖拉机和其他机械。他准备逐步把机器配齐了,成为一个名副其实的农机服务专业户。"嘿,真有气魄!"我们不禁齐声赞叹。

在场的农机公司的负责同志高兴地对我们说:"农机公司大院从来没这样热闹过,像这样购买农机的势头更是前所未有。"他指指一部部崭新的水泵说:"这些货是中午刚运到的,才两个多小时,就销售了 15 部。"他还告诉我们,仅中央一号文件下达后的一个多月时间,公司的总销售额就达 100 万元之多。现在,每天的销售额都保持在 3 万元以上。拖拉机、柴油机、水泵的销售量比去年同期成倍增长,而像切脱机、收割机这些去年这个时候还没人问津的机器,现已售出大批。最后,这位负责同志兴奋地说:"照这个势头发展下去,用不了多少年,平原县农业机械的数量就可观了!"听着这充满信心的预言,我们心里也美滋滋的。

(《大众日报》1984 年 3 月 23 日)

闪光的足迹

——记庆云县优秀教师刘开林

哦,他就是刘开林。

48 岁年纪,个子不高,身体微胖,布满皱纹的脸显得有些憔悴。但他那刚毅的嘴角和一双炯炯有神的眼睛,却使人感到一种力量。

他,以前是小学、初中教师,现在是庆云县教育局语文教研室教研员,一个仅有三年多党龄的共产党员。

但一提起他,人们都肃然起敬。

"写一写他吧!用什么词来形容都不算过分。"人们这样向我们提出要求。

我们要写他,用不着任何夸张和修饰的语言,只要能把他在庆云县忘我工作近二十年所留下的闪光的足迹,勾勒出一个大概,就已很动人了。

郭家楼,难忘的两年

1968 年,一个秋风萧瑟的早晨,刘开林带着简易的行李卷,坐着一辆破牛车,从县城的家中来到了郭家楼。

在这以前,他的经历是这样的:1954 年,他以回民的身份,从老家天津考上了北京回民学院俄语专业。学习四年毕业后,曾到河北省孟村回族自治县孟村中学和杨石桥小学任教。当那场"史无前例"的运动来到后,有着小业主家庭出身、又学过俄语的刘开林,不可避免地成了被冲击的对象。他被剥夺了教学的权利,回到县城家中当起了"保姆"。这是 1968 年初的事了。

忽然有一天,小郑公社郭家楼村党支书尚荣刚来到了刘开林家。"刘老师,到我们那里去吧,乡亲们都知道你的情况,想请你教俺村的娃娃们认几个字,识几个数……"听到这话,刘开林非常感激和高兴,第二天就来到了郭家楼。

刘开林开始授课了。教室,是村里仅有的三间公房;桌凳,是用土坯垒成的。三十几个学生,小的五六岁,大的十四五岁。有的一个字不识,有的断断续续念过几年书。程度很不一致,没法分年级,刘开林就把他们分为几个组,讲了这个组再讲那个组。

乡亲们当初寄希望于刘开林的,是想让孩子们能跟他学会打算盘、记账和写几个毛笔字。而这几项正是刘开林所生疏的。怎么办?学!现学现"卖"。他买来了算盘、账本和笔墨纸张,一有空就练习。每天晚上他批改完作业后,要到三里地外的李云曲村向一位老先生学珠算和记账。这样,经过一年多功夫,到第二年冬天,村里两个生产队的年终决算账目,竟全由十个年龄较大的学生分两组完成了。

在郭家楼,刘开林和乡亲们处得就像一家人。哪家有几口人,家庭情况怎样,刘开林都知道得一清二楚。哪家遇到什么困难,刘开林总是尽其所有,竭力相助。村里的乡亲们也从不把刘开林当外人。家里人吵嘴拌仗,常常拉着去找刘老师评理;哪家有了红白喜事,刘开林常常是当然的主持人。

1970年冬,小郑公社要筹办联中,决定把刘开林调去教书。对这个决定,刘开林不同意,村干部不服从,乡亲们不答应。后来是公社党委书记亲自做了两天思想工作,才把人们说通了。

离别的那天,乡亲们眼含热泪,送出村外,依依惜别。此情此景,使刘开林觉得有一股热浪在冲击着自己的全身:这场面简直比国王的加冕、将军的受勋还要辉煌、壮丽。乡亲们无言的行动,就是对我、对我所献身的事业的至高无上的褒奖。他暗暗对自己说:多好的乡亲啊!为了他们,自己别说是工作上苦点、累点,就是献出生命,也应在所不惜。

一切为了孩子

"一切为了孩子。为了孩子,也就是为了事业为了未来。"这是优秀教师斯霞的话,也是刘开林的座右铭。

在小郑联中,刘开林度过了近十一个春秋。在这十一年的日日夜夜里,刘开林将其全部心血都倾注到了孩子们的学习和成长上。

在开始的几年,刘开林担任一个班的班主任和两个班、一百四十名学生的数学课。"四人帮"被粉碎后,他被指定抓全校的教学工作。他同时担任毕业班的班主任和教语文、化学两门课,还兼任全社语文教研组组长。他像一架不知疲倦的机器,整天不停地运转。

刘开林对待教学工作,就像他的为人,踏踏实实,一步一个脚印。他从事教学工作多年,经验丰富,有的教材已经很熟了。但他在每个学期开始,都要制订出详尽的教学计划。每上一节课前,都要进行认真的备课。

刘开林做学生的思想政治工作,更是左右闻名。他收服"三虎一豹"的事,至今还传为佳话。

"三虎一豹",是学校里四个调皮男生的"雅号"。四人当中,闹得最凶的要数张银清。他不但上课时不遵守课堂纪律,而且课后曾四次率领村里的"娃娃军",用弹弓把附近磷肥厂的门窗玻璃打得一块不剩,还用砖头砸过过往的客运汽车。好多老师主张让他退学,而刘开林却将他收进了自己的班。

刘开林先摸清了张银清的家庭情况,然后又多次找张银清谈心。但每次谈心,张银清总是把头歪到一边,不理不睬。对此,刘开林没有半点急躁和灰心,而是把张"粘"得更紧了。上课时,张思想不集中,刘开林就稍停一停讲课,用目光注视他一下;自习时,刘开林有意在张身边多转转。放学后,他又把张银清留下,一一询问课堂上讲过的内容。当张回答不出时,刘开林一句也不批评,只是和颜悦色地从头讲起。时间长了,他们之间建立了感情。张银清下决心要做一个好学生,要对得起刘老师对他的一片真心。

为了使张银清把荒废的学业补上,假期中,刘开林自己留在学校,又让张银清给学校放羊。他每天早上给张补一课,布置好作业,让张银清在外面一边放羊一边完成作业。傍晚回来,再给批改。这样,一个假期过去了,学校的羊长得又肥又壮,张银清的学习也赶上来了。

就这样,张银清变了,"三虎一豹"都变了。他们四人中,有二人考上了县一中,另外二人也升上了高中。而张银清还在学校里加入了共青团。

刘开林的辛勤耕耘,获得了丰硕成果。在恢复考试制度以后的几年里,他所在的小郑联中,初中升高中的学生比例,在全县一直名列前茅。虽然刘开林在学校的工作总结中从来不提自己的名字,但他的名字却深深印在了广大学生和学生家长的脑海里。每年,刘开林都要收到许多学生家长和他们所在村党支部送来的奖状和感谢信。从1976年以后,刘开林连续被评为县、社的先进工作者和优秀教师。1980年被评为德州地区模范班主任,当选为县人大代表。1979年12月25日,刘开林光荣地加入了中国共产党。

死,并不可怕,怕的是碌碌无为地死去

"癌症?!"刘开林简直不相信自己的耳朵。他从病床上支撑起身子,倾听着门外走廊上教育局负责同志和医院外科主任的谈话。

刘开林被震惊了,但他还是不相信这是事实。怎么可能呢?虽然在一个多月前,1981 年 9 月,他就感到睾丸有些不适……是他的妻子催他做了检查。检查后,医生让他住院,他还以为是小题大作。执拗的刘开林没有犟过医生,还是住院动了手术。虽然手术后伤口发了炎,久久没有愈合,但他在手术后第三天就开始备课了。

事实是严酷的,刘开林终于勇敢地正视了这种疾病。他暗自下定决心:从今以后不再悲伤,要和病魔作最顽强的斗争,只要一息尚存,就要为党多做工作。

春节将近,第一个疗程结束了,刘开林回到庆云。他回家后不几天,就骑自行车到了小郑联中。他在那里听了两天课,又用五天时间写完了全校的年终总结。

春节后,刘开林又到医院接受治疗。这期间,医生发现在他的伤口附近,有一肿块。于是,决定动第二次手术。手术后的第七天,医生向他报喜:手术摘除的肿瘤是良性的。这说明,癌细胞暂时还没有扩散。

6 月中旬,刘开林给县教育局写信,要求为他安排工作,最好还是让他回到原来的工作岗位。7 月初,刘开林从医院回来,撕掉了医院给开的病休一年的假条,再次向组织要求工作。县教育局经过多次研究,决定让他到教育局教研室工作。决定做出的第二天,7 月 15 日,刘开林就开始上班了。

从医院回来时,刘开林带回了两大麻袋中草药。他每天要服用一次。这种药副作用很大,吃下后,头晕恶心,想呕吐。这些,他极力不让别人知道,每天像正常人一样按时上下班。他负责全县中学语文教师的教学辅导工作。为了讲好课,他参考了几十种著作和刊物,写下了十本教学笔记。在给教师们授课的日子里,他每天一讲就是一个上午,每次课讲下来都像经过了一场大战。

为检查辅导和集体备课的效果,刘开林不顾同志们的劝阻,坚持到各公社巡回检查。他骑着自行车先后跑了八个公社,每个公社一星期,早晨 7 点出发,下午 6 点往回赶。每到一地,他都把活动安排得满满的。听课,检查教案和学生作业,开座谈会……像这样紧张、繁忙的工作,就是健康人也难以应付,而他——一个身患癌症的人,却硬是坚持下来了。

即使这样,刘开林还嫌做得不够多。当听说县直单位要为青年职工办文化补习班时,他又毛遂自荐了:"我没有别的本事,只有这点文化知识,就把它全部献给青年吧!"先是在民政局,讲了一个月;后是在药材公司,又讲一个月。在这期间,刘开林为八十多名青年补习了语文、数学、化学。这全是利用晚上时间,不要分文报酬。

　　本来规定每晚从 7 点讲到 9 点,但由于青年们文化基础较差,有些东西要从头慢慢讲起,所以经常要讲到 11 点钟。他的身体虽然有些吃不消,但当他看到青年们一双双渴求知识的眼睛,想到祖国的"四化"大业就要靠他们去实现,什么疲劳、痛苦和那死神的影子,就都被抛到九霄云外去了。

　　(《大众日报》1984 年 6 月 14 日,作品获山东省好新闻二等奖)

留在沂蒙大地的记忆

5 月的沂蒙,风光绮丽,《大众日报》报史座谈会在这里召开。座谈会期间,三十多位老同志,如同游子回到母亲的怀抱,一直处在兴奋和激动之中。他们在这片土地上流连、寻觅。这里的一山一水都凝刻着他们的记忆,一草一木,都维系着他们的情思,这里有他们青春岁月的事业、友谊和爱情……

这就是编第一张报的地方

经过三个多小时旅途的颠簸,老报人们风尘仆仆地来到了《大众日报》的诞生地——沂水县王庄。

哦,来了! 他就是匡老(亚明)当年的房东? 不,是房东的儿子。房东已经作古,儿子也成了年逾古稀的老人。四十多年的岁月啊!

但岁月抹不掉心灵深处的记忆。像当年一样手挽着手,肩并着肩,匡老在房东引领下来到了报社当时的编辑部。

这就是编辑部吗? 四间低矮的草苫房,狭小破旧的门窗,几个人在门口一站,屋内就一片昏暗……

"对,就是这里,这就是编第一张《大众日报》的地方!"匡老深情地打量着屋内屋外的一切,脸上浮现出缅怀往事的神情,"那时屋内没有隔墙,两张方桌、几条板凳往中间一放,就几乎是编辑部的所有家当了。当时报纸上的许多文章,就是我们在这里编写的。"

报纸创刊初期的条件是艰苦的。当时报社只有十几位同志,刘导生同志任社长。编辑部除总编辑匡亚明同志外,只有四个同志分管着四个版的编辑业务,而且大都没有办报经验。至于印刷、发行等工作更是从头学起。

生活也是清苦的。每人每天只有五分钱的菜金,吃的是老乡凑集起来的高粱煎饼。铺盖的是一床三斤多重的粗布棉被,穿的是自己仅有的一身衣服。

"当时条件虽然艰苦,但我们都很乐观。"匡老继续回忆道,"我记得那时屋内的墙壁上写了许多标语:'坚持统一战线!''抗战一定要胜利!'等等。当时大家都清楚,自己投身的是民族解放事业,从事的是党的宣传工作,因此,工作再累,生活再苦,也没有一个抱怨的,关键是有理想啊!"

革命友谊　地久天长

烈士陵园,坐落在临沂城西郊。5月5日上午,老报人们拜谒了安息在这里的先烈们。

在革命史纪念馆,老同志们流连忘返。深深地凝视,低声地交谈……

忽然,马楠同志在1941年反"扫荡"的展览前止步了。她拉着身旁的李后同志说:"还记得大青山突围吗?"

怎么会不记得呢?

1941年深秋,日寇集五万兵力向我沂蒙山区抗日根据地进行了又一次大扫荡。这次扫荡,是日寇最猖獗的一次,也是我根据地军民受损失最惨重的一次。

战斗在拂晓前打响,一开始就进入白热化状态。战斗中,马楠同志左臂受伤。此时,她身边只有李后同志。

紧张激烈的战斗加上失血过多,使马楠同志有些支持不住了。四周的枪炮声响个不停,敌人越来越近。

"不要管我了,你自己突围吧!"马楠同志忍着伤痛,要挣脱搀扶着自己的李后同志。"不!要走咱们一起走!趁着天还没大亮,兴许能冲出去。"

熹微的晨光下,两个战士在乱石和荆棘丛中艰难地行进着。像兄妹一样,互相鼓励,互相安慰。当太阳悬挂中天的时候,零乱的枪声已远远落在他们身后了。

"在当年那么艰苦恶劣的环境下,我们能坚持下来,上下级之间、同志之间亲密无间的关系和深厚的阶级情谊,是起了重要作用的。在今天,我们也同样需要团结互助,需要'扶一把'的精神。"马楠同志说着,仿佛还沉浸在对往事的回忆之中。

四十年后送喜糖

车在莒南县东良店刚一停下,沙洪、姚明夫妇就急着去寻当年他们的新房。

当年的新房如今只剩下半截颓败的土墙。

"还记得我们的婚礼吗?"霜染双鬓的姚明问现在的房东,当年的儿童团员。

"记得,我们还趴在门缝上看新娘呢。"房东憨厚地笑着。

仿佛就在昨天。门前识字班姐妹们热烈、欢快的秧歌;屋内同志们善意、亲切的戏谑;匡社长庄重、诚挚的祝愿;新郎、新娘洋溢着幸福微笑的脸庞……

爱情诚可贵,事业价更高。婚后的第五天,新郎、新娘就各奔西东——妻子到临沂城郊去发动民众支前,丈夫奔赴滨海地区采访。

"这是我们的喜糖!"姚明同志把两包糖果塞到房东的手中,似乎还带点儿当年新娘的羞涩。四十年的心愿,今天如愿以偿!

来,再在这里留个影!愿我们永远记住匡老的祝愿:白头偕老,青春永葆。愿我们永远记住往日的时光。

最难忘是南高庄

还有什么比这更激动人心的呢?

当车子沿着蜿蜒的山路爬到坡顶的时候,远远就看到早已等候在村口的全村老老少少。

"啊,冠西! 还是那么年轻!"

"这不是马楠吗? 还是那样!"

"呀,陈冰! 刘芬! 你们的小冰早就当妈妈了吧?"

"李后!""吴健!""辛冠洁!""孔真!""朱民!"……声声情真意切的呼唤,在南高庄小学院内,在槐花飘香的树下回荡。

拥抱,紧紧地拥抱,千言万语,都由这无声的行动表达;热泪,只有热泪,才能把内心的感情抒发。

"玉梅,还记得咱们当年扭秧歌的情景吗?"姚明含泪整理着李玉梅大娘的衣领问。

"记得! 记得! 俺现在还能扭呢。四十年了,可把俺想死了。"这位当年的识字班长边说边撩起衣襟擦着脸上的泪花。

"小李! 现在也成老李了! 当年和我一个床睡觉的时候还尿铺呢!"于光同志拉着当年的公务员李守全的手,仔细地打量着。

"大报在咱庄只住了两年多就走了,可让乡亲们挂念哪!"

"我们这些人走到哪里,也忘不了南高庄的乡亲们!"

放在桌上的茶水凉了又换,摆在那里的板凳,也被人们遗忘。大家就这样站着,谈着。"大报"的人和乡亲们真有说不完的知心话哪!

时间是那样地守信和无情啊。在探望过各自的房东和合影留念后,离别的时刻不知不觉来到了。

重逢不易别更难！敢情又回到了四十年前送别的场面？紧紧地拉着手，紧紧地拥抱，互相再好好看一眼，"再回来！""别忘了常给我写信。"就像母亲对乍出门孩子的叮咛。

识字班的媳妇、姑娘们，不，现在已是她们的女儿或孙女，托着盘子穿花蝴蝶般地在人群中钻来钻去，往每个人的口袋里塞着花生。

"好，好，我要带的，我要带的。"老社长陈沂同志声音颤抖着，他张开口袋，好让姑娘们给装得满满的。这哪是普通的几把花生，这分明是老区人民对"大报"的一片深情啊！

车子就要启动了。几位大娘扑到车窗的玻璃上，最后看一眼将要离去的亲人。她们心里一定在念叨：这一去，又要多少年……

车上的人，摇下车窗，含泪挥手，向乡亲们告别。"再见了，南高庄的乡亲们！即使走到天涯海角，我们也不会把您忘记！"

（《大众日报》1985 年 6 月 15 日）

做无愧于伟大时代的报告者

——与作家李延国一席谈

随着交谈的深入,我越来越相信自己的判断是准确的:热情、睿智、率直、坚强、豪爽……这些从他作品中得出的印象,现在由他本人一再加强。这就是他,李延国,两次全国优秀报告文学奖获得者。真的"人如其文"。

报告文学和新闻有血缘关系

我说:"我是编新闻业务刊物的,三句话不离本行,先请您谈谈报告文学和新闻的关系吧!"

他说:"谈报告文学,首先要提它的新闻性。可以说,报告文学和新闻有血缘关系……"

有了话题,他便侃侃而谈起来,犹如他的行文,滔滔直下,闪烁着智慧和思想的火花,而又富有逻辑性。

"报告文学的新闻性,首先在于真实。题材、情节、细节、人物都应是真实的,不允许虚构。新闻的真实性原则,报告文学也必须遵循。"

"今天的报告文学之所以赢得了广大的读者,主要是因为它的真实。人民厌恶虚假和矫揉造作的东西,需要的是直面人生的作品。"

"报告文学的真实性缩短了读者和作品中的人物之间的心理距离,使人感到更亲切。"

"报告文学的新闻性,还表现在它的敏锐、及时。优秀的报告文学从来都是紧紧把握住时代的脉搏,敏捷地反映现实生活中人们所关心的人和事。这种及时,不是跟形势,赶浪头,而是忠实地记录生活中新近发生的事实,向人民报告我们的时代、社会所出现的新成就、新人物、新事物、新问题。"

我知道他很忙,便赶紧接过话头,使我们的谈话很快进入第二个问题。他说:

"我在团里干过四年新闻干事,回想起来,那段工作,对我现在写报告文学很有帮助。主要是锻炼了我的政治敏感，从新闻角度观察问题和准确表达事物的能力。但仅有这些是不够的，感情的点燃，才是一个习作者真正走上文学之路的开始。报告文学创作也和其他文学创作一样——"

要以爱心去发现，去创作

"我认为，一个作家，要永远保持一颗赤子之心，一颗爱心。热爱祖国，热爱人民，热爱生活，热爱生命……"

"只有这样，才能保持一颗青春的心，一颗容易被微小、平凡事物所激动的心，才能在生活中时时有所发现，才能有灵感，有创作激情。"

"就说《在这片国土上》主题的发现吧。经过三个多月的采访，我带着三十万字的采访笔记住到潘家口水库一个部队的招待所里。一天，我登上水库岸畔的古长城，站在高高的垛楼上瞭望——不远处，就是埋葬着荒淫无耻的慈禧太后的清东陵，和清东陵相对的是民族英雄戚继光屯兵的三屯营。'三条驴腿'闹革命的穷棒子社的西铺大队又和三屯营相依，潘家口水库泄水孔奔淌的滦河水，将穿过引水隧洞和明渠，去衔接古运河——这是一片多么悠久古老的国土，仿佛昨天、今天、明天都在这里交会了！我听到了时代的呼吸和历史的回声！今天，在古长城上，华夏后裔在共产党人的带领下，以无与伦比的激情和创造精神，建设了一个举世瞩目的水利工程，这是民族精神和革命精神的延伸！这种精神像冲击波一样震撼着我，像雷雨一样洗涤着我。使我觉得，如果我的报告文学，不是站在这历史和时代的高度去写作，不能表现出这种民族精神和革命精神，那就不会成功！"

"在写作过程中，我也时时感受到那感情洪流的激荡。我不记得我的第一滴泪水洒在何处，第一次心颤是为哪一位英雄。我只知道我所描绘的'全景'已不仅是涵洞、泵站、明渠、水库等水利建筑群，而是从党的总书记到普通士兵，从总工程师到搬迁农民，组成壮阔动人的'背纤图'。"

他越谈越激动，不时地打着手势，两眼闪闪发光，仿佛在探求一个终极的目标。

报告文学，一门选择的艺术

我说："这种情态，这种心境，分明是艺术家进行创作时所特有的。而有的人却说，报告文学不是创作，只不过是一些材料的堆砌、拼凑。"

"这是无知和偏见!"他手臂一挥,断然地说:"报告文学,是一门选择的艺术,它不容许像小说那样去塑造典型,它的纪实性文体要求它只能选取典型,这包括从浩繁的材料中选取具有时代特征和反映事物本质的典型事件、典型人物、典型情节和细节。选择就是强调,就是突出。作家选取什么,舍弃什么,也就反映了作家的世界观、人生观和审美观。"

李延国是懂得这门选择艺术的。

在采写《在这片国土上》(获 1984 年全国优秀报告文学奖)的过程中,李延国查阅了大量有关文件和会议记录,其中最引他注意的,是胡耀邦同志对天津市委、市政府报告的批示。他看到胡耀邦同志的签署日期是 9 月 6 日,而天津的文件起草日期是 9 月 4 日。从这短短的两天时间里,他看到了党中央领导同志干"四化"的紧迫感和效率,它为引滦协奏曲定好了音准。于是,李延国便把它用在文章的开头,使文章具有一种现实感和时代感。

在《废墟上站起来的年青人》(获 1981 年全国优秀报告文学奖)的开头,他让主人公周大江出现在这样一个典型环境中:"火场上一片悲怆! 周大江紧紧咬住下唇,慢慢仰起带血的头! 余烬的火光闪烁在他的额角上,他像一尊棱角分明的雕像,站在火光中,对面的残墙上显露出几条旧标语:'造反有理!''彻底砸烂……'"周大江站起来了,他不仅是站在火灾造成的废墟上,而且是站在十年浩劫所造成的政治废墟、人才废墟上,他代表他们这一代人,要担起历史和时代交给的大任!

这也是一种创作,一种在规矩中施展本领的创作。

"全景"性报告文学的构想

"报告文学《在这片国土上》,描写了举世瞩目的引滦工程建设。以其宽广的生活画面、众多的人物形象、磅礴的气势、强烈的时代感和历史纵深感,获得了'全景性'报告文学的美誉。在这方面,您是否有一种有意识的追求、一种整体的构想呢?"我提最后一个问题了。

他说:"文学是时代的写照、生活的反映。在社会变革的时代,每一种艺术形式都面临着挑战,报告文学也不例外。"

"当今的世界,是一个激荡的、旋转的、飞速发展的时代。我们的国家、社会正经历着一场伟大的变革,我们的人民正在从事'四化'大业的建设。报告文学作家要做无愧于伟大时代的报告者,要充分展示人民所取得的光辉成就,表现他们的喜怒哀乐,就要站在时代和历史的高度,俯瞰全景,将笔触深入到生活的各个领域,创作一种雄浑、博大、刚健、深厚、有史诗色彩的文学。当然,这并不排斥别样风格的作品存在。"

"《在这片国土上》就是基于这样一种考虑而进行的尝试。这可以称作'国土篇',还有我的'乡土篇'——《中国农民大趋势》,已在今年《解放军文艺》5月号上以特刊形式刊出。这是描写我的家乡胶东农村在党的十一届三中全会以后所发生的天翻地覆变化的长篇报告文学,试图用形象的方法来探索、研究处在历史变革过程中的中国农民的精神面貌、家庭观念、价值观念等所发生的变化。写的是观念的'全景'。全文九章,约十四万字,出场人物有八十多个。另外还计划创作一部'领土篇',以对越前线为场景,写人的命运,写人在战争中的感受,写生与死、爱与恨、苦与乐的交锋与冲突。"

他讲完时,已到吃晚饭的时间,我便起身告辞。他热情而诙谐地说:"别走了,在这儿吃吧,我将以写新闻的速度来做这顿晚餐!"

(《青年记者》1985 年第 3 期)

名记者之路

——访田流

一次《人民日报》有位记者下乡采访，一位基层干部问她："你认识田流吗？"

"认识。怎么，你跟他很熟吗？"

"熟，又不熟。人没见过，但他的文章，我每篇必读。我们这里的许多干部，还参照他的文章抓工作呢！"

……

现在，我就坐在这位以其优秀的通讯作品蜚声全国，年已 67 岁的大记者面前，心里没有半点惶惑。从他身上，绝少看到长者的威严、名家的风度。他只是作为一个交谈者随意坐在那里，抽着烟，用和蔼的目光看着我，似乎在鼓励我说话。而我的目的是请他说……

一个偶然的机会，我干上了记者工作。既然干上了，就要干好。1948 年华北记者座谈会，是我记者生涯的真正开始

生活中充满许多偶然性，有时这偶然性也往往决定人一生的道路。

那是 1945 年，日寇投降，我奉调去东北工作，可刚走到张家口，承德失守，东北去不成了，在等待重新分配工作的时候，我遇见了老领导胡开明同志，他这时已调到《晋察冀日报》，要我也到报社工作。当时以为只是随便说说，谁知第二天中央局组织部就通知我去报社报到。这下我可懵了，说实在的，那时我连什么是新闻什么是通讯都分不清呢。

但我有一个信念，凡是组织交给的工作，就一定要千方百计、不遗余力地去干好。好在我一直喜欢文学，在保定上初中和邢台上师范时，就是有名的爱看"闲书"的人。在到报社工作以前，又做过八年地方工作，也写过工作报告之类的稿子，有这些作基础，再加上有信心，不愁干不好新闻工作。

一切都得从头学起。解放区没有大学新闻系，新闻书籍也少得可怜。要学，只有向老记者学习，向报纸学习，再就是及时总结自己写稿成败的经验教训。

但我记者生涯的真正始点,是在1948年华北记者座谈会上,听了少奇同志关于党的新闻工作的谈话以后。那时我所在的报社,已是《人民日报》了。

少奇同志的谈话,我至今记忆犹新。

"报纸是党的耳目喉舌,是党联系广大人民群众的纽带。"

"每一个党报记者都要有一个好的作风,一言一行都不要脱离群众。"

"我们无产阶级的新闻必须真实。党报记者在全部工作中,必须坚持实事求是,一切从实际出发,具体地分析具体问题。"

"记者工作是独立的艰苦的工作。"

……

听了少奇同志的谈话后,我有一种耳聪目明的感觉,下去采访,再也不像以前那样瞎摸瞎碰了。

这以后不久,我到山东临清市采访,发现那里的国营商业和合作商业为各自多购棉花,争相加价,引起棉价波动。我认为这是一个新问题,有必要向中央报告,于是,就写了《临清棉价波动透视》一稿,提出了在新的情况下,国营经济和合作经济应该如何密切合作,领导资本主义经济和个体经济的问题。引起了中央的重视,得到了中央的表扬,并以《临清事件》为题发表了新华社社论,向全国解放区提出这一问题。

任国栋——一个不肯谈自己的人,但深入采访,使我发现了许多他不肯谈的东西

记者的成名,有赖于他的有影响的报道,而任何一篇有影响的报道,都是靠深入采访作基础的。深入采访,可以发现一般人不易发现的新问题,可以避免报道的失实,可以挖掘出使文章生动多彩的细节……

要深入下去,就要有毅力,有吃苦精神,还要注意采访作风,讲究采访方法。

在我的采访生涯中,感到最费劲的,是50年代采访一位叫任国栋的县委书记。

这是一位绝口不谈自己优点和成绩的同志。正面跟他交谈,所获无几。但我没有焦急和灰心。在苦思冥索中想出了两个办法:一是向他周围的干部采访,侧面了解他的思想作风、言行举止;一是翻阅这个县两年来的县委会议记录,从他每次在县委会上的发言记录中,找他处理各项事情的依据。从这里面发现一些线索后,我就下到农村,住在一些曾经和他接触过的农民家中,花了十天时间,

了解这位县委书记是怎样从实际工作中、从群众中发现和总结经验,然后又贯彻到群众中去的工作方法,掌握了大量生动的、有说服力的典型材料。而后,又回到县里,和这位县委书记摽在一起,观察他,研究他,又发现了许多他不肯谈的东西。

这样经过前后二十多天,我对任国栋的性格、工作方法、思想作风等都有了一个比较全面的认识,所以写成的长篇通讯《金星奖章获得者——任国栋》基本达到了原来的报道要求。见报后,许多省份将其翻印成学习材料,供县区干部学习。

我的有关太行一村——窑上沟的一系列报道和围绕吴吉昌所写的几篇通讯,都是经过深入采访后写成的,这些报道,在当时都产生了一定的影响,后来都收入了集子。

正直、无私、坚持原则,是当好一个记者应有的品德。
不然,即使一时成"名",也将是速朽的

当记者,大概没有不想成名的。但能不能成名成家,是我们工作的自然结果而不是我们的追求目的。一个私心杂念严重,有投机心理,但求文章发表和成名而放弃原则的人,是当不好记者的。

一个合格的党报记者,必须是一个正直的人、有原则的人、作风正派的人、敢于坚持真理的人。

每个人的历史是由自己的言行写成的,每个人都要时时接受生活的考验。

1970 年,国务院各部委成立大批判组,我由干校调回国家计委(1965 年至1978 年我一度离开《人民日报》,在中央机关工作),负责大批判组的工作。那时,"四人帮"对报社控制得还不那么严,我们大批判组还给《人民日报》《红旗》等报刊写过一点文章。1974 年"批林批孔"开始以后,"四人帮"控制了全部的舆论工具,正确的东西很难见报,荒唐的谬论充斥了版面。

那年 5 月,姚文元派人来找我,叫我们给《红旗》写一篇批唯生产力论的文章,不但出了题目,还提出了要阐述的观点。他们要求的观点和我们的观点完全不一样,我一听,怎么能写这样的文章呢? 便说,这样的文章我们不能写,写不出。来人说,这文章计委写最合适。我说,计委合适,我们不合适,没有那么高的水平。那人见没法说服我,只好回去了。回头我对同志们说,从今以后咱这个大批判组自动失业吧! 打那时起,一直到粉碎"四人帮",计委大批判组没写过一

篇文章。

如果我们当时放弃原则,见风使舵,违心写作,也可能成为像梁效、罗思鼎那样的"风云人物",但那种成名,是为人民群众所不齿的"臭名"。

学识、胆识,是记者成名的必备素质,
言常人所不能言或不敢言是人民对名记者的要求

一个有志于成才的记者,要具备各方面的学识,政治、经济、文学、历史、天文地理、自然科学,都要懂一点。但其中最重要的是要弄懂弄通党的方针、政策和马克思主义的基本原理。

只有具有较高的政策水平和理论修养,一个记者才能高瞻远瞩,洞察秋毫,发现常人所不能发现的问题,写出非同凡响的报道。

有识才能有胆,只有真理在握,才能在大是大非面前,勇于提出和坚持自己的观点。

1978年,我调回《人民日报》又开始了我的记者生涯。在下农村采访的过程中,我发现了这样一种现象,有许多事情"合理而不合法",而又有许多事情"合法却不合理"。由于平素比较注意马克思主义理论和党的方针、政策的学习,又有一定的农村工作经验,我认识到这是由于农村经济形势的发展,过去的许多政策和规定已不适应新的情况,或是因为对实际情况不够了解,政策制定得不够完善所致,作为一个记者,有责任提出这个问题,以引起中央的重视。

所以,我去江苏、四川采访的过程中,就重点调查研究这方面的问题,在后来写成的《农村工作杂谈》中,提出了因地制宜、农林牧全面发展、开放农村市场、责任制、按劳分配等问题。文章写成后,正值党的十一届三中全会召开前夕,有的同志劝我缓发,等全会决议发表以后再说。我说,文章中的观点都是按照马克思主义的基本原理,在研究了党的方针、政策,研究了农村工作实际后提出的,是跟党中央保持一致的。还是坚持发了。后来看,《农村工作杂谈》中的观点,很符合三中全会有关发展农村经济决议的精神。

我写的《加速林区经济发展问题的探讨》和《流通渠道要四通八达》两文,虽然引起了林业、商业和供销社等部门的强烈反对,但我依然坚持自己的观点。经过几年来的实践,这些报道中提出的意见,都已反映在党和国家制定的有关政策中,开始在实际工作中贯彻实行了。

虽然我们的谈话不时被电话铃声和来访者所打断,但田流同志一直思路清

晰,谈锋甚健。我打量着这位鬓发斑白的报坛老将,想到他虽已年近古稀,却仍在主持《报告文学》杂志繁忙的日常工作,并笔耕不辍,心中不禁涌起一股钦佩之情。从他身上,我看到了一种精神,一种在人生的道路上不断追求、不达目的、誓不罢休的精神。

(《青年记者》1985 年第 4 期)

一个写杂文的钳工

——李百臻小记

1980年，是用思考给中国打上鲜明印记的。这一年，《人民日报》恢复了八版，它的副刊，也经过深沉的思想积淀，迎来了一个金灿灿的收获季节。在那勾着花边的醒目的杂文栏中，宛若群星的"诸子百家"议论风发，捭阖纵横，引人注目。李百臻就是其中的一个。他的杂文，犀利、老辣，深沉中不乏诙谐的调侃，幽默里透露着针砭的机锋，读来畅快淋漓。但读者可曾想到，作者当时是山东淄博市博山区一个社办工厂的钳工，而且，他的人生道路竟是那样坎坷！

记得一位作家发过这样的感慨：谁曾是生活的不幸者，谁就可能成为文学的幸运儿。这话简直就是冲他说的。

1949年，新中国成立，祖国大地一片明媚阳光。但阳光下也有阴影。这一年，当过国民党军医的父亲以历史反革命罪被判刑十五年，而9岁的李百臻也便无可奈何地背上了"血统论"用阴影铸成的十字架。

开始的几年还好，但到50年代后期，随着政治运动逐步升级，这阴影变得越来越巨大、沉重，几乎包围了他，吞噬了他。

初中毕业，连着两年升高中的考试，都是成绩优良，但因"家庭问题"，学校均不予录取。

到社会就业，被分配到城建局干测绘。只干了三天，人家就以图纸保密，不宜让政治条件不适合的人接触为由将他辞退。

这时的李百臻，感到不解，感到委屈，他常发这样的奇想：希望来一场战争，让自己到前线去，用鲜血和生命来向党、向祖国表白自己的忠诚！

但现实终究是现实。1960年，李百臻来到一家铁业生产合作社当学徒。为了让他更好地"改造思想"，铁业社领导安排他干全社最脏最累的活——往冲天炉上抬料。于是，18岁的李百臻就拿着一天五毛钱的学徒工工资，紧紧腰带，扎上垫肩，在这个刚踏上社会就横在自己面前的30°的斜面上干了起来。

社会的歧视，世人的冷眼，使李百臻养成了内向而又倔强的性格。他白天在工厂里默默地干,晚上回到家中,就一头扎到众多藏书中,贪婪地,甚至有些疯狂地阅读着、吸吮着。他在精神的海洋里遨游,他要从书籍中找回在现实生活中所得不到的东西,他需要心灵的抚慰和寄托。

在浩瀚的书海中,他爱上了鲁迅先生的杂文。先生对社会明晰的观察,对人生透彻的剖析,先生杂文中深邃的思想、精辟的语言,使李百臻佩服得五体投地。渐渐地,他与先生的杂文相依为命,慢慢学会了用观察和思考来面对社会和人生。他的小本子上,也开始涂上他的"杂感"了。

虽然他想默默无闻地做人,与世无争地活着(照他刚烈的性格,这往往是很难做到的),但社会却并没把他遗忘。当那"史无前例"的运动开始以后,他所在的博山玛钢厂的一些人似乎觉得仅仅限于对党内"当权派"和"封资修"进行口诛笔伐还不够革命,于是便把李百臻揪了出来,对他进行疯狂的人身侮辱和迫害。

批斗,殴打,逼妻子和他离婚,挂牌子游街(有两年时间,他上下班的路上,脖子上都要挂着标明自己是蒋介石孝子贤孙的牌子),凡以造反派的想象能力所能发明出的迫害手段,他大概都经受过了。这些年,他陷入了人生的低谷,饱尝了世态炎凉、人情冷暖,但他的思想、他对人生对社会的认识和观察也得以升华。

肉体的迫害、人身的攻击尚可忍受,最令他痛心疾首的,是随着一次次的清查、扫除,他那相依为命的书籍、他那用心血写满了杂感的本子被焚毁、被没收了。他失去了精神的寄托,业余时间只好和机械、图纸为伍了。

他先后学过铸工、电工、车工、刨工、钳工。到后来,他能自己设计和安装专用机床和设备,方圆几十里已小有名气。年迈的母亲看着自己唯一的儿子不再舞文弄墨,吃上"技术饭"了,脸上露出了欣慰的笑。而儿子的心却在流血。

但历史是公正的,猛士的心也永远不甘寂寞。生活将李百臻肆虐一番之后,也将思考的钥匙馈赠予他。终于,当十一届三中全会吹响思想解放的号角时,他那把磨砺已久的思想之剑闪光了。他直言不讳地告诉周围的人:业余时间我不能再画齿轮、画键轴了!

他开始写了。生活的磨难并没有使他变得世故和圆滑,已届不惑之年的人了,仍像个涉世未深的小青年,喜欢无所顾忌,直陈好恶。他写的第一篇杂文登在《淄博日报》上,是挖苦那些整天等文件、看风向、不敢越雷池一步的思想僵化者。不想,文章发表后,厂领导便愤愤然"对号入座",第二天便罚李百臻到铸造车间夜间筛砂,以示惩戒。

对此,李百臻一笑置之。他坦然地说:"中国的不幸,就在于敢说真话的人太少了。如果我能多少说出别人不敢说的真话,我情愿用生命去殉杂文!"

他挺直着腰板,以主人的身份巡视着社会每一个角落,每有所见,便慨然命笔。他的大脑似乎是一个多棱的水晶体,而周围的一切事物则是不同的光源,他只要稍稍变一下角度,就会折射出各种炫目的光泽。

他的笔很勤。不论是生活中的观察所得,还是脑海中突然萌发的思想,他都要随手记下来。有时,已经睡下了,朦胧中突然发觉有灵感袭来,也要一跃而起,展纸提笔迅速捕捉住那一星思想的火花。

他读书广采博览,兼收并蓄。自订了十三种报刊收集信息,剪报,做读书笔记和卡片。发杂感的"资料库"日益丰盈。

而后,李百臻看上了《人民日报》副刊这块阵地,并抖擞精神向它发起进攻。一篇《闲魂不散》三千余言,竟在《人民日报》"战地"增刊发表,并有编辑充满期待和鼓励话语的来信。于是,他信心倍增,接二连三在《人民日报》副刊"亮相"。1980年,《人民日报》改版,他被定为副刊的基本作者。

他崇拜力量,崇拜思想的力量。他认为,一篇好的杂文应有于方寸之内针砭见血的力量,每一个杂文家都应是"准思想家"。他说,如果你上街,不小心脚踩西瓜皮滑倒了,便马上来一篇要注意环境卫生的杂谈,这样的杂文,不如没有。自1979年以来,他在《人民日报》和其他报刊上发表了七十多篇杂文,不能说多产,但每一篇杂文都给人沉甸甸的感觉。

"无情未必真丈夫。"李百臻的杂文常常是和泪水一齐涌出来的。在一个寒冷的冬夜,他在灯下写《改革者的勇气》这篇杂文。写着写着,他激动得不能自已,先是来到院中望着夜空踱来踱去,后来竟开门上街,孑然一身在长街上徘徊,徘徊。刚刚写到稿纸上的句子,又浮现在脑海:"对于立志改革的猛士来说,天时、地利、人和并不能完全代替自己的竞技状态……既当'脊梁',就要顽强地挺立;既要'求索',就要经得起'上下'颠簸;既不怕'众口铄金',就要提高你们的'熔点'……"这样走着,想着,不知不觉中,泪水已在脸上流了一片……

今年5月,李百臻正式调到《淄博日报》工作,负责处理报纸一、二版的言论稿件。现在,他用不着白天攥钳,夜晚拿笔了;也不再会被指责为"不务正业"了(最近他又搞起了散文和报告文学写作,这会不会又被指责为新的"不务正业")。李百臻自我解嘲地说:"说起来,我现在真有点范进中举的味道了!"但他仍然信奉鲁迅先生的那句话:"生命的路是进步的,总是沿着无限精神三角形的斜面向上走,什么都阻止他不得。"——这是他在过去的岁月里所经常默默念的。

（《青年记者》1985 年第 5 期,作品获山东省好新闻二等奖）

三幅漫画的思考

——省人大代表方广文谈搞活企业

　　"把进一步增强企业特别是全民所有制大中型企业的活力,作为'七五'时期经济体制改革的重要内容之一,请您谈谈对这个问题的体会和认识吧。"记者在泉城饭店见到省人大代表、中国重型汽车工业公司常务副经理兼潍坊柴油机厂党委书记方广文后,直截了当地提出了这个问题。方广文低头沉思片刻,然后道:"学了政府工作报告,我回顾了过去几年的实践,感到信心更足了。但是,要真正搞活大中型企业,并非易事。要有改革创新的胆识,不断总结,坚持前进。"

　　方广文在阐述这个问题时,是结合三幅漫画来谈的。他说:"我见到的第一幅漫画是这样的:一个孩子在父母身边逐渐长大,要走出家门,自己闯天下。我们潍坊柴油机厂,也可说是一个要挑重担的孩子。它拥有 5800 多名职工,年产 6160 型柴油机 4000 台上下。党的十一届三中全会以来,通过改革,企业获得迅猛发展。产值和利税,相当于过去三十多年的总和。去年,产值达 1 亿多万元,实现利税 4000 万元。"

　　"第二幅漫画是,对这样一个孩子,父母各自视为己有,并宠爱不当,都要将孩子拴在自己的腰带上。结果,影响了孩子正常发育、健康成长。对企业来说,这'父母'也就相当于'条条'(业务主管部门)和'块块'(地方主管部门)。像我们潍坊柴油机厂,过去属地方管人管财,现在又划归中国重型汽车工业公司。双方都想争'养',你争一点,我争一点,企业的自主权越来越少,因此也就很难搞活。要搞活企业,首先得有人、财、物的自主权。现在看,例如,在用人方面,我们没有完整的招工权,不能对工人进行提前培训。我厂前年承担了上万台从奥地利引进的斯太尔重型汽车发动机的生产任务。上这个项目,五年时间需要 1800 名工人,现在已过去两年了只给了 250 个招工指标,说以后再慢慢给。这样搞法,等到项目上去了,工人都是新手,根本适应不了现代化的生产。还有干部配备,往往是不需要的硬往里塞,上级看中了的,又时而往外调,企业说了不算。再说财权,像我们这样的大企业,按理说每年创利税不少,但除去上缴利税和各种名目繁多的集资、摊派外,能剩下的只有 600 万元左右。这其中能够用于生产和设备更新改造的也顶多只有 300 万元,而实际每年至少需要 1200 万元左右才能支撑住。要进行技术改造,5 万元以上的项目就要上边审批。这样,企业很难形成自我改造、自我发展的能力。原材料供应环节也太多,层层加码。就说钢材吧,从钢厂到转到我们手里,价格至少就要增 50% 以上。为什么不可以通过合同建立起直供的原材料基地,搞厂厂、厂矿直接挂钩、直接进货呢?但现在还办不到。以上这些,都说明国务院关于扩大企业自主权的各项规定和省政府的具体实施办法还没有真正落实下来。对这个问题,中央和省里已注意到了,李省长在报告中指出:'不管哪一级、哪一个部门截留的权力,都要立即放给企业;凡是超出省政府规定,强加给企业的不合理负担,一律废除;对随意扩大指令性计划范围和增加指令性产品指标的做法,应该坚决纠正。'这对我们企业来说,真是'及时雨'啊。"

"第三幅漫画是,父、母、子三方言归于好,各司其职。我所说的'言归于好',不是回到过去的老路子上去,政企不分。而是各方都明确自己的职责分工,创造最佳条件促进企业更有生机更有活力。政府对企业生产、经营活动的管理,主要是通过制订经济法规,行使监督权;主管部门对企业,主要是加强宏观指导、协调、服务等。同时,企业也要完善自身的行为机制,真正行使好自主权。这样,企业才会真正搞活。在我们的经济生活中,一个万马奔腾、百舸争流的局面定会随之出现。"

(《大众日报》1986 年 5 月 19 日)

一个富裕农民的精神世界

——"葡萄大王"孙培杰素描

　　漫卷我们古老神州大地的改革春潮,在短短几年内,使千百万农民摆脱了物质上的贫困;与此同时,他们的精神世界也经历了一场深刻的变革。一些带有现代色彩的观念正在他们头脑中逐渐生发。这种观念的更新,对于我们正在进行的物质文明和精神文明建设,无疑有着重要意义。

——题记

　　1986 年 6 月 23 日下午,中国科协第三次全国代表大会在北京人民大会堂隆重开幕。2000 多位科技英豪汇集一堂。主席台上,端坐着一位个头不高、貌不出众的中年男子,他就是名闻遐迩的山东省莱西县红旗村葡萄种植专业户孙培杰。今天,他作为特邀代表出席这次科技群英会,并登上了主席台。此时的他,虽然有些紧张、局促,但脸上依然掩饰不住激动、兴奋的神色。眼前的一切恍若梦幻,但代表们阵阵雷鸣般的掌声,一次次提醒他——这是现实。

一

　　那是在三年前的初春,孙培杰的眼前也有这样一个现实:几天来,同邻居丁云民的争执使他寝食不安。

　　40 多岁的丁云民,家中上有老母,下有五个孩子。"大锅饭"时倚仗自己是烈属,每天熬天混日,照样可拿工分。然而,一实行责任制,"大锅饭"吃不成了,丁云民就像一下子断了生路。因此,对责任制怨气冲天,整天在村里骂大街。他本能地把村里第一个"双万元户"孙培杰当作责任制的化身,一见到他,丁云民骂街的嗓门就要升高八度。为这,孙培杰也不相让,非争个脸红脖子粗不可,就差没动手了。

　　这一天,孙培杰躺在床上翻来覆去睡不着,他想:我和丁云民前世无怨,近日无仇,怎么会吵得这么不可开交呢? 看来还是对党的现行政策认识不一样。自己怎么会对责任制感情这么深呢？往事如画，历历在目：

自己曾经有过许多梦想，上农中时，搞过红麻和加拿大杨的嫁接，想成为中国的米丘林；当了村里的技术员后，想让外地引进的葡萄新品种——巨峰葡萄在家乡扎根，成为乡亲们的"摇钱树"。但在那"阶级斗争为纲"的岁月里，村里因为种植葡萄而经常受到上级批评，自己种在院里的一些葡萄也被当"资本主义尾巴"割掉了。这样，美好的梦想终归还是梦想。社会现实所能允许自己想象的，似乎仅是有朝一日能还上那1000元欠债，再就是过年能让孩子吃上顿白面饺子……

"忽如一夜春风来。"1982年，家乡实行了联产承包责任制。是党的富民政策，使自己被长期禁锢、束缚的智慧和能量得到释放，正是在责任田里，他才获得了实现自己梦想的天地和机会……

孙培杰转而又想，丁云民为什么对责任制抱抵触情绪？这主要是由于多年的"大锅饭"养成的惰性，而没能走上党指引的致富路，没有尝到责任制的甜头。自己的责任，就是用行动和事实来宣传党的政策，把已掌握的致富经验传授出去，帮助像丁云民那样的人，走上党指引的共同富裕的道路。

这天，孙培杰找到丁云民，说："老哥，我这个人口拙舌笨，你又是个犟子头，咱们干脆别打口仗了，你想不想致富吧？""发财的事谁不愿干？可也得有门路、有本钱。"丁云民爱搭不理地说。"那好，只要你愿干，别的就甭管了。"

孙培杰从丁家回去，马上给他买来搭葡萄架用的石柱、铁丝，又无偿供给苗木，帮他建起了葡萄园。这以后，该施肥的时候给他送来化肥，该喷药的时候农药就到，前前后后共投资3000多元。至于对丁家的技术指导，孙培杰更是加倍用心。就像经过神奇魔杖的指点，这一年，丁云民家的巨峰葡萄苗长得特好，当年收入12000元。

长期闭锁在小农经济天地里的中国农民，自古相信"绣出鸳鸯从君看，不把金针度与人"和"各家自扫门前雪，莫管他人瓦上霜"之类的古训。已经走进致富大门的孙培杰，却成为这千年遗训的叛逆。促使他冲出小农经济自私、狭隘、保守的小天地的，是他从自己成长的特定社会政治环境中，从自己的亲身阅历中，学会了从党的政策的角度，从全局的高度，用政治眼光来观察问题并做出决断。（可不能小看这全局观念、"政治眼光"，它不仅对农民的一些陈旧观念是一次伟大变革，而且对他们今后参与和从事更大、更有意义的社会、经济活动也是不可或缺的一种素质。——编者）

就这样,孙培杰夫妇通过每十天办一次学习班;低价或赊给苗木;进行资金上的扶持等方式,在村里村外带起了 38 个葡萄专业户,当年户均收入 8000 元。第二年,孙培杰又组织起村里 27 个先富户,开展了和贫困户"一帮一结对子"活动,使全村 68 户人家都走上了靠巨峰葡萄致富的路。当年,全村收入突破百万元,成为全县首富。

二

孙培杰靠巨峰葡萄发家,并带领全村群众致富的事迹经报纸、广播传播,名扬四方。一时间,来自山南海北的信件平均每天不下百封;登门求教、求援、谈生意的踏破门坎……孙培杰理解大家渴望致富的心情,所以尽量做到每信必复,凡来求教求援的也尽量给予满意的回复。

这时,有人找到孙培杰说:"老孙,趁这个时机,你何不把手里的技术变成一笔买卖?"

"把技术变成买卖。"当时,这对许多人,包括孙培杰本人的观念又是一个深刻的触动。孙培杰想,自己是农民,按照传统观念,那就应是"面朝黄土背朝天""锄禾日当午,汗滴禾下土"。要脱离土地,搞有偿技术服务,靠动动脑、"要要"嘴、指手画脚得利,怎能行?

但是,另一种现实也不容孙培杰不作考虑:每天回复这么多来信,接待这么多来访,即使三头六臂也忙不过来。更主要的是,长此下去,自己也会坐吃山空。而如果实行有偿技术服务呢? 无疑会让自己的技术发挥更大作用,自己也可以受益。(现实存在和要求是人的观念变革的原动力。——编者)

恰好这时(1985 年元月),孙培杰出席了全国农村科普工作表彰大会。从北京回到济南,省委领导接见了他,鼓励他把"致富经"送到我省的贫困地区,并指出可以采取有偿技术服务和联营的形式。孙培杰想,看来,那种认为农民只该"玩土坷垃"的观念真该改一改了,靠出卖科技赚钱,不应只是发明家、工程师的事,农民也可以干嘛。(这种对科学技术的充分尊重和信赖以及讲求效益观念的产生,对农民来说,又是一个观念上的飞跃,这对他们从事商品生产意义重大。——编者)

孙培杰仿佛一下子有了主见。第二天,他没有顾得上回家,便直奔鲁西北地区,在平原、平邑、东平、邹平四县各选了一个联营点,和当地农民签订了包苗木质量、包技术指导、包销路、包效益的"四包"合同。接着,孙培杰又发展了一批联系点和联系户,使巨峰葡萄遍布全省各县。

孙培杰尝试着搞起了技术咨询服务。他和妻子一道把十多年来的葡萄管理经验编印成定期教材,按时对联营点、联系点(户)进行函授指导,在葡萄生产的关键时刻,他们便亲临现场指导。这并不是一件轻松的活。去年一年,孙培杰的家可以说是拴在车轱辘上了,夫妇俩轮换着,往往一出去就是一个月,一口气跑几千里、30多个点。每到一地,常常还未等站稳脚,人们就围上来,问这问那,拉着到各自的地里察看。当地群众对自己如火的热情和他们对科学技术的渴求,使孙培杰倍受感染,他认定自己走的路是正确的。

但有人却不这么看。几千年的传统观念潜藏在一些人意识的深处,对孙培杰的做法他们就是认为不地道,看不顺眼。所以,每当孙培杰一出家门,像"孙培杰坑诓拐骗给逮起来了""孙培杰赚了昧心钱吓得跑香港了"之类的谣言就跟着飞扬开来。(这类事情至今在各地还时有发生,已成为商品经济发展的一大阻力。这正说明,人的观念的更新不是一朝一夕可以完成的,也说明了这项工程的艰巨和重要。——编者)为此,孙培杰感到委屈,感到苦恼,有时他真想一甩手不干了,守着几万元存款在家享清福。

但当他冷静下来后,又慢慢想开了:那些造自己谣的人,除了个别别有用心外,恐怕大部分还是老脑筋在作怪。自己在开始时不是心里也不踏实吗。就像刚实行责任制时那样,只要自己坚信,按社会需要提供服务,获取报酬没有错,并坚定不移地做下去,等到出了成果,这些人慢慢会理解我的。

孙培杰摆脱了传统观念的束缚,忍受着个人的委屈、烦恼,一点也没放松对外技术指导,到秋后,各联营点、联系点频传捷报。4个联营点,总收入115万元,加上其他联系点(户)的收入,总社会效益可达五六百万元。平邑县林瑞庄这个仅有23户人家的小山村,新中国成立以来一直靠贷款和救济过日子,现在靠种植巨峰葡萄种苗,一年收入30万元,为沂蒙山区靠科技致富树立了样板。

这鼓舞人心的事实,对孙培杰自身的观念又带来一次解放。他花6万多元买了一辆进口轿车,并筹备在家中安装电话,以便更好地开展技术咨询服务。

三

我是在孙培杰新盖的三层楼的家中对他进行采访的。从外表看,孙培杰活脱脱是一个"正牌"农民的形象。但跟他长时间地交谈后,发现这位腰缠万贯的富翁的精神世界也是那么丰富多彩。在这个精神的万花筒里,有我们民族传统的求"人和"和知恩图报的道德观;有在共产党长期教育下所产生的共产主义觉悟;有追求科学知识、接受新事物的强烈欲望;也有一定的商品经济意识……我进而发现,支配他行为的,不能简单地归结为哪一种觉悟和思想,而应是这种种观念意识共同作用的结果。正因为这样,孙培杰的思想行为也常常处在矛盾之中。

我问他:"你现在的事业已初具规模了,每天又忙得不可开交,干嘛不聘请几个人来帮你发展壮大现有的事业呢?"他听后一愣,摇摇头道:"咱现在是党员了,雇人的事……行吗?"我接着又说:"看到你花10万元盖的这么漂亮的楼房,我可是又高兴,又替你担心。你是不是想建个安乐窝,就此偃旗息鼓呢?"这话可能对他触动挺深,他沉思片刻道:"说实话,有一段时间,我感到累了,真想停下来喘口气。也有人劝我见好就收,说像我现在存这么多钱,光吃利息下一辈都够了。"他语音厚重,缓缓道:"但有一件事,促使我深思。我前年带的徒弟,寿光县的张本敬,回去后联合一些人,一下子搞了个250亩的葡萄园艺场。去年收入30万元,今年据说还能拿二三十万元。这样在经济实力上恐怕已超过我了。而且他雄心还很大……这事我琢磨了好长一段时间,像张本敬这样的人,在我带的徒弟中虽然是出类拔萃的,但其他人也不可小看,在我的联系户中,去年一年就出了300个'万元户'。这些人都憋着劲要超过我这个老师呢!可以说,我现在已进入开放的市场,这里竞争激烈,不进则退。如果我满足于现状,很快就会被落得老远。"("三十亩地一头牛,老婆孩子热炕头"——这句用来形容和描画农民易于满足陶醉于他们的"理想国"中的老话,看来现在也不大适用了。在商品经济大潮的冲击下,农民,已开始具有了竞争意识和不断进取的精神。这种意识和精神又将促使他们向商品经济的深海大洋里去搏击、畅游。——编者)

孙培杰长长舒了一口气,然后微微一笑,话语中明显增加了自信:"不过我也有自己的优势。我已经作过预测,照现在这个势头,再过三年,巨峰葡萄苗的市场就可以达到饱和。所以我从现在起就引进了品质更优良的黑奥林、先锋、乍娜等葡萄新品种。还准备建一个大的温室,进行葡萄栽培试验。"他指指院门外说:"那里已经动工的,是正在建一个风力发电站,我正准备搞葡萄储藏保鲜试验呢。""对,这就叫走一步,看十步,步步出奇制胜。这样就能在激烈的市场竞争中立于不败之地。"我这话可能说到他心里去了,他愈发显得兴奋、活跃起来:"今天和你交个底吧,最近我已经和曲阜市有关单位达成协议,准备和那里联营建葡萄酒厂、罐头厂、饮料厂。我准备秋后把分散在各联营点两年的分红集起来,约摸有40万元吧,投到这些厂子上。咱们农民不能光卖原料,也要参加更大的市场竞争!""嗬,这么多钱投出去,可要担很大风险哪!"我不禁咋舌。"竞争,本身就意味着要担风险,不担风险,事业就不会有大的发展。"(好一个冒险精神!说实话,这种精神,在我们的企业领导人中又有多少人真正具有呢?看来,农民又在向我们的企业家提出挑战了。——编者)如果不是当面,我真不敢相信自己是在同一个几年前还在为还上欠债和求得温饱生活而奔波操心的人交谈呢。

当我在孙培杰家中采访期间,中央新闻电影制片厂的人正在这里筹备拍摄以孙培杰为主人公的纪录片,片名——《中国新型农民的典型》。我想,这个评价,孙培杰是当之无愧的。是啊,从孙培杰这个典型身上,从他随着我们时代的改革步伐所经历的观念变革中(虽然有时这变革是缓慢的、痛苦的、新旧交错的),我们不是可以展望到千千万万农民今后的成长、发展趋势和中国新农村的未来吗?

（《大众日报》1986 年 9 月 30 日）

南来的挑战

——济南市区修鞋摊前采访记

一

泉城济南,在繁华的街心路口,在熙来攘往的交通中心,在游人如织的公园外,如果你匆匆赶路,忽然脚下不慎扭掉了鞋跟;或是开怀大笑的时候绷断了腰带,你会感到尴尬,感到一筹莫展。此时,你四下张望,便会激动地发现不远处就有一个修鞋摊(不光修鞋,还修拉链、自动伞,缝补各种皮革制品……),进而你还会发现,摊主十有八九操着南国口音。不过三五分钟,你的鞋或者腰带就会修好,虽然有时你也许觉得要价狠点,但毕竟还满意,因为你又可以步履轻捷地踏上征程,又可以开怀大笑了。

然而,"过去可没这么方便"。市工商管理局个体科李科长对记者说,过去咱济南满街找不着几个修鞋的。三番五次到郊区动员,也来不几个。为什么?穷要面子,不愿离家,嫌来钱慢。这下可好,等咱们城门一打开,南方老客"呼啦"一下子涌了进来,几乎把修鞋业的市场全占了。还不光修鞋呢,什么缝纫、理发、弹棉花、打家具、家电修理、服装买卖……南方老客简直无孔不入。

好厉害的南方客!我本能地感到,他们的到来,不仅仅是占领了我们几个市场,更重要的是,向我们的一些传统观念提出了挑战。

二

来自浙江省黄岩县金清区的一位少妇(由于种种原因,她不愿透露姓名),在西门那儿的桥头"坚守"了两年多。

她今年不到 30 岁,一个 6 岁孩子的妈妈。本来嘛,在家时日子过得够和美、舒适的。丈夫下田干活,自己在家带着孩子,绣绣花,编个草织,收入虽不很高,但也"从来没缺着钱花"。这些年,乡里乡亲都外出赚了大钱,她看着"眼红",在家怎么也坐不住了。大手艺学不来,她跟人学会了修鞋,听人说,北方人"尊贵",没人肯屈尊干这一行,在那边一天"挠"个七八块钱不当回事。

她来了,千里迢迢来到了济南。

"说实话,开始那些日子我真有点坐不住。"她操着半生不熟的普通话对记者说:"我生性比较腼腆,又是第一次出家门,现在坐在大城市的中心,让来来往往的人打量来打量去,心里直发毛。我最怕行人那目光,嘲笑的、鄙夷的、怜悯的(原话是南方方言,现给"翻译"成"普通话"),什么样的都有。于是我干脆低着头,什么都不看,在那儿想家,想丈夫和孩子,有活就干,没活就算。"

"但这样明摆着不行。我旁边的几位老乡在那儿一个劲地吆喝,笑脸相迎,我这儿一声不吭,活还不都让别人揽去了?我心想,自己抛家舍业,在这儿遭风吹日晒的为了什么?还不是为了多赚些钱。这样干等着可不成!我咬咬牙,也学着老乡的样子揽活,慢慢地惯了,坐在那里自在多了,从顾客的目光里也发现了一些别样的东西,喜悦的、感激的、佩服的……"

正说着,只见一位穿着入时的姑娘一瘸一拐地急急走来,甫问,准是那足有六七厘米高的鞋跟扭掉了。这姑娘红着脸央求道:"师傅,我急着赶路,您能不能给快点……""师傅"接过鞋来,二话没说,一阵钳飞锤舞,高跟鞋便完好如初。姑娘连连道谢,"师傅"却好像无动于衷:"拿六毛吧。"姑娘痛痛快快付钱走了。

"哎,钉一个鞋跟不是八毛钱吗?"我有些疑惑不解地问。"她长得嘴甜,我一高兴,饶她两毛。"她说着笑了,这笑是那么爽朗、自信,可能还有点给人"恩赐"后的自得。

我问她:"现在你肯定不觉得有什么难为情了吧?""凭手艺赚钱,有什么可难为情的?像你们有些人那样,腰包瘪瘪的,还硬充大个儿,那才该难为情哩。再说,咱这不也是为人民服务嘛。"最后这句话,她是一字一顿说的,样子还很认真呢。

"唉……"刚才一直坐在旁边的一位老汉长叹一声:"真该让我家小三子来瞧瞧、听听。下学一年多了,整天瞎游荡,叫帮他妈卖卖冰棍,打死也不干——嫌丢人现眼!真是……"老汉感慨万端,在那儿直摇头。

三

"喂,'大学生',给修修这裤子的拉链吧。""行,老主顾了,优先优惠!"在人民商场前自由市场南头,我被两位青年男女的相互打趣吸引住了。

被称为"大学生"的是一位二十出头的小伙,他身穿一件浅灰色夹克衫,戴一副黑框眼镜,派头十足地坐在修鞋摊前,你别说,还真有个"大学生"样呢。

他家住浙江黄岩县路桥镇,应他的要求,记者在此隐去其真名实姓,就叫他"大学生"吧。

"你这么年轻就出来'闯江湖',家里放心吗?"我单刀直入地问。

"这有什么,我17岁就出来了,到现在都四年多了。""大学生"不以为意地一摆手,挺挺胸脯说:"在我们那里,谁没事在家窝着,谁被看作没出息;谁能跑能颠,能赚大钱,谁就有能耐,光彩!"

"那你这几年肯定挣了不少钱喽。"我又问。

"钱挣得多少不说,我出来主要是想在全国各地跑跑,开开眼界,长长见识。人生在世,死守一地,多没劲!"嘿,他的回答倒真令我耳目一新。

"大学生"一边忙着手中的活,一边向我"吹"起了他的"壮游史":下苏州、逛无锡、闯南京,然后到济南。手提工具包,足蹬旅游鞋,云游四方。到头来,钞票没少挣,光景没少看。有时兴致一来,邀上三朋六友,酒馆一坐,大块吃肉,大碗喝酒,真是快哉乐哉!

"大学生"眉飞色舞地说着,我像听美国西部故事那样被他的"传奇"所吸引,更被他这种乐观豪放的精神所感染。我知道,出门在外,肯定有许多难处、苦衷,但他却只言不提……

"南方这些地方你去过吗?"想不到他在这里将我一军。"没有。"我只有老实承认。"咳,你这当记者的还没有我们自由。我正准备北上,到北京转转呢!"大学生踌躇满志,意气昂然。

"那你这样东奔西跑有什么目的性吗?"

"跑的地方越多,赚钱的机会越多。多跑跑看看,可以长不少见识,学不少东西,将来干什么都有用。"

想不到,他的行动还有"理论"作指导呢。

四

徐亦军是我采访的最年轻、最精明,也是最"油"的修鞋摊主。我见到他时,他正闲来无事,倚墙而坐,跷着二郎腿,摇头晃脑地吹着欢快的口哨……

当他得知我的身份和来意后,显得分外热情,又是让座,又是拿烟。

真想不到,这位来自浙江临海市大田镇、刚满17岁的小伙竟这般世故练达。

"这几天生意不怎么好。"一上来,他就主动跟我拉起了他的"生意经","九个修鞋摊凑到一块了,能有多少活可做!"

我刚要开口,他仿佛知道我要问什么,接着说:"不过我没那么傻,在这儿干晒着。这儿算是'大本营',我时不时也搞点'游击战'。"

他得意而狡黠地笑笑说:"我有个路子,就是跑县城。前些日子,各地搞秋季商品交易会,我通过看报纸上的广告和到车站去打听,摸到线索后,就到交易会上去做生意。两个月跑了近十个县,一次就能拿个百八十块。"

他越说越来劲,话虽说得很快,但因为口音还算"标准",我也能听个八九不离十。

"我做生意不跟别人似的,光知道埋头敲打鞋。我是一边干活,一边眼观六路,耳听八方,收集各种信息,打听多种行情。有时瞅准了什么来钱,就干他一家伙。今年9月我去菏泽,听说那儿的豆角八分钱一斤,而济南二毛五一斤也是便宜的,便用车运回一批来,赚了一笔钱。做生意,只要合法,什么来钱,就干什么。"

我惊愕地发现,就这么个瘦小的"毛孩子",骨子眼里却都是生意人的气味,全然不能小看!我问他:"你这么精明,肯定不会老干修鞋这一行吧?"

"那当然。"他很自信地说,"我们那儿很多人在外面赚了钱就回去投资办工厂,开商店。我准备再干几年,一是多攒点钱,二是瞅准门路,也想干点大买卖。"他歇了口气说:"我准备在济南跟人联营,上个项目。你们这儿的人不会做生意,肯定不是我们的对手!"

我听了这话,陷入了沉思。对这话,我们不应视作"小子口出狂言",而应当成具有浓厚商品经济意识和竞争开拓精神的南方人向我们提出的挑战,在这种挑战面前,我们应该警觉,及早挣脱那仍然束缚着我们手脚的种种传统观念,以全新的观念和昂扬的精神状态奋起"应战"。在今后更大、更激烈的商品经济竞争舞台上,使我们成为别人不可等闲视之的角色!

(《大众日报》1986年11月28日,作品获山东省好新闻一等奖)

相逢一笑化春风

——暗访王玉贞

可能是在柜台前受冷脸儿、遭白眼儿惯了的缘故,当有人向我说起济南市人民商场灯具柜营业员王玉贞服务怎么怎么好时,我有些将信将疑,决定来个"暗访"。

按人指点,我来到人民商场灯具组。

"同志,您买点什么?"一句亲切的、温人心窝的询问。噢,是问我呢,"不,随便看看。"我边回答,边赶紧让开一点,心里话,我得好好看看你到底是怎么优质服务的。

王玉贞微笑着向我示意了一下,又连忙接待另两位穿着鲜亮入时的青年男女顾客,"您二位看好了什么?"两人可能还没拿定主意,没吭声。"你们是准备结婚用吧?"王玉贞面带微笑又问。女青年嫣然一笑,轻轻点了点头。"那你们看这个行吗?"王玉贞俯身从柜台里拿出一个琉璃座子母灯。"您看这灯造型简洁,色彩明快,再配上这个灯罩……"她又转身从货架上拿来一个红白大色块组合的灯罩,装在灯座上,举起来给两位顾客看,"您瞧,这样放在新房里,保准能增添热烈、喜庆的气氛。""那您拿几个挑挑吧。"男青年看了女友一眼,脸上露出一丝不易察觉的微笑。王玉贞拿出四盏台灯,一边给试着开关,一边说:"挑这种灯要看图案匀称不匀称,用手摸摸有没有疵点。"青年男女将四盏灯翻来覆去挑了个遍,然后往柜台里看了看,显然还不大满意。"那你们再挑挑这些看。"王玉贞马上拿出另外三盏灯,又去招呼刚来的几位顾客。不一会儿,王玉贞便转回来,轻声地问道:"挑到中意的了吗?"男青年沉吟片刻,有点不好意思地问:"还有可挑的吗?""噢,柜台里就这些了。这样吧,您二位肯定还要买别的吧,等我忙过这一阵,到仓库里再提些货,你们再来挑好吗?"王玉贞仍然微笑着商量。青年男女连连点头,带着感激的神色离去。

王玉贞刚接待完几位顾客,就见一位青年走到柜台前来,"您买点什么?"她热情地打着招呼。见来人没反应,王玉贞又轻声问了一句。"怎么,看看还不行吗?"小伙子说话很呛人。王玉贞却好像丝毫没察觉顾客话里的"火药味",依然恬静地笑着,她顺着顾客的目光指着货架上的小型床头灯说:"那您看看这个吧,带灯罩、灯泡四块两毛一。"小伙虽然嘴上说"不用拿了",但还是接过了床头灯。王玉贞见状,又拿过几只来,边帮着挑选,边介绍着这种灯的性能、优点和使用时应注意的事项。"哎,你这灯泡是插口的,不好买吧?"小伙好像发现了什么。"好买,听口音您是咱济南的,本市就有好几家商店有。"王玉贞连着说了四五个商店的字号、地址。"那好,买三个吧!"小伙脾气急,人也爽快。

"真不愧是优秀营业员!"我在一边看愣了神儿,对王玉贞耐心、周到的服务和化解矛盾的艺术由衷赞叹。"同志,您看好什么了吗?"王玉贞又向我招呼道。"不,没有……"我一时不知怎么回答。"那好,您先看着,我去提货,马上就来。"她和旁边一位营业员说了句什么,快步走了。

趁此机会,我来到商场五楼办公室,想找领导了解一下王玉贞的情况。宣传科的同志向我介绍:"王玉贞历年都是商场的标兵和全市的优秀营业员,不管对什么样的顾客,她都是那么热情、耐心、周到。有人说,在王玉贞有感染力的微笑面前,性子再急的顾客也急不起来,脾气再坏的人也不好发作。"这位同志给我讲了前不久发生的一件事。

这天,一个学生模样的女青年,找到王玉贞的柜台前,说前几天在这里买了个床头灯,没有给灯罩。王玉贞向她解释,那天不是她值班,不过,这种灯都是成套卖的……还没容她说完,那姑娘就急了:"不是你卖的,不和你说!"正说着,另一位营业员来替班了。"就是她!"那姑娘好像抓住了什么,然后用生硬的口气责问这位营业员。不用三句两句,两人就吵了起来。那姑娘跑到柜台里,又蹦又跳,口口声声要找领导,还说了一些刺耳的话。见此光景,王玉贞和颜悦色地耐心劝解道:"同志,您先到柜台外等一下,让我们再点点货,看是否多了灯罩。"查了一下,不多不少正好。"肯定是你们错了。"姑娘的声音又高了起来。王玉贞笑着说:"您再好好想想,能不能是挤车时丢了?""没有,同学给我的时候就没有灯罩。"姑娘连忙说。"哎,你刚才不是说自己来买的,还认得我吗?"那位营业员抢白道。姑娘一时语塞。见此情景,王玉贞赶忙插话:"这样吧,您把自己的地址留下,等我们进货时向厂方多要个灯罩,到时再给您送去。""那好吧。"姑娘潦草地写下自己的地址,轻声说了句"谢谢",低头走了。

我再次来到柜台前,这次没等王玉贞开口,我自动"交代"了身份和来意。当我对她几年如一日,无论遇到何种情况,都能做到热情、耐心、周到的服务表示钦佩时,王玉贞淡淡一笑,诚恳地说:"我觉得,在我们社会中,人与人之间都是相互帮助、相互服务的,应该多一些理解,多一些温暖。我有时也去商店买东西,每当碰到一个好营业员,买到了称心如意的东西后,心里一天都很痛快。所以我也将心比心,尽量做到让顾客从我这里走后,能够心情舒畅,愉快地走上各自的工作岗位。"话虽平淡无奇,却说出了一个很深的道理。是啊,如果我们人人都能像王玉贞这样想,这样做,那么和煦的春风和温暖的阳光就会充溢于我们的生活。

(《大众日报》1986 年 12 月 10 日,作品获山东省好新闻二等奖)

蹊径独辟看富丽

——济南富丽商场请个体户进楼经营纪实

新兴的济南舜井商业街,居街北首之要的就是富丽商场。就像她的名字一样,富丽商场富丽堂皇,气派非凡:那富有现代气息的内装修;琳琅满目、明码标价的各式商品;营业员那整洁的服装和引人注目的胸前徽章,以及井然有序的管理,展现出一派国营大商场的气度。然而,如果你仔细观察,那节节柜台内服装款式之新、花样之多,营业员们向你推销商品的那种执拗和热情(有时甚至会悄悄自动杀价)又会让你脑海中闪现出这样一个问号:个体户?

你的观察是对的。在这片商场二楼 2000 平米的天地里,就聚集着 41 家服装个体户。

用其所长

去年年底,趵突泉办事处与另一单位合资买下了这幢四层大楼。楼买下了,怎么经营?一时却产生了分歧。

自己经营,资金不足;有人提出和国营单位联营,几家大单位闻风而动,前来洽谈联营事宜。

这时,新上任的商场总经理李平美在一次商场筹建会上站出来,否了这条路子。

众人面面相觑。了解李平美的人知道,什么事他不考虑个八九不离十,不轻易表态。此时,他有了什么新点子?询问的目光一齐投向这位领头人。

"咱们找个体户去!"李平美一语惊人。

"这么大的商场让个体户进来,那不成自由市场了?""全济南没这么搞的,咱们可不能冒这个风险。"大家对此有的摇头,有的担心。

李平美微微一笑,一副成竹在胸的样子。

在这之前,他作了许多调查,反复权衡、思谋:国营单位有其优势,也有其短处。一个是"死",花多少钱,进什么货,都要层层审批;这一"死"就要"慢",等

"公文旅行"完了,行情早过了。还有那要命的"大锅饭",经营好坏一个样。这些都是商业经营的大敌。单位越大,这些毛病越难改。

"但是,个体户却占据着这种优势。"李平美缓缓道,"大家可不能小看他们:今天听到什么信息,用不着谁来批准,两三天他就能从上海、广州背回货来,一切围着市场转;再说买卖是自己的,搞砸了个人兜着,谁还不憋着劲干?这一个灵活性,一个积极性,是商业竞争中真正的优势,也正是我们国营和集体商业所缺少的。如果我们把这股活水引进来,为我所用,定能在激烈的市场竞争中出奇制胜!"

看法在争论中趋向一致:找个体户去! 紧接着便是四处撒帖,招兵买马。不长时间,二楼的170节柜台全部租出。个体户们也希图个开业大吉,施出浑身解数,发誓要把各地最新潮、最抢手的服装集中到这里来,有些在当地还没上市的服装,他们也从厂家抠到手了。一个五彩缤纷、千姿百态的时装世界正向顾客发出迷人的召唤。

克其之短

在现时人们的心目中,个体户,就像神话传说中的"两面人"那样——黑白参半。要说跟市场,赶潮流,向顾客提供紧俏、时兴商品,那本事没说的。但他们中也有些人,见利忘义,漫天要价,坑害顾客,服务态度粗野,给个体户的形象抹上了一层污垢。

李平美他们明白,一个商店的吸引力,不仅在于能满足顾客的购物欲望,还应给人以信赖感,提供优质服务。要做到这些,对请进来的个体户,要用其所长,更要克其之短。

就在商场开业的同时,一个由工商、税务、个体劳协、商场和个体户代表五方参加的综合办公室成立了。每天现场办公,对个体户统一管理。目的就在于创立、维护商场的整体形象和信誉。

货真价实,是商业信誉的标尺杆。个体户摆地摊,很少明码标价,同一商品可能一步一个价。这就很难取信于顾客。商场作出规定:所有商品都要明码标价;同一商品,同一价格,特殊情况,价格浮动不得超过一元。

商场不允许任何损害消费者利益的行为发生。开业不久,有两家货主从南方进了一批女鞋,质量低劣。管理人员发现后,当即令其停止销售,全部从货场中清出。

走进商场宽敞明亮的大厅,你会发现墙壁四周挂满了镶在玻璃镜框里的"柜台纪律""服务公约"。了解底细的人心里有数,这些章程可不像有的商店那样只是摆设。如有违犯,思想教育加经济处罚,一点不含糊。初犯,罚款五角,再犯,罚款一元……这种按等比数列递增的罚款方式,是很有惩戒作用的。

从严管理,使商场,也使个体户们在顾客面前树立起了一个崭新的形象。一天,市工商局一位局长微服来到商场,在二楼的几处柜台前,买了退,退了买。营业员不仅没有冷脸白眼,反而主动给当参谋。最后,这位局长赞叹道:"如果不是事先知道,我真不相信他们都是个体户。这里的服务比一些国营店好多了。"

一条新径

个体经济的活力加集体的管理和信誉,这种有些类似农村责任制中"几统一下的大包干"的经营方式,给富丽商场带来了成功。

开业不到两个月,这里便顾客盈门,声誉鹊起。

经济效益也是明显的:按平均每节柜台月收入 400 元租金算,170 节柜台,每月就是近 7 万元。这样不用 4 年,商场就可赚回买大楼的投资。

但改革试验的意义不仅在此。

据济南市工商局提供的材料表明,现在全市个体户已发展到 52763 家,大多流散街头,给物价、税收、环卫、治安等方面的管理带来诸多困难,而这些困难又反过来限制着个体经济的发展。一些个体户已感到举步维艰,正打算清地收摊。

富丽商场的改革试验,无疑能帮助一些个体户走出因发展而带来的发展的困境这个"怪圈"。

"说实话,过去我真没打谱成大气候,摆地摊,'打游击',终不是长久之计。现在从小地摊迈进了大商场,我有一种豁然开朗的感觉,看到了个体经济的发展可以是多种形式的,前景一片光明。"陈伟今年 32 岁,在街头已摆了 3 年多地摊了,他这一席话,道出了许多个体户的心声。

李平美告诉记者,现在又有 80 多家个体户申请到商场来,并提出租金可以加倍;已经进来的,则想方设法扩大经营规模。这正说明,个体户们从这一试验中,看到了个体经济发展的新天地,获得了发展的希望和信心。

一石激起千层浪。改革试验的冲击波也正向更大的范围辐射。

在商场的二楼实行租赁后,属于另一单位的一楼和三楼营业处,也将部分柜台租赁给了个体户,同样生意兴隆。

继而,隔壁的一家商店提出:将隔墙打通,请李平美他们用这种办法代为经营。

据悉,济南市最大的人民商场和属于市一轻局的一家商店,也把个体户请进了大楼。他们不仅从"富丽"学到了经营方式,更感受到一种咄咄逼人的挑战。

改革,是走前人未走的路,只要有了蹚路者,就不乏后来人。李平美他们的大胆试验,为那些有志于商业改革的人们,踏出了一条可供选择的新径!

(《大众日报》1987 年 5 月 29 日)

共同的意志——消灭贫穷

——我省农民企业家座谈会侧记(上篇)

谁先觉悟,谁先冲出"左"的束缚,
发展商品经济,谁就先脱贫致富

1969年秋,在高青县煤建公司当技术员的孙立斌,不忍看着自己年迈的老母、兄弟、妹妹和全村30多户老少长年在外讨饭,辞职回到了老家常家村。

在那"左"倾思潮猖獗的时代,像常家村这样穷得揭不开锅的不在少数。贫穷,这个可诅咒的恶魔,压得中国人民喘不过气来。新中国成立后,特别是到了"文革"时期,这恶魔又摇身一变,带上了"红帽子",竟堂而皇之地在中华大地上横行——"越穷越革命""越穷越光荣""宁要社会主义的草,不要资本主义的苗"……这一串串"左"的咒语,编织成一个巨大的魔罩,将亿万农民的积极性、创造性束缚、扼杀,甚至使他们像中了邪似的,越干,离社会主义的本义越远;越干,越与富裕无缘。

终于有人穷极而思变。

孙立斌回到村里,决心领着乡亲们求一条生路——建窑厂。

这在当时是冒着政治风险的艰苦创业,经过一冬春勒紧腰带的苦干,当窑厂为常家人燃起希望之火的时候,各方面的指责、谣言也扑头盖脸地向孙立斌压来:"孙立斌走资本主义道路,常家村的方向有问题。"

孙立斌百思不得其解:共产党领着老百姓打天下,不就是为了过好日子吗?为什么挨饿讨饭倒成了光荣的事,拼力气挣碗饭吃就触犯了王法? 这算什么"社会主义"?

这是当时一个普通的共产党员,从人的基本生存需要出发,以实事求是的精神,向虚假的社会主义所发出的大胆怀疑和愤怒控诉的声音。

而千千万万像孙立斌一样的共产党人和普通老百姓所发出的同一声音,就势所必然地汇成一声振聋发聩的巨响——"贫穷不是社会主义!"

　　这是十一届三中全会炸响的改革的春雷。

　　当改革的春雷滚过齐鲁大地的时候，在胶东半岛，在鲁西北平原，在泰沂山区，许多农村改革的带头人(也就是今天的农民企业家)发家致富，不失良机。

　　全国十佳农民企业家之一的常宗琳，就是这样一位先觉悟者。他认准了只有发展商品经济(当时叫工副业)才能尽快摘掉穷帽子。他和大伙一起，一天一夜，办起一座海味饭店，23 个昼夜，建成一处糕点厂，42 天，盖起一个 1200 平方米的机件加工车间……改革，使长期在"左"的束缚下的农民发展商品生产的积极性、创造性像核裂变那样迸发了。

　　"当初干的时候，也有人说三道四，俺们没理那个茬，觉得只有这样才像干社会主义的样子，才有奔头!"回忆起当年的创业史，常宗琳感慨而又自豪，他说:"现在越干越觉得这个道走得对，十三大报告中不是讲了吗:是否有利于发展生产力，有利于摆脱贫穷，是检验一切工作的根本标准。"

　　是啊，常宗琳当然有理由自豪:前不久，他受到中央领导的接见，照片还上了《瞭望》杂志的封面呢! 记者曾两次到他所在的新牟里村采访，给我的第一印象，是惊喜、是赞叹，别的不说，就说他们与英国英亚毛纺有限公司联合办起的毛纺厂吧，全套 80 年代先进水平的进口设备，电脑管理，产品全部出口国外。那气派，恐怕国营企业也只能望其项背，这个村今年全年总收入预计可达 8000 万元，纯收入可达 1500 万元，分别比 1978 年增长近 200 倍和 43 倍!

　　那些在三中全会以后，率先冲出"左"的束缚，发展商品生产不失良机的人们，都有理由感到光荣和自豪:你们是农村思想解放的先驱，是带头发展商品经济的功臣，你们用自己的实践给我们社会主义的旗帜上写下了 4 个金光闪闪的大字:"治穷致富"!

和全国一样，山东也有自己的不发达地区。这些地区落后的原因，与客观条件差相比，观念的陈旧和保守似乎是更主要的

　　改革，使一部分地区和个人先富起来，就显得贫困地区的贫困愈加扎眼。

　　据统计，到 1986 年，全省人均收入 200 元以下的贫困村 5840 个，贫困户 108.9 万个，仍占农户总数的 6.9%。这些贫困户大部分分布在沂蒙山区。

　　贫穷的原因何在? 有人强调条件差、底子薄。似乎很有道理，但却解释不了这样的事实:

同是沂蒙山区。沂源县东村在 1984 年还欠国家贷款 80 多万元,1985 年改选了村级领导班子,换上了原来干运输、养殖业的杨恩文、朱新礼、朱圣堂这"三驾马车"。两年多,就带领大家发展起了皮毛生产、贸易服务、建筑建材、农林果等四大商品生产系列、27 个企业,今年,全村工农业总产值将突破 1500 万元,人均收入 1050 元。

还是在沂蒙山区。费县下牛田村,三面环山,土地瘠薄,1978 年人均分配只有 80 元。后来全村群众在党支部书记陆宣带领下,狠抓山楂苗木商品生产,到1984 年,一跃成为沂蒙山区第一个"万元户村"。

此类事例说明:与客观条件相比,人,特别是领头人是否具有商品经济意识,是决定贫困地区能否尽快脱贫致富的关键。用农民企业家们的话说,只要有了商品经济意识,条件差,可以改变;旱路不通,走水路;此地不赚钱,可到别处发财。

然而,时至今日,在一些贫困地区,具有浓厚商品经济意识的带头人还为数不多。而诸如"玩龙玩虎不如玩土""宁喝稀汤,不当'奸商'(买卖人)""金窝银窝不如自己的老窝"之类与发展商品经济完全相左的传统观念却仍然"深入人心",支配着人们的行为和对事物的判断。

这是一个真实的故事:

有一小伙,在别人极力撺弄下去做豆腐生意。寒冬腊月,清早挑担出去,傍晚回来,挑出多少,又挑回多少。不同的是,出门是热豆腐,进门成了冰坨坨。家里人问起,答曰:沿街叫卖,多丢人!

如果这样一种观念意识成为一个地方公众的"主导意识",那商品生产能发展起来才真是咄咄怪事。

由此看来,要帮助贫困地区尽快脱贫,资金上的扶持无异于"杯水车薪";物质上的帮助也只能救一时之急。关键是解决发展商品生产的主体——人的问题。观念要更新,素质要提高,这才是贫困地区脱贫致富的"牛耳"。

观念的更新,不能等其"蜕变",而要促其"裂变"。
贫困地区的劳务输出和发挥"能人效应",
是"裂变"的"催化剂"

人的观念的更新不是一朝一夕就能实现的。特别是长期生活在小生产的社会、经济环境中的人们,其僵化、保守的观念更不容易改变。

那么,只有等,任传统观念像礁石那样稳坐不动,也许有一天,改革的浪潮会将其冲击,剥离出新观念的端倪?

但是,不能等!在改革的巨轮推动商品经济日新月异发展的今天,一味等待,发达地区和不发达地区之间的贫富差距只会越拉越大。

许多有志、有识之士和不甘被贫穷压倒的人们,正在探求一条条使贫困地区尽快走上商品经济轨道的"捷径"。

郯城县一个小青年,不甘在家受穷,一边讨饭,一边来到南方打工。在那里干了不到两年,钱赚得倒不多,但学到了南蔗北移和条编手艺,更见识了南方人搞商品生产的本领。回来后拉起一帮人,又种甘蔗又搞条编,不仅自己富了,还带富了半个村。

据不完全统计,临沂地区近年来劳务输出的人数已达十几万人。他们分布山南海北,大部分是商品经济发达地区。他们在商品经济的世界里闯荡,既可以赚钱,又可大开眼界,练得一身发展商品生产的本领。

实践证明,劳务输出,确为贫困地区群众跳出封闭、保守的小农经济圈子,跨进商品经济王国的"捷径"。在这一跳一跨之间,观念的转变是必然的。遗憾的是,时至今日,走这条"捷径"的还大多是自发的。如果有一个专门部门,有计划、有组织地安排这种劳务输出,选派一些较有知识、较精明的人到一些商品经济发达地区务工,回来后再充分发挥他们的作用,效果会更好。有关资料表明,在东南亚等一些发展中国家,就设有这样的部,统管(对外)劳务输出。并将此作为经济振兴的"秘诀"来标榜。

将贫困地区的群众尽快领出"野山"的另一条"捷径",是充分发挥"能人效应"。

聊城市王口村有个能人叫范双成,1980年个人承包了村里倒闭的玛钢厂,几年工夫发展成由汽车配件厂、羽绒制品厂、精密铸造厂、彩色花砖厂等五厂组成的凤凰实业公司。"凤凰"一飞,不仅国家得利,范双成个人富了,也解决了250名闲散劳力就业,工人月工资平均150元。更重要的是,这五个企业又造就出一批"小能人"。现在,这些人准备干更大的事业,将凤凰公司发展成较大规模的企业集团。

这就是"能人效应"。一个人办起企业,就会将许多人卷入商品经济的旋涡。这些人在其中遨游、搏击,有的觉得臂膀硬了,就会到别处去创业,带起更多的人……这样像滚雪球般滚动,僵化、封闭的地带就会越来越少,贫困地区就会越来越少。

可以这样说,每一个乡镇企业、私营企业的成功,都意味着"能人效应"的实现。但也应该看到,这种"实现"是不充分的。

乡镇企业在发展中遇到的困难已有多方面的反映,现在更难的是一些能人创办的私营企业。一些专业大户和私营企业经营者反映,他们除了要上交国家税金外,还上交乡里、村里利润和管理费等,名曰"管理费",其实上边什么都不管。

这也要交一点,那也要交一点,所剩无几,企业要扩大再生产就只有靠贷款。但私营企业贷款难。尽管他们有雄厚的资产作保证,但为争取到一点贷款,也得跑断腿。无非是因为他们是私营企业,有关部门总认为有点"那个"。

在贫困地区,政策应当更加灵活一些,以便吸引和鼓励一大批能人,特别是发达地区的一些能人(包括科技人员、企事业单位的干部),到贫困地区来创业,组织和带动群众发展商品生产。如果一个个能人纷纷到贫困地区建功立业,定会像一块块巨石投进沉静的湖面,产生巨大的辐射和震荡,于是商品经济大潮的涌起,也将为期不远!

（《大众日报》1987 年 11 月 29 日）

变满足为追求

——我省农民企业家座谈会侧记(下篇)

到农村采访,往往遇到这种情形:

每到一地,一些率先富裕起来的农民先是往家领,让你看他们新建的标准住房、漂亮的室内陈设,向你夸耀可观的银行存款数目等。但当你问起他们生产上有什么发展,或准备新上什么项目时,得到的回答却往往是摇头。谈起这一情况,参加座谈会的农民企业家们认为,克服"小富即安"思想,变满足为追求,这是当前农村发展商品生产中一个不容忽视的现象。

在现象的背后

历史的长河流至20世纪80年代,世界正以光子速度发展的今天,在中国农民身上竟出现了"小富即安"的现象,这似乎不可思议。其实,如果从深刻的历史文化背景下来透视一下,就会发现这一现象的出现并不奇怪。

几千年自然经济的缓慢发展,给我们民族留下了许多沉重的包袱。"男耕女织"的生产方式,"日出而作,日入而息"的生活节奏,"小国寡民"式的社交圈子,培养出一种"三十亩地一头牛,老婆孩子热炕头"的易满足、低追求的心理和"知足者常乐"的人生价值观,这种浓重的惰性心理,在农民身上体现得最为明显,一直积淀至今。

在农村改革之初,穷极而思变的农民,很少有这种惰性。因为他们要满足最起码的生存需要,他们穷怕了,要尽快脱贫致富。但当他们解决温饱之后,当孜孜以求的东西似乎已经到手的时候,他们中的一些人就满足了。而要求大富、创大业,就要冒风险,付出更大的代价。这时,潜藏在一些农民身上的惰性心理就又占了上风。

前面提到的一些先富农民一味追求消费,不思生产发展,是这种心理作怪;在一些刚刚解决温饱问题的地方,一些农民满足于"吃白的,穿暖的,舒舒服服晒太阳",也是这种心理在作怪。

当然,如果我们从更开阔的视角来分析"小富即安"、不求进取的现象,还会得出另外一些结论。

曹县郭庄村有个有名的富户,本想办个家庭羊毛衫厂,设备已经定好,技术员也请了,今年9月,他去浙江跑业务,看到一家报纸上登了《温州走下去会不会引起两极分化》的文章,心里就打鼓,思前想后,觉得还是等等再说。

一些农民企业家也吐露苦衷,他们大都是一边干着事业,一边瞅着上边(看政治气候有没有变化),一边防着后边(看有没有人揪尾巴,整材料)。有的农民企业家说得更直率:有人接二连三地整你,每一次都没个结论,每一次又都是他们正确,这样整来整去,谁还愿干,谁还敢干?

看来,我们政治体制上的弊端、法制的不健全、一些地方在执行政策时的多变,以及人为制造的摩擦、设置的障碍,不能不说也是一部分农民(包括有的农民企业家)"小富却步"的重要原因。

"现在我们的市场发育还很不健全,乡镇企业和国营企业的竞争处的并不是同一条起跑线,发展更加困难,风险性更大。"这是许多农民企业家的共同感受。众所周知,乡镇企业的原料靠市场,产品也靠市场,买价比国营企业高,卖价却要比国营企业低。要长期维持这种高进低出的局面,是比较艰难的。何况,完全受市场左右,在商品经济的大海里泛舟,搞不好就会翻船,砸掉饭碗不说,很可能把老本都赔上,而且没有退路(诸如社会保险、救济等)。这样一种风险,就将一些商品经济的羽翼还未丰满的农民吓得却步,转而营造自己的"安乐窝"。

这一个政治上的风险,一个经济上的风险,就足以令一些先富起来的农民打怵,更何况还有那繁多的不合理摊派、出门办事求人的难处和到处都存在的"红眼病"的袭扰,令先富农民左右应付,苦不堪言。

在这种种因素的综合作用下,农民,这个本身具有诸多缺陷,作为商品生产经营者尚有些先天不足的角色,在商品经济竞争的旋涡中,有的就要激流勇退了。

寄希望大环境的改善

帮助农民冲出"小富即安"境界,变满足为追求,首先要实行"综合治理",为他们发展商品生产创造一个宽松的社会、舆论环境,健全和完善市场机制。

一些农民企业家反映,现在对党的政策的疑虑倒不多了,特别是"十三大"

召开以后,社会主义初级阶段理论好似给他们吃了"百年长效定心丸",觉得可以放心大胆地干了。所担心的是一些地方和部门能否把"十三大"的精神落到实处。这种担心并非没有根据,从表面上看,乡镇企业好像很有自主权,其实,哪个农民企业家都有一本难念的经。一些行政干预、不合理的摊派等等,都经常使他们大伤脑筋。

"红眼病"也是发展商品经济的一大隐患。先富农民迫切希望有关部门能出个"妙方",治治那些"红眼病"患者,切实保护他们的经济利益和合法权利。

农民企业家们对市场可以说是既爱又恨,他们得益于市场,又在市场上栽跟头。不过在从事商品经济的实践中,他们觉悟到,事业的发展是与市场经济维系在一起的,所以他们更迫切地希望,经济体制改革能够不断深化下去,诸如资金、劳务、技术、信息和地产等生产要素市场应尽快建立起来,让市场机制更充分地发挥作用,为他们创造公平竞争的机会。

迎接挑战　　冲破险滩

大环境的改善,无疑有助于清除农民发展商品经济道路上的障碍,使他们尽快冲出"小富即安"思想,产生新的追求,立志求大富、创大业,在经受挫折与失败中筑起成功的大厦。

全省有名的葡萄大王张本敬就是一个愈挫愈奋的胜利者。1986 年,他与某县联营失败,损失 6 万余元,与此同时,各种谣言也纷至沓来,有人说他骗取不义之财,有人说他偷税漏税被逮捕。在这种种压力下,张本敬没低头,而是及时总结教训,对各联营单位进行全面整顿。到年终,不仅挽回了损失,利润仍超出 10 万元。

和张本敬一样,每一个成功的农民企业家几乎都有一段"走麦城"的历史。但他们之中既有"枪打不倒的出头鸟",又有"过五关斩六将"的关羽。冒险精神、开拓精神、愈挫愈奋精神,这些完全和小农经济思想相反,又是发展商品生产所必须具有的精神,在他们身上体现得最为明显。正因为如此,有一些农民企业家,以更积极的姿态,挺身迎接来自各方面的挑战,将压力变为动力,商品生产更上一层楼。

面对市场竞争和国营企业"狮子松绑"、军工企业"老虎下山"的挑战,他们还学会以"集团规模"应战。广泛开展横向经济联合,结成各式各样的企业集团。记者在座谈会上注意到,到会的农民企业家们,几乎人人都有"拿人"的横联项目。他们清楚,乡镇企业、私营企业,这些过去一直孤帆苦斗的小船,只有集结成一支支威武雄壮的船队的时候,才能驾长风,破巨浪,过险滩,到更遥阔的商品经济大洋里去搏击,去收获。

（《大众日报》1987 年 12 月 5 日）

在夹缝中奋进

——一个改革者素质的剖析

　　每一个企业的成功,都意味着企业家的成功。成功的奥秘何在? 我们把寻觅的目光聚集到一位年轻的经理身上,试图从他走过的一段路程,从这位改革者自身所具有的素质,来探求这个对现实颇具魅力的答案。

　　29 岁的白钢,曲阜市鲁都饭店经理,个子瘦小,却洋溢着精明干练之气;嗓音嘶哑,却常常口若悬河;以工代干的身份,却有着企业家的韬略。两年前,他带领一帮待业青年创办了鲁都饭店。一跃居上,经济效益、服务质量居曲阜市、全济宁市之冠。开业 700 天,平均每天接收 9 件宾客表扬信。河南省一位副省长来此后大发感慨,提出重游曲阜非"鲁都"不住;新加坡友人陈川业先生在留言簿上写道:"在这非五星级的饭店,能看到并感受到超五星级的服务,我感到惊奇!"

科学篇——许多改革者给人的印象是风风火火,
大刀阔斧。而白钢却更像一位经济学家,
更注重改革的科学性,更讲求改革的方法和步骤

　　客房部新来了一个女服务员,面貌姣好,迈进饭店台阶的脚步和神色,都显露着眼高于顶的骄矜。她对店里实行工资改革不屑一顾,待客冷漠,动辄要"公主"脾气。一个月时间过去了,发薪的那天,别人手里攥起十几张沉甸甸的"大团结",而她却只勉强领到两张。姑娘先是一愣,继而哭了起来:谁想到效率工资制还能这么治人!

　　鲁都饭店实行的这种效率工资制,是服务行业工资制度的大胆改革。服务人员的工资完全按百分考核来决定。从仪表到每一项服务活动,一举手一投足,都用一定的分数来表示,以得分多少直接决定工资数额。

　　显然,只有当服务态度、服务质量决定了每个人的生存和发展的时候,人们的服务意识才会增强。"鲁都"的工资制度改革,正是建立在这样一种科学的理

论基础之上。

更令记者感兴趣的是，这样一项大胆的改革，怎能得以顺利实施呢？要知道，有多少比这温和得多的改革，都是中途流产。

"我们这样做，是夹缝中求生存，一步步摸索过来的。"白钢说着，若有所思，就像大战后的将军在回忆一个个成功的战例。

曲阜，这座古老的历史文化名城，是中外游人向往的"东方圣都"。这里，大中小饭店餐馆林立，高中低档次的宾馆栉比。在这种环境中，一个地理位置偏僻、设备条件落伍的小饭店，如何才能站立起来？白钢看到，出路就在于创第一流服务。而实现这一目标，首要的就是打破传统的"大锅饭"，改革工资制度，把服务质量同每个职工的利益黏合在一起。

愿望的线路是笔直笔直的，而历史的车轮却偏爱弯弯曲曲地行走。"大锅饭"如何打破？是顺着愿望的线路，痛痛快快一下子砸烂，还是顺应时势，稳打稳行！这种时候，白钢表现出与他的年龄和性格不相符的慎重和老成。他想，改革需要胆量，需要锐气，更需要科学精神。正确的改革，必须建立在科学基础之上，这不仅要有科学的理论做指导，而且要从国情从店情出发，实事求是，讲求改革的方式方法和步骤。

经过反复斟酌、讨论，1986 年 4 月，第一个带有"探路性"的工资改革方案在这里出台。这是一种结构工资制。65% 为基础工资，10% 为质量工资，25% 为效益工资。这 65%，等于给职工吃了一颗"定心丸"，可以看出白钢用心之良苦。但毕竟，职工的利益第一次同服务质量、同企业的经济效益挂上了钩。

不出预料，这个方案较顺利地被群众接纳，很快在实践中生效。半年以后，白钢又相机行事，顺理成章地迈出了改革的第二步：将基础工资的百分比降低到50%，质量工资提高到 25%。同时决定：百分考核 3 个月不及格者，辞退。

这后一条决定引起的震动不算小。但白钢另有缓冲这震荡的高招：各分部主任和正副经理的工资改革同步进行。一纸"主任——大家评""经理——大家评"的表格，将职工的监督和意愿明晰表达在上面。职工的评分决定了管理人员的工资和任免。这不仅进一步调动了管理人员的积极性，更重要的是，人们在这一活动中获得了平等感、公正感。

此时，白钢并没有为两步方案的顺利实施洋洋自得。1987 年 9 月的一天，在餐厅二楼大会议室里，全店 80 号人马全部到齐，听他作新的动员部署："……对，工资的两步改革我们是成功了。可是，我们不能忽视里面还有 50% 的'大锅饭'。50%意味着什么,我不说大家心里也明白。所以,最近我们几个领头的足足商讨了 3 个月,决定将这 50% 全部抹掉……"白钢嘶哑的嗓门声调不高,人们听得却频频点头。

这样,随着两次改革的探路和职工心理承受能力的增强,鲁都饭店的第三步工资改革——效率工资制也很快顺利地推开。

韧性篇——白钢,如同一块合金钢,既有硬度,又有弹性

改革,毕竟是一场新旧交替的革命,纵然你有理论家的缜密、外交家的灵活,只要实行改革,就必然触动一些人的利益。而如果触动的是某些当权者,那将是对改革者的韧性的一种考验。

1985 年春,鲁都饭店招工。白钢在公开场合宣布:新工人一律经过考试,既要笔试,还要面试。

这办法挺新鲜,在曲阜还是第一次。在有些人眼里,白钢不过是玩玩新花样,做做样子就算了。

然而,白钢不仅不"玩花样",而且顶真得让人受不了。

这一天,设在鲁都饭店的考场"壁垒森严",送孩子的家长都被挡在了大门外。整整一上午的文化考试,然后是面试。考场内,一切都在紧张而有序地进行。看到这个阵势,有些人沉不住气了,各种交易也在慌乱而隐秘地进行。递条子的,打电话的,搬出的后台,看来都足以把白钢"镇住"。

白钢不吃这一套,他还是那句话:新工人一律经过考试,不合格者,概不录用!

结果,20 多人参加考试,只有 9 人被录取。

事情并没就此结束。有人不甘承认这样的事实,抑或是故意要试试白钢的硬劲。新职工上班那天,一些自恃有后台的人,竟大摇大摆上班来了。白钢一见,当即拍案而起:"谁让来的,就让谁发工资,不然,进鲁都饭店就算投错了门。"

这下,白钢为自己播下了灾难的种子。就在前一天大家还是见面你好我好,嘻嘻哈哈的,现在却撕破了脸皮。有的破口大骂,有的见面不理茬,有的则在工作中故意制造摩擦。

在中国这块土地上进行改革,靠种种人情编织成的"关系网"是一个敏感的"禁区"。敢于冲破这个"禁区"的有作为的改革者,当是真的勇士。

抖落"招工风波"扬起的风尘,白钢继续在改革路上扬鞭跃马。这时,有人又操起那件古老而又时兴的武器,向他发起新的更大的围攻。

仿佛一夜之间,曲阜这个往昔宁静的小城谣言四起:"白钢被逮捕了","白钢贪污、强奸、杀人,无恶不作"。凡造谣者想象力所能及的罪名,都加到这个无辜者头上。甚至有的"热心人"忙着为他爱人另找对象!

人言可畏!白钢第一次尝到这杀人的软刀子的厉害。出门在外,人们看他的目光是异样的;坐在屋里,电话不断,有热切的关心,也有好事的打听;更糟的是,饭店里人心惶惶,整个工作眼看就要失控。

"怎么,就这样被谣言击倒?不!一打就倒,一折就断,不是我白钢的作为!记住鲁迅先生那句名言:造谣有术也有效,然而有限!"

白钢如同一根韧性十足的弹簧,压力越大,弹得越高。

在全店员工大会上,白钢依然是那样信心满怀,气宇轩昂:"大家看,有人说我白钢被逮捕了,我不是好好地站在这里!造谣者的目的,是想让我们在改革的路上止步,把'鲁都'搞垮。我们偏要干出个样子来,让这些人看看,12级台风能不能把我们刮倒!"

他找到局领导,找到市领导,据理而辩,情真辞恳:"请上级派工作组进驻饭店,查清事实,以正视听!"

市纪委联合调查组进驻"鲁都"。一个多月深入细致的调查,得出这样的结论:鲁都饭店和经理白钢不仅不存在造谣者所捏造的问题,反而有许多改革的经验值得推广。

市委领导批示:将市纪委的调查报告转发各单位,在全市推广"鲁都"的改革经验。"红头文件"一发,种种谣言自然也就销声匿迹。

白钢是幸运的。他毕竟是处在改革的时代,处在允许改革、倡导改革的大环境中。然而,种种掣肘又使这环境有时不那么宽松,不那么尽如人意。在新旧体制相互交错、消长的夹缝中,改革如同荆棘地里的拓荒,又如泥沼中的跋涉,要想有所收获,到达成功的彼岸,非具有白钢这样的韧劲,这样百折不挠、愈挫愈奋的精神不可!

激情篇——全身心拥抱改革,爱事业有若恋人

我们去采访白钢的时候,正值他刚刚进行完投标租赁的演说答辩,神情兴奋,又透露出隐隐的焦虑。

　　一个全市效益最好的企业,倒最先对外实行公开招标租赁,这可是新鲜事!我们进而得知,来参加角逐的,又大都是几个亏掉了底的企业的负责人。这就不能不令人感到怪诞。

　　"这是有人想趁机排挤走白钢。"一个显然知道些内情,不愿透露姓名的同志悄悄对我们说。

　　就此事问及白钢,他的回答却出乎意料:"对中小企业实行承包租赁,是改革的大趋势。我早就盼着这一天的到来!至于别人搞什么小动作,我还没时间考虑。"

　　这话是否有点"冠冕堂皇",我们猜测白钢可能有难言之隐,便来个"外围"采访。

　　"不,他说的是心里话。"比白钢还年轻的副经理孔凡勤,给人的第一印象是稳重、干练。他一上来就否定了我们的猜测:"白钢这个人干什么都是全身心地投入,能够排除各种干扰。从一开始,他就清楚有人又在'借题发挥',但还是对我们说,不管别人要干什么,重要的是我们要借这个机会好好想想自己,设计一下'鲁都'今后的改革蓝图。这两个月来,我陪他熬了多少个通宵啊!"

　　听了孔副经理的介绍,我们对白钢更感兴趣了:别人正在变着法整他,自己这个经理干成干不成还难讲,他竟然还能潜下心来搞什么饭店的改革发展规划。他到底怎么想的,是什么力量促使他这样做? 我们决心解开这个谜。

　　晚上8点多钟,我们正坐在房间里谈论着白钢的事。忽然,随着一阵敲门声,一位体态"发福"的中年人"闯"了进来。据自我介绍,他是饭店餐厅部主任、一级厨师贾振福。"我佩服白钢,想找记者拉拉心里话。"贾师傅屁股还没坐稳,就突兀地冒出这么一句,而且根本没容我们插嘴,便开始了滔滔不绝的"独白"。

　　"那些整白钢的人也该拍着良心想想。白钢为了饭店的事,心都操碎了,每天工作十三四个小时!父母就住在城里,一年过一次生日也没个空去看看,当娘的连这个儿子都不认了!你说他图的是什么?讲待遇,工资比原单位每年少拿500多元。论地位,到现在还是个工人、党外人士。上一次济宁市劳动服务公司调他,正科级的位子,他也没去坐。受那么多委屈,遭这么多次折腾,一句怨言没有,还是一门心思搞改革!你说他图的是什么?"

　　贾师傅说得很急,也显得异常激动,身体微微颤抖,刚点上的烟,抽几口就戳死了。说完,道了声"打扰了",便一阵风走了。

　　我们感到了心灵的震颤,坐在那里半天没吭声,陷入了深深的沉思。白钢受到那么多挫折,在改革的路上为什么还是永不止息? 为什么明明知道别人在搞他的小动作,还表现得那么忘我,全身心地投入到改革的事业中? 他图的是什么? 贾师傅的问话,其实已经给我们揭开了谜底:他什么都不图! 如果说,艺术家创作的目的就在创作本身;政治家在行使权力中获得满足。那对白钢来说,办企业,就是他最大的爱好,为企业改革探索一条成功之路,就是他最大的欲求。这是一种不可遏止的探索的欲望,一种不断创造新的事物、新的未来的激情! 这也就是白钢所作所为的内驱动力!

白钢在一篇短文中说得好:"作为改革者,都将面临成功和失败。要不计个人的名利,横下一条心埋头苦干。成功了给后来者铺路,失败了就在此竖起一块'此路不通'的路标。"

"吾将上下而求索","虽九死其犹未悔"。中国的改革,需要这样一批有着旺盛的探索、创造激情,有着崇高献身精神的人!

(《大众日报》1988 年 1 月 22 日)

改革，充满风险和魅力

——大中型企业深化改革讨论会采访手记之一

　　"改革"，这个时下在中国最流行、喊得最响的名词，由来自改革第一线的厂长、经理们谈来，是"别有一番滋味在心头"。

　　改革，就要向一切阻碍生产力发展的旧观念、旧体制宣战，就要闯"禁区"、越"雷池"，这样必然要承担风险。这是许多改革者的共同感受。

　　在城市经济体制改革初期，1984 年，肥城矿务局就在采掘区队和其他生产单位打破八级工资制，试行全额浮动工资。这在当时确为大胆之举，也正因为此，在一些人眼里就被视为异端，说这样是改掉了社会主义优越性，走回头路。大兴问罪之师。幸亏局领导态度坚决，腰杆子硬，把压力和风险全部承担起来，让基层的同志放手干，这项改革才没有中途流产。

　　青岛第二住宅建筑公司经理王维强，大胆改革，勇于开拓，使一个严重亏损的企业起死回生。但就在企业的经济效益直线上升的时候，由于有人告状，一个个调查组便接踵而来。先是整党时不给他登记，继而又令其停职检查。王维强，一时成为轰动青岛市的"中箭落马"的改革者。

　　改革征途上，处处有风险。真正的改革者，是充分理解改革的艰巨性和复杂性的。他们视风险为改革的共生体，把风险当作一种挑战。从"走麦城"的经历中汲取教训，待到重整旗鼓时，一个更加成熟的改革者就诞生了。

　　1985 年，青岛显像管厂在厂内进行劳动人事制度的改革，推行劳动组合制。由于种种原因，这次改革失败了。但厂领导没有因此而一蹶不振，而是全面分析失败的原因，通过多方考察、论证，制订出更周密、更适合厂情的劳动组合实施方案。1987 年初，新方案实施，马上收到成效：科室精简了，办事效率大大提高，干部、职工的责任心增强，积极性空前高涨。在人员减少 177 人的情况下，显像管生产月月创最好水平，产品质量、成品率居全国同行业前列。

　　还是王维强。1986 年 9 月在青岛市委和报纸舆论的支持下，他"东山再起"。经过近两年的折腾，公司又回到改革前的局面，亏损 200 多万元，欠债

1000多万元,大部分施工队发不满工资。这时,有人劝王维强换个地方,有人则等着看他的"好戏"。王维强没有走,也没有当"太平官"。他改革锐气未减,完善承包办法,进行配套改革。到1987年底,企业又由衰转兴,全公司实现利润230多万元。

　　虽然有风险、磨难、痛苦、困惑相伴,但改革的事业,吸引着许多改革者为之奋斗,百折不挠,吸引着越来越多的有志之士投身其中。怎样解释这一现象?一位企业家回答得好:"改革,是中华民族的复兴之路,是企业的生存发展之路,也是我们个人成功之路。我们别无选择!"这,也就是改革的魅力。

(《大众日报》1988年3月11日)

寄希望于外部环境的改善

——大中型企业深化改革讨论会采访手记之二

"深化改革,深化改革。口号喊得很响,现在这个环境,到底能不能深化下去?"谈起这个话题,参加讨论会的许多厂长、经理都是苦衷大于喜悦。

"'婆婆'多,'媳妇'最难做。""企业越活,庙门越多。"……这是厂长、经理们普遍的叹息。

深化企业改革的主旨是进一步把企业搞活。这里有一个重要前提是上头必须简政放权。然而时至今日,有的地方和部门对企业,就像唐僧给孙悟空念"紧箍咒"那样,越念越起劲。

一企业效益很好,在当地被视为"肥肉",被一些部门的领导盯上了,通过各种渠道向企业塞人,去年就"塞进"100多。"这些人我们根本就用不着,但不要不行,我们企业是'孙子辈',谁也得罪不起啊!"说到这里,厂长长吁短叹。

据反映,不少的厂长、经理现在只有30%的精力和时间能够用来考虑生产和经营,大部分时间消耗在应付上头的检查、汇报和应酬来自各方的"客人"上了。

计划统得过死,市场机制不健全,是影响大中型企业改革深化的另一重要因素。越是大企业,国家的指令性计划占的比重越大,企业没有多少余地根据市场变化安排生产。产品的自销权也很有限。

深化改革的阻力,有体制方面的,有政策方面的,也有来自观念方面的影响。一位厂长慨叹道:"承包企业,失败了,厂长受罚,大家觉得'罪有应得';成功了呢,对厂长该拿的奖金,有人就要说三道四了。"时至今日,像平均主义等等"左"的思想、传统的观念仍然像"核辐射"那样,令人防不胜防。

厂长、经理们寄希望于配套改革,以改善外部环境。

厂长们满有信心地说,只要有了"天高任鸟飞,海阔凭鱼跃"的活动天地,进一步深化大中型企业的改革,就看我们的了!

(《大众日报》1988年3月15日)

命运共同体

——企业承包、承租人与职工关系透视

改革,是对旧体制、旧观念的冲击,也改变着人与人的关系。

——题记

新的组合

当历史老人踏着改革的步点刚刚跨进 1988 年时,莱芜钢铁总厂对所属石灰石矿实行公开招标承包。8 个投标者经过激烈角逐,副矿长柳庆胜以获得 66 名职工代表中的 53 张信任票而中标。在这之前,原矿长也是被职工代表用投票的方式"投"下了台。

1987 年 11 月 4 日,济南无线电四厂。刚刚中标租赁这家企业的市无线电二厂厂长隋金城,面对四厂 370 多名职工作就职演说。一个多小时的讲话,竟有十几次被职工们的掌声打断。这掌声开始有些犹疑,到后来却变得那样纵情。会后,一位老工人对记者说:"说心里话,我们四厂人也是不情愿让外人把厂子租去。可连年亏损,工资都发不出去了,不请个能人来不行啊!"

据统计,我省现有 88% 的全民所有制工业企业实行了承包;20% 多的工商企业实行了租赁。其中三分之一的企业都是公开招标。

改革,把竞争机制引入承包、租赁,给人们提供了互相发现和选择的自由。在利益机制的作用下,职工个人感情的天平倾倒了,而以新的眼光来选择企业的经营者;由于民主力量的参与,熬天混日的"企业官"们的"铁交椅"也坐不住了,只有能人才能有为。经过改革巨手的重新组合,承包人、承租人与职工结成一个新的利益均沾、风险共担的命运共同体。

也有另一种方式的组合:如少数人筹划于密室而指定的承包;家族、小集团垄断租赁;打着改革的旗号换汤不换药等。改革的洪流浩浩荡荡,难免鱼龙混杂,泥沙俱下。我们不妨将其视为改革的"共生现象",对这种种组合建立起的承包、承租人与职工的关系,作一全方位的透视。

谁是谁非

　　新的组合,建立起新的关系。在新关系中,又往往孕育着新的矛盾和摩擦。

　　——承包、承租人权力的扩大,与职工日益增强的参与意识的矛盾。企业实行承包租赁以后,承包、承租人作为企业的法人代表,具有无可争议的决策权,而由于企业的生存和发展又和职工的切身利益息息相关,职工参与企业的经营管理等决策过程的意识明显增强。在这种情势下,如果经营者错误地认为"承包、租赁就是个人说了算",不尊重职工在企业中的主人翁地位,忽视决策过程的民主化,这种矛盾就会突出起来。济南市一家服装企业,在事先没和工人通气,没经职代会讨论的情况下,突然决定和另一企业合并,使职工产生不满情绪,造成消极影响。

　　——重奖重罚、利益分配上的调整与职工心理承受能力的矛盾。根据有关规定,企业在完成承包、租赁合同后,经营者可以拿职工平均工资 3 至 5 倍的收入。对这一点,部分职工有抵触情绪。烟台市的一项调查表明,有 3.6% 的人干脆认为承包、承租人拿高工资就是剥削;也有人认为"不尽合理"或"接受不了"。看来,平均主义思想仍在部分职工头脑中"作怪",这无疑影响着他们与承包、承租人的关系。至于企业辞退工人,更是一个敏感的问题。掖县某矿一名合同制工人,去年因两次睡岗被辞退。这件事在矿上引起很大震动,一些职工自动组织起来为工友"鸣不平"。按理说,开除违章、违纪工人是承包、承租人应有的权力。但在现有状况下,由于失业救济、再次就业机会等社会保障机制都不很健全,加之职工对此心理上接受不了,一旦有人被开除,失业者生活无着,其他职工也会产生同情心理,而对承包、承租人心生反感。

　　——承包、承租人追求利润的欲望与职工将企业作为"靠山"的角色期待的矛盾。由于历史的原因,我们的企业承担了许多本该由社会承担的重负。职工及其家属的生、老、病、死都依靠企业,甚至家庭内部发生纠纷也找企业领导来调解、裁判。企业承包租赁以后,一些经营者的主要精力都放在追求利润、完成合同指标上了,对职工的生活和切身利益关心不够,甚至把职工应得的医药费、劳保费、独生子女补贴等当包袱甩掉。这巨大的落差,使得工人忽然觉得"靠山"倒了,转而对承包、承租人不满。青岛市一家企业的职工就因为子女医疗费得不到报销,厂内无处热饭,反而连续 20 多天加班加点,而集体上访。

　　——部分职工对改革的误解,与确有"假洋鬼子"式的人物在败坏改革的名声有关。烟台市的调查显示,仍有 4.6% 的人认为,实行租赁制"使承租人与工人变成了雇佣关系"。对一些具体改革措施,有人也心存疑虑或误解。但也确有少数打着改革的旗号另搞一套的"假洋鬼子"式的人物,他们借承包、租赁的机会或捞取私利,或排斥异己,败坏了改革的名声,将自己置于职工的对立面。

有关部门提供的材料表明,近两年来,承包、租赁企业中职工上访上告的人次有增加的趋势。对种种反映的问题进行调查分析,除少数承包、承租人违法乱纪、以权谋私、践踏民主外,很多矛盾和问题是在新旧观念更迭、新旧体制并存的情势下,由于改革的方法和步骤的失误以及职工对某些改革举动在物质上、心理上承受不了所造成的,这也就是人们常说的改革中的阵痛。虽然这阵痛可以随着改革的深化、完善、配套以及职工改革意识的增强而过去,但我们仍不可掉以轻心,等闲视之。不然,任这种矛盾继续扩大下去,必将影响改革的健康发展,甚至使改革中途流产。

同舟共济

承包、租赁,党政分开,政企分开。这一系列改革,弱化了过去党政之间、政企之间的矛盾。如何处理好经营者与劳动者之间的关系,就成为当前企业的一个新的重大课题,也是搞活企业、深化改革的关键。

在我们企业中,劳动者与经营者根本利益一致。承包、租赁无疑又强化了双方的亲和力和凝聚力。因此,双方在改革中所产生的矛盾和摩擦,是完全可以化解、消融的。

莱芜钢铁总厂安装处汽修车间实行承包后,因财务和分配不公开,引起职工猜疑,写信告到纪委。承包人吸取教训,马上实行财务"五个公开"和民主理财,得到职工信赖。相互间的信赖产生了巨大的合力,这个过去从没盈过利的车间,去年盈利 11.5 万元。

济南无线电二厂厂长兼四厂承租人隋金城有一句治厂格言:企业有两个"上帝",一个是用户,一个是职工。对职工,他生活上关心,更尊重他们在企业中的主人翁地位,理解他们的参与热情。一年两次民主评议干部,一月一次职工献计献策会,车间里挂起意见建议箱……规定,谁能为生产、改革提一条合理化建议,所创经济效益的千分之一归己。精简科室人员,是最令人感到棘手、头痛的一项改革。但由于民主的参与,职工用无记名投票的方式决定了人员的去留,有一半非生产人员被精简,且没引起多少"副作用"。

在德州市最近对承包、租赁企业千名职工的调查中,有 85.7% 的职工回答,承包、租赁后,他们最关心的是企业的生产经营和机构改革,生活上的问题倒在其次。在这种情况下,要融洽承包、承租人与职工之间的关系,首先要尊重职工在企业中的主人翁地位,实行民主管理,让职工参与有关企业改革和发展等大事的决策过程,使每个人的智慧、创造力和价值都能得到充分的体现。

"作为承包、租赁企业中的职工,也应增强自身的改革意识,理解改革的难度,理解厂长们的难处,还应有为改革做出点牺牲的精神。"一位工会干部也看到了问题的另一面。

当然,让职工参与选聘经营者和签订承包、租赁合同的全过程;以合同、法规的形式规定经营者与劳动者双方所应互相承担的责任和义务,更是未雨绸缪的良策。

改革的大潮中,承包、承租人与职工,命中注定在一条船上。征途上有暗礁,有险滩,只有彼此尊重,相互理解,齐心协力,改革的航船才能乘风破浪,抵达成功的彼岸。

(《大众日报》1988 年 4 月 21 日,作品获山东省好新闻二等奖)

曾奇栋与孔府家酒

两年,在历史的长河中只是一瞬。

但就在这一瞬间,从东方文化名城曲阜的母体上降生出一个精灵,携古文化之芬芳,乘开放之雄风,漂洋过海,声名远扬。13 个国家和地区有她的倩影。

在国内,人们对她更是趋之若鹜。国宴上,有她的"专座",市场上,价格翻了一番、三番……

是什么珍品,这般令人神往,令人为之倾倒?

——是孔府家酒!

当人们在传颂着孔府家酒"神话"的时候,自然忘不了一个与她紧紧相连的响亮名字——曾奇栋。

一

1984 年春,从基层一步一个台阶干上来的曾奇栋当上了曲阜酒厂厂长。

此时的他,不仅没有半点荣任高升后的陶醉,反而流露出一种重压下的抑郁。这压力来自他自身。

"创名酒"一直是曾奇栋魂牵神萦的梦。当历史阴差阳错地将这位工业大学冶金系毕业的高才生差遭到曲阜酒厂后,这一梦想就深深埋在他的心里。现在,时代给了他实现梦想的机会,但通往成功的路却显得遥远而又渺茫。

一段时间里,曾奇栋变得更加沉默,简直神秘兮兮。了解他的人知道,老曾在琢磨新点子了。

他几度造访那"与国咸休,同天并老"的孔府,不是发怀古之幽思,而是寻觅、捕捉一种灵感、一种启示。

他和年逾古稀的"老酒懂"摽在一起。或闭门长谈,或来到车间里比比画画。他们在搞什么名堂? 别人不得而知。

老曾的爱人黄瑶贞回忆说:"那阵子老曾就像中了魔似的,半夜睡得好好的,'忽'地爬起来,就去翻腾书架,又是写又是画的。我知道他在想事,没去理他。"

疯魔了一阵子,曾奇栋好像灵魂重新附体,绷紧的脸上也露出了笑意。

一个星期一的下午,厂务例会。在几位副厂长分别谈了上周的生产经营情况后,照例该曾奇栋发言了。他轻咳一声,操起那福建普通话轻声慢语道:"下一步,咱得上低度酒。"

"低度酒?"众人听了先是一愣,面面相觑。继而便有人表示异议:"咱们已有'曲阜特曲''曲阜老窖'两个名牌,干吗还得另搞一套?"

曾奇栋微笑着,还是不急不慌道:"是啊,咱们的曲阜特曲是获得了部优称号。但现在我国的酒类生产发展很快,有的省酒厂上万家,全国每天几乎都有新牌子的酒问世。市场竞争这般激烈,出路只有两条:一条是让我们的现有产品跻身全国名酒行列。这,究竟有多大的可能性?'八大名酒''十八大名酒'早已像庙堂里的神像那样排定了座次,要想取而代之,难上难!另一条路是独辟蹊径:既然全国名酒如今还都是烈性酒,那我们就在低度酒上异军突起。"

曾奇栋这人看似平平常常,个头不高,貌不惊人,平日寡语鲜言。但在"节骨眼"上,说话办事却有板有眼,有着一种不可抗拒的吸引力和感召力。现在,他又开始施展这"魔力"了。

"从国内外市场需求和酿酒业的发展方向看,低度化和营养化是大趋势。中国白酒风味独特,但酒度太高。如果我们的产品既能保留白酒的风味,又能把酒度降下来,肯定会大受欢迎。到现在,国内酒厂看到这一步的寥寥无几,省内还是空白,我们要超前一步,抢个头班车。"

显然,曾奇栋的"魔法"发生了效力。会议室内静悄悄的,大家都盯着曾奇栋,好像在催促他快把满脑子的主意都倒出来。而曾奇栋呢,还是不慌不忙,像说相声的那样向外抖包袱。

"据向孔府里的人了解,当年孔府酿制的向皇帝进贡、招待达官贵人的酒,就是一种低度白酒。如果我们用孔府酒坊的传统酿造工艺,加上现代技术和质量管理,再打出'天下第一家'家酒的招牌,定能一炮打响。"

决策能力,是企业家最基本的素质,而超前决策,尤为难能可贵。这需要企业家在占有大量准确信息的基础上,发挥创造性的思维,预测将来,未雨绸缪。从这个意义上讲,企业家,也就是战略家。

正确的决策,本身就是一种号召力。曲阜酒厂上下动员起来,由生产科、开发科、质检科组成的新产品研制小组开始了攻关,酿造师们就像年轻的母亲那样倾注着激情,倾注着心血,精心孕育着未来的明星。

1985年10月的一天,曲阜酒厂沸腾了! 散发着古文化的芬芳,凝聚着现代人智慧结晶的一代佳酿——"孔府家酒"(38度)终于诞生!

就在这前前后后,国内报刊正连篇累牍地大做"低度酒"的文章。一些厂家也开始急起直追。而此时的曲阜酒厂,就像战争中提前抢占了制高点的一方那样,已经手握市场竞争的胜券。

二

1986年初,明媚的春光给曾奇栋带来一个新的播种季节。这一天,他带着办公室主任,每人肩扛一箱孔府家酒,踏上了东去青岛的列车。这是他们实施经销策略的第一步。

现代企业家认为,商品经济时代,产品经销策略与生产策略同等重要,甚或更为重要。唯此,有眼光的企业家都在塑造本企业的形象、扩大产品的知名度上解数使尽,不惜工本。在这里,我们古人那句"酒香不怕巷子深"的遗训就显得有点格格不入了。

曾奇栋深明此理,孔府家酒生产出来了,怎样"打出去"? 这又使他绞尽脑汁。最后,他提出一个看似怪异的策略,"先外后内,以外销促内销"。

看似"怪异",但支持这一策略的论据是充足的,逻辑是缜密的。

当前国内白酒市场已经趋向饱和,各种名堂的白酒仍频频问世。这时候将孔府家酒抛出去,无异于向大海投了块石子。

外销也很难。唯其难,许多厂家才望而却步,或固守着先内销后外销的常规。这时如果能捷足先登,说不定会出奇制胜。

孔府家酒外销有其独具的优势。酒本身的质量、包装且不说,如今在日本、东南亚国家和港澳台地区,尊孔崇儒成风;西方世界,以古老的东方文明为时髦,崇尚者也大有人在。爱屋及乌,作为古老东方文明化身的孔老夫子家的"家酒",肯定颇有诱惑力。

等"家酒"在国外打响,在国内,这就是最好的广告。这一点,想想人们对所谓"出口转内销产品"的热衷,即可得出肯定的答案。

这又是一种超前决策,是一反常人思维模式和行为模式的超前。在商品经销战中,最讲究这种出奇制胜。

曾奇栋他们二人来到青岛某外贸公司。一进门,曾奇栋就自报家门。"我们是曲阜酒厂的,刚生产了一种优质低度白酒——'孔府家酒',想来看看咱们这里能不能帮助出口……"

"出口?"曾奇栋的话还没讲完,坐在那里的几个人便"齐刷刷"抬起头来,脸上也都无例外地挂着一丝说不出什么味道的"笑意"。其中一位道:"现在国外白酒市场的行情你们知道吗?国家名酒都很难出口。如果谁刚生产一种酒就能出口,那我们这碗饭就好吃了。"话语简短,却似乎不容回驳。

曾奇栋不甘心,一反常态,上前喋喋不休讲起他那套"孔府家酒优势论"来。但任你巧舌如簧,任你言之凿凿,任你情恳意切,人家只是笑,只是一个劲地摇头。

青岛"碰壁"以后,并没有使曾奇栋他们气馁,他们在思索、寻觅,等待着一个新的机会的降临。

机会终于来了——1986年秋季广交会。

长龙般的参观人群里,出现了曾奇栋和厂办主任的身影。只见他俩每人身着一套崭新而又别扭的西装,一手攥着入场券,一只胳膊紧紧夹着他们的"宝贝"——孔府家酒,随着人潮的涌动,"混"进了展览大厅。

在山东展区,外贸部门的同志面对这两位不速之客,真有点哭笑不得——迄今为止,还没听说有哪个厂家没接到邀请便"死乞白赖"硬闯进来的呢。而此时的曾奇栋,则全然没了孔夫子老乡那种温文尔雅、恭逊谦让的风度,一边和人软磨硬缠,一边悄悄将展位上的商品挪挪位,用自己的"家酒"取而代之。再一看,谈判桌那儿还空着呢!顺手拿来两瓶放在桌上,打开古色包装,启开封口,瞬时,一股浓郁的酒香飘逸而出,弥漫在宽敞的大厅……

这一招还真灵!果然有鼻子"尖"的客商闻香而至,一个、二个、三个……谈判桌前围起了一圈人。有的在反复地把玩观赏那玲珑别致、古色古香的小酒坛,有的则眯着眼睛品尝回味那绵软甘甜的美酒……

真有慧眼识珠人!香港协盛行代理李先生当场拍板:一次订货300箱。

300箱!300箱!这,对孔府家酒意味着什么?对为她的诞生、外销而心力交瘁而"衣带渐宽"的人们又意味着什么?!曾奇栋想哭,想笑,又想跳,真想马上跑出去给家里的伙计们发封电报……但中国人特有的含蓄内向的性格却没让他这样做。他从从容容地在谈判桌前坐下,一笔一画地在合同书上签下了自己的名字。虽然握笔的手微微有些颤抖……

以后发生的一切,似乎都在预料之中。

300 箱孔府家酒运抵香港,三天内被抢购一空。随即而来的是一封封加急电报:"请追加 1000 箱","请追加 2000 箱"……

然后是一串串令人惊喜的数字:1987 年出口 2.3 万箱,1988 年预计出口 5 万箱。孔府家酒出口量在全国白酒类中一跃而居前茅。

在国内,孔府家酒的知名度火箭般上升,"抢手""紧俏"之类词语,都不足以形容她供不应求的程度。

三

一架巨型客机从广州白云机场怒吼着冲天而起。随着机身的颤抖,一种失重感传遍了曾奇栋的全身。他深吸一口气,那异常活跃的思绪也随之悠悠飘逸而出。

记不得哪位哲人说过:"胜利往往是通向失败的导航牌。"现在孔府家酒已经红透了半边天,自己也被鲜花和奖杯所拥抱,但越在这时候,越要保持清醒和冷静。

孔府家酒现在的产量,远远满足不了市场的需求,质量和新产品开发要更上一层楼;国内外市场要进一步拓展……事业无止境,任重而道远。不知这次新加坡之行能否寻找到一个开创新事业的机会。

狮城新加坡。

连着几天,曾奇栋马不停蹄地跑。他穿行徜徉于大大小小的商店之间,看看这种酒的价格,问问那种酒的销售情况,还若无其事地向人们打听知不知道孔府家酒……

在东道主新加坡福山园企业有限公司董事长张老板的陪同下,曾奇栋还参观考察了该公司下属的几家企业,边看边谈,边谈边想。对这个以生产经营食品为主的大公司的经营状况,在新加坡商界、企业界的知名度,以及张老板的才识、性格,曾奇栋心中都有了底,一直萦绕在心头的思考也日臻成熟。

到了该摊牌的时候了!争取与福山园的合作,借他们的投资,扩大孔府家酒的生产能力;利用他们在国际上的经销网,进一步占领海外市场。

对一个有眼光、有魄力的企业家来说,有 50% 成功希望的事情就可以去做,有 70% 希望的要抢着去做,这,就是一种超前意识。

谈判在公司大厦的一间会客厅进行。双方都没有过多的客套和寒暄。曾奇栋一上来就坦率而诚挚地谈了自己的想法。张老板本来就"心有灵犀",一听大喜过望:"曾先生真是痛快人,我就愿意和你这样的人做生意!"说着,话题一转:"贵厂和孔府家酒的信誉和发展前途都没说的。不过有一点我想请教曾先生,贵国的开放政策会不会有变……"曾奇栋一听,脸上露出理解的微笑:"张先生不是几次到我国做过生意吗? 以你的观察,我国现在这种改革、开放的势头,是人力所能够改变、扭转的吗?"张老板听后点头,忽然又道:"听说贵国的官僚主义很厉害,我做生意可不愿让人捆着手脚。"曾奇栋还是微笑:"张老板的担心有道理,我们的改革,正是对着这个来的,现在情况好多了。要不然,我就不可能坐在这里和你张老板开诚布公地谈生意。要谈的话,给你的回答也只能是:'研究研究。'"一席话,说得张老板开怀大笑,心存的疑虑,在笑声中化为烟云。

在笑声中,中国第一家白酒合资企业——中国·新加坡曲阜酿造有限公司将孕育诞生。

和曾奇栋,我们算是老相识。但每次见面,他都像影子一样让人把握不定,谈不了三言两语,不是有人来找,就是他急着要去办什么事。直至这次,才算把他"逮"住。几经深谈,我们发现了另一个曾奇栋。

采访将要结束时,我们随便问曾奇栋,"将来有什么打算?"他几乎是不假思索地说:"想法当然很多,但我最大的愿望,是创一种'孔型酒'。""孔型酒?"看到我们迷惑不解的样子,曾奇栋笑着解释道:"这当然只是个提法。我们国家不是爱把白酒分成这个型、那个型,而且每个'型'必有个'龙头'吗? 我们为什么不可以自创一'型'。"

"呵! 你这口气蛮大的,不怕别人说你狂吗?"我们兴致益然地盯着曾奇栋,希望他能借题发挥下去。

"照我看,一个人没几分狂劲,成不了什么大气候;一个干企业的,如果只知道安分守己、循规蹈矩、亦步亦趋,也是终究创不了大业、争不了第一的。"曾奇栋说着,言辞还是那样朴实,语调还是那样平和,但我们听来却如金石般掷地有声。

是啊,只有那些不落窠臼、不安现状、不断超越现实、超越自我的人,才是永远的成功者。

(《大众日报》1988 年 8 月 31 日)

人，企业命运的主宰

——博山挂车厂采访记

在激烈的市场竞争中，博山挂车厂打了胜仗，目前这个厂的产量占全国挂车生产的1/10；产品获部优、省优。他们的经验是什么？当我们就此向厂领导请教时，厂长杨文友用手指在茶几上重重写了个"人"字。

人的发现

1985年秋，博山挂车厂在原材料涨价、能源不足、市场饱和"三座大山"重压下陷入困境，企业亏损，职工发不出工资，真到了"山重水复疑无路"的地步……

正当厂领导急得团团转的时候，一批批工人找来了。有的给厂长出点子，想办法；有的拍着胸脯道："只要厂领导看准了，咋说咱咋办！"

见此情景，厂长、书记们心头一热，同时也发现了一线希望的曙光：人心可贵，士气可用。只要把全厂上下动员起来，没有闯不过的难关！

人，是经济活动的主体，是企业命运的主宰，企业的兴衰，与职工群众的积极性密切相关。而要把职工的积极性组织动员起来，最有力的号召莫过于行动。厂领导东求西告借来3万元钱，将工资如数发给职工，而领导干部则自动扣发20%的工资。厂长在全厂大会上说得很干脆，也很动情："现在我们还可以借钱发工资，但如果产品再卖不出去，我们就求告无门了！"

哀兵必胜。那段时间，全厂上下被一种壮烈的气氛所笼罩，人人心里都憋着一股劲：创全优产品。打开销路，共渡难关。限电，那就何时有电何时干，夜里加班到凌晨4点；质量，层层把关，自检、互检、专检，就像孕育、看护自己的孩子那样精心细致；供销人员置妻儿老小于不顾，连着几个月在外奔波……

人心齐，泰山移。博山挂车厂正是凭借人的一种精神、一股士气，渡过难关，迎来了"柳暗花明又一村"。

改革与人情味

我们来到博山挂车厂时已是傍晚,本来和厂领导约好吃完晚饭就开始座谈。可一等不来,二等还是不来,只好作罢。直到第二天一早,才见到杨厂长拖着疲惫的脚步来到我们住处,一见面就连忙道歉:"昨晚我们有位职工突发急病,手术做到两点多,好不容易安顿好了。""那你一直陪到最后?"我们感兴趣地问。"不光我,书记、工会主席都在那儿。"杨厂长说得很自然、很平淡。在一旁的厂团总支书记小张告诉我们:"这也成了不是规矩的规矩。厂里哪位职工病了,厂领导都要到家里、医院去探望。有的急需手术,家属不敢签字,厂领导就代签。周围一些厂子里的工人,都很羡慕我们这里的人情味。"

这倒是一个很好的角度,我们请厂长深入谈下去。杨厂长沉吟片刻后:"关心人,爱护人,本是我们党的优良传统。可不知什么时候,这些都不大提了。现在一讲企业的改革,有人就理解为'大砍大杀',理解为'罚'。这其实是片面的。"接着,杨厂长就厂里的工资制度改革给我们讲了改革与人情味的辩证法。

今年初,挂车厂推行计件工资制。这是一项硬碰硬的改革,完全撕破了"大锅饭"时那种大家干多干少一个样的温情脉脉的面纱。但是否就这样一改了事了呢? 厂领导不这样看。他们想到那些为企业的初创和发展做出过贡献的老工人,想到那些身有残疾的职工——改革,不能把这些人当包袱甩掉。

于是,在计件工资制出台的同时,老工人享受工龄补贴,患病的职工发病假工资,特殊困难的给予救济的规定也开始实施。一车间有五位患精神疾病的工人,在改革之始,有人担心他们的出路。厂领导和车间领导坐下来,费尽心思,一一给他们安排了适当的工作。这样,他们不仅"饭碗"没砸,干好了还可以拿到奖金。

改革,治懒不治老,不治残。厂领导此举深得人心。工人们说:"谁没个年老病灾的时候? 这样一来,我们拿多少钱心里都舒坦,也没了后顾之忧。"在这种富有人情味的相互理解中,工资制度改革顺利推开,并马上化为显著的经济效益。

参与,激发潜能

西方心理学家马斯洛认为,人有多种需要,除了基本的生理需要外,人还追求他人的尊重和自我价值的实现。而只有这些需要得以满足的时候,人的积极性和创造性才能得到充分的发挥。

在博山挂车厂,工人的主人翁地位绝不是一句美丽的空话,他们参与企业的管理,参与企业的改革与发展的决策过程。民主参与,使广大职工的地位和权利得到尊重,使他们潜在的能量得以发挥。

全面质量管理,是一个庞大而又细致、复杂而又严格的系统工程。各个环节稍有懈怠,便前功尽弃。这需要每一位职工都具有强烈的主人翁责任感和参与意识。这里的三级质检(自检、互检、专检)制度、流动红旗竞赛和质量研究小组活动,都是激励职工参与全面质量管理的有效机制。玛钢铸件质量历来是一道难题。构成玛钢的几种主要元素的比例以及浇铸温度、保温时间、闷火的温度、时间,甚至一年四季的温度、湿度对玛钢件的质量都有明显的影响。玛钢车间的年轻人不满足于师傅们传下来的技术,他们自费买来有关书籍,废寝忘食,潜心研究,攻下一道道难题,终于使玛钢件质量达到优质标准。

对厂内的"政治大事",职工也同样享有参与权。今年7月,厂内实行中层干部聘任。这次干部调整涉及面广,开始厂领导有些担心。但由于职工群众的参与,原来担心的事办得皆大欢喜。公开招标,公开答辩,民主投票,择优选聘。下去的,无话可说;上来的,干劲十足。职工们更是情绪高涨,他们说:"喊了多少年当家做主,现在真正尝到了滋味。"调整班子后,人们的精神状态和工厂的经济效益空前喜人。

民主,不是政治家的专利品,在企业家那里,它能创造实实在在的物质财富。

（《大众日报》1988 年 10 月 25 日）

从困难的泥沼中奋起

中国的改革正进入关键时期。我们播种着希望,也遇到了滞人脚步的沼泽地。

通货膨胀,物价上涨,资金短缺,能源、原材料紧张,流通渠道混乱,腐败现象滋生……困难是实实在在的,是不容忽视和回避的。

怎样看待改革道路上遇到的这些困难和问题,是陷在消沉埋怨的情绪中不能自拔,还是振作精神,奋起应战? 在第五次党代会上,记者采访了淄博市代表团的几位代表,找到了答案。

正视困难,战胜困难

"同全国和全省一样,淄博市当前在改革和发展中也遇到了一些困难和问题。"46 岁的淄博市代市长韩新民代表谈吐率直,见解精辟,他冷静地分析说:问题最突出的就是供给与需求的矛盾。资金、能源、原材料的供应缺口很大。据初步匡算,淄博市明年资金的需求量大约在 8 亿至 10 亿元左右,即使挖掘潜力,也还有 5 亿元的缺口。电力供应的缺口在 15 万千瓦左右,煤炭缺口 50 万吨,还有棉纱、有色金属、化工等原材料的供应也很紧张,这些,都是制约经济发展的主要困难。在生活资料的供应方面,与群众直线上升的消费欲望相比,矛盾也很尖锐。物价上涨过快,造成了群众的恐慌心理和牢骚不满情绪。这些困难和矛盾,有的是在新旧体制转换过程中所难免要遇到的,有的是由我们在决策中、工作中的失误造成的。怎样看待这些困难? 我们的回答是:一要正视困难,二要战胜困难。

是考验,也是机遇

在困难面前,牢骚埋怨于事无补。回避矛盾,只能使矛盾越来越激化,唯一明智的选择,就是把挑战当作机会,知难而进,迎难而上。

山东新华制药厂是全国医药行业的骨干企业。现在他们也遇到了资金、电力短缺等问题。在来参加省党代会的这天上午,厂长贺端浞还和厂领导们一起,给困难一一排队,寻求解决办法,在跟记者的交谈中,他显得胸有成竹:我们现在所面临的困难是全局性的。在这个时候,就看一个企业的真本事、真水平了。在明年工作中,我们要突出抓企业管理,采用国际先进标准,调整产品结构,依靠技术进步,向管理、向技术要效益,争创国家一级企业。只要这个难关渡过去了,在今后的市场竞争中就会更加主动。

"在全市工作中,我们也贯彻了这样一种指导思想:既要看到经济生活中的困难,又要看到克服困难的有利条件;既要看到当前的困难是一场严峻的考验,又要看到这是一次良好的机遇。这样,我们在困难面前就不是无所作为,而是大有可为了。"市委书记王怀远向记者介绍说,"资金问题是当前制约经济发展的主要问题。前不久,市里采取措施,发动市民储蓄,11 月份,增加储蓄 2100 多万元;12 月头 10 天,又增加了 2671 万元。做的第二项工作是,抓住这次治理整顿的机会,搞好产品结构、产业结构和技术结构的调整,实行倾斜政策,优先发展社会急需、效益好、原材料有保证的企业。第三是确定明年为科技进步管理年。尽可能推广运用先进的管理经验,利用新技术改造老企业。眼光向内,挖掘内涵,上水平,上效益,增加生产,增加供给。这将是克服困难、渡过难关的有效途径。"

这就像凤凰涅槃一样,投入烈火、被焚烧掉的是一个陈旧的躯壳,换来的却是充满生机和活力的新生命。

共度时艰,需要一种精神

我们中国人历来有"天下兴亡,匹夫有责"的传统,在当前改革的关键时期,困难时期,我们更需要有一种精神、一种士气来共度艰难!无论是分组讨论,还是在与记者的交谈中,许多代表都慷慨激昂地谈到这一点。

"我们当前所遇到的困难,有许多是在改革和发展中所必然要遇到的。但由于我们的部分干部群众对改革的艰巨性、长期性思想准备不足,只想从改革中得到实惠,不想为改革付出代价,所以一遇到困难和挫折,就有点惊慌失措,就牢骚满腹。当务之急,是要增强每个人对改革的代价意识、参与感和责任感,更要树立长期艰苦奋斗的思想。"中共淄博市委常委、秘书长常志钧的观点很有代表性。

"梁步庭同志在报告中指出:要使全省人民牢固树立'实现四化,振兴中华'的强大精神支柱;我们淄博市提出'团结实干,争创一流'的淄博精神,一个共同的目的,就是用这种精神来凝聚民心和士气,团结一心,闯过难关。"市委书记王怀远反复强调这种精神的力量。

作为基层党组织的代表,淄博市田家村党支部书记张锡友和柳杭村党支部书记朱洪俊一致认为,党员干部的形象如何、精神状态如何,对民心、士气影响巨大。如果党员干部在困难面前意志消沉,甚至借机为自己捞好处,那势必会涣散民心,以至葬送改革。如果我们每个共产党员都能做到矢志改革,吃苦在前,知难而进,人民群众就会和你同舟共济,改革的航船就会冲出困难的"泥沼"地!

(《大众日报》1988 年 12 月 20 日)

东西合作　前景广阔

——几位党代表对东西部协调发展的思考

继中央提出沿海经济发展战略之后,省委结合山东实际做出"东部开放,西部开发,相互协调,共同发展"的战略决策。决策实施以来,东部开放紧锣密鼓,西部开发步步深入,但东西部之间的合作关系发展得并不尽如人意。无论是谁亏谁赚的议论,还是围绕着原材料、市场之争而出现的封关设卡,形形色色的"大战",都提醒人们特别是决策部门注意:进一步协调好东西部间的利益关系,将是决定我省今后经济发展的至关重要的一项工作。

方略正确　实施困难

由于历史、地理等方面的原因,我省东西部经济发展是不平衡的。正是从这一实际出发,提出"东部开放,西部开发"这一决策。对此,全省上下都表示理解和拥护。

青岛市市长郭松年代表打了一个形象的比喻:这就像登山一样,一拥而上是不可能的,只有身强力壮的先爬上去,再回过头来拉"兄弟"一把。

济宁市委书记王玉玺代表也认为,客观上讲,西部的经济基础比较薄弱,一下子要上得那么快是不可能的。只有树立全省一盘棋的思想,相互合作,相互支持,东部先上,西部才能紧跟着发展起来。

"理儿"大家都明白,但一涉及具体利益,特别是当"上边"的政策显得不那么"公平"时,东西部之间的矛盾和摩擦就出现了。

最突出、最有代表性的是棉花问题。众所周知,我们现在所实行的棉花政策是1985年压缩棉花生产的政策,价格偏低,且实行"单轨制",由国家统一调拨,而这几年棉花生产所需的农药、化肥、地膜等价格却实行"双轨",计划内的没有保证,计划外的价格却涨了三四倍。这样,作为棉花主要产地的西部和作为生产资料主要产地的东部之间的矛盾就来了:你不能平价供应我农药、化肥,却平价用我的棉花,必然要影响我种棉的积极性;棉花一减产,东部一些棉纺厂就得关门,那供应西部生产资料的积极性更没了。而且,西部要发展,也不能光卖原料,也要上加工业,于是"壁垒政策"就出现了。东西部之间就容易形成相互制约、摩擦不断的恶性循环。

出路何在

怎样走出这个"怪圈"?

烟台市市长俞正声代表从长远发展的角度谈了他的一些思考:解决矛盾的主导方面,是东部地区要上水平,逐步建立起以国际市场为导向的产业结构,尽可能做到两头在外,大进大出,尽可能提高深加工能力。他认为,做到这一点起码有四大好处:一是可以提高东部现有工业的水平,使其向国际水平靠拢;二是当产品加工达到国际水平后,东部所需原材料就可以靠国际市场,或者可以按照国际市场的价格标准吸收西部的原材料,或初加工产品;三是可以为西部让出部分国内市场;四是对西部发展提供有形、无形的帮助。这样,东西之间争原料、争市场的矛盾自然就会缓解,关系也将协调起来。

郭松年代表同意这种思路,他又同时认为,建立外向型经济格局需要有一个过程。那就是要站稳脚跟才能打出双拳,即通过东西协作,强化西部的经济基础,以此促进东部开放。他认为,在现阶段,起码有几条路子是可行的:(一)东部在技术、管理、人才等方面给西部以支持,帮助上一些初加工项目,然后再放到东部深加工;(二)本着互惠互利的原则,东部在西部建立原料供应基地;(三)以东部沿海城市为"窗口"和"龙头",与内地合作发展外向型经济。

这样,西部"固本",东部"出击",即可形成东西部协调发展的经济格局。

政策,东西合作的黏结剂

要加快实施"东部开放,西部开发,以开放带开发,以开发促开放"战略,关键在政策。

"东部地区要向外向型经济转轨,要有点硬性约束机制。"俞正声代表风趣地说,我们国内的"大锅饭"还是好吃,而到国际市场去却要冒很大风险,你没有硬政策"逼"他,他当然还是从国内市场这个"大锅"里争饭吃。

关于这一点,王玉玺代表接着谈到,在商品经济时代,国际间都搞分工合作,我们地区之间还在为各自的"门类齐全"而"你上我也上"。这显然是不明智的,必然加剧经济的"过热"。借助当前治理整顿的时机,需要有些硬政策来调整经济布局。西部地区基础差,发展速度理应快一些,政策上应有所倾斜。一些适合西部地区优先发展的项目,像纺织、食品加工、化工等项目,省里在计划、投资等方面是否能给予适当照顾;在东部地区,这些项目一般不再重复布点,主要引导他们在深加工、上水平、上档次上下功夫,这样,东西部就能各自发挥自己的优势。

如何调节好东西部间的利益关系?惠民地区行署专员王道玉代表认为,关键要有既互惠互利,又对双方都有约束力的政策规定。他还是以棉花为例说,现在我们一些棉纺企业的高效益,很大程度上是建立在廉价原料的基础上的,长期下去,肯定不行。因此,在国家调整棉花价格之前,我们是否可以想一些权宜之计。譬如让一些棉纺企业拿出部分农业扶持金,或返回一些外汇,帮助购买棉农急需的生产资料;棉纺企业还可以用预付定金的办法,来保自己的原料供应。生产资料的生产现在也是微利或亏本的,省里是否可以给予补贴,或税收上给予照顾,价格上不能提得太高,并保证供应。这样,就可达到互补、互保的目的。

东西合作,前景广阔。

(《大众日报》1988 年 12 月 23 日,作品获山东省好新闻二等奖)

走出"两难"境地

——采访札记之一

与企业界的人大代表交谈,常听他们"叫苦":实行治理整顿,紧缩信贷,企业用于技术改造的资金和流动资金过紧,有些效益比较好的企业,也因此受到影响。另据了解,今年头两个月,我省有部分地市已呈现经济滑坡的态势。

这就形成一个典型的两难困境:抑制过热的经济,需要紧缩信贷,来点硬措施;而从上述现象着眼,又需要资金来发展生产,以避免经济的萎缩。

怎样才能尽快走出这种困境,做到既实现治理整顿的目标,又防止经济滑坡? 在决策层和经济学家们为此而苦苦寻求良策的同时,处在改革第一线的人们也在思索、探寻出路。会议列席代表、中国银行青岛分行行长王成贵谈了他的想法:中央提出控制总量、调整结构的货币信贷政策是正确和必要的,但调整需要一个过程。钱就那么些,过去投出去的,不可能一下收回来,有的项目虽然压下来了,但资金却也给压死在那里,缩不回来了。这样,就出现了该收的收不回来,该保的也保不了的现象。他转而又说,即便如此,作为金融部门也仍可有所作为。一是靠新增加的资金,支持部分重点企业、重点项目,把好钢用在刀刃上。例如对在国际上畅销的青岛啤酒、对虾、花生等的生产和收购,他们就采取坚决保的政策。二是改变银行结算办法,实行信用证制,扭转和避免企业间相互拖欠贷款现象,加速资金周转。王行长提出,在现在僧多粥少的情况下,地区之间、专业银行之间对资金的封锁日趋严重,使流动资金难以流动。应采取措施,打破壁垒,把有限的资金用活。另外对新上项目,经济主管部门要慎之又慎,避免随意性;对重点保的项目、企业,国家和地方也应尽快亮出底来,使银行在调整信贷结构时有所侧重。

关于这一点,菏泽地区的做法值得借鉴。地区经委主任胡公厘代表向记者介绍说,为解决资金短缺问题,年初他们就和银行部门的同志坐在一起,根据效益和资金周转等情况,将县属以上企业排了个一、二、三类,一类保,二类限,三类压,农业银行也和有关部门一起,划出54处乡镇企业,作为重点扶持对象。另外,他们还在全区范围内推行风险抵押承包等改革措施,筹措资金,以解燃眉之急。

作为企业,面对当前的困境,是等待观望,束手无策,还是另辟蹊径?许多企业的选择是后者。威海市钟表工业公司今年产值将达 1 亿元,需增加流动资金 1000 万元。据估计,尽最大努力后,所需资金仍将有一半的缺口。怎么办?公司领导眼光向内,对所属 6 厂 3 公司的所有资金都重新进行核定,每个单位需要占用多少资金,每种资金是多少,都核定出标准,按标准考核。超支部分的利息的一半从工资里面扣除,节约了也照此法奖励。对积压物资的销售也制定了考核办法,从而加速了资金的周转。

紧缩政策,对一贯"找米下锅"的乡村企业冲击最大。"即便如此,我们仍要在夹缝中求生存,把这根农村经济的重要支柱保下来。"在跟记者的交谈中,泰安市郊区埠阳村党支部书记彭清渭代表显得颇有信心。他们除了想方设法强化管理,加速资金周转,提高经济效益外,还把道理和群众讲清楚,教育大家再过两年紧巴日子,把分配压了下来,腾出资金来发展生产。

是啊,在改革遇到困难的时候,我们每个人都应有为改革做出点牺牲,过上两年紧日子的思想准备,艰苦奋斗,这样才能共度时艰,使经济进一步走向良性循环发展之路。

(《大众日报》1989 年 2 月 28 日)

片片云彩都下雨

—— 采访札记之二

廉政,是这次省人代会的热门话题之一。在大家七嘴八舌的议论中,最集中的焦点是,在政治体制改革尚未全面展开,新旧体制转换尚未完成之前,我们在廉政建设方面能否有所作为和怎样有所作为。

"廉政问题本来不该成其为问题。我们的社会主义制度和共产党的宗旨不是都保证了这一点吗?"青岛市市北区党委书记梁有新代表颇有见地地分析道,"但由于十年内乱对我们党的优良传统的破坏,加上这几年对思想政治工作的忽视,致使有些党员干部丧失了理想信仰,经不起商品经济的冲击。这些人虽然是少数,但其腐蚀力、破坏力极大,不可等闲视之。"由此得出一个结论,作为一个执政党,在社会的制约监督机制尚未健全的情况下,加强党的自身建设,强化每个党员的公仆意识、为人民服务的思想,就成为廉政建设的当务之急。

茌平县小杨屯村党支部书记张国忠代表认为,一个领导班子的廉政,首先要从每一个成员自身做起。人人廉洁,也就有一个领导集体的廉洁。他在任 40 多年,一时一刻都没忘了自己作为一个共产党员的责任,并经常教育支部一班人,牢记党的宗旨,甘当公仆。为了带领群众致富,年逾 60 的张国忠自己到北京、跑济南,找项目,聘请科技人员,回来后指导群众合理利用土地,实行科学种田,一亩地就增加收入 1200 多元。群众高兴地夸党支部:服务到底,办事合理。

"现在党政干部中出现不廉洁的现象,很大程度上是因为有的党员干部居功自傲,把自己摆在特殊位置,认为多拿多占点没什么,甚至还心安理得。"临沂市委常委、罗庄镇党委书记李桂祥代表谈了他的见解。罗庄镇这几年商品经济发展得很快,省内省外有名。去年全镇各业总收入已达 50900 万元。家大业大,但镇党委、政府办公的地方还是 70 年代初建的小平房,六位正副书记一个屋办公。这个镇的领导班子认为,廉政的根本在于政治体制改革。但在全盘未动的情况下,作为一个地区、一个单位,应当创造自己廉政的"小气候",有了"小气候"才有整个的"大气候"。

当然,廉政建设单靠思想教育、道德约束和领导示范也是不够的,制度和纪律亦相当重要。凡是廉政建设搞得比较好的单位,各项制度都比较严明,能够从严治党治政。青岛市北区从 1984 年开始就逐步建立起一整套廉洁勤政制度,经常检查,公开接受群众监督,一旦发现有违纪的人和事,坚决处理,这个区环保局有位干部,借工作之便到个体饭店要吃要喝,还跟店主索要彩电票。此事反映到区里,区领导明示查清后要从严处理。结果。这位干部受到行政记大过处分,并被调离工作岗位。

大量的事实和经验证明,无论是思想教育也好,制度约束也好,政治体制改革方面的探索也好,在现阶段廉政建设是大有可为的。只要每个共产党员和领导干部能够自觉按党的宗旨办事,严以律己,率先垂范,从我做起,从本单位、本地区做起,廉洁清风就会从一个地方吹到另一个地方,"片片云彩都下雨"。

(《大众日报》1989 年 3 月 2 日)

教育事业举步维艰,许多人认为这是外部环境恶化的结果,真的如此吗?

关于教育的另一种忧思

——采访札记之三

"教育经费短缺""教师得不到应有的尊重""新的'读书无用论'抬头"……当社会各界为我国教育的现状,特别是外部环境的恶化而大声疾呼时,一些有识之士也看到了问题的另一面:那就是教育本身的低效益和教育方法的陈旧,已和时代的发展、经济建设的需要极不适应,甚至出现许多"悖论"现象。省人代会上,许多教育界的代表表达了这种忧思。

悖论现象之一:一方面喊对教育的投入太少,而另一方面教育经费的浪费又很大。烟台一中物理教师于桂德代表说,去年我省的教育投入是 16.8 亿元,增长幅度也挺大,但这些钱大部分被人头费占去了。高等学校的人头费占其经费的 50% 多,中小学的人头费竟占中小学经费的 80% 以上,这样,实际用于发展教育的费用就微乎其微了。她认为,出现这种现象的根本原因在于"大锅饭""铁饭碗",学校机构臃肿,冗员过多,特别是一些非教学人员增加太多太快。

悖论现象之二:一方面社会上人才匮乏,另一方面又出现大学生分配不出去的现象。有过 25 年粉末生涯的烟台市侨联主席陈万里代表分析道,出现这个现象,原因比较复杂,有用人单位目光的短视、不正之风的影响等,但还有一个很重要的原因就是,教育结构不合理。长期以来我们实行的是重高等教育轻基础职业教育的方针,形成"头重脚轻"的结构,社会上所急需的中、初级专门人才缺乏,一些高级专门人才却没人要,要不就是"大材小用"。另外,教学内容的陈旧、科目设置的不合理,也造成了学生学而不能致用的状况。陈万里认为,这种人才的浪费,是最大的浪费。

悖论现象之三:一方面是"千军万马过独木桥",许多青年欲学而不得入其门,另一方面却是高等院校人才"挤挤",教师欲教而不能。一份资料表明,1986年我国高等院校的师生比为 1∶3.7。教师利用率是最低的。烟台师范学院副教授杨鸣岐代表对此的看法是：这不是教师不愿教，主要是我们的办学形式偏重于全日制普通高等教育，而且对学生的食宿、学费大包大揽，以致没有更多的财力来扩大学校规模，扩大招生。

代表们还有一个共同的感受：无论是高校还是中小学，我们的教育观念、教学模式都亟待改革。在"升学率"的压力下，"填鸭式""满堂灌"的教学，培养出的学生缺乏自学能力、操作能力和创新能力，已远远满足不了当今社会的需要。

问题不少，但代表们也从中看到了改革的希望。教育改革先行一步的德州一中校长傅国杰代表认为，教育改革，首先要引进竞争机制。学校与学校之间要竞争，学校内部也应实行竞争。他们根据教学任务的需要，优化组合。一些优秀教师排满课时，多劳多得。富余人员或去搞创收，或校内待业。学校还成立了一个考评小组，对教师定期进行考评，然后根据考评结果，随时进行教学人员的调整和奖罚。

陈万里、杨鸣岐代表共同建议：调整教育结构，注重培养社会急需的中、初级专业人才，广开办学门路，扩大函授、夜大招生，增加自费生、走读生数量等，都不失为解决上述诸多矛盾的良策。

抓教育，是我们从事现代化建设的明智之举。而教育的唯一选择是：改革。

（《大众日报》1989 年 3 月 4 日）

莱芜市简政放权体制改革所产生的巨大效应,不单单表现为促进生产力的发展,它对克服官僚主义、消除腐败、改善干群关系也极为重要。这种新体制、新机制的建立和运行,正在全市范围内——

重振党和政府威望

1986 年 5 月,莱芜市委、市政府顺应农村商品经济发展的客观要求,以实事求是的精神,在全国率先实行了以简政放权、健全职能、强化服务为主要内容的经济、政治体制改革。随着时间的推移,人们越来越清楚地看到,这一改革所产生的巨大效应,不单单表现为生产力的发展、经济的增长,更具有现实意义的是,新体制、新机制的建立和运行,在较大范围内和一定程度上克服了官僚主义,消除了腐败现象,密切了干群关系,使党和政府在人民群众中的威望大大提高。

扯皮、庸碌、低效率,是旧体制衍生的"官僚病"。
莱芜市靠深化体制改革,治愈了这一顽症。
党政机关树立起高效、有为的新形象

1985 年,羊里镇一家企业,为上一个新项目,镇上跑了县里跑,求了"佛爷",再拜"菩萨"。前后花费了 3 个多月时间,跑了上下几十个部门,盖了 27 个图章,总算立了项。但这还没完,后面还等着各种考核、检查……

像这样关于"扯皮"的事,相信在我们现实生活中已司空见惯。不过,这恐怕怪不了人们有此嗜好。部门分立,条块分割,必然导致政出多门,各争其利,再加上机构臃肿,人浮于事,你不让他"扯皮"还能干什么。据有心人计算,市委、市政府主要领导每年亲自处理这类扯皮事不下 200 件。市委书记朱应铭在一次会议上痛心疾首地说:"'扯皮',消耗了我们多少精力,消费了我们多少时间和效益。更不可低估的是,党和政府在群众中的威望,也让这'扯皮'给一点点扯去。不改革这种产生'扯皮'等种种'官僚病'的旧体制,我们就没有出路。"

"简政放权",这句我们喊了多年的口号在莱芜这块土地上开始了实验——

市直20多个部门设在乡镇的分支机构及人、财、物、权全部从这些部门手中移交下放给乡镇管理,从而形成权力配置的新格局:乡镇享有全面决策的权力,市直各业务部门主要承担技术服务和业务指导任务。

这一改革,打破了部门分立、条块分割的局面。过去,乡镇责任大,权力小,要办一件事,既要求上边的有关部门,又要看这些部门派驻本乡镇分支机构的脸色。现在,乡镇人、财、物三权在握,统筹兼顾,协调指挥,政令畅达。这个市的口镇铁矿石资源丰富,过去由于各方面条件的制约,只能销售原矿石,效益很低。1986年权力下放后,镇上有权调动各路兵马,积极筹集资金、物资,帮助镇、村建起了3处选矿厂和1座炼铁炉,1987年又建起1处铸造厂,在1年多的时间内就基本形成了采矿——选矿——冶炼——铸造——机械加工系列化生产,当年增加产值1000多万元。

作为市直各业务部门,由于大部分权力已经下放,相互间实在已基本无"皮"可扯,机关科室的工作量大大减少,人浮于事的现象失去了生存的土壤。许多部门自动拆庙搬神,大批机关干部或下放到乡镇机构,或充实到机关服务实体,彻底走出了精简——膨胀——再精简——再膨胀的怪圈。"精兵简政",办事效率大大提高。简政放权以来,全市新上250多个乡镇企业项目,所有手续均在1月之内办妥。

以权谋私等腐败现象,像毒液一样侵蚀着党和政府的肌体。莱芜的改革,建立起一种制约与监督权力的新机制,起到了消毒解疴、强身健体之功效

权力是条"变色龙"。在有些人那里,它能创造出福泽人类的丰功伟业;而在另一些人手中,它又张舞着贪婪的爪子,疯狂地捞取私利。要防止权力这条"龙"恶性一面的产生和膨胀,当然不能寄希望于每个掌权者都是大公无私的谦谦君子,关键要有制约和监督权力的机制。

莱芜市的改革,正是循着这一思路进行的。

过去,莱芜市和全国各地一样,存在着纵向权力配置过分集中于上层的缺陷。部门掌管人、财、物大权,缺乏有效的制约、监督机制,这就为腐败现象的产生构筑了温床。有的人为谋求升迁或从偏远的山区乡镇"倒流"到城里工作,不惜请客送礼,而且往往奏效;有的单位为多争取一些专项资金,经常往上跑,搞所谓"人情投资""关系投资",个别部门领导和掌管财务实权的党员干部则借机敲

诈勒索,中饱私囊。

作为部门派往乡镇的分支机构,"山高皇帝远",乡镇看得见管不着,部门管得着看不见,形成了权力监督的死角、吹刮不正之风的"小风口"。

改革,把人事管理权放到乡镇,任用和调动干部除了有乡镇政府集体研究外,还要征求市直主管部门的意见,并报市人事、劳动部门批准;业务财政由过去市直各部门"一条线"分配,改为由市、乡财政统一管理,业务部门提供初步方案,市乡两级政府研究决定,重大支出还要经市人大常委会批准或由人民代表会议通过。这样,就形成了各种权力之间相互制约、监督的新机制,人事工作和财务分配的透明度大大增强,产生以权谋私等不正之风的可能性也就大大减少。

人事管理权下放后,乡镇既管事又管人,也有利于对各分支机构工作人员的教育与监督。

随着权力结构的调整,乡镇政权的功能得到加强(但不是无限制的扩大)。那么,会不会随着权力的转移,而把产生以权谋私等腐败现象的土壤移植到下边来呢? 莱芜市委、市政府未雨绸缪,防患于未然。

公众的监督,是防止权力腐化的消毒剂。在权力下放的同时,莱芜市随之在乡镇建立起一个整体监督网络。除人大代表的视察制度和政协的民主监督外,党政系统分别成立了纪检小组和监察室,经济工作有审计所、室监督。他们更注意发挥乡镇工作与群众接触密切,便于群众监督的优势,政府工作实行"两公开",随时受理群众的举报,定期请群众进行民主评议。

良好的运行机制,使为人民服务成为党员干部的自觉行动

毋庸讳言,现今我们的干群关系、党群关系确实出现了裂痕。这当然不能简单地去怪罪哪个党员干部。旧的体制,赋予各级政权组织和职能部门的主要是一种行政管理的职能,而服务功能则相对弱化、萎缩,而且"服务不服务,照样当干部"。不改革这种旧体制,建立起一套有健全的服务机能和保证的新机制,"为人民服务"只能是一句口号。

莱芜市在简政放权的同时,围绕当前农民在发展商品生产过程中的迫切需要,在县、乡、村三级层层建立起各种服务实体。大批干部脱下"官服"穿"便服",充实到服务实体中来,这些实体把自己的切身利益和为农民服务的好坏,直接挂起钩来,强化了服务意识。在为农民服务的过程中,实体的服务功能也得到壮大,真正形成了"围绕服务办实体,办起实体搞服务,搞好服务促发展"的良

好运行机制。

全市现在建成各种服务实体 200 多个，发展为畜牧、矿产、农、林、水、农机、商业、供销、粮食等几大系列，有的还实行横向联合，形成复式服务实体。有万余名干部职工投身到这服务大军之中，为农村发展商品经济开展全方位服务。

（《大众日报》1989 年 8 月 12 日）

社会化服务的魅力

——莱西县村级配套建设考察纪实(一)

编者按:本报继报道诸城市商品经济大合唱、莱芜市向乡镇放权的经验之后,从今天起将陆续报道莱西县加强村级配套建设的事迹和经验。

县、乡、村,村是基础,是县、乡开展各项工作的落脚点,是党对农村各项方针、政策的终端显示器。加强村级建设,反映了深化农村改革的必然趋势,对于解决当前农村存在的各种矛盾,实现政治、经济、社会的稳定,密切党群关系,巩固和发展农村社会主义阵地,都具有重要意义。

莱西县村级建设的经验,概括地讲就是"三配套",即以党支部为核心,搞好村级组织配套建设,强化整体功能;以村民自治为基础,搞好民主政治配套建设,启动内部活力;以集体经济为依托,搞好服务体系配套建设,增强村级的凝聚力。对此,本报将分三次作系统报道。

麦收时节,我们来到胶东腹地的莱西县采访,一方方嫩绿苗壮的秋苗,一片片金色灿烂的麦浪,一行行枝叶繁茂的果树,令人心旷神怡。历史的车轮在这里忠实地辗出了清晰的辙印:短短五六年间,这个县已由推行联产承包责任制后出现的第一次飞跃,大步登上了第二个新台阶。1989 年,全县粮食总产达 4.24 亿公斤,花生总产达到 9682 万公斤,农民人均收入达 838 元,按人均占有均跨入全省先进行列。今年夏粮又将比去年增收 2500 万公斤。数字是直观的,而数字的背后却蕴藏着丰富的内涵,我们沿着历史的车痕回溯、寻觅,探求这五六年间莱西巨变的成功之谜。

历史和现实提出的重要课题

时代的列车行至 1982 年,一场以家庭联产承包责任制为主要形式的伟大历史性变革,在莱西蓬勃兴起,极大地解放了农村生产力,推动着全县农村商品经济迅猛发展,唤醒了长期沉寂的莱西大地。粮食生产在 1982 年总产 2.1 亿公斤的基础上,1983年和1984年,一举突破并稳定在4亿公斤的水平上,农民人均收入达到542元。粮油果生产均有大幅度增长,对国家做出了重要贡献。随着农村经济的全面发展,一排排新房在农村拔地而起。建新房、娶新娘,是当时遍布农村的一大生动情景;电视机、收录机、洗衣机以及高档组合家具,也纷纷涌进农家。在莱西这片热土上,到处是丰衣足食后的生活图画,到处可以看到农民们安居乐业的会心微笑。

然而,伴随着这场变革带来的生产力大解放、经济大发展,农村也出现了一些新的矛盾和问题:在莱西农村,过去长期形成的基层组织那套传统体系,已随着农村第一步改革,在发展商品经济的新形势下很快解体了。而新的组织体系人们一时还无暇顾及和构架,加之农村政治体制改革的滞后,在农村基层也难很快形成与新的经济体制相匹配的政治体制和有权威、有活力、有效能的行政组织体系。这样,就给村这一级带来组织建设的不适应、民主政治建设的不适应、社会服务工作的不适应。造成党的方针政策、农村思想政治工作、计划措施、社会化服务在农村这个层次上出现断档,使村这一级组织失去了应有的凝聚力和战斗力。因此,在新的形势下,如何适应生产力的发展,调整新的生产关系,重新组织农民,探索出一套加强村级建设的新路子,这是历史和现实提出的一个重大课题。按照深化农村改革的这个基本思路,县委明确提出了"抓基层,打基础,强化村级,工作到户"的指导方针,在脚下这块富饶的土地上,扎扎实实开始了新的探索。

通过服务引导农民、凝聚农民

以集体经济为依托,搞好社会化服务,这是莱西县村级配套建设迈开的第一步。

家庭联产承包责任制,无疑使经济上获得自主权的广大农民迸发出极大的生产热情。然而,在这股热情的背后,他们越来越感到好像少了点什么。每当碰上自然灾害、买难卖难、生产资料供应不足等,这些一家一户难以解决的问题时;每当"人拉犁,镢刨地,直起腰来长喘气"时,这种缺少点什么的感觉便愈加沉重。这时,他们往往又产生一种对集体力量的向往、对党组织的期盼,盼望解决这些一家一户不易解决的困难。相比之下,农村干部的"失落感"尤甚。他们长期手握生产的调度权和分配权,实行家庭联产承包责任制后,一下子变得两手空空,有的反被农民讥讽为"要钱、要粮、要命(计划生育)"的"三要"干部。

正是在群众、干部互有"失落"的时候,这个县店埠乡东庄头村捷足先登了。坐落在孙店朴平原中心的东庄头村,是出名的"粮囤子"。1984年,由于没抗御住病虫害,全村1150亩小麦比1983年平均每亩减产155公斤。透过这一现实,村党支部看到,由于分户经营,土地分割零碎,村里缺乏统一经营指导,致使生产种植无计划,有水不能浇地,机械无法使用,科技得不到普及推广。他们从1985年春开始,本着完善家庭承包的原则,推行双层经营。对全村1600亩粮田统一规划,实行区域种植,分户经营。村里成立了农技推广站、农机服务站、水电服务站、物资供应站、良种站和果业协会,这些村级服务组织,直接服务到户。全村统一耕种,统一浇水,统一使用良种和农用物资,统一防治病虫害。这样做村民拍手说好,党支部通过抓服务深得民心。

东庄头村的实践,把农民和干部的期盼变成了现实。从这里,使人们领悟到,以集体经济为依托的村级服务,是把家庭联产承包责任制变为真正意义上的双层经营的有效形式。从服务入手,把村级服务体系的建设作为村级建设的立足点,通过服务重新组织农民,凝聚农民,改善干群关系。这就是莱西县农村干部、群众在第一步改革后的一种新选择。

服务内容系列化　组织网络化　手段实体化

莱西县农村社会化服务,从满足农民生产、流通、生活领域的实际需要出发,以巩固和扩大农民利益为归宿,形成了社会化、多样化、系列化的服务网络。

生产领域里服务,主要是围绕区域种植展开的。这个县从一家一户土地分割、自由化种植而不利于统一服务的状况出发,在不转移土地使用权、不改变家庭联产承包制的前提下,对土地进行了统一规划、连片种植。它适宜于农业大机械作业,适宜于统一防病治虫、轮作换茬、农田灌溉、统一筹划生产投资和农田基本建设,以及农业新技术的大面积推广。目前,全县粮食作物已有70%实行区域种植。这种"统一规划,区域种植,家庭承包,社会服务"的做法,深受农民欢迎。围绕生产领域的服务,全县村村建立健全了合作服务组织,设有物资供应站、农机专业队、农技服务组、科技带头示范户,在主要生产环节上,为村民提供多种服务。

流通领域里服务,这个县实现了"服务内容系列化,服务组织网络化,服务手段实体化",通过产前、产中、产后的系列化服务,较好地沟通了小生产与大市场的联系。县里建立了外联大市场、内联生产者的果品公司、水产公司、出口花生产销集团等 13 个企业化服务组织。这些组织对农民直接承担良种、技术、信息、物资、销售服务。各乡镇也相应兴办服务实体,向农民提供低偿服务。村级服务是根据不同产业、不同规模,以一村或跨村成立蔬菜协会、果业协会、淡水养殖协会、西瓜协会、菜牛协会、运输合作社等合作服务组织。这种三级服务网络,为农民的产品从家庭走上大市场开辟了畅通的渠道。这个县是近年来发展的"果品之乡",各村果业协会,上与县果品公司相连,签订购销合同,下与果业专业户相接,签订技术承包合同。果品公司则直接与全国各大城市签订购销合同,这样上下联结,产、供、销一体,防止了农民利益的中间流失。全县去年产的7600 万公斤水果、2800 万公斤畜禽肉蛋、37 万公斤蚕茧,80%是通过这些组织推销的。

生活领域里服务,则以兴办农村社会福利和社会保障事业为主,解决农民的后顾之忧。全县建立了 59 个乡村敬老院、821 个村级幼儿园、842 个村级卫生室、859 个群众文体队。一部分村还实行了养老金保险制度,基本实现了农村的少有所教、老有所养、病有所医、众有所乐。

只要干部诚心服务　千难万难自有妙方

推行社会化服务,在集体经济雄厚的村,并不是难办的事。然而,在一些条件差、困难多、集体经济一无所有的"空壳村"办得到吗?莱西县的实践在这里做出了肯定的回答:只要村干部诚心诚意为农民着想,千难万难自有妙方。

牛溪埠乡有个三教村,1988 年,新支部书记隋德兴上任时,手里接过来的是24000 元的集体欠债。村里打斤煤油都要靠借款。然而,这位新任支部书记却没有让"穷"字难倒。他说:只要干部是团火,自能烤暖一片人。村民们秋种缺化肥,他东奔西跑,在外县联系了 24 吨。没有钱,他提出先收款,后提货,提取合理运输费的办法。村民们拍手赞成,当天全部交齐拉化肥的款。为了解决村民生产急需,他又同支部成员商议,采取干部带头集资、群众响应的办法,买了 2 部播种机,随后用"驴打滚"积累资金,不断改善服务条件,扩大服务范围,不仅用服务促进了生产,也密切了干群关系,使全村面貌大变,去年人均收入 900 元。隋德兴把这种办法叫作"感情服务"。

南岚乡南岚村,集体只有 5 部拖拉机。可是,全村 2100 亩耕地,在耕、耙、播、运、脱等各个环节全部实现了机械化一条龙服务。这是党支部"借鸡(机)下蛋"服务法所产生的效应。这个村有个体拖拉机 22 部。集体拖拉机少,一到农忙就不能满足群众要求,如何组织个体拖拉机为全村生产服务呢?党支部领导们想来想去,巧做文章,有了妙办法:采取集体向这部分个体拖拉机户供应平价柴油,管护、维修拖拉机的办法,农闲时村里出面为他们联系运输活,集体收取低偿服务费。但条件是:农忙季节,要由村里统一调度,统一收费标准,为村民提供低偿服务。这种村里为个体机械提供服务,个体机械户为全村提供服务的方法,既解决了集体农业机械不足问题,又使全村的生产服务有了保证。

心诚则灵。对群众多一份热心,多一份诚心,社会化服务就多一分动力,多一分自觉。只要干部真诚为群众服务,没钱没物,这难那难,自有千方百计。

在服务中壮大集体经济 集体经济壮大促服务

莱西县的经验证明,随着农村经济的发展,必然带来社会化服务的不断扩展和深入,而要做到这点,必须具有不断增强的经济实力。几年来,他们立足在服务中壮大集体经济,用集体经济促服务的思想,建立起农村社会化服务的良性循环机制。

社会化服务搞得比较好的店埠乡,近年来,在"围绕生产抓经营,围绕经营搞服务,围绕服务办实体,办好实体促服务"的方针指导下,把生产、服务、经营紧密联系在一起,走用服务增加积累,积累后返还服务的路子,把社会化服务推向了新水平。去年,这个乡的 14 个服务组织,通过低偿服务创收 18.7 万元。乡里统一拿出8.7 万元返还农业,5 万元建农技实验室和种子库,其余用于改善服务条件。随着服务的深入,村级集体经济也不断发展、壮大。目前,这个乡村级集体积累已达1838 万元,人均 607 元。集体拥有各种农业机械 2748 台,平均每百户 38 台、269 马力。机井、平塘、扬水站、干、支、斗渠达到了系列配套,全乡农田灌溉周期已由前几年的一个月缩短为 10 天,区域种植面积占粮田面积的 91%。

牛溪埠乡把社会化服务同干部的责任制联系在一起,把服务内容和集体积累分解为 10 类 39 项指标,在全乡开展了服务百分达标升级比赛。对村干部和服务站、组人员,实行目标管理,按绩计酬。年终每村抽出 10% 的户,逐户统计服务考核指标。达到 90 分以上的为优质服务单位,70 分以下的为三级服务单位。优秀的,名利双收;不及格的,名利双失。这种制度化、激励型的服务机制,不仅提高了村级服务的水平,而且增加了集体积累。这些经验标志着莱西县的社会化服务已经登上了一个新的台阶。

(《大众日报》1990 年 7 月 25 日)

民主政治建设的成功尝试

——莱西县村级配套建设考察纪实（二）

　　踏上莱西的土地，你会强烈感受到，这里到处是充满勃勃生气的人群。正是这里的人民，在村级配套建设的实践中，创造出以村民自治为基础的村级民主政治建设这一新事物。用他们勇敢、坚实的脚步，走出了一条农村民主政治建设的必由之路。

可贵的主人翁意识

　　1988年初，位于莱西县西部大沽河岸边的一个名不见经传的西沙埠村，却引来县、乡两级领导关切的目光，一个月内，这里有13封群众来信送到乡党委书记手里。与此同时，村里发生了村民围攻村干部事件。乡党委当即组织专门调查，其实，主要是由于村干部办事独断，"犹抱琵琶半遮面"，而引起群众的意见和误解。

　　同是这个村，新的党支部书记上任后，第三天，在村头的墙壁上就出现了一个公开栏。宅基地划分、计划生育指标、村财务收支、提留集资、农用物资分配等，七件村民关心的大事都赫然公布于众。此后，村里凡有大事都交村民讨论，和群众商量。群众也主动为村干部出谋划策，对村务发表"政见"。1986年，这个村按照区域种植计划，需要对土地进行适当调整。但都是村干部在那里拿主意，下命令，结果调了四次都没调成。现在，新上任的村支书把这事交给了村民，大家七嘴八舌，集思广益，很快拿出了责任田"以产定级，以级划亩，投标叫行"的调整划分办法。按这个法一实行，2000多亩地，不到半月就调整完毕。

　　全县不断出现的类似事实，使县委敏锐地意识到，在农村实行"大包干"后，重新获得土地使用权和生产经营自主权的农民，有了成为真正自治主体的可能；农村商品经济的迅速发展，培育了当代农民的民主意识和自治能力；特别是社会化生产和社会化服务，使农民的眼界更为开阔，与社会的联系更加紧密，了解和参与社会事务（对他们来说主要是村务）的欲望也愈益强烈。这是一股汹汹涌动的潜流,一种可贵的主人翁意识,应当充分尊重它、引导它。以此贯彻党在农村的群众路线,在新的政治、经济背景下,对农村民主政治建设做出历史性选择。

此时,正值 1988 年 6 月,六届全国人大常委会第 23 次会议通过的《中华人民共和国村民委员会组织法(试行)》正式开始试行。莱西县借此天遂人愿的良机,以村民自治为基础,开始了具有历史意义的民主政治建设的新尝试。

村民事　村民办

在一些人的眼里,民主似乎与农民无缘,"让群众自己管理自己,岂不乱了套!"而在莱西县农民的心目中,却把民主看得那么朴实、那么透彻。他们的基本要求就是:村民事,村民办。他们把被有些人看得深奥玄妙的民主操作程序简明概括为"村务公开,民主办理,村民监督"。

公开,是办理与监督的前提。遍布莱西县 861 个村庄里,类似西沙埠村那样的公开栏,就有 1045 个,一些群众关心的"热点",随时在这里"曝光"。

"民主办理",在村民自治中有着丰富的内容和神奇的魅力。村干部办事是否公道;工副业项目该不该上;村财务收支计划是否合理;农用生产资料如何分配……凡与村民切身利益相关的大事,都要由村民大会或村民代表会议讨论表决。去年,大丰收的唐家庄乡赵家庄村有 30 户村民申请建房,可乡里按规定,只批给 6 个指标。"僧多粥少"咋办?村民会上,村干部一五一十向大家亮底,然后大家讨论,6 个指标痛痛快快分了下去,没被批准建房的,一户有怨言的也没有。

"村民监督",实际是村民对村干部、村干部对村民、村民对村民之间的相互监督。就说村民对村干部的监督吧。每个村都有村民评议小组,每半年对干部评议一次,哪位干部为群众办了多少事,作风是否民主,是否廉洁奉公,都要一一被评头论足,最后投信任票。如票不过半,就会受到"黄牌"警告,连着被亮三次"黄牌",就要被村民大会摘掉"乌纱帽"。

民主程序的运行,离不开组织和规划作保证。在莱西县农村,除村民委员会及下设的各类社会事务管理委员会外,几乎每个村都同时建立了村民议事会、道德评议会、红白理事会、财务监督小组、妇女禁赌协会、后进青年帮教小组等群众自发结成的组织。这些组织活跃在村村庄庄,成为民主政治建设不可缺少的帮手。

我们在最早实行村民自治试点的西庄村采访,随手翻阅了这个村的《村民自治手册》。上面有《村民公约》《村民议事规则》《奖惩规定》《会议制度》《管理制度》《赡养制度》《道德评议办法》《村委会干部岗位责任制》《模范村民条件》等一整套村规民约,这些规则和制度都是依据国家法律的有关条款,坚持依法治村的原则,结合本村实际,由村民大会讨论通过的,在村里就是"小立法"。党支部书记张明德向我们说起这些"法"来,可说是烂熟于心,滔滔于口。我们问:"村民对这些'法'掌握得怎样?"他认真地回答说:"有的比我还熟呢。你想,'法'是自己定的,又是管着自己的事,谁不往心里装!"

"自我"精神之光

随着村民自治的不断推进,莱西县60万农民作为民主政治建设实实在在的参与者、实践者和创造者,逐步走上了一条自我管理、自我教育、自我约束的民主活动之途,使农民的自我价值得到了充分实现。正是在这种"自我"精神的光照下,农村中普遍存在的婆媳反目、少不养老、邻里纠纷、家族矛盾等顽症正在得到治疗;所谓"收粮收款,结扎流产"等农村工作的"七难八难"也得以排解。用莱西人的话说:"村民事,村民办,难事不难,事事好办。"

朴木乡前水口村,有个厉害媳妇,远近闻名,与公婆分家时,4间屋,她强占3间。更蛮横的是,还不准公婆与她同走一门,逼得老人进出爬窗口。村里成立道德评议小组后,厉害媳妇自然就成为评议对象。再加上妇女组织登门工作,厉害媳妇终于幡然悔悟,从此,变成了孝敬老人的好媳妇。

早朝村,过去是全县挂了号的后进村。1988年夏粮征购时,300多户的村,就有49户抗粮。乡党委派工作组进村征粮,住了5天,还是没完成任务。1989年春,新改选的村党支部上任伊始,就领着大伙搞村民自治,理顺了民心,改变了村风。转眼又到麦黄时,乡党委不放心,提前要派人去帮助征购。村党支部书记拍着胸脯说:"今年用不着了!"回村后,他把这件事交给了村民委员会,村委会召集村民代表商量,村民代表们分头走东串西,把任务一一落实到户。收粮那天,一位每次交粮都找着村干部吵架的邸姓村民,这一次争交了头一份。全村10万斤夏粮征购任务,只1天就超额完成。

貌似平凡的村民自治活动,竟会给莱西农村注入如此神奇的活力。它给人们带来了文明和谐,带来了安居乐业,带来了融洽的干群关系。近年来,这个县计划生育、社会治安、粮油征购、计划种植、集资提留等各项工作都进展顺利。在牛溪埠村走访,我们还听到这样一件事:1988年底,村里决定挖一个8亩见方的平塘,算一算,需资金 9 万元。村干部一时犯了难。不想这事交给村民代表会一讨论,大家齐口同声:修水利是造福于民的自家事,咱们出义务工干! 这一下,也不用发动,数九寒天,每天三五百人上阵,家属在外边工作的,在村办企业做工的,晚上回来挑灯夜战。不到半个月,一个大平塘就挖好了。

当农民的主人翁地位得到充分尊重以后,他们的智慧和积极性就会像一股巨大的热流充分释放出来,这"热流",正是建设生机勃勃的社会主义新农村的力量源泉。在新的制高点上启动新时期农民这一内在活力,是莱西县民主政治建设的目的所在,也是莱西经验的成功之处。

(《大众日报》1990 年 7 月 27 日,作品获山东省好新闻二等奖)

千面党旗映莱西

——莱西县村级配套建设考察纪实(三)

　　伴随着农村社会化服务和村民自治的蓬勃兴起,唤醒了莱西县一时沉寂的田野和村庄。同时也为农村党组织提出了一个严肃的新课题:作为一方土地上的"顶梁柱",如何以新的姿态挑起这副沉重的担子?

　　这是一个令人担忧,也令人焦虑的现实:农村商品经济的发展,猛烈地冲击了旧的农村体制。当时,农村党支部对新形势的不适应性明显地暴露出来。据莱西县委1985年调查:面对五光十色的商品经济,许多农村党组织一下子变得束手无策;一部分干部和党员认为:"只要能挣钱,就是好党员""只要带头富,就是好干部"。致使全县861个村中,有203个党支部陷于瘫痪半瘫痪。显然,这种状况担当不起组织领导社会化服务和村民自治的重任。然而,莱西县委没有被现实所困扰。这时,一颗"明星"的出现,照亮了人们的眼睛。

　　全县近千个农村党支部的目光,当时都注视到水集镇李家疃村党支部:在这里,正当有些地方传出"土地包到户,不用党支部"的时候,这个村的农民却响亮地喊出了一句令人振奋的口号:"农民要致富,离不开党支部!"李家疃,这座普普通通的村子里,有一个由43名共产党员组成的、用自身形象塑造的党员群体。1982年秋,家庭联产承包责任制在这里推开不久,党支部一班人和全体党员,给自己定出四条行为规范:吃苦在前,享受在后,不与群众争肥瘦;共同富裕,不让一户村民掉队;廉洁勤政,不损害党的形象;无私奉献,不怕吃苦吃亏。当时,这个村有110亩新栽的葡萄园,两年内基本不能受益。大包干之初,村民们都不愿承包。这时,15名共产党员站了出来,带头承包了葡萄园。承包后的第三年,每亩盈利800多元。这时,村里一部分农民跟不上致富步伐,15名共产党员便主动退回承包合同,把年进斗金的葡萄园让给了12个贫困户。共产党员李国修,把开吊车这个年收入万元的"美差"让给了困难户李武滨,自己甘愿到年收入只有千元的村办企业挑重担。村里分宅基地,6名党员主动把好宅基让给群众,把沟洼地留给自己……

大包干后的李家疃,党支部靠自身形象和社会化服务凝聚人心,村民的积极性空前高涨。全村32个人均收入500元以下的贫困户全部摆脱了贫困,其中有12户住上了二层楼房。在活生生的事实面前,村民们把党支部和共产党员誉为"村魂",众星捧月般地紧紧团结在他们周围。

莱西县各级党组织,从李家疃的"村魂"形象中清楚地看到,村级配套建设,最根本的是建立一个像李家疃那样的党支部,造就一批像李家疃那样的党员队伍。只有这样的党支部和这样的党员队伍,才能用自身的形象,在社会化服务和村民自治的实践中,发挥战斗堡垒作用和党组织的保证作用,用鱼水交融的干群关系,推进党在农村的各项工作顺利发展。

实践是最有说服力的见证。那是去年秋收时节的一天中午,店埠乡党委苏书记,走进西黄埠村党支部书记张维平的家门。眼前的情景使他一下子愣住了:午饭时间,锅灶既不冒烟,也无人做饭。外屋的锅灶边,张维平的小女儿正啃着一块生地瓜。

"孩子,你爸爸呢?"

"爸爸在坡上耕地不回来!"

"你妈妈呢?"

"妈妈有病躺在里屋。"

苏书记听了,心里"咯噔"一下。他似乎突然明白了:为什么西黄埠村这两年发展这么快;为什么村民那么拥护张维平……

35岁的张维平,原是个体运输户,年收入万元以上。1988年冬,当全村人推荐他当支部书记时,他只说了一句话:"既然乡亲们信得过我,我这个人、这颗心就交给咱村了!"

他上任后的第一件事,就是卖掉了搞运输的拖拉机。他说,一心不能两处挂。第二件事是搞水利。他带领全村人一连挖了15个平塘,打了5眼机井,使这个新中国成立以来从未搞过水利设施的村庄,第一次有了水浇地。去年春,花生下种时恰逢干旱,张维平承包田的旁边就是平塘。守着水他不用,而是让村民们先用。全村的花生都出土了,张维平家的花生才下种。去年三夏,他爱人患病需住院治疗,而他却没白没黑地组织全村抢收抢种。爱人住院、出院都是村民们替他办的。眼下三秋,他仍顾不得生病的妻子和自己的庄稼,顶着班开拖拉机为村民们收割、耕耙。全村的麦子快种完了,他家的玉米还站在地里……有人说张维平是"冒傻气"。可张维平就是凭这股子"傻气",换来了全村人的信任和拥护。

"其身正,不令而行。"张维平的这种形象,只是莱西县农村党的干部的一个缩影。近年来,县委突出抓好农村基层党组织整顿,精心选拔农村干部,特别是在选拔党支部书记时,把"诚心诚意为群众办事"作为首要条件。主要采取了四种方式:一是民主推荐。1987年以来,通过这种形式共选拔后备干部1665人。二是依法选举。三是竞争到位。主要在后进村通过民主平等竞争,两年间有17名党员走上村党支部书记岗位。四是乡镇选派。近几年,对缺乏人才的村从乡镇企业中选拔374名干部返还原村庄。在精心选用干部的同时,1986年以来,先后在党组织的"空白地带"——新兴企业和新兴经济服务组织中,增设了413个行业党支部和746个行业党小组,使党的基层组织覆盖到边,工作无盲点。

经过几年的艰苦探索,莱西县农村基层组织建设,从选拔培养干部、健全组织、明确职责、改善管理等方面抓起,已经形成了一套比较完整、系统的包括人才选拔、岗位培训、目标管理、政绩考核、民主监督、退休安置等内容的农村干部制度。完成了以党支部为核心,以村委会和群团组织为依托、各种服务组织相互联系的农村基层组织的全面整顿和配套。

整顿后的农村基层党组织,不仅胜任领导农村改革和发展农村经济的使命,而且以自身的行动和形象,重新赢得了广大群众的信赖。在莱西农村,出现了许多村民自动帮助干部收、种,要求上级给村干部增加报酬的事。东庄头村村民多次恳请乡党委:"俺村的干部太累了,再给增加几个职数吧!"

我们在朴木乡前沙湾村采访,村民们带着深切的感情诉说对党支部的敬慕之情。他们把党支部看成致富路上的"主心骨",视为自己的靠山。1986年,这个村有34个人均收入300元以下的贫困户,由全村48名共产党员联户承包。到1988年底,34户全部脱贫,人均收入达到千元以上。1987年,从部队复员回村的刘维杰,刚进家门就被家中一连串的不幸击垮了,父亲病故,大哥车祸身亡,母亲精神失常……满怀喜悦回家后盖新房、娶新娘的刘维杰,如今亲人没了,对象吹了,陷入了痛苦和绝望之中。就在这时,党支部书记刘学清来了。刘维杰像见到唯一的亲人,扑到刘学清怀里放声痛哭起来。当天晚上,刘学清召开党支部会议,做出两条决定:集体出工出料给刘维杰盖四间新房;由党支部领导出面,给刘维杰物色对象。不长时间,新房盖好了,新娘娶到了家。绝望中的刘维杰重新扬起了生活的风帆。

如今,李家疃的"村魂"之花已在莱西争相盛开,果实累累:全县 203 个后进村,已有 143 个步入先进行列;18000 个贫困户,已有 13000 户告别了贫困。1274 个农村党支部,像 1274 面鲜艳的旗帜,在莱西大地上高高飘扬,猎猎作响。

(《大众日报》1990 年 7 月 29 日)

康庄大道

——来自荣成市崖头村的报告(上篇)

编者按：本报从今天起将分两次向读者推荐荣成市崖头村的报道。这是一个农村社会主义思想教育的好典型。

曾几何时，对社会主义理论与实践的怀疑，竟成为搞"自由化"的人所鼓噪的一股社会思潮。患这种"怀疑症"的人，不妨看一下这篇报道。发生在崖头村的大量无可辩驳的事实有力地证明：社会主义，作为一个崭新的社会制度，不仅通过公有制形式体现了公正、人道的社会原则，而且能够靠自身的不断改革和完善，带来生产力的大解放、经济的大发展。与资本主义制度相比，社会主义还有其不可比拟的最大优势，这就是强有力的人的思想工作和有一大批身先士卒、甘愿奉献的共产党人的楷模作用。从崖头村我们还可看到，在社会主义的实践中，社会主义思想更加深入人心，干社会主义已成为中国人民的自觉选择、自觉行动。这是社会发展、进步的动力源，更是社会主义的希望所在和不可战胜的力量所在。

胶东半岛最东端有个荣成市，荣成市中心有个崖头村。崖头村总共8000多口人，人称"胶东第一村"。近来，崖头村吸引了上上下下许多人。吸引力不在其村大，而在其颇具启发意义的发展模式，以及发展过程中两个文明相融互促、双翼齐飞的经验。用一位领导同志的话说，崖头村的一切，展现了社会主义的雏形、优势及其广阔的发展前景。

认准了一条路

1983年，家庭联产承包责任制已在全国推广。在胶东农村，由于开始动作慢了半拍，此时正在加紧追赶。

在那些难忘的日日夜夜，一向乐天达观的崖头村党总支书记于东顺变得沉默寡言，自诩站着都能睡觉的他失眠了。他左思右想：怎样才是真正对党对人民负责？分，很简单，一分两净光，自己省心，对上边也好交代。可实行责任制的目的是调动农民的积极性，解放生产力，并不是分得越零碎越好，分得越彻底越好。再说，中央1号文件里不是还有"因地制宜"四个字吗？崖头这块"地"，人均只有2分田，种出花来，也喂不饱肚子。分开各干各的，8000多口子人，真正有生财之道的，十成有一就不错，剩下那六七千口子怎么办？想到此，于东顺觉得腰板硬了。第二天一大早他就召集了党总支委员会和党员大会，把积郁在胸口的想法一股脑倒出来："从在党旗下举手宣誓那天起，我们就认准了为大多数人民谋幸福，走共同富裕这条路。现在，这条路也没有错，我们要继续走下去！责任制一定要实行，但集体的家底不能拆散分光，集体经济这棵大树不能砍倒，要让它根深叶茂。崖头人要靠它遮风避雨，齐奔共同富裕的前程！"

改革注入新生机

崖头人在选择了走共同富裕的社会主义道路的同时，也清醒地认识到，要使社会主义永葆生机活力，就必须实行变革。

过去，崖头人搞单一的粮食生产，在黄土地上累弯了腰，到年底却是"工分挣了一麻袋，粮食分得一荷包"。钱，更与人们无缘。

现在，凭改革春风，借地利人和，崖头村大上工副业。1984年底，在发展商品经济的大潮中，崖头联合企业总公司成立了。按照行业分工，下设化工、机械、建筑、食品服务、贸易、蔬菜、汽车出租等公司。80多个企业应运而生。工商企业总收入去年达到9000万元，占全村经济总收入的90%以上。

过去，以"阶级斗争为纲"。张起孟，一个精明强干的小伙子，就因为出身富农，在村里赶牛车都有人觉得是抬举了他。

现在，张起孟当上了绣品厂的厂长。人的解放，实际就是生产力的解放。靠一把剪刀开张，他把一群昔日围着锅台转的家庭妇女带入一个新天地，产品几乎全部出口。

过去，大集体就是"大呼隆"，干多干少一个样，错把平均当平等。

现在，公司内部层层实行责任制。总公司制定了基本利润承包责任制和目标利润分成责任制，每年将产值、利税等经济指标下达给各公司，公司再以承包的形式将指标分解到所属企业。企业独立核算，自负盈亏，完成基本承包指标，干部职工拿基本工资，如完成或超过目标利润，才可按规定比例与总公司分成，并从中提取奖金。企业负责人及职工的收入，都与企业的效益、与个人贡献的大小直接挂钩。社会主义的分配原则,得到了真正的体现。

当改革荡涤了附加在社会主义之上的沉重污垢,这一年轻的肌体就会焕发勃勃生机,显示出前所未有的优越性。

从1984到1989的5年间,崖头村的经济收入以每年60%的速度递增,而职工工资的增长却一直保持在20%左右,与之相应的,集体经济则以"滚雪球"的办法不断发展壮大。几年来,村里投资2500多万元用于技术改造和新建项目,先后新上了30多个企业。目前,总公司的资产总额已达8000多万元,自有流动资金占全部流动资金的比例达80%以上。

在一些人的眼里,高速、高效,似乎是资本主义经济的专用名词,社会主义永远是"老牛拉破车"。持有这样一种观点的人,不妨看一下崖头村的事实。美佳食品厂,1980年办厂时,家底只有6间饲养棚,350公斤大豆。短短4年间,竟变为现代化食品生产企业:拥有70万元固定资产、14个品种的糕点生产线、1条汽水生产线和1个冷饮车间,年创产值230多万元,利润40万元,有两个产品获"部优"。还有汽车修配厂,当年也是几把锤子"闹革命"。也是三五年时间,就发展成拥有现代化的进口检修设备、在威海市首屈一指的汽车维修大厂,年创产值1000多万元,利润200万元。靠艰苦创业精神,几年来,崖头村办起了80多家企业,大多都是当年建设,当年投产,当年见效。如今,崖头村已发展起兼顾各业、门类齐全的工业体系,年产值过亿元,利润1350万元。

大道通天

94岁高龄的张言传,是摘帽地主,去年身患重病,经多方抢救不治。临终前,他紧紧握着党总支书记于东顺的手说道:"我身经清朝、民国和新中国三个朝代,也下过洋,侍候过几国的洋人,说来道去,还是共产党仁义,社会主义好!"

在崖头村,社会主义的优越性是实实在在、处处可感可触的现实。

我们来到村敬老院采访,只见院内一簇簇鲜花怒放,一畦畦菜蔬青青。树荫下,几位老大爷坐在一方桌前,悠闲自得地打麻将;厨房内,几位老大娘正又说又笑,忙着包水饺。在一丛花树旁,一位满头银发的老大娘正蹲在那儿莳弄花草。我们凑上前去问老人高寿,老人满脸笑纹道:"说不清哩,90多了吧。"在一旁的敬老院院长一听笑了:"老人今年95岁了,近百岁的老人,都不大愿透露自己的真实年龄呢。"

我们还参观了村幼儿园,这里琴声悠扬,歌声阵阵,孩子们一个个漂亮、可爱的打扮,一张张健康、幸福的笑脸,给我们留下深深的印象。

集体经济的发展壮大,使各项公益和福利事业得到发展。现在,崖头村的所有劳动力(包括 30 多名有劳动能力的残疾人)都得到安置,还吸收了外地的1000 多人在此就业。去年企业职工人均收入 3400 元,全村人均收入 1500 元,没有畸穷畸富现象。村里还每年拿出 60 多万元,作为职工和村民的退休金,搞了人身和财产保险;投资 100 万元给家家通了自来水;投资 150 万元建起一座高标准教学楼;合作医疗制度从 60 年代中期一直坚持至今,明年还准备搞一个专家医院……

这里有一个发人深思的故事。

46 岁的张夕龙,在村里算是个精明人。1984 年干上了个体户,开了一个商店、一个饭店,生意兴隆。可到去年底,他突然关门歇业了,三番五次找到于东顺,要求进集体企业干。于东顺给他讲党支持个体经济发展的政策,讲个体经济是社会主义经济的必要补充,鼓励他继续干下去,可他还是铁了心要"入伙"。后来,村里安排他到精细化工厂干业务员,他干得非常卖力。今年 5 月,党总支根据张夕龙的能力和表现,任命他当了厂长,张夕龙更是干劲倍增。厂里一时资金紧张,他自个掏出 1.2 万元抵账,上任几个月就开发出几个新产品。我们问他为何放着大钱不挣,来干这吃亏受累的差事?他感慨地说:"人活着不能光为了钱。过去看到大伙抱成一团奔富路,干得那么红火,自己总有局外人的感觉。现在好了,回到了集体中间,我感到心里踏实。对社会可以多做点贡献,自己的才能也可以得到更好的发挥。"

追求人与人的平等和谐,追求个人被社会的承认,以个人对社会的奉献为价值取向,这种中国传统的道德观和价值观与社会主义的思想与实践确有某些共通之处。这可能就是社会主义为大多数中国人所接受,并在实践中产生了巨大的吸引力和凝聚力的深层原因。

从两千多年前中国的孔老夫子所憧憬的"天下为公"的大同世界,到 16 世纪英国人托马斯·莫尔幻构出的没有私有财产、没有穷人和富人之分的"乌托邦",世世代代,人类都在重复着一个美丽的梦想:一个公平、富庶的新世界的降临。然而,只有当马克思提出科学社会主义的学说,人类的梦想才找到了现实的通途。今天,崖头人正和亿万中国人民一道在共产党的领导下,勇敢地实践着马克思主义的伟大学说,实现着人类的千年梦想。尽管路途坎坷,但历史必将证明,这是一条充满光明和希望的康庄大道,是人类社会发展的必由之路。

(《大众日报》1990 年 10 月 21 日)

最大的优势

——来自荣成市崖头村的报告(下篇)

崖头村变了,由以往的"灯下黑"变得璀璨夺目;崖头人乐了,由以往的愁眉不展变得精神抖擞。他们靠的是什么? 在多天的采访中,我们深深地感受到,崖头的最大优势,是生动有力的思想政治工作,是党员干部的先锋模范作用,是干群齐心协力、奋发向上的精神。这,也是崖头人坚定不移走社会主义道路的强大内动力。

方向盘与启动器

这一年,崖头镇组织沿海滩涂开发,围海筑坝任务的最艰巨地段,又落在崖头村肩上。村党总支书记于东顺率 500 多人上阵。战前,他不讲出这次工给多少补助,偏讲滩涂开发益于今人、造福子孙的意义,讲得大伙个个跃跃欲试。白天,于东顺和大伙一样浸在齐腰深的海水里起沙垒石;夜晚则围坐在篝火旁讲抗战打鬼子的故事。民工们还开展了热火朝天的劳动竞赛。结果,7 万多土石方,预计两个月的任务,只用 40 天就保质保量完成了。

提起此事,于东顺至今还是眉飞色舞,感慨良多:"人是要有一点精神的。这点精神要是激发出来,那可是威力无穷。照我理解,思想政治工作是方向盘,又是启动器,既能保证我们前进的社会主义方向,又能不断激发出人们大干社会主义的热情,这可是别人学不来、偷不去的法宝啊!"

在崖头采访,我们发现了这样一件新闻:村里竟然还办了一张小报——《崖头村报》。别看这张油印小报其貌不扬,作用可大了。除及时宣传上级精神外,还刊登村里的一些重大决策、重要新闻,表彰先进,批评后进。总支部成员从书记到委员经常撰文,谈思想,讲工作。因为说的都是身边的人、身边的事、易懂的理,所以每期报纸都被抢著一空。小小村报,竟成了村民不可或缺的精神食粮,成为对群众进行经常性的社会主义教育的舆论阵地。

崖头村的思想政治工作还有许多高招。就说表彰先进活动吧,有的单位给

先进发奖金、发彩电,而崖头村却独辟蹊径:

去年大年三十的上午,崖头村5个居民区一时锣鼓喧天,鞭炮齐鸣,引得许多城里人都赶来看热闹。原来,这是村党总支、村委会领导在给先进模范人物披红戴花,并给他们家中挂红灯、贴春联呢。红花虽小,荣誉却重;锣鼓声声,催人奋进。这种把思想工作和我国最重大的传统节日——春节的喜庆活动联系起来的别出心裁的表彰形式,从1986年开始,年年坚持,而且搞得一年比一年隆重。去年评上先进的汽车大修厂厂长张景新回忆起当时的情景,至今还很激动:"当那锣鼓鞭炮在我家门口响起时,我就觉得浑身的热血一个劲往上冲,只觉得非得马上再去大干一场、立一番功业不可。老婆、孩子也乐开了花,一个劲叮嘱我:明年咱可别落下啊!"

早就听说崖头村的群众性文体活动搞得丰富多彩。1988年7月,他们就成功地举办了有全国8支甲级劲旅参加的"崖头杯"全国篮球邀请赛。每年春节期间,村里都要组织一次大型体育运动会。村里还有自己的乐队,定期组织一些文艺演出。有人说,崖头村的文体活动之所以搞得这么活跃,主要是因为于东顺本人"爱热闹"。于东顺不否认,但他还有另一番解说:举办这些活动,既可以显示集体的实力,增强集体的凝聚力,又可寓教于乐,起潜移默化的作用。

崖头村的思想政治工作既搞得生动多样,又能坚持经常。村里建立了党员、青年、妇女、民兵等政治学习制度,5个居民区、80多个企业均有青年、妇女、民兵之家或学习活动室、墙报栏。从1988年开始,他们还成立了村民思想政治工作研究会,定期召开思想工作座谈会。村里还每年搞一次群众性的无记名投票,评选"遵纪守法光荣户"。

滴水穿石,春雨润物。经常、生动、有力的思想政治工作,带来的是精神的振奋、经济的繁荣、社会的稳定。崖头村分别被省市命名为"精神文明先进单位"。

奉献者形象及启示

在崖头村,干部吃苦在前,享受在后,讲奉献,做表率,不是嘴皮子上的本领,而是一种传统,一种风气,一种他们自己认为理当如此的自觉行动。

镜头之一:危险时刻冲在前。

冬日,天寒地冻。在离村5公里的万马岭上,700多崖头人正在开山筑路。不知是谁在搞恶作剧,用烟头点燃了一根尺把长的导火索。那天雾大,几步外难辨人形。"哧哧"的导火索燃烧声,被别人误认为点炮信号,几个人便一齐上前将炮点燃。此时,民工们仍在埋头干活,生命危在旦夕。千钧一发之际,只听一个汉子在雾里大叫人们"向北逃命",他却吼着、跑着由北向南冲向导火索。他拔了一根又一根,当拔到第5根时,突然一声巨响,霎时间天崩地裂、飞沙走石。众人大呼小叫,不等硝烟散尽,便一齐涌向现场,只见一个土黄色的人影正一步步向他们走来——"是于书记!于书记还活着!"人群顿时欢声雷动。

就像于东顺勇拔导火索一样,在崖头村的各项工作中,在最危险、最困难、最艰苦的地方,首先看到的是共产党员的身影。

往集体果园里挑肥,群众挑一担,干部党员挑两担。

植树造林,最坚硬、最难啃的地块,书记、主任抢着挖。

企业流动资金出现困难,最先慷慨解囊的、掏钱最多的还是共产党员。

当我们问一些党员干部为什么要这样做时,他们的回答都很简单:"咱是党员么!""自己不干出个样,怎么有口去教育别人?""党员带了头,群众有劲头。"言语朴实,却道出了崖头村无坚不摧、无往不胜的奥秘。

镜头之二:处处思奉献。

今年春季广交会期间,花城广州出现了几个不甚协调的身影:几个操着胶东口音的"土老帽",有宾馆不住,偏偏到处打听在哪儿住宿最便宜。最后终于如愿以偿:几个人住进了一个只有10多平方米,放了5张双层床,每人每晚收6元钱的"旅店"。这一行人,正是于东顺和他手下几个公司的经理、厂长们。他们来此是参加广交会做生意的。

身为亿元村的领头人,出门在外竟这样"寒酸",似乎不可理解。但于东顺却自有道理:"作为党员干部就该有点牺牲、奉献精神,让群众看看我们确实是全心全意为人民服务的,而不是谋私利、捞好处的。"连着两年,于东顺只拿镇上批准的工资的60%,低于全村干部的平均水平。就是这些钱,他也和总支委员们一道,全部放到企业做流动资金了。至今,他还有为儿子盖房欠下的5000元债务压身……

镜头之三:公仆无特权。

于东顺爱人有病,多年来一直在果园里干活和承包责任田。有的干部几次想把她安排到村办企业里工作,都被于东顺拒绝了。

村委主任张福禄的儿子,在机械设备厂开铣床,一干就是7年。因为表现不错,最近当上了质量检查员……

像这样的事,大家还能举出很多:划宅基地,村干部和群众都是一个标准;计划生育,干部家属及其子女没一个早生超生。

手握着指挥人的权力,却似仆人般兢兢业业;带领群众致富,却自甘清贫。吃的是草奉献的是奶,这就是共产党人特有的品格和风范。

精神的力量

强有力的思想政治工作,党员干部的先锋模范作用,这一强大的政治优势不仅给崖头村的经济注入活力,而且不断唤醒和坚定着崖头人走社会主义道路的意识和信念。一种爱国家、爱集体、思奉献、讲协作、顾大局的社会主义思想在这里蔚成风气。从崖头人那一桩桩、一件件看似平凡却不平凡的作为和举动中,我们看到一种熠熠生辉的时代精神之光。

方召建,机械设备厂厂长。今年 4 月,他急性阑尾炎发作。手术后没几天,就急着上班。结果,由于伤口没有完全愈合,引起感染,不得不进行第二次手术。出院后,他便赶往吉林联系产品出口苏联事项。连日奔波劳累,伤口又感染了,只好在长春又动了第三次手术。

曾经有过这样一种观点:现在是商品经济时代,人与人、单位与单位之间是利益交换关系,过去宣传的那种相互支援、协作的所谓“龙江风格”过时了。

在崖头村,这种风格却并没有过时。今年麦收时节,连绵阴雨,老百姓心如火烧。崖头村还好,由于有充足的农业机械,加上干群昼夜奋战,三天就完成了小麦收脱任务。这时候,他们没有坐下来喘息,而是人不解甲,马不卸鞍,10 多部脱粒机连同机手一齐出动,奔赴外村增援。

有时候,为了顾全大局,崖头人甘愿以牺牲自己的利益为代价。去年春天,市里搞城市规划,需要在崖头村辟一条街,有 70 多户村民得从“寸土寸金”的繁华市区,搬到几里以外的坡地里去。搬迁费需 80 万元,而上级只能拨给 25.5 万元,这事,就连市里的领导都觉得是给崖头村出了个大难题。可是,出乎意料,仅仅用了 5 天时间,70 户居民,无论是祖传的宅业,还是刚娶进媳妇的新房,全部拆迁完毕。说起此事,人们都称赞崖头人的觉悟高。

觉悟,是一种精神,是人们的认识由不自觉到自觉的过程。当社会主义成为亿万中国人民的一种自觉选择、自觉行动时,就会产生一股排山倒海般的力量,那是任何艰难险阻也阻挡不住的。

(《大众日报》1990 年 10 月 24 日)

抓住机遇　勇于争先

——喜听山东对外开放脚步声

编者按: 党的十一届三中全会以来,省委、省政府以很大的精力抓对外开放。经过一系列卓有成效的工作,开放的号角已唤起 8400 万齐鲁儿女,开放的大潮已涌遍 15 万平方公里山东大地。在我国社会主义建设即将进入"八五"发展时期之际,本报推出"开放大潮中的山东"系列报道,与广大读者一起回顾总结我省对外开放的成就和经验,展望分析面临的形势和任务,目的在于引导大家都来想开放、议开放,都来做进一步搞好对外开放这篇大文章,以在全省形成强大的合力,推动我省对外开放工作迈出更加扎实有力的新步伐。

一

90 年代的第一个年头迈着匆匆的脚步即将过去,21 世纪又向我们迫近一步。此时,山东的对外开放步伐也变得愈加有力和紧迫起来。

这紧迫感来自对以往开放成就的冷静审视,来自对当前山东在对外开放大潮中所处方位的清醒把握,更来自全省干部群众"不怕困难怕落后"的奋斗精神。

二

当改革开放启开中国的国门,太平洋季风便挟裹着新技术革命的信息扑面而至。经济发达国家的产业结构调整步伐加快,全球性的市场竞争日趋激烈。这是挑战,也是良机。世界上一些国家和地区所谓"经济奇迹"的产生,无一不是把本国、本地区的经济同国际市场融为一体,参与国际经济技术交流与竞争而获得成功。现在,机会降临在我们面前,怎样去抓住它、利用它,不让它从我们手中再一次溜走?

坐而论道不行,慢慢腾腾不行,小打小闹也不行,必须勇于争先! 这就是省委、省政府领导的决心。

三

1984年,中南海传来一个振奋人心的信息:中央批准包括我省青岛、烟台在内的14个沿海城市对外开放,山东半岛加快对外开放的序幕正式拉开。而后,青岛、烟台两个经济技术开发区相继破土动工,青岛、烟台、威海、龙口、岚山、石岛、石臼等港口陆续开放,一个对外开放的前沿地带在山东半岛初步形成。

历史把朴实勤劳的山东人民推向一个新的舞台。对外开放的"戏"该怎么唱?全省干部群众都在实践中认真学习和探索。1987年春,诸城市组织商品经济大合唱的经验,吸引了全省上上下下的决策者、经济工作者。这"大合唱"的"领唱",就是外贸部门。以外贸为"龙头",贸工农一体化发展外向型经济的路子,使诸城市经济得到全面振兴,也使各地来此参观学习的同志受到一个启示:发展外向型经济的意义,不仅仅在于换取多少外汇,更重要的它是地区经济的一个新的启动点。

四

如果说,1984年是山东对外开放清越的序曲,那1988年山东对外开放则进入了雄壮的乐章。

2月,在青岛举行的山东省对外经济贸易洽谈会上,省委书记梁步庭主持召开对外开放政策发布会,省长姜春云向中外来宾宣布了进一步敞开山东大门,广招天下客商,拓宽对外经贸合作领域的10条政策措施。

阳春三月,带来了新的消息:国务院正式批准将青岛、烟台、威海、潍坊、淄博和日照等市划为山东半岛经济开放区,半岛地区全面开放的态势形成。

5月16日,北京人民大会堂,山东半岛对外开放新闻发布会在此举行。面对500多名中外记者和来宾,姜春云宣布了《山东省发展外向型经济的若干规定》等文件,经新闻媒介广为传播,外商来山东投资的信心大增。

东部地区搞开放,西部地区怎么办?省委、省政府审时度势,提出了"东部开放,西部开发,东西结合,共同发展"的战略构想。这样,东西部各展其长,优势互补,以开放带开发,以开发促开放,使全省经济的整体优势得到进一步发挥。

全省对外开放工作会,山东半岛对外开放座谈会,全省利用外资、"三来一补"座谈会,一次又一次的高层次会议谈开放、议开放,运筹着山东对外开放大计;推行外贸承包责任制、代理制,发展多种工贸结合形式,扩大企业自营出口或联合出口,一项又一项改革措施,调动着各级、各部门扩大出口创汇的积极性;青岛、北京、悉尼、香港,一次又一次对外经贸洽谈会、展览会、联谊会,向世界介绍着山东,同时也让山东进一步了解世界……

五

开放的热流,在 8000 多万山东人民心中奔突,使古老的齐鲁大地焕发出前所未有的生机和活力。这热流,而今已浇灌出累累硕果:

——对外贸易长足发展。从 1979 年到 1989 年,全省累计出口创汇 275 亿美元,相当于开放前 28 年出口创汇总和的 5 倍。去年,出口创汇 30.5 亿美元,在全国位居第四。

——对外交往日趋活跃。目前,我省已同 150 多个国家和地区建立了经贸关系,同国外建立各类友好关系 80 多对,开办驻外经贸企业和机构 40 家。

——利用外资稳步增长。累计批准利用外资项目 2300 多个,合同外资额 20.7 亿美元。830 多家外商投资企业应运而生,正式开业投产的达 300 多家。

——引进技术卓有成效。10 年来,共引进先进技术 1689 项。通过引进和"嫁接",全省已有 40%的企业技术装备达到国内先进水平,有的已达到国际先进水平。

——开发区建设开始发挥效益。到去年底,青岛、烟台两个经济技术开发区累计完成基础设施投资 6.94 亿元;批准 239 个外引内联项目,其中"三资"企业 63 个;完成工业产值 3.74 亿元,烟台开发区已归还贷款 1524 万美元。

——基础设施大为改善。目前,全省公路已达 39000 公里,其中一、二级公路 6000 公里,居全国之首。烟台至青岛一级公路即将全线开通,济南至青岛的高等级公路已开始建设。已建成港口 25 处,各种泊位 141 个,港口密度全国第一。邮电通讯也有较大发展,半岛经济开放区所有的县已进入全国长途自动拨号网。

由点到面,由线到片,从沿海到内地,一个多层次、全方位的对外开放新格局已在山东形成。

六

成就能给人以信心和力量,也可能转化为包袱。进入 90 年代,省委、省政府领导在分析当前国际经贸形势、国内对外开放趋势时,清醒地认识到这一点。省委书记姜春云等领导同志反复强调:要谦虚谨慎,要看到我们的差距,增强对外开放的紧迫感。

国际上,产业结构调整周期明显加快,经济发达国家和地区正加紧资本输出。这为我们与国际经济"接轨",利用外资,扩大出口,提供了机遇。但同时,一些发展中国家也都瞄准了这一良机,相应调整自己的产业政策,改善投资环境,大量吸引外资,成为我们的竞争对手。

在国内,南有上海、广东、福建,北有天津、辽宁,兄弟省市的对外开放搞得有声有色。山东身处"南北夹击"之中,不进则退。

机遇稍纵即逝,挑战相当严峻。我们的唯一选择,就是以昂扬的竞技状态,抓住机遇,迎接挑战。

七

1990 年我省对外开放第一个大动作——第七届山东省对外经济贸易洽谈会,由于准备充分,取得圆满成功。10 天中,到会客商 2000 多人,出口成交 1.9 亿美元,创历届洽谈会最高纪录;对外经济技术合作签订合同、协议 238 项,外资额达 3.1 亿美元。

作为今年我国对外开放 4 个动作之一,2 月,济南市正式被国务院批准划入沿海开放地区。至此,山东半岛经济开放区已扩大到 7 市、53 县(市)区,面积 6 万多平方公里,人口 3100 多万,均占全省的 40% 左右,成为全国最大的开放区。

省委、省政府的主要领导同志,拿出了很大的精力来筹划、设计怎样在 90 年代把山东对外开放这台戏唱得更好。上半年,省委、省政府领导同志多次深入到半岛经济开放区、开发区和一些"三资"企业、出口创汇企业调查研究。7、8 月间,省委、省政府领导同志又分别带队西进、南下、北上,学习兄弟省市先进经验,拓展经济技术协作领域,以"他山之石",攻山东对外开放之"玉"。

9 月初,全省对外开放工作会议在青岛召开。会上,省长赵志浩指出:必须增强整体开放意识,形成一种全党全民、各行各业视开放为振兴山东经济的重大战略任务的共识,努力在全社会创造一个有利于对外开放的大环境,形成强大的合力,推动我省对外开放工作扎扎实实地向前迈进。这次被外界舆论称为"山东在酝酿更大的开放动作"的会议,实际上是全省范围内对外开放工作的再认识、再发动、再布置。目前,全省上下已形成一种只争朝夕、齐心协力、想开放、抓开放的浓厚气氛。山东人民正以坚韧不拔的毅力和埋头实干精神,阔步走向世界。

(《大众日报》1990 年 11 月 19 日)

撞击与引发

——从另一视角看"三资"企业

改革开放,在古老的中国,在齐鲁大地,孕育出一个新生儿——"三资"企业。

不管你意识到没有,从这些中外合资、合作和外商独资企业在中国的土地上诞生起,不同的利益要求、不同的管理方式、不同的价值观念,就在这里融汇、交流,并产生摩擦和撞击。而由此所引发的效应,又往往超出事件本身的意义。

不只是为了经济利益

松井先生从日本到荣成投资办企业,主要目的就是赚钱。所以,当他的株式会社与荣成市水产供销公司、中国煤炭经济学院三方合资兴办荣成石岛外海渔业有限公司之际,便把往日本市场销售海产品的渠道、价格牢牢攥在自己手里。

山东人虽然朴实敦厚,头脑却并不笨:这"一头沉"的买卖怎么做? 果然,合资不久,企业便亏损40多万元。这40万元,实际是中方自己担了。

中方的管理人员意识到,我们丧失的不仅是经济利益,更重要的是在合资企业中应有的地位。合作,应该是平等的伙伴关系,不是谁依附谁、垄断谁。

几次交涉无效,中方代表只好把日方老板松井先生请来。

1989年2月8日,松井先生应邀来参加公司特别董事会。

会上,中方代表坦率指出了问题的要害:

"作为合作伙伴,地位应该是平等的,为什么在产品的出口渠道和价格上我们都被蒙在鼓里?"

"考虑到贵方缺乏国际业务经验,容易在国际市场上吃亏。"

"实际上我们已经吃了亏。"中方代表拿出亏损阶段日本市场鱼货行情记录,指出:这一时期日方代销外海公司产品的价格,大大低于日本市场价格。

中国话和日本语里都有一句成语,叫"事实胜于雄辩"。事实摆到桌面上,日商还是通情达理的。结果,产品由日方代销,改为公司可以自找客户。后来,经过多次谈判,又达成了销货权双方共有、协商定价的协议。

　　一次又一次打交道,不仅使中方争得了在合资企业里的利益和地位,更增强了与外商平起平坐做生意的信心和能力。而外商也意识到:中国人,不可小看。今年 2 月,日方主动提出让出总经理之位,由中方代表、原公司副总经理邢厚斋接任。日方在解释此举的动因时说:"中方的经营能力令我们放心满意,他们完全可以管好企业。"的确,中方员工的能力已经得到证明:据今年 1 至 7 月份的统计,外海公司已创汇 170 万美元,比去年同期增长 2.9 倍。预计全年创汇 450 万美元,实现利润 200 万美元。

中国的月亮同样圆

　　当"松下""东芝""日立"以及它们的模特小姐每天带着诱人的光彩在中国的电视屏幕上亮相的时候,当一辆辆"皇冠""尼桑""奔驰"在中国的道路上驰骋的时候,带给国人的是一种复杂的感受:有人发出"外国的月亮就是圆"的慨叹,更有人由此而激起一种民族自尊感:不甘落后。

　　对这些复杂心态感受最强烈的,莫过于"三资"企业的中方人员。

　　1986 年初,当潍坊亚光电子有限公司成立,第一批洋设备从一衣带水的邻邦运进厂时,工人们对这些五花八门的洋玩意儿确有一种神秘感。但公司的中方领导坚信一点:洋设备也是人造出来的,而中国人的头脑并不比别人笨。他们反复教育职工:第一,要承认差距,虚心向日方技术人员求教,尽快掌握进口设备的性能和工艺;第二,不妄自菲薄,要在消化吸收外国先进技术的基础上大胆创新,勇于赶超世界先进水平。

　　一场由民族自尊心激发的智慧的较量在悄无声息中进行。其结果,令日本专家惊叹不已:在短短的时间内,一群貌不出众、语不惊人的中国工人,完全熟悉和掌握了所有进口设备和工艺的基本原理,并驾驭自如。

　　不久,中方技术人员又从生产中发现,一台价格为 12 万美元的自动组合机,生产效率仅为合同规定指标的 90%。于是,一份详细明了的生产记录及测试数据报告交到日方主管手中。看罢报告,日方主管连连道歉。设备,及时得到更换。

　　引进冲击波,激发了中国工人、技术人员的创造热情。在前后不到两个月的时间里,他们便成功地研制出性能优良的新型封边模具和国内首创的"栅网极化装置"。而后,又研制开发出 3 个系列、30 多个品种的新产品,有的还填补了日本股东厂的空白。从公司组建到现在,中方职工共提出合理化建议120多条,实现技术革新16项,EM传声器的生产能力从1200万只猛增到2000万只;设备及产品零部件,过去全部依赖进口,现在国产化程度分别提高到98%和70%以上,每年可节约外汇200多万美元,产品质量达到国际标准。荷兰菲利浦公司还主动在权威性的《国际商业》杂志上撰文介绍亚光公司的产品。

"亚光",为中国人争了光,它证明,中国的月亮同样圆。

"主人"新解

1988年12月31日,中国新闻社以《四天解雇一个人》为题,向海内外报道了青岛海天大酒店试营业60天,砸掉16名中国员工的"饭碗"一事。这种事,在国外司空见惯,而在国内却是爆炸性新闻:社会主义国家,岂有剥夺主人"饭碗"之理。

不同的管理方式、不同的观念在"三资"企业的冲突,必然引起人们心理上的震动。

在青岛泽青实业有限公司,庆祝公司成立的鞭炮刚刚响过,这矛盾和冲突就接踵而来。

这家公司的前身是青岛第十五棉纺织厂,原有职工604名。在与山东省医药保健品进出口公司和美国阿尔蒂—麦德国际公司合资经营以后,外方管理人员根据企业生产规模和现代化管理的要求,调整组织系统,实行定岗定员,只能聘用437名职工,而且聘任工作由外方一手控制,公开技术考核和面试。

这犹如一声惊雷在全厂职工头上炸响。本来,大家都在编织着美丽的梦:合资后,自己理所当然会成为公司一员,拿高薪,对外说起来也体面……可现在,外方老板却不发给"铁饭碗"。

一时间,"关系网"动起来了,打电话的,递条子的,登门求情的,追得中方董事长高玉柏无处藏身。对此,高玉柏态度明朗:爱莫能助,董事长也不能插手这件事。

"关系网"在"洋规矩"面前失了灵。结果,71名职工落选,另谋生路。"当主人原来也得凭本事"——职工们的心理受到深深的触动,第一次有了危机感。

给职工们的传统观念带来冲击和震动的不仅这些。在泽青公司,长年有20多名外方管理、技术人员驻厂。他们强调的是"现场第一"的管理方式。天长日久,工人们发现,这些外方人员还真不含糊:领班长和中国工人一样干活,几十公斤重的棉包一扛就是大半天,而从没见他们在车间里喝过茶、聊过天。有的工人悄悄凑上前去问:"老板又不在跟前,何必这样干呢?"对方回答倒也实在:"老板给你工钱,就是让你干活的。你只有好好干,才能得到提拔、加薪。"

这"境界"不高的回答,却让工人们想得很深:我们的老板是谁? 是国家。而我们总以国家的主人自居,伸手向国家要这要那,而且觉得理所应当,却很少想到向国家贡献了什么。其实,主人的权利和应尽的义务应该是对等的……

观念的转变是悄悄进行的,但由此带来的变化却有目共睹。原十五厂一位副厂长,在公司成立以后被聘任为一般干部。要在过去,他不会罢休——我又没犯错误,凭什么降我的职? 而现在,他接受了这样一种观念:"铁交椅"是迟早要搬掉的,现在不过是从我开始。他不自卑,不气馁,埋头苦干,并积极为公司献计献策,用行动证明了自己的能力。不久前,他又被聘任为公司的副总经理。

公司里的员工,大部分是农民工,过去散漫、拖沓惯了,上班迟到早退、扎堆聊天是家常便饭。现在,人还是那些人,却仿佛脱胎换骨一般:身着整洁的工作服,上班下班自动"打卡",工作起来精神专注,工余时间学文化、学技术。不到一年时间,在某些工序,职工的操作技术和劳动生产率已超过香港、台湾同行业的熟练工水平。外方管理人员连连称道:"这里的工人素质甚好,优于东南亚,优于香港、台湾的工人。"

从1983年第一家中外合资企业在山东诞生到现在,我省已批准外商投资企业800多家,目前已开业投产的300多家,其中大部分开始盈利。但兴办"三资"企业的意义,并不仅限于引进了多少外资、设备和技术,换取了多少外汇,还应包含由外来的冲击所引发的,对我们多年来形成以社会心态、价值标准、思维模式的再认识、再塑造,以及民族自信心、自尊感和竞争意识的觉醒。从更开阔的视角看,后者的意义,也许比前者更深远。

(《大众日报》1990年11月25日,作品获山东新闻奖一等奖)

青纱壮歌

——掖单系列玉米良种培育者群塑

编者按：这是一篇读来催人泪下、发人深思的通讯。几个"泥腿子"，创造了举世瞩目的成绩，实现了历史性的突破。他们打的是志气的胜仗、精神的胜仗。

这一生动事例，打破了科技神秘论，给每一个有志于科学技术的人以启迪，对全省的科技工作者也是一个强有力的挑战。我省广大科技工作者和各行各业的同志，如果都能有他们这种崇高的献身精神、这种百折不挠的毅力和冲天干劲，我们就能在世界新技术革命的挑战面前大有可为，我们的现代化事业就会大有希望，炎黄子孙就能创造出令人类骄傲的业绩。

有人把杂交玉米良种喻为"绿色皇冠上的珍珠"。国内外育种界，想摘取这串珍珠的人成千上万，成功者却寥寥无几。

几位在玉米育种界寂寂无闻的"小人物"，却独得这命运之神青睐：由农民育种专家、莱州市玉米研究所所长李登海培育的"掖单2号"玉米，开我国紧凑型玉米育种先河，获国家星火科技一等奖。他近年来育成的优势更强的"掖单12号、13号"等新的杂交组合，又在全国引起大面积推广。紧随其后，由莱州市农科所玉米育种室主任吕华甫及他的同伴潘淑英、王聚财等人培育的玉米自交系8112，被育种界奉为圭臬，去年获山东省科技进步一等奖，由此而选育出的"掖单4号"玉米，被国家科委列为"八五"期间国家科技成果重点推广项目。

山东大地上的莱州市，从来没有像今天这样引人注目。正是几位"小人物"，用他们亲手培育的掖单系列玉米良种，近年来为共和国增产了近百亿公斤玉米，并在家乡的土地上五创全国玉米单产最高纪录，创世界夏玉米单产最高纪录，使中国牌玉米良种首次打入国际市场。李登海本人也荣登"全国十大杰出青年"金榜。

在人生的奋斗与事业的攀登上，实现如此巨大的跨越，不能不说是一个奇迹!

"玉米迷狂症"

有人说,任何奇迹的创造都伴随着"迷狂"与"妄想"。也有人说,古往今来成大事者,大都有七分傻气、三分狂气。在莱州市,就有这样几位"玉米迷狂症"患者。

那是 16 年前的夏末。这一天,丽日晴空,热风熏人。眨眼间,西北天边一片浓重的黑云铺天盖地压来。瞬时,天昏地暗,电闪雷鸣,狂风夹着暴雨呼啸而至。正在田间劳动的人们,大惊失色,纷纷向村里跑去。

此时,莱州市后邓村农科队长李登海,正坐在家里算计着玉米栽培的施肥比例,猛抬头一瞧,"腾"地站起来,光着膀子一步蹿出门外。

李登海一阵狂跑来到村外的实验田,只见刚授过粉的玉米,在狂风骤雨中无望地挣扎着,丰满的雄蕊被雨水一泡,格外沉重,狂风扫过,便头点地地趴下来。李登海发疯似的扑向一棵棵玉米。风抽雨扫,李登海目迷眼乱,恍惚中瞅见雄蕊就一下子揪下来,不分先后,不辨东西,绊倒了,爬起来,手划破了,浑然不觉。一个多小时后,风雨渐渐停了。大田里,玉米横七竖八地躺着,一片狼藉,唯独李登海那 1 亩多玉米在傲然挺立着。

李登海呆立地头,雨水、泥水、汗水使他不辨人形。忽然,他放声大哭起来,哭着哭着又仰天狂笑。出来看灾情的乡亲见到这情景,有的悄声说:"登海这孩子,痴了。"

李登海是"痴"了,是迷玉米迷"痴"的。

玉米,是莱州一带的主要农作物。然而,祖祖辈辈单产都是在百公斤上下打转转。"大粒子(玉米)打不过小粒子(小麦)",似乎成为一种铁律。乡亲们常在李登海跟前念叨:"登海呀,俗话说,'好孩有好娘,好种多打粮',你就不能给鼓捣点好玉米种?"李登海深深把这句话埋在心里。1974 年,他从莱阳农学院进修回到村里,就迷上了玉米育种。从此一迷而不可收,直迷得如痴如疯,如癫如狂。

一次,国家农业部一位领导来这里考察,下车后,李登海连门都不让人进,拉着就往玉米地里跑。

两个月前,莱州市举办月季花节,作为当地"名流"的李登海,坐在主席台上左右不自在,他忽发奇想,扭头对身旁的市领导"大放厥词":"莱州靠什么出名?靠掰单玉米良种!应该把道旁、花坛里的月季都拔了,种上玉米,搞一个轰轰烈烈的玉米节！"

　　就在前不久，李登海在地里搞玉米新品种栽培，点种人将种子和化肥放得近了些，李登海竟在那里顿足捶胸，哭得放了长声："老天爷一年只给我一次成功的希望，这样搞连这一次希望不也给烧死了！"

　　在莱州市，像李登海这样患"玉米迷狂症"的还有一人，他叫吕华甫，市农科所玉米育种室主任。

　　与李登海大喜大悲的性格迥异，吕华甫则是一个内向型人物，打碎牙齿往肚里咽，人称"闷葫芦"。

　　可"闷葫芦"也有不闷的时候，只要一讲起玉米育种，他老吕准是思路也清晰了，口齿也伶俐了，表情也丰富了，滔滔不绝，如数家珍。

　　有人说老吕记性特好，成千上万个玉米育种材料，从亲缘、品性到配合力，他记得电脑般准确，呼之即出。可他又确确实实有"健忘症"：头一天还跟你拍过肩膀递过烟，回头再见面，便会不知你姓甚名谁。

　　去年的农历年三十，吕华甫好不容易在家坐稳了屁股，热腾腾的饺子刚端上桌，他心急火燎地只吃了四五个，就放下筷子要出门，母亲问他："过年哩，还出门干啥？"吕华甫支支吾吾说："身上不大舒服，想去温室暖和暖和。"

　　顶着凛冽的寒风，吕华甫赶到十几里外的研究所。一钻进温室，果然通体舒泰，精神大振：倒不是因为这里暖和，而是那一株株绿油油、旺生生的玉米苗吸引了他。

抓住百万分之一的成功几率

　　搞玉米育种很难很难。成千上万个育种材料，可以产生几万、几十万对组合，而经过"自交分离""杂交组合"后的种子内部，又会产生千奇百怪的变化。要选育出一个出类拔萃的良种，成功的几率只有百万分之一。

　　难，李登海认了。只是茫茫大海里行舟，船头该往哪里掉？1976年，烟台地区组织玉米高产联合攻关。在一次培训班上，老专家于伊在黑板上简练地勾画出一株玉米，比画着说：玉米高产的出路在于，既增加密度，又增强光合效能，理想的株型应是，叶片由平展改为上冲。这一席话，似迷雾中透进一缕阳光，给心有灵犀的李登海留下深深印象。

　　海南岛，三亚市，荔枝沟。这里除了适宜玉米育种的充足光照积温外，自然和生活环境相当恶劣，茅草丛生，蚊虫成阵，蛇蝎横行。1978年秋后，李登海背上一包刚刚收获的玉米育种材料,带着几位"亲兵",万里迢迢来到这近乎远古洪荒之地安营扎寨了。

此时的李登海,有一种将要握灵蛇之珠、抱荆山之玉的预感:经过几年的自交分离,上千个日日夜夜的观察、比较、实验、选择,无数次失败和摸索,由美国自交系基本材料 XL80 分离而出的"107"自交系种子,长出了成功在望的新芽。现在他等不及了,来到这一年四季都能播种、收获的"阳光之地",为"107""加代"。

他们在不毛之地上垦出育种田,小心翼翼地播下希望的种子。当"107"破土而出,李登海就仿佛与之有了心灵的交感,一直梦牵魂绕于它。小苗儿一节节拔高,齐刷刷,绿油油,轻风吹过,叶儿婆娑,"沙沙"作响,在李登海听来,如同仙乐般动听。

这一天,李登海在三亚市办事,回来已是黄昏。正要做饭,忽听外面一阵牛叫。他顿时觉得头皮一炸,拔脚朝育种地跑去。晚了! 一块 2 分地大小的玉米苗已被水牛啃得光秃秃的。李登海只觉天旋地转,脑子一片空白,一头栽倒在地里,半晌才哭出声来。牛啃的哪是玉米苗,分明是李登海的心头肉、命根子啊!

第二天一大早,同伴们忽然发现李登海不见了。大家慌了神,分头到外边去找。最后在远处的山坡上发现了他。只见李登海像发了疯似地挥着柴刀,在一片荆棘中拼命砍着,砍着,身后已留下了几大捆。这时,大伙忽然明白了他的用意,忍着泪,也默默地跟着一起砍起来。又默默地将一捆捆荆棘抬下山去。随后,在育种地四周围起了 500 多米长的篱笆,护起幸存的幼苗,护起幸存的一线希望。

即使这样,李登海还是不放心。玉米结出了穗棒,他索性成宿伴着星星守候在地里。夜半之后,两条麻袋,头上套一条,腿上套一条,躺在玉米垄沟里蜷身而睡。一天早上,他刚从麻袋里探出头来,猛地打了个冷战:不远处,一条泛着青光的银环蛇正"丝丝"吐着信子,向这边游来。

功夫不负苦心人。1979 年,李登海在海南用"107"作母本,"黄早 4"为父本杂交,收获了 3.6 公斤比黄金都贵重百倍的种子。当年在家乡的土地上播下,创下了我国夏玉米单产 776.6 公斤的最高纪录。这就是名震华夏、至今在神州大地已推广 1.2 亿亩的"掖单 2 号"玉米良种! 人们称其为紧凑型玉米。

一个名不见经传的青年农民抱走了几代人梦寐以求的大"金娃娃",这无疑是向国内玉米育种界投下一块巨石,激起的涟漪是复杂的:震惊、羡慕、困惑、深思。而受刺激最大的,莫过于莱州市农科所玉米育种室的吕华甫一伙人。

同李登海一样干过农科队，又一起下过海南的吕华甫，最清楚登海的成果是怎样出来的：那是一年365天，几乎天天拱玉米地拱出来的；是无数个不眠之夜熬尽了脑汁熬出来的；是舍弃了除生命以外的一切换来的：登海能行，我们也行！

然而，成功的桂冠是不会让人轻易得手的。经过几年"山重水复疑无路"的痛苦失败和不懈探索后，1980年，吕华甫他们通过"混合授粉"的办法，培育出一个"8112"自交系。1981年，他们决定在北方的温室和海南同时"加代"试验。

此时春节已近。在温室里吕华甫惊喜地发现，"8112"所表现出的性状，越来越符合育种目标。而在海南种下的究竟怎样？老吕决定去看看。

但就在此时，吕华甫80多岁的父亲忽患中风。瘫痪在床20多年的母亲知道儿子要去海南，含着泪说："你爹看样是过个年就少个年了，你就过了节再走吧！"

吕华甫听了，再看看躺在病床上的两位老人，一阵绞心的难受。但这时，他又恨不能马上插翅飞到海南，哪里还能等到节后。于是，他安慰了二老几句，又给妻子匆匆安排了一下，硬着心走了。

吕华甫一到海南，就发现由于播种者不留心，"8112"给种到了地头，长势不好。而恰在这时，大渠里的水又突然断流，地里的玉米旱得耷拉下叶子。吕华甫放下行装，挑起水桶就跟大伙儿下了地。连着十多天，他们从半公里外的水渠里用脸盆、茶缸把存下的水舀上来，再一担担挑到地里，不舍昼夜。最后，玉米算是保住了。

这时，一封加急电报飞到吕华甫手中："父病危，速归。"怎么办？吕华甫在地头急得团团转：眼下，马上要到玉米授粉期，这是育种过程中最当紧的关口！"8112"，是多少人用汗水、泪水和脑汁浸泡着长大的。为了"8112"，育种队员长年苦战在海南，有的把一个空荡荡的家和十几亩承包田撇给妻子；有的孩子刚生下几个月就寄养在亲戚家里；有的一而再地推迟婚期……

为了这"8112"，潘淑英，一位患有严重关节炎和神经官能症的女同志，在温室里打药灭虫，曾晕倒在地上。授粉期来了，她天天钻玉米地，腰疼得直不起身子上不了楼，硬是用布带子将腰一道道缠上，强挺着干。

想到这些，吕华甫猛地抬起头。见伙伴们正围过来，连忙把电报塞进衣兜，说了声："干活吧"。又一头钻进了玉米地。

事隔5天，一个吕华甫最怕听到的噩耗终于传来："父病故！"此时此刻，这个历尽磨难都没有流过一滴眼泪的铁汉子，再也忍不住了。深夜，他一人跑到椰林深处,向着遥远的北方,向着为自己操劳一生、却没享过几天福的父亲的亡灵,深深跪下,痛哭失声。

胶东——海南,秋来春去。李登海、吕华甫他们就如同一群不知疲倦的候鸟,毫无喘息地追逐着南北"两个"太阳。按常规,育种过程稳定一个种子,怎么也得七八代,也就是七八年时间。而李登海、吕华甫他们通过海南和温室"加代",两三年即可育成一个种子。李登海在海南一待就是14年,加育了33代玉米。在他们的生命之树上,一年比常人多长出两三个年轮。

刮不倒的"铁秆玉米"

搞玉米育种,很大程度上是与大自然抗争。有时辛辛苦苦几年,眼看成果在望,一场狂风暴雨,几年的心血就会毁于一旦。

但与大自然的风风雨雨相比,黄土地上沉重的积习,旧体制的羁绊,加上某些政策的不合理,给李登海、吕华甫他们带来的障碍和磨难,似乎还要厉害几分。

1985年,6月炎夏,毒日头烤得地里冒烟。后邓村南,土地叫行会正在进行。李登海的突然出现,引来一阵骚动:"怎么,他也来叫地?"是不是李登海神经出了毛病?他混出息了,进城做官,成了全国名人,还回村里瞎折腾!

李登海做梦都想有块种地。为了地,他说服老母亲,把刚刚转到城里的户口又转回农村。为了地,他当了县科委干部,在办公室里仅仅坐了6天,就向上级打了报告,回村办起了"掖县后邓农业实验站"。望着眼前黑油油、平展展、大片大片的沃土,他按捺不住急切的心情,第一个站到台前叫行租地。

一位愣头愣脑的汉子猛地站出来。李登海每长1元,那汉子就加1分。每叫一次,人群里就响起一阵哄笑声。

这哪里是在叫行,分明是在戏弄他!

5秒、4秒、3秒……

主持人报告着时间、一声声,像重槌击在他心上。李登海只觉得万般委屈,悲从中来:父老乡亲们哪,我李登海真想把心掏给你们看!登海想要地,图个什么?还不是为着搞育种,为咱农民在外国人面前争口气!当年居里夫人搞科研需要1克镭,美国千千万万人捐款,现在我李登海只需要一块育种地哪!

叫行的风波,还在李登海的噩梦里萦绕,又一场风暴卷地而起。有人找上门来,哄闹、勒索;有的趁月黑风高,盗走育种材料。就在莱州市准备推荐李登海为烟台市劳模人选时,一封匿名信又告了上去:"李登海以办实验站为名,假公济私,发家致富。"有些好心人找上门来劝说:"登海,何苦呢? 换块'公司''股份'的牌子,你当大经理,一年准成个李百万。"

所有这些,李登海都埋在了心底,当成耳旁风。太受冤枉了,捂起被子偷着哭一场,从不花时间去争辩。他就是这种矛盾性格:最容易动情流泪,又最有种韧劲。压力越大,爆发力越烈。没有实验田,他到处跑着游说,把亲戚家的地租过来;没有办公设施,实验站队员个个成了泥瓦匠,打地基、砸石头、垒墙、扣瓦,全是自己干;没有温室,大伙多忍受几分离乡别亲苦,海南岛就是天然大温室;缺资金,一支小分队北下辽南,繁育良种,"以种养种",一年收益十多万元……就这样,李登海终于站稳了脚跟。全国第一家民办"玉米研究所"的牌子挂了出来,一个自投资金150万元、占地6万平方米的玉米研究基地,崛起于莱州湾畔。

无独有偶,与李登海所经历的磨难有些相似,掖单4号("8112"ד黄早4")一出生,就不是一颗幸运的种子。作为它的培育者莱州市农科所,赚了顶国营单位的桂冠,却从没有得到与之相关的优惠。办公室是借的,实验地是租的。缺资金、少仪器,测试玉米的抗倒力,只能靠用手扳一扳。玉米授粉套袋,每年就需要几万、十几万个,就是这样一个值不了几分钱的纸袋他们也是一用再用,头年用过后从海南背回来,第二年再背回去。正是在这样的条件下,捧出"掖单4号",整整10年艰辛!

谁知,成功的甘甜还没来得及品味,一道厚厚的篱笆墙几乎把他们的路阻死:有关部门认为:凡与"黄早4"杂交的玉米种不抗病,对掖单4号不予审定。

还有什么样的打击比这更沉重? 一个科技工作者,毕其一生,能出几个成果? 几年的心血转眼成空,痛苦和委屈一齐向他们涌来。吕华甫笨嘴拙舌,一腔苦水只往肚里吞,满眼泪水只在人后偷偷流。为育成掖单4号,多少人跟着他吃苦、遭罪,到头来竟是这种结局!

同伴们这个气,憋闷得要爆炸:"是看咱门头小,不拿咱当牌出!"

老吕摇摇头,不赞成这个说法。他说:"不审就不审吧。不审掖单4,咱再拿个掖单5。我不信咱庄稼人不能出成果,不相信中国人不能创造世界水平。"

人与人之间,在这里显示出差别:一种人,一味抱怨体制、政策怎么怎么不合理,环境、条件怎样怎样不如愿。好像一个早晨醒来,一切都该变得阳光灿灿,大路朝天,天上落下馅饼来。另一种人,却不怨天,不尤人,不利条件和挫折变成他们锤炼意志的砥石,愈挫弥坚,在逆境中收获丰硕的果实。

光阴只流逝两载,掖单5号(双741×8112)便呱呱坠地。它很快就以品质优异、成熟期短等新优势通过省级(最高)审定。

这是场意外。1985年秋,9号台风袭击胶东半岛,中心风力10级。风魔肆虐处,房屋揭了顶,柳树连根拔,庄稼地里,唯有掖单4号倔强地挺立着。这是老天为掖单4号和它的培育者说了话。"铁秆庄稼"从此美名远播,不胫而走。现已在全国累计推广4300万亩,连续4年出口海外,创汇30多万美元。有关部门于1988年对掖单4号给予了"认定"。

这又并非意外。当国内玉米育种界把惊讶的目光投向莱州,许多人还在对李登海、吕华甫他们创造的奇迹发出"是不是撞了好运"的疑问时,掖单良种家族却正以惊人的生命力繁衍。李登海玉米研究所的掖单6号、7号……12号、13号……18号,农科所的掖单41号、42号、51号、52号……也许是融入了育种人的品格与灵性,它们粗密的根系深深扎在黄土地上,株干苗壮挺拔,大风刮不倒,病虫害不死,一片片生机盎然的叶脉,像一只只臂膀直冲苍穹,拥抱太阳,拥抱金色的希望。

卑微的与崇高的

世界上有这样的科学家吗? 又有谁能想到,他们是带着怎样的生活和情感的重荷而创造出第一流成绩的?

吕华甫,47岁,去年刚办理农转非,家里老婆、孩子还种着地。是他太操劳、太疲惫了,背总是驼着,瘦削的脸上,皱纹像一条条玉米垄沟。

潘淑英,54岁,头上的白发告诉人快要退休的信息。家里,90高龄的父亲瘫痪在床,吃喝拉撒不能自理。上班,咬咬牙,门上加把锁。问她放心不放心,回答得平平静静:"这么过惯了。"由于她一心扑在玉米育种上,一直难顾家,家里小三,一个男孩子,7岁就学会了烙大饼、擀面条。

王聚财,可以说是农科所有代表性的一员。从他身上,可看到玉米室许多人的影子。这个人活到三十八九,从来就没顺过。因为外祖父的历史问题,他初中毕业就失了学。入团、当兵,一次次受阻。村里推荐上大学,手续办得差不多了,政审又给刷了下来。社会压给他太多精神重负和不公,他的性格却还是那样开朗、平和。他是所里15年的老农民合同工。海南育种,十个春秋漂泊天涯海角。为了驱散心中的孤寂和思妻想子的感情煎熬,不会喝酒的人,愣能喝得酩酊大醉。在玉米室的功劳簿上,他的座次排二三把。去年所里办农转非,没轮上他。许多人觉得他亏,他说什么:"我们搞科研,又不是为了农转非。8块钱干,6块钱不照样干?"

李登海,南来北往育种 19 年,一家三代人为他付出得太多太多了。

1986 年,他的一家遇上了最难迈的一道沟坎。海南育种,恶劣的环境、超负荷的脑力和体力劳动,他患了严重的痔瘘、梅尼尔氏综合征。海南归来,是被抬进家门的。登海归来,本该为家庭带来欢乐,但看到病成这样的男人,妻子张永慧本来绷得紧紧的神经又加了几分重压。这位新社会成长起来的知识青年,又有着我们民族的传统美德。每当丈夫事业需要时,总是毅然奉献出自己的一切。谁人不向往城市生活? 李登海当上了市科委副主任,分配了一套住房。张永慧本可以搬到城里,过个像样的日子。可登海需要,她就留在了庄稼地里。登海海南育种缺人手,一封电报,她便抛下幼子,出现在荔枝沟漏雨的简易棚里。结婚 17 年,丈夫一半时间待在海南。大年三十,想念亲人心切,她自己的身子撑不住了,还强作欢颜,在婆婆那里,博老人欢心:"妈,咱也放挂炮仗吧?"她何尝不是想借喧闹的爆炸声来驱散内心的孤独!

这次登海进院做了痔瘘切除手术,她服侍了整整 25 天。登海出院,她一撑再撑的生理、心理"防线"崩溃了:高烧 40 度,持续不退。躺在医院的病床上,一阵呜呜放声大哭,一阵又嘿嘿怪声大笑。闹腾完了,常常休克。清醒时,想亲人想得心焦,却不见登海的身影。

登海忙啊。此时正值玉米育种材料和高产栽培实验下种,操作稍有不慎,一年的机会,就会失去,几年的心血就毁了,他哪里舍得离开玉米地。可心急如焚的岳父哪知道这些,找上门来劈头盖脸一顿训斥:"你光要玉米,还要不要人?"

李登海来到医院,他有十多天没见到妻子了,刚站到床前,妻子一把抓住他的手,紧紧攥住不放:

"我想小华……"

儿子旭华在南京姑姑家。

"咱拍封电报让他回来。"

妻子一句话没说完,委屈得哭了:"你再不来,老婆死了就见不着了!"

李登海听了如锥子钻心,猛地把头扭向一旁,眼泪唰地落了下来。

妻子的手还是松开了:"你回去吧,我见了你,病好了,没事了。"她知道玉米是男人的命根子。

儿子从南京姑姑家送了回来,但硬是不去医院看妈妈。父子俩闹别扭,登海这个急性汉子,抬腿朝儿子屁股上就是一脚。儿子吧嗒吧嗒掉眼泪。登海也禁不住放声哭起来：儿子和爹娘生分，能怪孩子吗？他忙育种，妻子还要陪上，把个家也撇了。孩子才两岁，就成了小"拉兹"，小姨家待半年，姑姑家住一载，再跟着奶奶过些日子。冬天里，穿着件脏棉袄，腰里扎着根草腰子，小泥猴似的满街串，街坊邻居问：小华，想不想你爹娘？孩子听了连眼也不眨一眨。

李登海把一切献给了玉米育种和高产栽培事业。为这，他豁上了性命，豁出了妻儿亲情，豁出了一切。这些年，他为社会创造了几十亿元的财富，成千上万的农户靠他的良种发家，逢年过节，以"不敬财神敬登海"为报答。他只要动动念头，或带几粒种子出国，就能成为百万富翁、千万富翁，可他至今领着国家干部微薄的工资。李登海家里只三间房，一间客厅空空荡荡，一间成了玉米育种材料库，一间当卧室，用具橱、木板床，都是六七十年代的过时货。他从不讲究穿着，爱吃的是小葱蘸酱和贴饼子。干起活来，常常忘记吃饭。许多人说，该研究研究登海肚子里究竟装了什么，怎么那么抗饿。

节俭得近乎吝啬，慷慨起来又真像百万富翁。他这些年的奖金，从一次18元到1.5万元，笔笔都让妻子存下来，一分钱没花。他要凑够一定数目，建立一笔科学基金，用来奖励那些为玉米育种和高产栽培做出贡献的人。

玉米这种作物，所需养分，是靠吸收太阳的光能转化而成。而李登海、吕华甫他们，索取甚少，是靠燃烧自己生命的太阳去奉献于社会、奉献于人类！

高山之巅

1990年金秋，全国玉米专家顾问组副组长魏义章来到莱州，考察了玉米所和农科所的育种地、高产示范田，对我国玉米育种、栽培现状做出评价。他说，我在这里看到了玉米王国中一座巍巍耸立的高峰。

峰巅之上，作一次回顾和展望，是不无意义的。

玉米自1511年传入我国至今，种植面积已仅次于美国列世界第二。但直到20世纪70年代，中国的玉米单产仍排名世界30位之后。

叶片由平展变为上冲，以适宜密植，大大增强光合势能而达到增产目的的掖单系列紧凑型玉米良种的问世，使我国的玉米生产汇入世界"第二次绿色革命"的大潮。新华社报道：李登海等的卓著贡献，"标志着我国玉米良种培育达到世界先进水平"。

我国人多地少，人均粮田仅1亩。用占世界7%的耕地解决占世界22%人口的吃饭问题，传统的耕作方式已达到极限，出路在科技。掖单系列玉米杂交种，给超载的黄土地播下希望的种子,孕育着一个新的崛起。国家决定,"八五"期间,全国3亿亩玉米,紧凑型玉米将推广1亿亩。仅此,即可为共和国增产100亿公斤粮食。

站在这峰巅之上,李登海、吕华甫他们俯视仰望,百感交集:有成功后的喜悦,也有审时度势的冷静;有"名人效应"带来的烦恼、压力,更有向更高的目标进击的壮志雄心。

最新资料表明:世界杂交玉米栽培最高纪录,已达1548公斤(春玉米)。在我国,由李登海1989年创造的夏玉米亩产最高纪录为1096.29公斤。虽然这两者之间,有许多不可比因素,但差距总是存在的。这差距,对李登海、吕华甫他们来说,就是最具诱惑力的挑战。

胼手胝足,带着满头玉米花子的李登海、吕华甫,曾凭一种常人难以想象的意志和拼劲,闯进科学的殿堂,摘取了绿色皇冠上的珍珠。现在,他们又打点行装,抖起精神,进入世界级的较量场,向着玉米王国的珠穆朗玛峰挺进!

(《大众日报》1991年7月20日)

说不清的俄罗斯

在俄罗斯广袤而寒冷的大地上匆匆奔波访问 8 日,名副其实的走马观花,所得到的印象也是只鳞片爪,但在我心中激起的感触却是五味俱全,一言难尽。用省作协副主席、此次访俄代表团副团长左建明的话说:"真难一下子说清俄罗斯是怎样一个国家。"

旅途多舛

MD-82 客机从哈尔滨起飞还不到一个半小时,就在俄罗斯的远东重镇哈巴洛夫斯克市降落。我们将在此停留一天,然后再转乘俄国内航班直飞莫斯科。下机伊始,陪同就坦率而又无奈地告诉我们:由于俄罗斯现在正处在转轨时期,各方面都比较乱,安排接待有不周的地方,敬请大家多些耐心、多些谅解。

果被他言中,在紧接着的住宿问题上,就考验起大家的耐心来了。在一家餐馆吃过晚饭,天已大黑,汽车又拉着我们七拐八转,终于在一家旅馆门前停住了。陪同先进去联系,一会儿便一脸尴尬地来到我们跟前说,旅馆床位紧张,一时安排不下,要住的话就得睡加床。大家一听也无可奈何——客随主便吧。于是便进大厅站在那里等。可一等再等,房间还是没安排好。因语言不通,也不知是怎么回事,只见陪同楼上楼下地窜,一会儿跟旅馆方面交涉,一会儿又问我们带没带小纪念品(可能要用于打通关节),足足折腾了近两个小时,大家才算拿到了房间钥匙。

第二天,陪同向我们解释:因这里是中转站,过往旅客又多,安排出了点问题,一切到莫斯科就好了。

飞机追赶着往西天跌落的太阳,一口气飞了近 8 小时,最后降落在莫斯科机场(莫斯科市 6 个航空港之一)。不想,在这里又出了茬子——人出了机场,随机托运的行李却出不来了。坐在候机厅里懵懵懂懂傻坐了 1 个多小时,才被告知,机场运送行李的汽车坏了,现正在检修! 照理说,机场里的行李车肯定不只这一辆,换一辆不就得了。可这理是没处讲的,只能入境随俗——等,继续磨炼自己的耐心。

终于拿到了行李,坐上了去莫斯科市区宾馆的汽车。乘了 8 个小时的飞机,又经过机场这一阵折腾,许多团友已疲惫不堪,屁股一落座就"迷糊"起来。也有兴致高的,边欣赏着车窗外、夜色中一片片闪过的松树林、白桦林、远眺莫斯科市区高楼林立、万家灯火的美景,不由自主地哼唱起了"莫斯科郊外的晚上"。可唱着唱着,好好跑着的汽车却一口大喘气停了下来,开车的老师傅急慌慌下了车,旋即又上车来做了一个沮丧表情——原来,汽车的轮胎瘪了! 没想到,"祸不单行"这句中国谚语,竟在俄罗斯的土地上应验了!

在等待老司机更换轮胎的间隙,我下了车,呼吸着莫斯科郊外凛冽的寒风,在路边的杂草中徘徊,耳边似乎又响起柴可夫斯基"如歌的行板"那沉郁、凄婉的旋律,不禁思绪翻涌:这就是曾经孕育了普希金、托尔斯泰、契诃夫、高尔基等伟大的文学家及其不朽名著的俄罗斯? 这就是曾令拿破仑、希特勒等不可一世的入侵者折戟沉沙的俄罗斯? 这就是在人类历史上第一个创立了社会主义,并与西方世界抗衡半个世纪之久的俄罗斯? 几天来发生在我们旅途中的一连串不愉快的事情,虽然有一些偶然因素,但是否也从一个侧面反映了这个国家的现实。

逛莫斯科民贸市场

在莫斯科,东道主安排我们参观考察了一处民贸市场。

本来,我们心里还犯嘀咕,自由市场,在国内是想逛就逛的,来莫斯科还能逛出什么劲来。可到了一看,还真有点新鲜。

我们参观的市场在莫斯科的老城区,一幢幢 18—19 世纪的古建筑群之间的空地上,用铁丝网围起了一个足球场大小的场所,这便是市场了。远远看去,就见市场外人头攒动,长队足足排了半公里长,旁边还有警察维持秩序呢。近前一打听,原来大家都在排队买门票,不管买与卖,入场费均 400 卢布(1 元人民币约合 40—50 卢布)一位。逛市场还得买门票,这在我们国内可是闻所未闻。一位团友半开玩笑地说:"看来,他们的自由化还不彻底。"

市场内的人拥挤不堪,前胸贴着后背;商品却并不丰富——在简易搭起的柜台和货架上摆挂的,多是面包服、皮衣、皮靴等御寒之物,以中低档为主。在市场内,我们见到一位从哈尔滨来此做生意的 30 多岁的妇女。据她介绍,在这个季节,加长的、色彩鲜亮的羽绒大衣最好销,仿羊皮的夹克销路也不错,但价钱一定不能太高,否则就不大有人问津了。我们问她,市场中有许多商品是中国货,是不是销路特好。她有些忧虑地说,按理说,中国的一些日常生活用品在俄地是比较适销对路的,但前一阵子,有些"国际倒爷"(有俄罗斯人,也有中国人)把咱们"打假扫劣"清出来的伪劣商品倒腾过来,坑害了这边的消费者,影响了中国货的信誉,也损害了中国人的形象。这一阵子的生意,就不太好做了。

看"老外"(其实,在此地我们才是名副其实的"老外")做生意,还真别有情趣。我仔细观察发现,他们做起生意来,全没有我们国内个体户那种热情相邀、生拉硬扯的劲头,有的倚在柜台旁悠闲地抽烟,有的三五成堆地说笑逗乐,还有的干脆举着商品,一声不吭,整个一副"愿买就买,不买拉倒"的架势。在一卖化妆品的地摊前,我还看到一对情人模样的青年男女,边张罗着买卖,边在那里拥抱亲吻——真是爱情、生意两不误。

和"老外""砍"价也是一乐。在一地摊前,我看好了一套名叫"玛德柳莎"的俄罗斯工艺娃娃,一问价,摊主掏出计算器,在上面按出 3000 的数字。"3000 卢布? 太贵!"我也不管他听得懂听不懂,拿过计算器,仿照在国内对付个体户的经验,来了个"拦腰斩":1500 卢布。他连连摇头,又按出 2500 的数字。我故作拔腿欲走状,引得他一把拉住了我,最后以 2000 卢布成交。临了,这位老兄还伸出大拇指,叽里咕噜说了一通,大概是夸我会"砍"价。我心里话,保不准我被你宰了还蒙在鼓里呢。

从后门出了市场,竟见到外面还别一个天地:道路两旁,一拉溜列队站着一个个商贩,手里举着要出卖的东西在招徕顾客。对这些违禁在场外进行交易者,警察也睁一眼闭一眼,懒得管了。

据当地人介绍,像这样的民贸市场,在莫斯科有 40 多处,但还远远满足不了市民交易商品的需要。看来,计划经济的始作俑者——俄罗斯人的商品经济意识也在觉醒。

彬彬有礼的俄罗斯人

过去在文学和影视作品中接触到的俄罗斯人,大概不是革命者就是酒鬼、莽汉;此次访俄,也有朋友提醒:凡事多加提防、小心……等到和真实的俄罗斯人一接触,才发现他们不仅不可怕,简直可以称得上谦谦君子。他们在公共场合和接人待物方面所表现出的修养,直令我们这些来自"礼仪之邦"的人大为赞叹。

"排队现象"在俄罗斯各地比比皆是,买东西要排队,打电话要排队,乘公共车要排队……这,曾经成为一些西方人讽刺前苏联"贫困落后"的"著名笑料"。但我却从另一角度,发现了"排队现象"的积极面:凡是有3个以上俄罗斯人的地方,只要需要排队,大家都会自觉地排成一行,间距半米左右,或轻声交谈,或低头看报,不急不躁,不吵不嚷,更无加塞和蜂拥而上的现象。按说,这里商品(特别是副食品)比较匮乏,可能"过这个村就没这个店了",谁不急于把东西先买到手,但他们就是沉得住气,还是在那里排着、等着……

在我们所到的哈巴洛夫斯克、莫斯科、彼得堡(列宁格勒)3个城市,大小交通路口都没有交通警,一切全靠红绿灯来指挥。即使是在清晨和夜晚汽车稀少的时候,只要人行道上的绿灯不亮,人们是绝少"越雷池一步"横穿马路的。所到之处,我们也没有发现交通拥塞现象和车祸。

莫斯科和彼得堡的地铁举世闻名,乘坐起来也非常方便,花2卢布买一个硬币模样的卡投入打卡机,就可以畅行无阻,到任何一个地方了。没有人检票,也没见人在旁边监视,但人们还是自觉地买票、打卡。我们在彼得堡一个地铁入口处观察了一阵子,没有发现一个"逃票"的人。

到莫斯科的第一个晚上,热情的东道主安排我们欣赏了世界一流水平的俄罗斯大马戏团的演出。精彩绝伦的表演让我们大饱眼福,而演出大厅里的气氛和观众所表现出的教养也给我们留下深刻印象。演出大厅是专为表演马戏而设计的圆形建筑,能容纳四五千人,观众有很多是儿童。但从开演前到演出过程中,大厅里绝无嘈杂喧闹之声,更无我们在国内一些演出场所司空见惯的吸烟、嗑瓜子现象。当场上的演员表演到精彩处时,观众们便会报以热烈而有节奏的掌声,场上场下的气氛融成一片,热烈、轻松、欢快。中间休息时,观众们来到休息大厅,上了烟瘾的观众自觉地来到洗手间吞云吐雾;有的小观众见到我们这些"老外",便友好地报以天真烂漫的笑靥或招手致意。演出结束后,观众们有秩序地鱼贯而出,并自觉地在存衣处前排队,领取自己寄存在这里的外衣,没有人"争先恐后",没有人大呼小叫,大厅里安静得简直有点令人不可思议。看到这一切,我们代表团里的一位老同志感慨地说:"这一点,还真值得我们好好学习!"

丹米与伊戈尔

丹米是个22岁的小伙子,中等个,黑色卷发,看上去挺敦厚的样子,但眼镜后面的那双眼睛却透着精明。他是我们在莫斯科访问时的翻译。

　　丹米现在仍是莫斯科矿业学院的学生（学校实行学分制，管理上比较宽松），一年前曾在北京财政学院学过一年汉语。虽然口语还不太流利，但通过与之交谈，仍可以部分地了解普通俄罗斯人生活的现实及其心态。

　　据丹米介绍，俄罗斯现在虽然已实行私有化和市场经济，但由于外国资本来俄投资的热情不高，国内的私人资本又无力购买国家的股份，所以许多大型的企业（包括工厂、商店、宾馆以及交通、银行、医院等公共服务机构）仍然是国营的。但个人收入上的差距已明显拉开，收入高的一个月可得几百万上千万卢布；收入低的只有 2000—3000 卢布，人均收入大致为 4000—5000 卢布。这里也存在"脑体倒挂"现象：工程师、教师、普通工人和拿"死工资"的国家公职人员收入偏低；买卖人、私人企业主"率先致富"。

　　这种现实当然令许多人心理不平衡，进而对社会和政府不满。用丹米的话说："当年人们反对戈尔巴乔夫，现在又反对叶利钦，因为他们都没有给老百姓带来多少好处。"

　　不过，在与丹米交谈中我发现，他对现在实行的市场经济和自由竞争还是持肯定态度的。他认为，这能给人们提供很多机会，也能治一治一些懒汉、酒鬼。他"现身说法"道：现在大多数人都要干两到三份工作，才能养活自己和家庭。譬如我，虽然还上着学，每月只拿 800 卢布奖学金，但生活已完全自立了。我问他靠什么"致富"？他毫不犹豫而且有些自豪地回答："当'国际倒爷'。"丹米告诉我，他每月飞一趟北京，倒一次东西，多了可赚五六百美元，少了也是三四百美元。而且，他的女朋友还是一位北京姑娘呢，他为她起的"洋名"叫"安琪拉"。

　　伊戈尔与丹米同龄，但已经结婚，而且是两岁孩子的爸爸了。他满头金发，俊逸潇洒，一副书生模样，但与之一接触，才发现他是地地道道的生意人。

　　伊戈尔的父亲是莫斯科矿业学院的教授（月薪 1 万卢布左右），同时又兼任美国和德国两家大公司在莫斯科的商业代理，月收入五六百万卢布，算是富翁级的人物了。所以，当伊戈尔从莫斯科大学英语系毕业，又到中国武汉大学学了一年汉语后，父亲就出资让他办了一家翻译公司，而后，伊戈尔又与人合伙在北京办了一家公司，他任"第二把手"。

　　和我们一见面，伊戈尔就掏出一大把名片问我们认不认识这些人。我们接过名片一看，原来是山东的一些政府官员和厂长、经理的名字。大概是这些人到俄罗斯访问时，伊戈尔与他们认识的。接着，伊戈尔就询问起山东的情况特别是经济方面的情况来，并一个劲地与我们"探讨"哪方面的生意可以做。我们说，这个我们是外行,不过有些方面我们可以帮他"牵线搭桥"。他笑了笑,说了句很地道的中国话:"朋友多了好办事。"

伊戈尔的公司现在还属于初创阶段。他本人的月收入在 10 万—50 万卢布之间,有自己的一套两居室住房和一辆"拉达"轿车。我们问他,当前最关心的事是什么? 他不假思索地回答:"赚钱!"

访俄期间,正值俄罗斯漫长的冬季开始,天一直阴沉沉的。但我们在彼得堡的涅瓦河畔看到,这里已经有人在刨开冻土,栽种郁金香根球了。看他们那认认真真、小心翼翼的样子,分明是在种下一个春天的希望!

(《大众日报》1992 年 11 月 13 日)

农业解困与市场经济

一年一度的"两会"有一个永恒话题:农业。今年的"两会",代表、委员们对农业的关切程度比往年更高。

关系到国计民生,关系到经济能否持续发展、社会能否繁荣稳定的农业怎么了?

在计划农业向市场农业转轨过程中,农民怎么办?

解决长期困扰农业和农村经济发展的出路和办法何在?

这一个个从中央领导到普通百姓都热切关注的问题,齐聚到以参政议政为天职的人民代表和政协委员心头,表露在他们情殷意长的发言里和切中积弊的提案中。

农业:危机与机遇并存

近几年,中央和省委、省政府对农业问题的重视可以说是始终如一。最近,国务院出台的有关粮棉产销的一系列重大政策,以及中央和省里关于农村工作的重要举措,都体现了这一点。然而,为什么当前农业发展仍不尽如人意,甚至潜伏着种种危机呢? 原因很简单:各项稳农、促农的政策和措施,并没有真正落到实处。

省农业厅厅长呆宪庆委员对此深有感触:人人都会讲农业的重要性,但农业也最容易被忽视。表现之一,是"口号农业"并未绝迹。一部分同志认为农业已经过关,"以农业为基础"的观念相当淡薄。有的地方领导几乎把精力全部用到办"见效快""显政绩"的项目上了,重视农业成了一句空话。表现之二,是市场农业目标的提出,打破了原有的计划经济格局,但新的运行机制还没有建立起来,致使工农业剪刀差继续拉大,农民的生产积极性受到严重挫伤。

曲阜市的农民委员张玉苓认为,农民负担不断加重、政策不兑现,是当前制约农业生产发展的一个关键因素。她激动地说,中央和省里都制定了农民负担5%的限额,但就是落实不了。相反,国家供给农民的粮棉"挂钩"平价化肥、柴油却常常被截留。农民辛辛苦苦干一年,到头来交上提留集资剩不下个啥,怎么能有发展农业的积极性呢?

制约农业发展的"扣"到底是什么? 农业的出路到底在哪里? 依靠政策、科技、流通、投入振兴农业无疑是正确的,但这些都是具体办法,治本之策何在? 许多代表、委员认为,关键是要以市场经济的观点来看待、分析农村出现的新问题,靠深化改革来解决深层的矛盾,按市场经济规律全面推进农村经济。滨州行署副专员赵秉耕委员说,解决农业问题,不能只靠行政命令。要学会用价值规律和市场杠杆来指导和管理农业,引导农民的生产。

"减轻农民负担问题也必须靠加快建立和完善社会主义市场农业体系来解决。"许多代表、委员在讨论中认为,市场农业具有规范化、法制化的特点,只有在这种条件下,农民的权利和义务才能切实得到保障,各种乱摊派、乱集资、乱达标才有可能真正得到制止。

农民:成为市场农业主体

农民是农业生产的主体,这是不言而喻的道理。然而,多年来,计划体制使农民没有多少自主权,同时,农民的合法权益得不到保障,坑农、伤农事件屡禁不止。这些现象引起了代表、委员们的极大关注,他们呼吁:要真正让农民在市场农业中唱主角。

无棣县大杨乡五营中村农民从振荣委员说,现在某些地方为了保证植棉面积,将农民已经出土的麦苗强行耕掉,改种棉花。群众对这一做法意见很大。吴宪庆委员认为,这种做法是完全错误的,应坚决制止。搞市场农业,就要允许农民根据市场需求自主种植。对国家急需的关系国计民生的农产品,也不能单纯依靠行政命令,而是要用价格杠杆及优惠政策来体现市场需求和政府意图,引导农民自觉种植。

部分农业专家和来自基层的代表、委员认为,市场农业的发展必然使农民成为独立的利益主体,他们的横向联合必然增多,农民将既是决策者、生产者,又是经营者,有独立的财产和合法的权利。这样,就尤其需要一种形式,把农民组织起来,引向市场,联合参与市场竞争,并在竞争中保障自己的合法权益。这种组织不是政治性的,也不是纯专业性的,而应该是农民真正"当家做主"的、带有准法人性质的经济组织。

政府：既管理又服务

农民走向市场，政府部门干什么？一些人以"充分尊重农民自主权""让他们自己学会游泳"为由，把农民推向风险莫测的市场大海，而不对他们进行必要的引导和帮助，使之蒙受不必要的损失；同时，一些部门则利用农民走向市场的机会，打着为农民服务的幌子，干一些坑农、伤农的事，损害了党和政府的威信，也影响了市场农业的顺利发展。

针对这些问题，文登市市长王同洲代表认为，建立市场农业体系，政府的行为首要的是建立和完善生产要素市场，如发展资金市场、劳务市场等，为农民参与市场竞争搭起大舞台。赵秉耕委员则认为，政府部门当前最大的任务是以服务之"舟"，把农业和农村经济推向市场经济的"海洋"。信息服务，引导农民大力生产市场适销的农产品；产品销售服务，用市场体系把小生产引向大市场；资金服务，为市场农业发展提供资金保障。山农大教授余松烈代表强调，政府部门要搞好科技服务，对基层农技站不要匆忙"断奶"，要用各种手段调动他们的积极性，为农民服务。

政府是行政机关，当然要具有行政管理职能。市场并不能解决一切问题，许多事情必须由政府去做。部分代表、委员特别强调，在新旧体制交替时期，必须市场、行政两种手段并用，从宏观上调控市场农业发展。在一定的时期内，各级政府部门还要根据发展市场农业的需要，制定相应的政策和措施，保证农村经济的正常发展。

代表、委员们寄希望于未来，希望困扰农业和农民的种种问题在深化改革的过程中尽快得到解决，希望社会主义市场农业的蓝图早日变成现实。

（《大众日报》1993 年 4 月 22 日）

走向法制

——市场经济的呼唤

1993 年 3 月 29 日,参加全国八届人大一次会议的 2898 名代表举手通过,第一次将市场经济写进了庄严的《宪法》。

这表明,市场经济走向法制,已经有了一个重要的前提,迈出了可贵的第一步。

但是,必须看到:真正使市场经济成为一种法制化经济,任务艰巨,路途尚远。

市场经济本质是一种法制经济。

走向法制,是市场经济的第一要求

这似乎是一个理论命题,但却带有强烈的现实性。

我们不妨以市场经济的客观需求为背景,透视一下我国当前法制建设、特别是经济立法的现状。

某县工商银行一位行长,在接到县法院要求冻结一家企业存款的通知后,照样将这家企业的存款划拨出去——典型的法制观念淡薄,不懂法,不知法。

报载,吉林省某公安机关,非法参与当地与外省的一起经济纠纷,派警员跨省将另一当事人、省人大代表拘捕——典型的执法犯法。

据山东省高级人民法院经济庭提供的数字,近几年我省经济纠纷案件逐年增加。1980 年收案仅有 151 起,到 1991 年收案就达 77117 起。而司法机关在审理这众多的案子时,有许多问题却无法从现有的法规中找到依据——立法滞后,无法可依……

让我们把视野拓得更宽一些:我们不曾忘记去年深圳的股票风波,就是因为少数人在股票发行过程中营私舞弊,差点酿成大的社会动乱;我们也不该忘记屡屡被新闻媒介曝光的一部分掌握各种各样权力的人索贿受贿的大案要案;还有严重的地方保护主义、部门利益至上、关卡林立、各自为政;还有假冒伪劣产品的屡禁不止,屡打不绝,还有"翻牌公司"的出现;等等,等等。原因都出自于法律、特别是与市场经济相配套的法律的松弛、缺失和滞后。

我们的经济生活,从来没有像今天这样强烈地、迫切地呼唤法律。

由此,著名经济学家、北京大学的厉以宁教授,在全国八届人大一次会议上曾一再提醒人们:市场经济应有良好的秩序,无序会导致混乱,混乱则会完全葬送改革开放和经济建设的成果。

由此,在这次省人大、省政协会上,许多人大代表、政协委员一致呼吁:必须加快经济立法!

山东财政学院年轻的副教授黄磊委员阐述了他对这个问题的看法:过去,我们实行的是高度集中的计划经济,其运行主要靠行政手段,靠的是计划、指标,甚至"政治鼓动";而市场经济是一种多元化经济、公平竞争的经济、契约化经济,它要求用法律的形式来全面规范社会经济生活中各个主体的权利、义务和行为规则,并规范政府的行为。没有法制,没有公平,没有具有约束力的契约合同,没有一系列旨在维护市场秩序的规则,没有保护财产权和惩罚弊病的法律,市场经济就无法正常运转。从这个意义上讲,法制和秩序是市场经济的第一要求。

黄磊委员特别强调,当前,我们正处在一个新旧体制交替阶段,计划经济的一些做法已经过时,而新的市场机制的形成又需要有个过程,这样,在经济社会生活中就很容易出现"谁都不愿管,谁都管不了"的"空白地带",也就特别容易让人钻空子,特别容易出乱子。因此,在这特定时期建立一些特定法规,就显得尤为必要和重要。

未雨绸缪,防患于未然,经济立法需有某种超前性

就像体育比赛先要有比赛规则一样,市场经济同样先要有规则和秩序作保证,才能维护公平竞争。

对这个问题,省体改委副主任墨文川委员在政协小组讨论中谈了自己的见解。他认为,市场经济不是无政府经济,不能一提市场经济,就认为什么都可以撒手不管、放任自流了。有的地方提出"先发展,后规范"的说法,也是不正确的。从我国经济生活的现状看,经济立法必须未雨绸缪,防患于未然,具有超前性。如果因为立法滞后,导致经济生活中出现更多的混乱,然后再去补漏子,那就迟了,付出的代价就太大了。

他接着举例:譬如股份化试点,当前就很不规范。有些搞股份制的企业,将

内部股公众化,将法人股个人化,实际上造成了国有资产向私人转移。还有的企业单纯为股份搞股份,没有起码的资产保证,这是非常不安全的,弄不好会影响到社会稳定,影响到改革的信誉。股份制作为改革中的新生事物,应当发展,但必须先建立相关的法规,以法的形式界定哪些企业可以搞、哪些企业不可以搞、要搞怎么搞。

泉城电脑公司总经理刘振升委员则结合自己的工作实际谈到经济立法必须超前。他说:我们这家企业只有 100 名职工,聘用了 10 名法律顾问还打不完官司,有时为了一件小的经济纠纷,官司也要打到省高院。为什么? 就因为这些纠纷涉及的问题,无法从现有的法规中找到解释和处理依据。随着市场交易越来越发达,各类新型纠纷如票据、工业产权、联营、企业承包和租赁、企业兼并、企业破产等案件将逐步出现并日益增多。你想想,立法不超前,公说公有理,婆说婆有理,那怎么行? 有人认为法律多了约束就多了,因此对立法不感兴趣。其实约束也是支持。没有约束,没有规划,谁的日子也不会好过。

可以说,立法应当超前,已成为参加“两会”的代表和委员们的共识。其实,这也应成为全社会的共识。

法律是严肃的,立法本身也需要一个复杂的、艰难的过程,必须付出巨大的努力。特别是在立新法的同时,还要废止已经不适应新形势要求的一些旧的法律法规,更要付出心血,甚至要牺牲一些部门的、地方的利益。但唯其难,才更有意义。“千里之行始于足下”,重要的是现在就付诸行动。

原省工商局局长黄可仁委员在提交大会的发言中,为我国当前需要建立的、与市场经济相适应的新法列了一个长长的名单:制止不正当竞争法、保护债权人权益法、证券法、经纪人法、拍卖法、票据法、社会保障法、劳动法、预算法、银行法、国有资产管理法、计划法、房地产法、投资法、外贸法,等等。他同时还对加快经济立法提出建议:简化立法程序(特别是一些应急法规),大胆借鉴经济发达国家在立法方面的经验和成果,结合我国国情和我省实际,加以改造、吸收和利用。

我们注意到,就在我省“两会”开幕之际,新闻媒介报道了新上任的全国人大常委会委员长乔石在广东讲的一段话:“在国家法律还不很完备的情况下,地方可以先搞一些地方法规。”这与其说是一条信息,倒不如说是对加快立法的一种鼓励。

乔石还讲,广东可以成为立法试验田。那么,我们山东是否也可以大胆地试验一下呢？回答是肯定的。

这又是一种机遇。

市场经济法制化，还需要在市场经济运行中真正做到有法必依、执法必严、违法必究

有些事很让人感到荒唐。

例如，同样性质的一个案件，在甲地有功，在乙地有罪，在丙地无过。法律几乎成了儿戏。

再如，某县法院经济庭依照正常的法律程序，查封某家制作销售假冒伪劣产品的企业财产。不料，前去执行的 3 名干警，连厂子的大门都没能进去，就被企业厂长率领数十名职工轰了回来。

这种荒唐的事情，说明了一种客观存在着的现象：严重的地方保护主义，部门利益的纷争，过多的行政干预，对法律尊严和权威的亵渎，已成为制约公正执法、严格执法的严重障碍。

许多代表、委员呼吁，尽快转变政府职能部门的工作方式，从以往由行政手段管理社会经济生活转到主要以法律手段管理社会经济生活的轨道上，乃是当务之急。

不仅如此，还需要把行政管理本身也纳入法制轨道，真正做到依法行政。一个人，不管权力大小，都应首先对法律负责，不能以言代法，以权压法；更不能利用权力搞不正当交易，否则就要受到法律的惩处。

果如此，类似司法审判过程中的"长官意志"、经济决策中的"条子工程"，以及争夺原材料的各种"大战"、水泼不透的"地区壁垒"，还有打着改革旗号谋一己私利的"翻牌公司"等等困扰我们社会政治和经济生活的难题、"怪圈"，就会在法的利器下迎刃而解。

代表和委员们认为，要做到这些，就必须建立一种机制，以确保立法、行政、司法互不干扰；必须严格限制行政机关用行政手段对经济生活过多地干预和影响；必须确立"法律至高无上"的权威。

省司法厅厅长江仁宝委员在发言中指出，要维护法律的权威，做到有法必依，执法必严，还必须尽快建立和完善法律服务市场体系；必须强化执法机关和执法人员的素质；建立完善的执法监督机制。

正如中央领导同志最近强调的，要把法律制定后的监督检查及实施放在与

制订法律同等重要的地位。

市场经济走向法制,对我们是一个新课题、大课题。无论遇到什么困难,这条路非走下去不可。

走向法制,就是走向希望、走向成熟、走向成功。

(《大众日报》1993 年 4 月 23 日)

创业人在天涯

海滩、椰林、碧空、艳阳——

海南,中国第二大宝岛,旖旎的热带风光令人神往。

海南,中国最大的经济特区,更以其"特"中之"特"吸引了万千有志、有识、有胆之士。

1988 年,海南建省之初,神州就涌动起第一次"海南潮","百万大军"下海南,盛况蔚为空前。去年,邓小平南方讲话之后,一度略有沉寂的海南再次"热"了起来,"闯海人"有增无减。在这大批"闯海人"中,也可以看到我们齐鲁儿女的身姿风采。他们在海南是怎样创业的? 成功还是失败? 经历了几多磨难,又收获了多少果实? 这不能不为家乡的父老乡亲所关心和注目。前不久,省青年记协组织了一次赴海南专题采访活动,经省政府驻琼办事处热情接待和安排,我们得以采访了几位"闯海"的山东人,也得以把他们的创业史及心路历程介绍给广大读者。

一

在海口市王府小区一栋四层别墅楼前,当省办事处的杨处长向我们介绍:"这位就是邵克难、邵总"时,我们还真不敢相信站在面前的这位文文气气的小伙子,就是拥有 5000 万资产,一出手就做几千万、上亿元生意的鲁能公司的总经理。可坐在公司豪华、气派的会客室里,听着他那不算曲折、却也令人振奋的经历,不能不令你刮目相看。

刚届而立之年的邵克难,是山师大中文系 85 届毕业生,在校时就是位小有名气的诗人。分配到省电力局工作后,呆过研究室,搞过电力志,还当过接待科长。正当他像"万金油"一样适应着机关工作的需要,渐渐"脱胎换骨"的时候,去年 3 月的一天,局领导忽然找他谈话:"局里决定,派你到海南去筹建办事处,办公司。"

"去海南? 办公司?!"邵克难听后一愣,一点心理准备都没有。虽然自己早就发誓不当诗人了,可终究还是文化人,由此一下子"下海"当商人,这人生角色的转换也太快太大了! 更何况,自己家有未满周岁的爱子,父亲还刚做了肺癌切除手术……但电力局的特点就像部队一样,决定就是命令。4天后,邵克难就只身来到"天涯海角"。

首先是摸情况。在济南待了十年,连千佛山都没爬过的邵克难,现在每天骑着自行车转遍了海口的大街小巷。商场、食城、工厂、工地,客流量、商品行情、房地产价格,没有他跑不到的地方,没有他不打听的信息……经过20多天的调查,邵克难汇总了一个看法:在海南,搞实业很难,搞贸易也不易,最"热"的是房地产,这是大出大进也需要高智商、大魄力的生意,电力局正好具有资金和人才优势。这想法跟局领导一汇报,很快得到批准。5月,鲁能实业总公司正式挂牌,注册资金300万元,先做房地产生意。

搞房地产,首先要研究政策,不仅研究与房地产有关的政策,还要研究国家的大政方针和政治气候。然后是跑工地,看房子,研究不同地块、不同标准的建筑的地皮价、工程造价、售出价及增值潜力。慢慢地,邵克难摸到了门道,学做了几笔生意,赚了几百万。接着,他瞄准了三亚市的一块地皮。三亚市正在建凤凰机场,这块地皮位于将来由机场到市里的必经之地,增值潜力巨大。可当时有很多人反对:花几百万买这么块杂草丛生的荒地,把希望寄托在将来,太悬了! 邵克难依靠自己的判断力和决断力,毅然拍板买下了这块地。不出两个月,那周围的地价飞涨,鲁能公司那块地皮很快增值了一倍多。因急需资金干别的事情,地皮脱手,一下赚了800万元。加上其他几笔生意也连连得手,不到一年的时间,公司资产增加到5000万元,纯利润1300万元,还增设了山东、洋浦、三亚三家分公司。

我们提醒道,现在海南的房地产已慢慢"冷"了下来,继续投资会不会要冒更大的风险。邵克难笑笑说:"任何商业活动都冒风险。照我看,风险越大,因涉足的人少,成功的几率反而更高。"他告诉我们,据他分析,海南的房地产现正进入调整期,但总的还是发展的趋势,在低潮中买进或搞建设反而更赚。今年,"鲁能"就要开工10万平方米的项目:海口泰阳广场,三栋大厦共46000平米,一栋豪华写字楼,两栋公寓楼,投资1亿元,1995年上半年落成;儋州市(洋浦开发区所在地)泰山大厦(18层),现已开始基础建设;在三亚建两栋豪华住宅楼,7月开工。另外还准备在儋州搞一个欧式度假小区,总投资7000万元左右,现60亩地皮已经买下……

听着邵克难有些轻描淡写的讲述,我们还是被打动了,30 岁的年纪,就成就了如此一番大事业,怎能不让人钦佩。据邵克难介绍,鲁能公司总部只有 9 人,平均年龄也只有 30 岁。当然,我们听到的只是他们辉煌的一面,他们创业时经历的磨难和痛苦,邵克难却只字不提,是"男儿有泪不轻弹",还是怕远在千里之外的父母妻儿担忧?

二

高楼林立的海口市滨海大道,矗立着一幢气派的华信大厦。华信大厦的 21 层,就是亚龙集团总部。亚龙集团的老板叫张广仁,47 岁,魁梧的身材,红润的脸庞,戴一副金边眼镜,敦厚中透着精明。

亚龙集团也是靠房地产发了财。1990 年,已成为我省知名农民企业家的章丘石油化工配件厂厂长张广仁,忽生一个念头:到海南去闯一闯!想到就干。就像当年辞去教师干企业一样,张广仁带着 36 万元只身飞往海南,办起了亚龙实业总公司。先是以销售自己厂的产品为主,后又搞钢材和其他贸易,都是略有盈利时,带去的钱也快花光了。在这种情形下,是回,是留?张广仁矛盾着,思谋着,最后还是不服输的劲头占了上风。他留下了,又抓住了天赐良机,两年之内发了大财,公司资产增加到 5000 万元。

张广仁的高明之处在于,他靠房地产发的财,却没有把"宝"全部押在房地产上。他以一个实业家的高瞻远瞩和气魄,瞅准了一个高科技产业——生物医药,花巨资组建了亚龙医药公司、亚龙生物医药研究所、亚龙制药厂。张广仁还提出"集贤聚才,科技高效,超前创新"的企业精神,在全国范围内广揽人才。张景红,留美医学博士、原南京军区总院年轻教授、国家级专家。张广仁从传媒了解到张教授的事迹后,思才若渴,四下金陵,登门拜访。张教授被张广仁的诚意和热情所感动,终于投奔到"亚龙"门下,出任副董事长。来"亚龙"不久,张教授就主持运用基因重组技术,研制出我国第一个治疗肾病的生物药品,海南省科技厅已将此项目立项。亚龙公司准备投资 3400 万元,从国外引进先进设备组织生产。谈到这些,张景红教授感慨地说,在"亚龙",科研人员有广阔的用武之地,成果可以马上转化为生产力。

张琨,32 岁,原海南电视台播音员。他与张广仁由相识到钦佩进而"跳槽"到这家民营公司,现任总经理。亚龙集团总部现有 17 名员工,分公司 20 多人,都具有大专以上学历,其中有 5 位教授和高工。正是因为聚集了这样一批人才,张广仁才能够自信地说:"'亚龙'的事业还仅仅是开始,今年,我们要组建一个医药股份有限公司,还要与香港展创国际投资公司合作,在海口兴建一个融吃、住、玩于一体的'皇家花园'。'亚龙'的目标,是发展成为一个实业、贸易并举的跨国公司。"

三

张伟与我们是老朋友。现在,他作为海南省财税厅副厅长(海南最年轻的厅级干部),还像两年前在山东当团省委副书记时那样敢说敢为,风风火火。记得当年他决定来海南之后,我们曾在一起聚会,他坦率地谈了自己做此抉择的动因:"我现在刚刚三十出头,正是可以干一番事业的时候。大特区机会多,发展的空间也大,去闯一闯,说不定能干出点名堂。"席间,也有朋友替他惋惜:你现在正仕途通达,前程似锦,却要放弃这一切,去那人生地不熟听说还有点排外的地方"降级"当个小处长,真有点划不来。张伟却笑笑说:"凡事有得必有失,左顾右虑,什么事也干不成,我算是铁了心了!"我们都被他的豪气所感染,共同举杯为他壮行。

现在看,张伟的抉择很对。来海南后,张伟先任财税厅农财处处长。特区实行的是小政府、大社会,机关工作也是高效率、快节奏,很少开会,很少发报告和文件。但同时,调查研究也相对不够。张伟发现了这一点,来海南不久,他就下到陵水县蹲点,一蹲就是 3 个月,最后写出了《农业财务怎样支持农业》的调查报告,很快得到省委书记的批示,报告中总结的一些经验,也很快在全省推广。继而,张伟被任命为财税厅副厅长,分管工交、国有资产管理、农财、农税、税征局等 9 个处的工作,并一度主持贸易厅的工作。这样,在更大的范围内,张伟得以施展自己的抱负和才华。

海南 249 家国有工业企业,40%亏损。针对这种状况,张伟和有关同志一道,以"敢为人先"的气魄,对国有企业进行股份制改造,有 70 多家企业改为股份制;对一些长年亏损、资不抵债的企业,则实行租赁、拍卖。通什市有一塑料厂,由于经营管理不善,已停产两年,举债 1000 万元。经张伟策划和穿针引线,去年底拍卖给香港一家公司。现在,工厂搞活了,外债偿还了,到年底还可上缴50 多万元的税金。此举在海南引起轰动,也得到省领导的充分肯定。

在特区宽松的大环境里,张伟如鱼得水,如虎添翼,改革的举措频频。他和财税厅其他同志提出的两年内取消预算内企业,让所有企业都处在同一起跑线上的设想和规划,在得到省里批准后,现已开始实施。去年底,他们又做出决定,取消企业预算基金和调节基金,税后利润全部留给企业,"放水养活鱼"。去年 9 月,张伟又兼任兴华农业财务投资公司副董事长。今年初去美国考察 40 多天后,与美国公司合作,成立了华特利投资公司,并在美国独资兴办了大禹实业进出口贸易公司和豪普公司,主要致力于租赁、购买、改造海南的亏损企业。

　　谈到既往的政绩,张伟并没有志得意满的感觉,他说:"这全靠'天时'——改革开放的大气候和'地利'——特区的宽松环境,自己不过是把一些想法付诸实施罢了。"至于今后的打算,张伟毫不犹豫地说:"当然还是在海南干下去。"今年初,张伟已把妻女接来海南。爱人现在一家民营公司当"打工妹",女儿上小学。据说,还都蛮适应的。

　　据省驻琼办事处李主任介绍,到目前,山东在海南共有 48 个办事处,办了 200 多家公司,正式公派人员有 3000 多人,大部分是去年 3 月以后过来的。闯海南的山东人中大致可分为三类:有易地"当官"如张伟者;有单位公派如邵克难者;也有个人"闯海"如张广仁者。这中间知名的公司还有:新大洲轻骑摩托车有限公司、鲁光实业总公司、鲁琼公司、鲁海公司、华洋公司、银泉公司,等等;知名的人物有原栖霞县委书记、现海南儋州市委书记兼市长、洋浦开发区管委会副主任于迅;有成功地完成"北果(葡萄)南移"栽培试验,结束了海南有史以来不产葡萄历史的"葡萄大王"孙培杰;有原齐鲁宾馆总经理、现为一家合资公司大老板的密可水等等。不管是公派还是"私奔",无论是从政还是经商,他们大都保持了山东人质朴、豪爽、实干的品格,在海南留下了上佳的口碑。无论他们是成功还是失败,也都是可钦佩可赞美的,因为他们毕竟能够毅然抛却熟悉、安逸的环境和已有的成就,别妻离子,来到几千里外的"天涯海角"艰苦创业,从零开始。这种敢闯敢冒的精神,正是当今社会所需要的,也恰恰是我们许多山东人所欠缺的。

(《大众日报》1993 年 7 月 3 日)

　　我省经济持续快速健康发展,原动力来自改革;当前改革正进入全面推进重点突破新阶段,其深度和广度前所未有,更需要上下协力,万众一心——

改革攻坚不畏难

　　近两年来,省委、省政府先后派员南下北上,向兄弟省市学习,也不断总结自己的经验。千经验万经验,有一条最根本、最重要的经验就是:始终把改革作为"一号工程"来对待,紧抓不放,步步深化,靠改革释放出的巨大能量,推动全省经济持续、快速、健康发展。而今,党的十四届三中全会的《决定》已绘就建立社会主义市场经济体制的总体蓝图。改革正进入全面推进、重点突破新阶段,所触及的深度和涉的广度前所未有,难度也可以预见。怎样保持过去那么一股劲,顾大局,想长远,攻难关,把我省的各项改革更深层次推进,确实是摆在齐鲁儿女面前、有待认真思考、大笔书写的鸿篇巨卷。

心无旁骛　高奏改革主旋律

　　"改革是最大的机遇。""发展的速度取决于改革的深度和力度。"这一思想,是全省上下经过多年、特别是近两年的改革实践所达成的共识。

　　作为产粮大区的滨州,前些年由于受计划体制的束缚,仅粮食流通环节每年就要亏损8000多万元。"病因"和"药方"是明摆着的——不改革就没有出路,但"下药"时大家却慎之又慎,因为粮食问题弄不好会衍化成"政治问题"。1992年3月,滨州地委、行署领导横下一条心,在全省率先放开粮价。这一改革,当年就消灭亏损6000多万元,去年基本消灭亏损。由此带来的连锁反应加快了全省粮食流通领域改革的进程。以此为例,地委书记王道玉感慨地说,滨州这两年经济和各项事业之所以快速发展,主要是得益于改革,改革就是机遇,早改革早主动,先改革先得益!

　　机构改革一直被人视为改革中的"雷池"。莱芜市委书记张敬茂却认为,从某种意义上讲,改革的难度越大,其中可能蕴藏的生产力越多。改革,就要知难而进,要把部门口袋里的生产力解放出来。去年初他们抓住建立地级市的良好契机,本着政企分开、精简、统一、效能的原则,将市委、市政府直属部门精简为31个;压缩人员编制,市、区两级实际在岗行政人员只有770人,只相当于原县级莱芜市时行政在岗人员的三分之一左右;部门的工作职能、机构运转也随之实行重大改革和转变。这样做,开始有些人觉得承受不住。市委坚持不降调子、不降低标准。实践证明,小政府、大服务,带来生产力的大解放、经济的大发展,1993年,莱芜市的各项主要经济指标均创历史最高水平。

淄博市、临沂地区,在推进改革的过程中,加快市场体系的培育建设,为经济大发展注入了活力,更为今后激烈的市场竞争抢占了制高点。还有泰安市的国有企业股份制改造、潍坊市的深化农村改革等等,这些以改革为动力,促进经济发展的事例,在全省各市地可以说不胜枚举。但改革的进程并不是大路通畅,一帆风顺的。特别是当第一轮改革所产生的政策效应基本释放出来,而进一步深化改革还是"山重水复疑无路"的时候,一些地方就出现了避难就易,改革谈得多,做得少,而靠争项目、铺摊子求得发展速度的现象。

是小平同志的南方谈话,拨开了遮望眼的迷雾,使我省各级领导能够站在一个新的高度、新的视点上来打量改革,对待改革。

从全国改革发展的大势看,改革,实际是重塑自我优势的一次机遇,谁认识早,抓得好,步子大,谁就得益多,发展快。从我省看,经济生活中所面临的诸如经济结构调整滞后、大中企业活力不足、经济运行质量不高、宏观调控措施不适等深层次的问题,只有靠进一步深化改革,建立起社会主义市场经济的新体制和新的运行机制,才能从根本上得到解决。

基于此,省委书记姜春云一再强调,在对待改革和发展速度上,要改革优先;一再指出,没有改革的推进,便不会有高速健康的发展。

随之,我省又进一步加大了改革的力度。制定了"两转一建一推"的改革思路,转换企业经营机制,转变政府职能,建立社会保障体制,把企业推向市场。在全国第一家出台了贯彻《条例》的实施办法,三项制度改革在80%的企业取得明显成效。政府转变职能,简政放权迈出较大步伐,省直部门下放了150多项权力,县乡机构改革也基本完成。而触及更深层次的产权制度改革正在全省方兴未艾。

攻克难点　趟开条条新路

历时 15 年的改革实践,先农村后城市,先单项突进后整体配套,先外围迂回,现在终于到了攻坚阶段。而围绕建立现代企业制度所进行的产权制度改革,则被人喻为改革中的"高难动作"。

在农村改革中创造了许多成功经验的潍坊市,在产权制度改革、推行股份制中又先行一步。他们抓住国有中小企业为突破口,首先从诸城市开始改革试点。

据 1992 年对诸城市 150 家市属独立核算企业审计,有 103 家明亏和暗亏,亏损额达 1.47 亿元,有的企业国有资产流失严重,几乎成了"空壳"。

严峻的现实令诸城市领导沉思:承包、放权、三项制度改革……为什么一系列企业改革的措施都难彻底奏效? 最根本的是过去的改革没有触及深层次的产权关系问题,致使企业产权关系不明晰、利益关系不直接、企业负盈不负亏、工人当家不做主、厂长有权难落实等种种痼疾久治不愈。

症结找到了,但改革的决心很难下。当时小平同志的南方谈话刚公开发表不久,关于股份制和产权制度改革,上头没有文件精神,要当第一个吃螃蟹者,弄不好就会"撞到枪口上"。市委书记陈光在踌躇不决中打电话给当时的潍坊市市长齐乃贵(现市委书记),寻求上级的支持。齐乃贵的回答很坚决:"我们有小平同志'三个有利于'作尚方宝剑,就可以大胆地试,有什么风险市里来承担!"

领导者强大的意志力和群众迸发的改革热情结合在一起,使改革势如破竹。1992 年 10 月,市里确定在国有小型企业市电机厂进行先出售后改制的股份制改革试点。继而,"四达""龙昌""中兴""超然"等股份公司纷纷创立。到今年 3 月,诸城市市属 30 家工业企业,已改制 29 家;乡镇办工业 177 家,已改制 130 家;商业企业 12 家,已改制 8 家……而且改革一步到位,改一个成一个,没有一家不盈利。

潍坊市及时总结推广诸城经验,在全市范围内狠抓"两改造一拍卖",去年共有 100 多家县属以上企业进行了股份制改造,100 多家国有企业被合资改造,各种股份制企业达 3000 多家,另有 3000 多家小企业和商业门店被拍卖或租赁经营。同时,组建完善了 55 家企业集团,用市委书记齐乃贵的话说,这叫"抓住抓好大的,放开放活小的"。

和潍坊的改革有所不同,烟台市的产权制度改革,选择了利用外资嫁接改造国有大中企业为突破口。

　　搞活国有大中型企业是改革中的"硬骨头"。烟台的大中企业患有国有大中企业共有的"顽症",最突出的是技术落后、设备老化、资金缺乏。开始,他们利用引进外资和技术,对老企业进行嫁接改造。随着合资双方的重新评估资产、界定产权,组建成股份有限公司或有限责任公司,就逼着国有企业转换了机制。"嫁接"的过程,实际是改制的过程,"嫁接"过来的不仅是新的技术,更重要的是新的机制。

　　原烟台造纸厂在引进外资进行嫁接时,与港商合资兴建了福斯达纸业有限公司。由于港商占主要股份,出任老板,顺理成章地要对原有企业干部和一些岗位上的工人进行调整,一次就裁员100多人。过去用铁心肠、铁面孔、铁手腕都打不破的铁交椅、铁饭碗、铁工资,现在自然而然都打破了,而企业也发展成为亚洲最大的白卡纸生产厂。市委领导称这项改革是:"引进一块活的,救活一块死的!"

　　"嫁接"改制的过程也是一个凤凰涅槃式痛苦的过程。有人给市领导写信,认为把国有资产出卖给外资,是丧权辱国,说当年美国的联合舰队都没能占领烟台,现在却拱手出让了;而在具体操作过程中,主管部门怕麻烦、厂长经理怕丢权、工人则怕砸了饭碗等种种疑虑和矛盾也不同程度地出现。

　　烟台市领导认为,要克服改革的阻力,必须思想解放先行。而思想解放不能像"金蝉脱壳"一蹴而就,而要像"螃蟹蜕皮"那样不断地进化不断地新生。他们在全市范围内三次开展思想解放大讨论,使大家逐渐明确:将国有资产有偿转让给外资,只是将有形资产转变为货币资产,不仅不会使国有资产流失,而且是保值增值的有效手段;建立现代企业制度,是深化改革的大趋势,谁先适应,谁就主动,否则,便会被淘汰。

　　思想一通,改革畅行。至今,烟台市已有55%的国有企业实行了嫁接改制;另有54家(占1/3)大中型企业通过控股、参股和社会股三种形式进行了股份制改造。与此同时,股份化的浪潮又向乡镇企业、向农村推进,向农业开发延伸。

　　与股份制和产权制度改革必须形影相随的是产权交易和证券市场。济南看得准、气魄大,利用省会城市的优势,已经建起和正在筹建以产权买卖为框架的产权交易中心,以证券市场为框架的金融中心,以期货市场为框架的流通中心等中心。证券交易与上海、深圳同步;产权交易中心于3月18日开业后,已有3家企业上柜交易,并可与全国联网。

　　小平同志的南方谈话和党的十四大、十四届三中全会精神,使一向以稳健著称的山东人,在深化改革的道路上昂然奋进,急起直追。去年一年,全省有 10% 的国有大中型企业实行了股份制改造,县属以上股份制企业已达 1100 家,有 6 家企业发行了上市股票,农村股份合作制企业达到 59000 家。在股票发行上,我省创造了 3 种模式,"青岛啤酒"成为全国第一家境外上市企业,"淄博基金"也是全国第一家上市的基金证券。这些,是我省一年来在企业改革和股份制试点中大胆探索并取得成功的一个重要标志。

上下一心　向更深层次推进

1994 年被称为改革的"关键年""攻坚年"。改革所触及的深度和涉及的广度都是前所未有的,改革的难度也是前所未见的。这不仅表现在改革对深层次思想观念的触动,更表现在对深层次利益关系的重新调整。

产权制度改革,会让过去的企业承包者和政府主管部门失落部分权利;宏观调控体制的改革特别是分税制,要从过去实行财政大包干的地方多切去一块"蛋糕";改革由过去的"放权让利"到现在的制度创新,靠改革"现得利"的"好事"会越来越少,而为服从长远利益暂时牺牲眼前利益的事情会多一些……国家、企业、个人,上下纵横、方方面面都面临着重新调整利益关系、重新寻找自己在改革中的方位问题,而此时更需要局部服从整体、眼前服从长远的全局意识,更需要上下一心,同舟共济。

今年元旦刚过,枣庄市委就召开常委扩大会议,从 4 日至 11 日,一天一个专题,一连探讨了 8 天。市领导针对今年省里已经和即将出台的 8 大改革,请有关部门负责人和专家来当老师,分门别类地请教和研究本市金融、企业、外经贸、财税、价格和住房制度改革问题,并拿出《实施意见》。市委书记郭振山的意图很明确:不能认为改革只是上边的事,地方领导也要早明白,早抓在手上,以争取主动,务求必胜。市委明确提出要求:凡国家确定的改革措施要及时出台;省里明确要求的要与其他市地同步出来;市里的改革措施要分散出来;涉及群众切身利益的要稳妥出台。

滨州地委书记王道玉则具体思考了在执行今年中央和省里出台的改革政策中,滨州怎样结合本地实际,充分发挥创造性,寻找新的工作思路和方法问题。他举例说,国家金融制度、投资体制改革后,我们就应当积极而不是被动地搞好产业结构调整,尽量向国家的产业政策靠拢。今后上新项目,一方面应眼睛向上,争取把更多的项目纳入国家计划;另一方面要眼睛向内,按照"政府培育环境,社会发展经济"的思路,建立起多渠道、多层次的投资格局,特别是大力发展个体私营经济。

改革攻坚战,需要方方面面、特别是人民群众的理解、支持和热情参与;也需要考虑到群众的承受能力,创造一个宽松的、有保障的环境。

1993 年 4 月,国有大型企业烟台自行车厂宣布破产倒闭,一时吸引了上上下下疑虑、关切的目光。然而,几个月过去了,此"惊天动地"之举却没有引起任何波澜,2000 多名工人顺利得到妥善安置,350 名离退休工人及时足额领到了养老金。

这完全得益于烟台市通过改革而日益完善的社会保障体系。

在深化改革的过程中,烟台市领导认识到,社会保障制度改革是整个经济体制改革的重要组成部分,也是其他各项改革的重要保证,必须与之配套进行,最好能先行一步。市委领导将此称之为深化改革的"助推器"、"安全阀"和"减震器"。

目前,烟台市主动争取在全国试点和率先推行的社会保障体系单项改革就有 7 项之多,包括社会养老保险、失业社会保险、医疗社会保险、工伤社会保险、女工生育社会保险、职工住宅社会化、商品化等方面。社会养老保险覆盖了全市城乡每一个角落,容纳工人、农民达 255 万人。7.3 万城镇企业离退休职工能够按时足额领到养老金,53 万名城镇企业职工消除了失业后生活没有保障的忧虑。这些改革,将过去由企业负担的社会功能剥离出来,强化社会调剂功能。既使企业能够轻装上路,平等参与市场竞争,又为今后顺利推进其他各项改革创造了一个宽松的环境。

改革的攻坚战已经打响,齐鲁儿女正万众同心,上下协力,以烁金熔铁的热情,以百折不挠的毅力,攻关夺隘,共创改革的新纪元。

(《大众日报》1994 年 4 月 5 日,作品获山东省精品工程奖)

唯实的光彩

——记济宁电化股份有限公司党委书记、总经理常春发

采访济宁电化股份有限公司党委书记、董事长兼总经理常春发，一开始就遇到困难：他先是婉辞，继而在谈到自己时，又往往大而化之，一带而过，有时还会出现令人尴尬的冷场。我们只好先进行"外围采访"。在济宁电化公司干部工人七嘴八舌而又众口一词的赞誉声中，常春发作为一个以务实为本的企业家的形象，作为一个严于律己、以身作则的优秀共产党员的形象，在我们面前凸现出来。我们慢慢发现，老常并非不善言谈也不是故作谦虚，而是党的实事求是精神，像血液一样透遍他的全身。

"决策的依据只能是国家和企业利益"

1983 年，从技术员、技术科长、副厂长一步一个脚印干上来的常春发走上济宁电化厂厂长的领导岗位。作为一厂之长，要务是对关乎企业生存发展的大政方针进行决策。而每一个决策的做出，又仿佛都是对常春发求实精神的一次考验。

时光走进 1986 年，中国经济的"温度计"升到"热"的刻度上。许多地方和企业忙着跑贷款，上项目。此时的济宁电化厂，主产品烧碱只有 1 万吨的生产能力，成本高，效益低，扩大生产规模提高效益，成为当务之急。

在当时的大气候下，有些人提出，既然人家都在铺摊子、上项目，我们也应多争取贷款，上大项目，搞大基建，一步到位。对此，常春发的思想也不是没活动过：当厂长的，谁不想搞个像模像样的工程？但他转念又算了这样一笔账：搞大的基建项目，必然要靠大量贷款，速度快也得 3 年建成，再等一两年后才能见效，所创利润全部转化为贷款利息恐怕还远远不够，搞不好企业就会亏损。

项目论证会上，不同意见和观点在进行着交锋。老常在一一听取了大家的意见后，又把这个"账"给大家算了一遍。这一算，有人顿然醒悟，有人面露惑色，也有人沉不住气质问老常："难道我们就只有死守摊子不求发展吗？""不是

不发展,而是要更好地发展。"常春发这才笑着道出经过他深思熟虑的"路数":采取"化整为零"的办法扩大生产规模,小步快跑,滚动发展;重点是依靠技术进步增加效益。

但怎样进行技术改造,又像一道选择题摆在常春发的面前,而且"难度"更大。电化厂原来使用的 8 型石墨电解槽,电耗高,产品质量低。如何改造? 路有两条:一是采用国内先进的 30 型金属阳极电解槽;二是采用具有国际先进水平的离子膜技术。很多人特别是上级部门都力主采用后一项技术,对此国家也很快予以立项。这时,老常又上了"实在劲",坚持要在进行周密的市场调查和项目论证后再进行决策。华东化工学院毕业的常春发,当然了解离子膜技术的先进性,唯其先进,也"曲高和寡",市场需求量少,而投资却需 8000 万元之巨;采用国产 30 型金属阳极电解槽,仅用 3000 万元的投资,电解水平仍可有较大提高,产品销路也有保证,且可降低电耗。权衡利弊,老常明显对国产货"情有独钟"。这时就有人劝他:"既然上级都倾向上离子膜,国家也立了项,就不要改了吧。"

这话,别人不说,老常自己心里也不知翻腾了多少次:现在争取一个项目很难,自己把现成的项目否了,再去争取新项目,恐怕会难上加难,更何况,上级已经定了的事,自己再去更改,会不会被人误解为"抗上"……但思前想后,老常的个性和党性还是决定了他最后的抉择,他说:"党让我们在这里'掌盘子',我们的决策只能从国家和企业的利益出发,而不能受别的因素影响!"

最后,在常春发的坚持和争取下,"国产货"终于取代"洋设备"登堂入室,投产后吨烧碱耗电节约 50 度,年增效益 33 万元,产品质量也大大提高。这个项目被评为优秀技改项目。

正是本着这种求实的原则,"七五"以来,电化厂每年一个台阶,烧碱生产能力达到 3.5 万吨;投入 4100 万元资金进行 30 余项技改,不仅项项都获成功,而且收回全部投资,为国家多创利税近 5000 万元。

铸就"金字招牌"

1989 年 9 月,上级有关部门来到济宁电化厂评审"国家二级企业",给电化厂带来一场不大不小的"风波"。

几度春秋,几经奋斗,此时的济宁电化厂已今非昔比,名声在外。昔日因跑冒滴漏严重,被人形容为"黑乎乎、白花花、黄澄澄、臭烘烘"的企业,而今已变成道路平直、花木葱茏、鱼游浅池、鸟鸣林间的"花园式工厂";电化厂严、细、实的管理,在全国打得很响,化工部曾三次在这里举办厂长培训班,推广济宁电化的管理经验;"全国环境优美工厂""化工部六好企业"之类的奖牌,电化厂也捧回不少……在全厂上下、同行之间,大家都一致认为,这回评"国家二级企业",电化厂是手拿把攥了。

但恰恰就出了意外。在整理上报材料时有关人员发现,在上百项规定指标中,电化厂项项都过得硬,仅有聚氯乙烯(PVC)的一级品率没有达标!一时间,电化厂干部职工的心头像压了块石头一样沉重起来。

大家都了解老常丁是丁、卯是卯的脾气,怕他这次再"较真儿",于是,"游说团"自发组织起来了,很多人在办公室、在车间里堵住老常,纷纷给他打"预防针"。这个说:"PVC一级品率不是主要指标,即使我们改一改,评审组也无从查实。"那个说:"现在搞升级达标,谁不托门子找路子做点手脚。如果我们太认真,那就等于自己找亏吃!"更有人动了感情:"有多少不如我们的企业都评上了'国家二级企业',我们作为全国化工行业的老典型、'全省行业排头兵'要是名落孙山,多丢面子啊!"

听了大家的劝说,老常心里也像开了锅。他理解大家要维护电化厂荣誉的急切心情,对社会上的一些"惯常做法"也心如明镜。但他想,电化厂的荣誉是怎么来的?是靠全厂干部职工脚踏实地干出来的,不是靠虚报浮夸吹出来的。改一改数字,看起来是小事,但一改,就改掉了党的实事求是的原则,就改掉了多年来养成的一丝不苟、严实认真的工作作风。正因为现在社会上浮夸风盛行,作为一个共产党员,才更不能随波逐流,助长此风……

此时,有关人员已提出修改方案,并主动向评审组说明内情。评审组的同志也觉得,像这样好的企业评不上有点可惜,准备予以默认。而常春发却站出来斩钉截铁地说:"咱搞经济工作的,应该一是一、二是二,材料必须如实上报。评上'国家二级企业'不是目的,重要的是借此提高管理水平,增加效益!"

就这样,电化厂放弃了这次企业晋级的机会,但人们的精神境界却经历了一次新的洗礼,大家找原因,订措施,练实招,在短短时间内,就使PVC一级品率由55%提高到76%(现达到98%),并创出"省优"称号。1990年,当评审组的同志再次来到电化厂,看了那一项项过硬的指标、一个个凿凿有据的数字后感慨地说:"像你们这样实在的企业,简直可以免检;你们得到的'国家二级企业'的牌子,是响当当的'金字招牌'。"

有人说电化厂的客户都是"铁杆客户"。这"铁",不是搞庸俗关系学搞出来的,而是靠诚实经营,以心换心熔铸而成的。有的客户,宁肯多跑几百公里,也要用济宁电化厂的产品,冲的就是这块牌子。他们说,用济宁电化厂的产品,放心,舒心!

氯化石蜡曾是济宁电化厂的主产品之一,在全盛期的 1991 年,产量达 2500多吨,创利税 430 万元。但近几年,一些小企业唯利是图,生产劣质低价的氯化石蜡,利用不正当手段竞争,对济宁电化厂原有的产品市场形成巨大威胁。在此情形下,退出市场竞争?不能!这等于向伪劣产品举白旗。以其人之道,还治其人之身?更不能!这无疑是同流合污。常春发以一名社会主义企业家的远见卓识,以一名共产党员的高度责任感和求实精神,宁肯企业少得利,也坚决按部颁标准组织氯化石蜡的生产,保本经营!结果,市场保住了,还创出一个部优产品,但相比之下企业却要少收入几百万元。对此,常春发却认为值得:"企业的牌子比什么都金贵。"

电化厂有些产品是长短线互换的产品,紧俏时,门庭若市,滞销时,门可罗雀。常春发经常告诫供销人员,不光滞销时要想到用户,畅销时更要热情服务,急用户所急。一次,安徽蚌埠一家化工厂打来电话,急需氯化苯。这时厂里的氯化苯虽然也很紧俏,但老常没有半点犹豫,当即要求连夜装运。当 5 辆卡车满载着氯化苯星夜兼程 8 个多小时赶到蚌埠时,这家工厂上班的铃声还没敲响呢。正是这家工厂,开始曾对济宁电化的产品质量和供货能力心存疑虑。打这以后,他们的订货直线上升,1000 吨,1500 吨,最后达到 3000 吨,包销了电化厂氯化苯产品的 60%!

实事求是精神,不只是一个口号,贯彻到企业的经营管理中,就是信誉和知名度,就是打不烂的"金字招牌",就会带来实实在在的效益。正是依靠这一法宝,济宁电化厂才能在云诡波谲、阴晴不定的市场竞争中始终吉星高照:连续 5年列入"全国 500 家最佳经济效益工业企业"排行榜,蝉联三年"全省行业排头兵",去年产值过亿元,利税达 2100 万元。

人格的力量

常春发很推崇"天下之大事必做于细,天下之难事必做于易"这句格言。他认为,厂长的号召力,不在你如何能言善辩,叱咤风云,而在于以自身的行动和人格力量来凝聚人心、感召人心,特别要在一些看似细微的小事上严以律己,率先垂范。正如俗话所说的:喊破嗓子,不如做出样子。

厂里有义务劳动,老常只要在家就一准参加,种花栽木,挖臭水沟,他和大家一样有"指标"。有一次砍废砖头,他与干部工人摽上了劲,最后竟让他拔了头筹。

每天早晨 7 点前,老常准是第一个上班,自己提开水,整理卫生,然后同管理人员一起早点名;上班后出厂办事,都主动到传达室登记签字,去哪里办事,几点几分出厂,什么时间回厂都一一写明。有次厂里查卫生,老常办公室吊扇上面摸到了灰,他也"乖乖"认罚了 5 元钱。

这些看起来不起眼的小事,作为一个大厂厂长能够十几年如一日自自然然地坚持下来,却并非易事。而这一举一动产生的效应也是巨大的:带出了济宁电化严、细、实的厂风,一些管理措施也不令而行。

作为省劳模、化工部优秀厂长,老常的办公室原来 3 人挤于一室,现在仍与一位副总经理一起办公,陈设简单,但窗明几净。

电化厂原来最好的一辆车是跑了近 20 万公里的"桑塔纳",前不久才进了一辆"奥迪",还是清理"三角债"清回来的。就是这辆车也非老常的专车,谁有急事谁先坐。有好几次,市里临时通知老常开会,小车又都派出,他就坐卡车或骑自行车赴会。

供销处长老朱讲了这样一个"笑话":今年 3 月,他和老常一行 4 人到上海联系业务。到达时已近午夜,老常领着他们满街转着找旅馆——不是没有,而是老常嫌价格太贵,"货比三家"后,才在一家小店落脚,4 个人挤在只有 3 张床的房间里过了一夜。老常易失眠,老朱却鼾声如雷。第二天,老常呵欠连天,一个劲埋怨老朱"噪声污染"。老朱也笑着反唇相讥:"这是你决策失误,自找的!"

这样做,老常自有他的道理:"我不提倡共产党员都当'苦行僧',但奢华的生活确能消磨人奋斗的意志,更会让群众离心离德。"

对常春发的廉洁自律,公司员工更是有口皆碑。

有位职工从外地调进电化厂,没托一个关系,没送一份礼。他觉得不可思议,心里也过意不去,总想找机会对厂长表示点心意。他对老常的廉洁早有所闻,便打听先后调来的同事该怎样"表示"。不想几位同事都异口同声"警告"说:千万别搞这个,否则准被熊一顿!这位职工于心不甘,终于瞅着一个机会跟老常透了点打算"感谢"的意思。老常马上板起脸来说:"要想感谢的话,那就用干好工作的成绩来谢吧!"

　　前段时间,有几家乡镇企业的厂长分别找到老常,有的要聘他当"顾问",有的让他个人"入股"("顾问费"和"红利"自然不在话下),条件是让厂里出资和他们搞所谓的"联营",并"开导"老常说:你现在已是50岁的人了,还能干几年厂长?该给自己留条"后路"了。常春发对此一一严词拒绝,他说:"党和国家培养我上大学、当厂长,'后路'也一定会给我安排好,就不劳各位操心了!"

　　中国有句古话:"其身正,不令而行";还有句成语叫"桃李不言,下自成蹊"。这话用在常春发身上特别贴切。他没有惊天动地的壮举,没有激动人心的豪言,但全公司1000多名干部工人就是打心眼里服他!从老常身上,大家看到一个共产党人的本色,受到了崇高的人格力量的感召。于是,公司上下强大的合力形成了,积极性火山一样爆发出来:这几年,公司职工年均劳动生产率都在10万元以上,年人均创利税最高达2.67万元,在全国同行业名列前茅。

　　60多年前,鲁迅先生曾把那些"埋头苦干的人"喻为"中国的脊梁";今天,在创建社会主义市场经济新体制、构筑共和国经济大厦的过程中,我们更需要千千万万个像常春发这样有务实精神、脚踏实地创大业的"脊梁"!

　　　　　　　　　　　　　　　　　　　(《大众日报》1994年7月4日)

燃烧的乌金

1994年1月9日,对曲阜市单家村煤矿全体职工和他们的领头人秦裕彦来说,都是难忘的一天。就在头天晚上10点,正在进行的矿职工代表大会通过一项决议,授予矿党委书记、矿长秦裕彦"单矿公仆"荣誉称号。上午9时,职代会继续进行,当工会主席宣布这一决定,秦裕彦双手接过职工代表献上的金光闪闪的奖匾时,112名代表情不自禁地站立起来,热泪奔涌,掌声如潮,经久不息……面对此情此景,秦裕彦这位铁塔一样的硬汉子,再也抑制不住内心的激动,泪水也夺眶而出。他鞠躬向代表们致谢,可感谢声却被更热烈的掌声淹没。台上台下,泪水和掌声融汇成一片。

这是情的宣泄,这是心的交融。秦裕彦虽然曾获得过省劳模、省优秀共产党员、全国能源工业特等劳模、中国煤炭工业优秀企业家、全国"五一劳动奖章"等诸多荣誉,但从没有像今天这样激动过,他从"单矿公仆"这个荣誉称号里,看到了2300颗单矿职工火热的心,认为这是对自己煤海拼搏30多年最高的褒奖!

"共产党人的字典里没有'困难'二字!"

——秦裕彦的口头禅

单家村煤矿原是个年设计能力21万吨原煤产量的地方小煤矿,到1984年,经过8年建设,才仅仅完成工程量的十分之一多一点,2900万元的建矿资金却基本花光。无奈,上级不得不亮出"黄牌":准备封井停建。也就在这个时候,济宁市煤冶公司怀着一线希望,派在一个大矿任副矿长的秦裕彦到单家村矿担任党委书记。

这年6月16日,一辆破旧的吉普车,穿过一段尘土飞扬的乡间小路,把秦裕彦送到矿区。他跳出车门,蓦然被眼前的情景惊呆了:远处木头支起的井架上,挂着摇摇晃晃的大木桶,黑乎乎的矸石堆上闪动着拣煤的人影;近处坑坑洼洼,杂草丛生,一片干打垒式的棚户区,垃圾成堆,臭气熏天。再到井下看看,巷道内杂物充塞,污水横流,轨道七扭八歪,生产上也仅仅维持着"打孔、放炮、甩大锨"

的水平。

　　然而,更让秦裕彦寒心的,是那散了的人心:干部要求调走,矿工纪律混乱,有人竟随便扔下工作,爬上井来看电影,打架斗殴、酗酒闹事已是司空见惯。

　　困难! 重重困难压在秦裕彦的肩膀上。而秦裕彦偏偏是那种困难越大干劲越大的性格,他下矿井,串宿舍,进伙房,溜澡堂,同工人座谈,和家属聊天。当矿工们知道这位黑大个儿是新来的党委书记时,有人私下议论道:"块头大,不一定有真本事!"也有人说:"都说新官上任三把火,看他怎么烧?"

　　7天后,野苇环绕的矿区空地上,矿上的干部矿工三个一伙、五个一群地集合在一起。在吵嚷声夹杂着稀稀拉拉的掌声中,秦裕彦发表了他那简短的"就职演说":"咱们抛家舍业,凑到一起为个啥? 就12个字,多挖煤,搞四化;挣大钱,养老婆!"这时,场上的嚷嚷声渐渐稀落。秦裕彦接着说:"从今往后,我这百拾斤交给大家了,干好了,一块享福,干不好,一块受苦!"一席话说得大伙心里热乎起来,人们似乎从秦裕彦这些实在话里看到了重振单矿的希望。

　　要让死气沉沉的矿山活起来,首要的是拢聚人心,让矿工有活干,有钱挣。秦裕彦和他的同事们,经过缜密的调查与思考,制定了副井改绞、井筒安装、井架竖立、三米绞车安装、矸石山改造等攻坚方案。这样不仅可以彻底改变矿上落后的生产方式,让矿工摆脱笨重的体力劳动,而且还能够争取必要的资金,使单矿从现有的年产21万吨,扩大到45万吨的规模。

　　决定单矿命运的攻坚战拉开了序幕。困难,又像一个个拦路虎,接二连三地横在秦裕彦面前。资金短缺,秦裕彦跑到省局,和局领导立下军令状:"两年见不了采面,五年建不成45万吨矿井,我就自动辞职!"以诚心和决心争取到3000万元投资。技术力量匮乏,秦裕彦北上南下,诚聘贤才。他"三顾茅庐",将60岁的退休技术员岳禄昌老师傅从淄博请来,委以重任。

　　立井架是攻坚战中的一场硬仗。那是隆冬时节,井口没有一点遮拦,北风直透肌骨,摸铁粘手。没有大型吊装设备,他们土法上马,抱杆吊、稳车拉。在那些日子里,秦裕彦从早到黑,摽着膀子同矿工一起干。嗓子喊哑了,手冻裂了,厚厚的棉袄被紧绷的拉绳咬得烂乎乎。矿工们看在眼里,心疼地说:"秦书记,您回去歇歇吧,不用和我们一起受冻受累,能说句心窝子的话,我们就来劲了!"秦裕彦边干边回答:"我说过和大伙摽着干,说到就要做到!"苦干巧干180多个昼夜,25米高40吨重的钢铁井架终于昂首挺立起来了。

　　初战告捷,彻底解决了"卡脖子"问题,提升运输由原来7分半钟减少到45

秒钟,节约资金 8.6 万元。紧接着,秦裕彦又带领大家乘胜前进,安装了施工难度更大的皮带下山和轨道下山两大工程。1985 年,提前 37 天完成全年生产任务。从此,单家村煤矿开始摆脱了困境。

1987 年,单矿进入了边建设、边生产的滚动发展时期。不少人说,该松口气了。可是秦裕彦却没这样想,他又在思考着单矿的发展新路。恰巧,这年年初,省煤炭工业局在新泰召开建设矿井质量标准化会议。秦裕彦感到这是一个良好的契机,他风风火火星夜赶到新泰,向领导陈述单矿"达标"的请求。领导说:"你们是在建矿井,没条件。""条件是人创造出来的。当年大庆人就是靠'有条件要上,没有条件创造条件也要上'的精神,硬是拿下个大油田。我们也有这个信心!"秦裕彦据理力争。局领导看着眼前这位坚强而执着的硬汉子,心里由衷地欣喜和佩服:"老秦,干煤炭的人就得有你这种精神,大胆地干吧!"

搞矿井质量标准化建设,单矿几乎是零点起步。整改千头万绪,各环节又有严格的标准,对照标准,需整改的项目就达 960 项之多。秦裕彦坚信困难变压力、压力变动力的辩证法,更明白以身作则的号召力。在黑洞洞的井下,他和矿工一起清理巷道,吊挂电缆,粉刷峒室,整修设备,铺设轨道。矿井离家不过百十步,秦裕彦却十天半月不着家。他下矿井,一待就是多半天。一天,秦裕彦检查完巷道支护,路过一段矿车轨道,突然发现轨道下似乎缺点什么。他停下脚步,逐一察看,发现有 4 个橡皮垫没垫。他立即叫来工区负责人。这位负责人满不在乎地说:"多少年都没有皮垫,矿车不照样跑。"秦裕彦一听火了:"搞质量标准化,不是做样子,既要达标,就要按标准办,来不得半点马虎!"说干就干,轨道当场拆掉,安上了平展展的橡皮垫。秦裕彦这才露出了满意的微笑。

当年,单矿质量标准化通过了市省部三级验收,在全国 8 万多家地方煤矿首批达标的 20 个矿井中,以总分第一名的优异成绩,被煤炭部命名为"国家一级质量标准化矿井"。1989 年 45 万吨的矿井如期建成,创造出吨煤投资 111 元的全国同类型矿井最好水平。目前,单矿原煤产量已超过年设计能力的 77.8%,全员工效达 1.66 吨,是全国地方煤矿平均水平的 2.96 倍。连续 5 年利税超过千万元,居全国地方煤矿之首。1993 年,以利税总额第 19 名、人均利税率第 7 名的成绩,跻身中国采选行业百强企业行列。

"他是咱矿山的守护神!"

——单矿人的心里话

走进单家村煤矿的矿区大门,最引人注目的是,地上地下、门口井旁的"安全为天"的标牌。

说起安全,秦裕彦句句话都掷地有声:"安全是煤矿生产的'天字号'工程,没有安全就没有煤矿的生存和发展!"

为了这个"天",单家村矿强化基础管理,完善规章制度,建立安全风险抵押制,实行安全信息系统工程运行机制。安监员可以不请示,不汇报,独立行使矿长赋予的权力。如若顶撞安监员,将会"罪加一等",加倍处罚。

为了这个"天",单矿不惜重金安装了安全生产调度监控系统,引进了雷达测速防跑车装置、一氧化碳测定仪、瓦斯断电仪、浮游矿尘检测仪等,耗资几百万。秦裕彦说:"为了矿山和矿工的安全,花再多的钱也值!"

为了这个"天",秦裕彦简直到了魂牵梦绕的程度。那还是矿井建设最紧张的时候,秦裕彦养成了一个习惯,只有听着矸石山上的翻矸声才能入睡。一天,秦裕彦从梦中醒来,侧耳细听,矸石山上怎么没了"哗哗"的翻矸声!他一骨碌爬起来,站在床上探头从窗口往外看,窗外黑漆漆、静悄悄的,只是隐约传来附近村庄的狗叫声。"怎么会没有声音呢? 井下不会出事吧?"老秦心里打着鼓,睡意跑得无影无踪。他披衣下床,快步赶到井下。原来,当班的正是锚喷班,没出矸石。悬在老秦心上的石头这才落了地。等到秦裕彦检查完井下放心升到井口时,东方已是晨光熹微。

但是,天有不测风云,地有难解奥秘,大自然的灾害,往往是在没有任何预示的情况下发生的。

今年3月22日凌晨1时40分,大自然突发淫威:国内罕见的特大奥灰突水骤然而至,以每小时2100立方米的水流迅速将井下450米大巷淹没,直逼采面煤仓。如不及时遏制,井下4个采面、10个掘进迎头、397台设备将会被大水吞没,5000万元的国家财产便会付诸东流。赶来指挥抢险的上级领导和有关专家决定:为保万无一失,必须在-240水平与下水平联系的5条通道内各打一道拦水墙,而后从地面打钻,注浆堵水。

秦裕彦理解领导和专家们做出这一决策的初衷,但还是陷入深深的矛盾之中:这一方案虽然比较稳妥,但即使堵水成功,恢复生产也得一年以上。这样,全年3000多万元的利税就会"泡汤",全矿2300多口人就会没有饭吃,井下的设备、巷道、采面也会遭受重大损失……不行,一定要在-290米出水迎头处截住水。这样做,风险会很大,但仍有成功的希望和依据。如果万一……

但秦裕彦已考虑不了那么多"万一"了。他对曲阜市委书记王润廷说:"我作出这个决定,就要负全部责任!只是希望领导在关键时刻能给说句公道话。"

领导和专家们很快同意了这一经过了科学数据论证、更闪烁着共产党人无私无畏精神之光的决策。一场决定单矿生死存亡的大决战打响了。

井下290米巷道内,水流汹涌咆哮,冰冷刺骨。而此时秦裕彦脚上的隐性骨折还没有痊愈,他一声不吭地和矿工们一样泡在水里,打眼放炮,起底剔碴,搬运水泥。肩膀压出了血痕,靴子磨破了脚,受伤的脚被水长时间浸泡后,更是钻心地疼,但秦裕彦硬是咬牙挺住了。矿工们怕矿长在这个关键时刻累趴下,又觉得有矿长在身边大伙就有了主心骨、有了干劲,所以在万般矛盾中,不得不几次将老秦拉上矿井,又不得不几次由着老秦溜到井下……

28日19时30分,9米厚的拦水墙全部浇灌完毕;29日9时30分,5个高压阀门和高压注浆管口的阀门安装完毕。关闭阀门的生死关头到了,几位矿领导争先恐后地要求下井。秦裕彦毅然决然地挥了挥手说:"我是矿长,我先下!"

这时候,大家心里都很清楚:阀门一旦关上,-290拦水墙将要承受3.0兆帕以上的压力,相当于1平方厘米受力30公斤以上,在这么大的压力下,万一墙体发生问题,后果不堪设想……

果不出所料,阀门关闭以后,墙体的压力骤增,水泥里的水分被高压逼出来,"丝丝"直冒热气,白雾腾腾,气味呛人。突然,两个高压阀门连接处开始漏水,一旦鼓破,一切将前功尽弃。这些,秦裕彦果断决定,打开阀门,重新加固。当阀门刚一松动,一股水柱"噌"地蹿射出来,巷道里像刮起一阵"龙卷风",水声震天,水势汹涌,浪头打着旋猛扑过来,将16米远处的3吨重的扒装机打翻,又像子弹一样倾泻到对面岩帮上,而后反弹回来,形成一道难以逾越的水墙。刹那间,水雾迷漫,水也很快涌到大家的肩头、脖颈。

秦裕彦已明显感到呼吸困难,他攒足劲大喊一声:"快开阀门,减轻压力!"此时此刻,站在管子上开阀门的6位同志也被反弹过来的水点、碎碴打得睁不开眼,蒙头转向,听到矿长的喊声,大家很快清醒过来,拼命地用手拽、用脚蹬阀门。终于,两个阀门打开了,水压降低,水流趋缓,水雾也渐渐消失。秦裕彦擦了一把被水迷住的双眼,马上组织人力拆除阀门,换上挡板紧固螺丝,而后下令重新关闭阀门。

压力骤然升高。秦裕彦令所有人员撤到安全地带。时间在一分一秒地过去,人们的心都提到了嗓子眼,呼吸也仿佛停止了,静听着井下的声音。一小时后,秦裕彦派人进去观察,只见压力表上赫然显示着 3.18 兆帕!而墙体却岿然不动,滴水不漏。"堵水成功了!矿井得救了!"这一喜讯传到井上,沉闷、压抑了 206 个小时的矿山沸腾了。人们簇拥着刚升到井上、已经精疲力竭的秦矿长和其他抢险英雄们,哭声、掌声、欢呼声汇成一片,响遏行云!

"老秦就是块熊熊燃烧的精煤!"

——领导同志的赞语

单矿人打心眼里佩服秦裕彦,甚至到了崇拜的地步。这不仅因为老秦带领大家靠实干救活了一个矿,职工个人也由穷变富;也不仅因为老秦在危难面前所表现出的临危不惧的英雄气概和指挥若定的大将风度;还在于秦裕彦在大权在握、功成名就之后,能够自觉地以一个共产党员的标准严以律己,不徇私情,默默奉献,在得与失、严与爱、亲情与事业之间,用自己的一言一行,写出了出色的答卷,展现了一个共产党人的磊落襟怀和高风亮节。

得与失 在单矿的工资福利发放表里,机关干部、辅助工种和一线工人的工资呈 1∶1.5∶2.5 的"倒金字塔"型。秦裕彦的平均工资仅在 500 元左右打转转,而一线工人平均工资却达 600 多元,最高的能拿到 1000 多元。年终奖金,秦裕彦严格按出勤天数与机关干部领取同样的奖金系数。1989 年,单矿获得中国煤炭工业优秀企业管理奖,秦裕彦同时获得优秀矿长称号,上级奖给 8 万元奖金,并明确指示获奖个人一定要按比例提取,他却用这笔奖金给全矿职工上浮了一级工资。1990 年,曲阜市发给单矿承包兑现奖 12 万元,他又原封不动地交到矿里,作为春节福利发给职工。有人给秦裕彦算了一笔账,如果他按照国家政策规定如数拿奖金,近几年最低也不少于 15 万元。不理解他的人说他"傻",秦裕彦却说:"效益是大伙创造的。井下工人最辛苦,理应多得;而一个党员干部如果多吃多占,就会失去号召力。"

严与爱 从秦裕彦的家搬到单矿那天起,他就给全家订了个"约法三章":"不准以他的名义找矿上任何人办私事,不准到矿区茶炉打开水(公用免费),不准坐矿上的小车……"可巧,这一天,老秦远在江苏老家的叔伯哥找上门来,拉了会儿家常后,就直截了当地提出,想从矿山买点便宜点的钢丝绳,回家养海带。

从他的口气就能听出来:这点小事,你这当矿长的一句话不就办了。但秦裕彦却毫不含糊地一口回绝了:"大哥,矿上有不外卖的规定,我这当矿长的,更不能破这个规矩。家里有别的困难,尽管讲,我一定帮忙。"叔伯哥一听火了:"大老远跑来,求个人容易吗? 你一句话就给堵得死死的,还讲什么帮忙……"想着想着,气不打一处来,"腾"地站起来,连饭也没吃就走了,从此再也不登秦裕彦的家门。

秦裕彦对自己、对亲属要求严格,有时甚至有点"绝情",但对职工群众却倾注了爱心。一位矿工患了病,秦裕彦多次求亲告友,为他买药治病。老传达的儿子年龄大找不上对象,秦裕彦不声不响为他的孩子安排了就业。矿技术科科长彭新宁,爱人是农村户口,1990年有一批农转非名额,秦裕彦听说后,马上到有关部门去争取,终于让他磨成了。小彭把感激之情倾注到攻关上,和其他科技人员一起发明了"煤巷锚喷柔性支护"技术,获得省科技成果一等奖,给煤矿带来巨大效益。

事业与亲情　秦裕彦有一个和睦温暖的家。这家,是他事业有成的坚强后盾。老秦没日没夜地把心扑在矿山上,星期天节假日也很少休息,家里的事更顾不上。但家里人对他都很理解和支持。老秦的妻子老郭就常说:管个几千口子人的矿,该操心的事多着哩,家里的事,能不让他管就不让他管。

1989年初,老郭自己觉着身体不适,怕老秦知道了又要分心,便硬撑着没吭一声,一拖就是两个多月。后来实在撑不下去了,悄悄去医院作了检查,医生要求马上住院进行手术。

望着躺在病床上一天天消瘦下去的妻子,秦裕彦心如刀绞。几十年来,妻子与自己相濡以沫,上孝敬婆婆,下料理孩子,用自己羸弱的双肩挑起了家务的全部重担,而自己所做的实在是太少太少了。他多想抽出更多的时间在床前陪陪病中的妻子啊。白天太忙,实在分不开身,老秦就每天晚上赶十几里路来到医院,陪坐在妻子床前,拉拉家常话,宽宽妻子的心,再忙再累也不间断。

可老郭手术那天,却不见秦裕彦来签字。医生一再催促,老郭赔着笑脸说:"他这会儿肯定在开调度会哩。就让孩子签字吧,实在不行,我自己签。"

手术进行了两个多小时,还算顺利,当医生护士推着手术车走出手术室时,只见秦裕彦正坐在走廊的连椅上,头却歪在一边睡着了。

人非草木,孰能无情。秦裕彦也是个至情至性的人,他爱慈母妻女,也珍惜家庭和亲情的温馨,但为了工作,为了事业,他有时又不得不割舍亲情。

　　党和社会没有忘记秦裕彦这位公而忘私的"赤子"。今年 4 月,省委副书记、省长赵志浩来单矿考察,给予秦裕彦很高的评价:"秦裕彦同志是一个大智大勇、勇于献身的煤炭战线上的英雄,是我们优秀共产党员的代表!"6 月 28 日,中共济宁市委、市政府做出《关于开展向秦裕彦同志学习活动的决定》,一个向秦裕彦学习的活动在全市蓬勃开展。

　　煤,又被人称作"乌金",它质朴无华,默默地燃烧自己,把光和热献给人类。秦裕彦,你就是那熊熊燃烧的乌金!

(《大众日报》1994 年 9 月 2 日)

朱彦夫——特殊材料制成的人

"有些话可能过于直率,但确有人说过,像你这样的'超特残',活着,还有什么意义?"

"人的生命有两部分,一部分是躯体,一部分是精神。在我看来,精神生命才是第一自我。我虽无四肢,但务求精神健全,做一个对社会有用的人。这样,就活得有价值,就活得像个人样。"

"你重伤致残 46 年,这种常人难以想象的生活,你是靠什么支撑着走过来的?"

"信念!精神!我坚信'行源于心,力源于志'。困难达到了极限,剩下的就是一种重复。只要信念不倒,精神不垮,就没有什么过不去的。"

"但你毕竟经受了比常人多得多的痛苦和磨难,你有过幸福吗?"

"在别人眼里,我似乎没有什么幸福可言。但我以为,幸福是有层次的。起初,自己走几步不摔倒,就是一种幸福;在村党支部书记岗位上,为群众多办点好事,也是一种幸福。苦熬 7 年,写成这本书,奉献给社会,这更是一种幸福。奋斗着,就是幸福的!"

国庆节前夕,一个秋风爽人的早晨,记者坐在朱彦夫床前,如实记录下了这段对话。

面对这位四肢全无、失去左眼、头部背部还残留着弹片、腹部有严重刀伤的特残军人,记者仍难以置信:

是他,不要国家照顾,靠顽强的意志学会了生活自理;

是他,残躯担重任,在村党支部书记的岗位上一干 25 年,带领群众治山治水脱贫致富;

是他,在近半个世纪的时间里,拖着一双假腿,足迹遍及大江南北,作传统报告千余场;

是他,一天学没上,却用赤心用生命,写出了 30 多万字的自传体小说《极限人生》;

……

走近朱彦夫,你不能不感到心灵的震撼;你不能不对人的潜能由衷地膜拜;你不能不对一个共产党人的崇高人格肃然起敬;你不能不重新思考关于生命、关于人生、关于幸福的真正含义。

重燃生命之火

昏迷半年之久的朱彦夫,终于醒了过来。

他想动动身子,太费力,不行。抬起两只胳膊,他大吃一惊:两只手都不见了! 再一伸腿,发现膝盖以下也被齐刷刷地截掉了! 他感到左眼生疼,用残臂一触,眼没了,眼眶里是一个空洞!

他以为是幻觉,狠命用牙咬胳膊,疼痛使他确信这是现实——一个令人心碎的残酷现实。

朱彦夫本能地疯狂叫喊:"还我的手! 还我的脚啊!"

大夫含泪相告:"你遭受了严重的弹伤、冻伤。从战场上抬下来,已经是半个死人了。截肢才能保住你的命。"

那是抗美援朝中一场惨烈的阵地争夺战。

对手是装备精良、数倍于我的美军。坦克、火炮、飞机疯狂地进行地毯式轰炸。朱彦夫所在的步兵连为抢占 250 高地,奉命扔掉所有辎重,在零下 30 多度的低温下,身穿单衣,用常规武器狙击敌人,坚持了两天两夜。

战友们一个个倒下。朱彦夫发现,硝烟滚滚的阵地上,只剩下他一个活人。身负重伤的朱彦夫爬到牺牲的战友身旁,用手指蘸着鲜血,在烈士的脸上、身上写上他们各自的名字。朱彦夫把能用的各种武器集中起来,交替使用,他打红了眼。

突然,"扑通、扑通、扑通",在他身后的雪地上接连落下三颗手榴弹。他抓起一颗投向敌群。就在这时,另两颗在他身后爆炸了……

不知过了多长时间,苏醒过来的朱彦夫开始咬着牙往外爬。疼昏了多少次,爬了几天几夜,多少沟坎,他记不清。只记得,当爬到一条冰河岸边时,我军两名侦察员发现了他。

朱彦夫得救了。但他并不清楚,在部队送他回国后的半年时间里,他完全靠输血输液维持生命。医院先后给他动了大小 47 次手术。这期间,朱彦夫多次生命濒危,多次被送进太平室……

活下来的朱彦夫并不怕死,却无法接受这重残后的现实:吃饭要人喂,大小便要人帮,走路要人扶。

他痛苦不堪:作为一个军人,我没了双手,不能拿枪;没了双腿,不能行军。就这么活下去,岂不成了寄生虫?岂不成了国家的累赘?

朱彦夫想到了死。一次次自杀,不是被护士制止,就是被病友发现……

战友们哭着斥责他:朱彦夫,你这是干什么?你的命是多少人夺回来的,想想死去的战友吧,为了他们,你也应该活下去!

朱彦夫慢慢冷静下来。

恰在这时,一所学校来休养院邀请伤残军人作传统报告,院里决定让残情最重的朱彦夫去。

朱彦夫被抱着上了讲台。面对上千的听众,朱彦夫没有半点紧张。他觉得,往事就像昨天,战友们就在自己身边——

1947年9月参军,第一个大仗是打兖州。年仅15岁的朱彦夫,看到冲在前面的战友一个个倒下,也学着战友的样子,高喊:"共产党员,跟我上!"冲向敌群;

渡江战役,朱彦夫所在的一个班,俘虏了敌人一个营,立了集体三等功;

解放上海,朱彦夫冒着枪林弹雨,炸毁三个敌碉堡,腿部受伤,荣立三等功,火线入党;

朝鲜战场,惨烈、悲壮的250高地……

不会渲染,也没有拔高,朱彦夫只是把自己和战友们为人民的解放事业,为保家卫国,浴血拼杀、前赴后继的战斗经历,一五一十讲了出来。

台下,先是短暂的寂静。继而,迸发出暴风雨般的掌声。师生们呼啦啦围上来,眼含热泪向朱彦夫献花,给他系上鲜艳的红领巾……

朱彦夫激动不已:"自己还有用!我虽然四肢全没,但还有嘴,还能为社会做点事情!"他顿觉周身热血奔涌,生命之火重新燃烧起来。

朱彦夫把活下去的第一目标,确定为生活自理。他给自己想出了三句话:勿求健全,只求生存;勿求人助,只求自理;勿求伟绩,只求发光!

他让人装上假腿,学习站立、行走,但摔的次数太多,摔得太重,被院里强行"管制";他试着用残臂自己吃饭,可不听使唤,碗砸饭撒,护士看不下去,中断了他的练习。

朱彦夫意识到,在照顾备至的休养院里,谁也不会忍心看着他受罪"自理"。

他决意回乡。

经不住再三缠磨，院领导批准他"回去试试"。临行前，领导告诉朱彦夫，你是功臣，国家会照顾你一辈子。回去后如果不适应，就赶紧回来。

1956年初春，朱彦夫回到了别离9年的故乡——沂源县张家泉村。

"娘，我回来了！"

见亲生儿子这副模样，母亲连惊带疼，昏了过去。

硬着心肠，娘泣声相劝："儿啊，你爹死得早，我又浑身是病，谁来照顾你？还是回去吧，公家好歹能吃饱饭，有人伺候你。"

朱彦夫知道娘疼他，但他铁了心，要在村里住下去，要重新夺回生存的本领！

在昏暗的小草屋里，朱彦夫开始了人所不知的"自理"磨炼。

他把碗、碟、长把勺、地瓜干摆在自己面前，一遍遍"模拟吃饭"：两臂夹起勺子，还没等靠近碗边，勺子就掉了；用嘴叼起，两臂夹紧再舀，又把碗碰翻；好不容易舀上了"饭"，慢慢举起，刚一低头张嘴，就勺翻"饭"撒……一次，两次，三次，一个动作反复几十次、上百次。每"吃完"一顿饭，他都累得大汗淋漓，气喘吁吁。

装假腿，练习行走。先裹衬布，再缠绑带，一只残臂压住一头，另一只残臂缠绕。绕一圈，用牙咬住扯紧，再绕。一不留心，衬布、绑带就会松脱，只好从头再来。一副绑带长达6米，如此反复，有时半天时间都绑不好。而更难的还是套上假腿以后系皮带锁扣。那短而粗笨的残臂夹着长长的皮带，穿插环扣，就像盲人手持丝线，向针鼻里穿引一般……终于大功告成，两条假腿都装好了！朱彦夫兴奋地抓过拐杖，猛一使劲站立起来，刚刚扬拐抬腿，就"哐当"一声摔倒在地。假腿摔脱下来，一切又得从头开始。

近60个日日夜夜，朱彦夫很少吃喝，也很少睡眠，反反复复地摸拟练习着日常生活中的一个个动作。摔倒了，爬起来，再摔倒，再爬起来。四肢的创面磨出了鲜血，刚结了痂，又一次磨破，最后变成厚厚的茧子……

靠着钢铁般的意志，克服了常人难以想象的一个个困难，朱彦夫终于奇迹般地学会了自己吃饭，自己喝水，自己装上假腿行走，自己解大小便……

学会了自理的朱彦夫，一天也闲不住了。他找到村干部说："我干不了别的，还能动动嘴，就让我干点力所能及的吧。"他毛遂自荐当上了村民校校长兼政治教员。

每天晚上，朱彦夫都是第一个来到民校，又总是最后一个离开。他是怕别人看到自己行动不便,给人添麻烦。

他讲传统,讲形势……慢慢地,朱彦夫又不满足于光"动动嘴"了,他还要"动手",当文化教员——他太了解山里人对文化知识的渴望了!

这是横亘在朱彦夫面前的又一个 250 高地。

只在部队上过几天文化速成班的朱彦夫,斗大的字识不了几升,现在要教别人,只有"现学现卖"。

白天,他照着一本字典学,实在弄不明白,就向村小学的老师请教。他用嘴衔笔、用残臂抱笔练习写字,一天能学会 10 个 8 个字。晚上,他再"照葫芦画瓢",把这些字教给村民们。

黑板太高,他的残臂够不到,就摘下来放在桌子上写,写好了,再挂上。粉笔太短,夹不住;太长,一使劲就断,他找来子弹壳套在上面。天一冷,朱彦夫的残臂就没了知觉,有时夹着粉笔在黑板上写画半天,还没写下一个字;写出的字,也像烧饼那样大……

一年下来,朱彦夫自己学会了 1500 多个常用字,还给村里培养了几个记工员。从朱彦夫身上,村民们不仅学到了文化,更看到一种自强不息、不向命运低头的精神!

残躯硬骨可擎天

这是一个月明星稀、万籁俱寂的夜晚,张家泉村前,南山的羊肠小道上,挪动着一个人影。

他步履蹒跚,走几步歇一歇;脚下石头一绊或是一脚踏空,他就一个跟头栽倒在地,挣扎着爬起来,再走;实在走不动了,他就靠在一块大石头上,把假腿卸下,背在肩上,用膝行一步步拱,一步步爬……

不知爬了多长时间,启明星已在东方闪烁,他终于爬到了海拔 300 多米的南山顶!

他就是朱彦夫,刚刚当选为张家泉村党支部书记的朱彦夫。

借着如洗的月光,家乡的山山水水尽收朱彦夫眼底:村庄四面环山,沟壑纵横,乱石嶙峋;全村 200 多户人家,星星点点散落在山梁上、沟壑间。

面对这穷山恶水,朱彦夫想到了被贫困压得抬不起头的乡亲:一个工日只值 6 分钱,打下的麦子使瓢量,半数以上群众一年到头连地瓜干都接济不上……

看着,想着,朱彦夫感到肩上的担子太沉了——这肩上挑的,是群众对党的希望啊。

回村不到两年，村支部换了三茬，一次次改选，群众一次次失望。最终大家把目光对准了他。在全村党员会上，8名党员一致推选他为党支部书记。

考虑到他的残情：大家发自内心地说，彦夫，你就放心领着大伙干吧。你打打谱，动动嘴就行，我们当你的眼，当你的腿。

朱彦夫说："在战场上，冲在最前面的，都是干部、党员。让我躺在家里，怎么指挥得了生产？"

从上任第一天起，他就拖着8.5公斤重的假腿，架着双拐，一步一挪，挨家挨户了解民情，到田间地头查看生产、地势，思谋着治穷的谱气。

可他渐渐发觉，白天，只要自己一动弹，总有人主动过来搀扶，这不光影响生产，还容易给人前呼后拥的感觉。于是，他把行动改在了夜间。

无数个月明之夜，朱彦夫拖着残躯，踏遍了村里的山梁沟壑，心中的谱气也日渐成形：张家泉穷，首先穷在一个"水"上，为什么张家庄改名张家泉，是乡亲们盼水心切啊！就是豁出命，也要抠出水来，让群众看到希望！

打听到2公里外的桑树峪村有位下放回家的"老水利"，朱彦夫去了。

当挂着双拐的朱彦夫出现在"老水利"面前，说明来意后，这位清华大学毕业的水利专家震惊了，感动了：他怎么也想象不出这个没有双脚和双手的人，是怎样翻过那道高高的山梁，挪过那崎岖的山路的。

"今天说啥你也不能回去。""老水利"边说边张罗倒水置饭。

"别"，老朱双臂一拦："只要你帮着张家泉找到水，我就是再跑十趟八趟也没什么。"

勘测定位，协调占地，借用机器……朱彦夫一项项跑，一项项落实。

开工了，朱彦夫几乎天天在工地上，现场指挥，画杠记工，鼓舞士气。

寒冬腊月，大口井打到深处，他按捺不住喜悦，顺着斜坡滑到井下，查水情，看进度。

假腿磨得肉钻心地疼，老朱想卸下来歇一会儿，他躲在一旁，用牙咬，往地上磕，却怎么也卸不下来。有人跑过来帮忙，还是无济于事。大伙围上来一看，才知道，原来是泥水和断肢创面渗出的血水，把假肢和断腿冻在了一起！

大伙心疼啊，有的流泪，有的脱下棉衣轻轻捂在老朱的残腿上。老朱笑笑说："没事，大伙都干活去吧，要真是两截腿长到了一块，还怪好哩。"

回到家里，朱彦夫才一下跌倒在床上起不来了。妻子陈希荣一边抹着泪，一边为他清洗包扎血肉模糊的断肢。他知道丈夫的犟脾气,劝也白搭,干脆把老朱的假肢悄悄挂在了房梁上。

谁知,第二天,老朱又出现在打井现场。原来,他费了半天的劲,爬到桌子上,用残臂抱着拐,把假肢从房梁上够了下来。

苦干一冬,一口深6米、东西24.5米、南北33米的大口井终于竣工了。

望着茶碗口粗的地下水喷涌而出,全村男女老少喜上眉梢,这可是村里有史以来打出的第一口井呵,往后的日子有奔头了。

治水工程一仗接一仗,朱彦夫带领乡亲们一鼓作气,成功地打出第二眼、第三眼大口井。用一块块薄石板,修起了1500米长的防渗水渠,使全村300多亩旱地成为水浇田。村民再也不用往返两公里山路到村外挑水吃了。

张家泉,终于名副其实。

多年了,朱彦夫的头脑中一直萦绕着张家泉人多地少这对矛盾,苦苦寻求解决的办法。

深秋的一天,朱彦夫又一次独自爬上了南山顶,眼前熟悉的景象又一次深深刺疼了他的心:村边三条大沟纵横交错,农田被分得七零八落。由于常年洪水冲刷,沟内乱石如阵,寸草难生,只有孤零零的几丛酸枣枝子在风中抖动……

能不能用石头把沟棚起来,上面填土,让农田连片成方;下边流水,洪水来了也冲不了地……

这一想法在朱彦夫脑海中闪电般划过。他兴奋地连溜带滑下了山,马上召开党员干部会。

老朱眉飞色舞地提出要治理"赶牛沟"。大伙听了,有的议论,有的闷声不吭。半天,才有人说:"咱村不过百多号整劳力,这么大的工程,干得了吗?"

朱彦夫拄着双拐站起来,铿锵有力地说:"不干,沟还会一年年荒下去;整起来,就是咱村的富囤子。咱共产党当年豁出命来打天下,不就是为了让老百姓过上好日子吗? 讲困难,我这个残废都不怕,你们还怕啥?!"话不多,却把大伙的心气鼓了起来。

一镢一锨,一筐一车,一米一米……白天农业劳力干,夜里副业劳力接着干。

一冬下来,搬动2万多土石方,用石块发碹棚起宽5米、高1米、长1500多米的暗渠。荒废了不知几辈子的"赶牛沟",变成40多亩平展展的良田,当年产粮2.5万公斤。

县里专门在这召开现场会。面对这人间壮举,来参观的人怎么也难以相信,如此浩大的工程,竟是一位特残人领头干出来的。

看到苦干能改变命运,群众劲头更足了。此后,年年冬春,年年大干。"舍地沟""腊条沟"也在张家泉人手中变成 70 多亩良田。村周围的大大小小山岗,也由"和尚头"变成了花椒林、苹果园。全村粮食亩产由 100 多公斤增加到 500 多公斤。乡亲们吃上了暄腾腾的白馍、黄澄澄的煎饼。那日子过得,让邻村人看得眼馋。

朱彦夫没有满足,他又提出给村里架电——张家泉的发展,太需要电了!

朱彦夫到供电局掏了个实底:架电物料紧缺,要想早通电,得自己想办法。

老朱马上找沿线十几个村的干部商量,不少人面露难色。有的说,费那个劲干啥,上头啥时给咱架咱就啥时用,先点着油灯等着吧。

难道山里人的命运就是一个"等"吗?不!朱彦夫上了犟劲:我去跑!

从此,朱彦夫踏上漫漫长路,开始为村里采购架电物料。

平常在村里,朱彦夫的假腿两个小时就要卸一次,时间一长就捆得又痛又麻,可出门在外,一次要捆十几个小时,还要上下车,爬楼梯,伤腿磨破了、化脓了,他咬牙坚持。为减少便解,他每天只吃一点点东西,只喝一点点水,吃药都是干吞。

一年夏天,朱彦夫到博山采购。为了省几个钱,晚上就在马路边卸下假腿枕着睡下了。

路人见了,不时扔下一句:"唉,真是个可怜人哪。"他们哪里知道,这蜷缩在马路边被蚊虫叮咬的"可怜人",却是最可爱的人,是我们人民共和国的功臣哪!

次日凌晨,下起了瓢泼大雨,老朱浑身上下被浇得透透的,大雨冲了路面,车不通,老朱雇了头毛驴往回返。

一路上,上坡下坡,老朱不知从驴背上摔下多少次,简直成了个泥人。走到博山与沂源交界的松仙岭,赶驴人实在不愿再送了。老朱只好艰难地挂上双拐,一步步往前挪。

赶驴人不忍心,又追上朱彦夫问底细,当得知这个没腿没胳膊的人,是在为村里架电受苦受累时,感动地说:"大兄弟,我送你,你这是舍了命为咱老百姓啊,天底下难找你这样的好人!"

朱彦夫一年一年地跑,一直跑了 7 年。南京、上海、西安、胜利油田……行程万里,历尽艰辛,终于备齐了架设 10 公里高压线路所需的物料。

电线杆子在一段一段往前延伸,1978 年底,张家泉村用上了电,山里人终于见到了光明。村里的磨坊、粉坊等工副业项目从无到有,红火起来。沿线十几个村子也靠这条高压线,过上了亮亮堂堂的日子。

柔情铁面公仆心

中秋节到了,朱彦夫家来人比往常更多了。有本庄的,也有外村的,他们都是从百十里地外的老家来看老朱的。

朱彦夫不当村干部14年了,从张家泉搬到县荣军休养所也5年了,但乡亲们还是把他当成自己的主心骨。

像涓涓细流汇成大海,朱彦夫在群众中的威望,也是靠那一天天、一件件"小事"树立起来的。

阴天下雨,朱彦夫受伤的身子说不出的难受。越是这时,他在家里越待不住。他拄着双拐,挨门挨户到五保户、病残户家中,看看房子漏不漏雨,问问家里还有什么困难……

邻居王东兰得了肝病,儿女们怕传染,门都不大敢上。朱彦夫和老伴天天给王东兰做饭、送水,吃的、穿的、用的,都是老朱操持,一直伺候老人一年多……

薛文花老人生活困难,朱彦夫牵肠挂肚,常给她送去些钱、挂面、茶叶。见老人的房子漏雨,朱彦夫用自家的麦秸,请人修好。老人见朱彦夫全家都穿着补丁摞补丁的衣裳,吃的是瓜干煎饼,房顶也露着天,禁不住落泪:"他大叔,您这是舍了胸腔顾脊梁啊!"

朱彦夫当时每月只有42元伤残金,却拿出大部分给集体办事,救助孤寡老人和病人;每月配给他的红糖,他都送给了老年人和产妇;供应他的白面,也是经常接济五保户和军烈属;就连外出作传统报告,人家送他些水果、点心、糖块,他都舍不得吃,回村后分给老人、孩子。

那年,妻子老陈回日照娘家。娘家人疼嫁在山沟里的闺女,把攒了两年多的两大筐咸鱼让希荣带回。老朱一看:这可是山里人的稀罕物。便兴冲冲地吩咐妻子、孩子在本庄(张家泉的一个自然村)挨家挨户地送。分完了,妻子老陈数叨着,一共送了57家。老朱一想,不对呀,该是58家——噢,落了蔡明现家。这不行。老朱又从给老母亲留的3条咸鱼中拿出两条,给蔡家送去。孩子们馋得咽口水,也不敢作声。

朱彦夫就是这样,对别人慷慨厚道,倾其所有,但对自己和家人却近乎苛刻。他的家规很严:"不准向组织提困难,不准向集体伸手,不准在村里搞半点特殊。"一句话,特残军人的家里不能有特殊村民。

朱彦夫的老伴清楚地记得:"家里屋漏,院墙需要垒,猪圈也得盖,俺想找庄里乡亲帮帮忙,老朱把俺好熊一顿。他让我和孩子搬石头,他自己用两只残臂夹着瓦刀垒院墙。出猪粪,人家学校老师领着学生都来到了家门口,要帮忙。他不让。俺和孩子在猪圈里铲粪装筐,他骑在圈墙上往外倒。"

许多在别人看来很小的事,在朱彦夫眼里却很大。

孩子们放学回家,老朱撺着他们到坡里干活,但每年有一样活他不让孩子去干,那就是刨花生。

老朱鼓动女儿:"多拔猪草,好好喂猪,等卖了肥猪,一人买件新褂子。"女儿猪草拔得欢,肥猪长得快。可到后来,卖猪的钱都为村里作了架电的费用。

说到拔猪草,有件事,大女儿朱向华至今难忘。

那年秋天,小向华放学回家,像往常一样拎着筐拔猪草去了。她拔啊拔,筐装满了。往回走的路上,在地头捡了一小把芥菜苗子。回家后,朱彦夫发现了,厉声呵斥:"这是在哪儿拔的?"

"爹,不是俺拔的,是人家间苗不要的。"女儿委屈得眼里噙着泪珠。

"这么好的芥菜苗会间下来? 在哪儿拔的给我栽到哪儿去?"老朱用拐杖敲着地。

女儿吓得往奶奶身后躲。

"用不着这么厉害。"奶奶一把拉过孙女,拿着那把芥菜苗子出去了。一问,真是人家间苗扔在地边的。奶奶气得把芥菜苗子往地上一摔,回家后没好气地对朱彦夫说:"俺给你栽上了!"

这事虽说老朱有点过分,但他的信条是:"集体的一根草也不准拿!"

孩子们懂事了,能理解父亲。

许许多多得到朱彦夫帮助的人,总想请他吃顿饭,老朱却谁请也不去!

也有一次例外。

1970年冬,张家泉村果园的草棚下,朱彦夫参加了队里欢送张茂文参军的聚餐。

老朱开门见山地对小张说:"怎么? 听说你觉得铁道兵苦,不大愿去? 那可错了。部队这个大学校,越是艰苦越锻炼人。好好干,将来一定会有出息。"

小张记住了朱彦夫的话,在部队成了骨干,入了党,回村后,1984年被推选为村党支部书记。

朱彦夫当支书,25 年破一例。那顿饭,他交了 1 元钱。

1975 年,朱彦夫的母亲肝癌晚期,卧床不起。

晚上,娘在东屋哼哟一声,朱彦夫连假肢都顾不得装,就匆匆膝行爬到娘的床前。娘肚子疼得厉害,朱彦夫给娘揉了大半夜。

老太太在临终前最怕的就是身后火葬。精神好点时试探着问儿媳:"向华她娘,听说上边叫火化。你说,我老了,还非得烧不行吗?咱庄到这,还没个烧的。"

"娘,放心,火化场那大烟囱歪了。"陈希荣用谎话安慰婆婆。

几天后,母亲去世了。朱彦夫不忍心到火化场跟娘辞行,他是让弟弟彦坤去的。

当彦坤捧着娘的骨灰盒走进村,朱彦夫的老姐姐当场就晕了,醒来后哭嚎着:"娘,都是彦夫当了这么个官,才把您……"

深夜,朱彦夫在堂屋里,两个残臂捧着骨灰盒,头伏在上面,哀痛、委屈、愧疚一齐涌上心头:娘吃了一辈子苦,当儿的也知道您生前最怕的就是这个,不是儿没想到,移风易俗难啊,咱就得带这个头……

很多人说,朱彦夫往那儿一站,就有一股"威"。这"威",就是共产党人的凛然正气,就是崇高的人格力量。在朱彦夫的感召下,全村党员干部,治山治水的硬仗,都冲在最前面;而谁有意无意间搞了点"小特殊",不用朱彦夫"点",党员会上,准得脸红脖子粗地作"检查"。朱彦夫在任 25 年,张家泉村没有发生过一起刑事案件,没有一次矛盾上交,而要求入团、入党、报名参军,却成为全村的一大风尚!

生命写就的大书

1982 年,一场大病之后,与死神又一次交臂而过的朱彦夫,主动卸去挑了 25 年的村党支书的担子。此时,有一个更宏大的目标在召唤着他,这就是——写一本书!

这可是几十年来一直梦牵魂绕在老朱心头的夙愿呵!

他怎么也忘不了,在那血与火交融、生死瞬间的 250 高地上,身负重伤的指导员弥留之际叮嘱他的话:"如果你能活着回国,一定要想法把烈士们的英雄壮举写下来,传给今人后代。大家在九泉之下都会记着你的……"

而更让朱彦夫对写这本书产生了现实紧迫感和责任感的,是他近几年外出做报告时的所见所闻。

一次,朱彦夫去一所中学做报告。报告完了,在这所学校上学的重外甥跑到朱彦夫跟前,认认真真地说:"舅姥爷,你在上边做报告,我们有的同学就在下边说:当年你们打仗那么拼命,不是太傻了吗? 今天人家到处请你做报告,你一请就到,是不是拿了不少钱?"

孩子看似天真的问话,让朱彦夫血涌气瘀,差一点晕过去。但沉下心来一想,怎么能怪孩子们呢。在物欲横流、金钱至上的世风下,他们不了解历史,没有信念和理想,怎能不随波逐流? 是我们这些历史的见证人没有尽到责任啊!

40多年来,自己拖着残躯,从天南到地北,从工厂、学校到部队,作了1000多场报告,不仅分文不取,有时为了减少便解的麻烦,连饭都不吃。不正是为了尽一个战争幸存者、一个共产党人的职责,为了教育后人吗?

但随着自己年老体衰,这样的报告还能做几次呢?

一定要把先烈们舍生取义、前仆后继的英雄壮举写出来;一定要把共产党人为国家为人民的利益无私无畏、甘愿奉献的凛然正气写出来;一定要把一个特残军人自强不息,向生命极限挑战的奋斗历程和精神写出来。不能出版,就作为家史和资料留下来,让子孙后代知道,在世界上,在人类历史上,还有这样一群用特殊材料制成的人,还有这样一种崇高伟大、生生不息的精神!

朱彦夫又开始了他人生旅途的艰难跋涉。

谋篇布局,情景描写,人物刻画,这些文学创作的基本技巧,对朱彦夫来说都是闻所未闻。"不会咱就学,什么都是人干出来的!"朱彦夫请朋友和家人买来《钢铁是怎样炼成的》《把一切献给党》《牛虻》《烈火金刚》《朝鲜战争回忆录》《雪地将军》等名著和资料,用一只弱视的眼,一遍遍地"啃",一遍遍地揣摩。

为便于记忆,他把书中涉及的人物及简介写在一张张纸上,挂满了墙,每天对着墙上的人物自语,默想。

动笔了,他写得很苦。最初只能用嘴衔笔而写,头一拱一拱,就像蚯蚓拱土一样,半天才能"拱"出一个字来,每写一个字,口涎就顺着笔杆浸湿稿纸。每天写十几个字、几十个字,有时还得重描几遍,才能认得清。后来,嘴、臂并用,每天能写上百字。再后来,又用绑笔、抱笔的办法,每天能写到五六百字。弯腰弓背,摆臂屈腿,写作时间一长,腿臂部的创面神经就疼痛难忍,目眩头晕……

看着父亲写得这样苦,儿女们心疼了,提出由父亲口述,他们记录。可朱彦夫拒绝了,他觉得,这样做总好像隔了一层,表达不出自己的真情实感。

这时，社会上有人知道了朱彦夫在"写书"，冷讽热嘲，说什么的都有。这更激起朱彦夫万丈豪情：人活一口气，我非要写成这本书，让人看看，特残军人到底有多大能耐！

最令朱彦夫感到痛苦和折磨的，是知识的贫乏和语言表达上的困难。

战争的惨烈场景，烈士的音容笑貌，仿佛就在眼前，但要下笔成文，脑海里却又一片空白。

多少次，为了一个情节的描写，他苦思冥想，嘴上叼着笔，却当烟去点。多少次，因抽烟思考入神，引燃了棉被，等被子冒起了浓烟，燃起了火苗，他才觉察。多少次，他黑夜与白昼不分，睡梦中，想起一个"好句"，赶紧一轱辘爬起来，夹笔写下，可刚写了上半句，就忘了下半句，只好躺下再想，一晚往往"折腾"五六次。多少次，他历史与现实不辨，深更半夜，在睡梦中喊着"冲呀，杀呀"，从床上滚下来，又爬到院子里，直到第二天一早被家人发现。

为创作，朱彦夫已经"走火入魔"。家里人看在眼里，急在心里，但谁也不忍心打扰他。

一次，老朱可能又被什么情节"憋住"，关在屋里，已经两天两夜没露面了。

老伴陈希荣心焦啊，想喊老朱出来吃点饭，却又怕打断他的思路。焦急中，忽然想起在家里"脸最大"的小孙子，忙叫他去"哄"爷爷出来。果然，过了一会儿，门打开了，小孙子拉着爷爷的衣襟，晃晃悠悠走了出来。

常年的蜷身埋首写作，长期的心力交瘁，就是常人、铁人也难以承受。病魔终于接踵向朱彦夫袭来。先是左眼的空洞里不断往外流黏稠的黄水。按说，眼眶里的纱布应一天换一次，但朱彦夫早把这忘在了脑后。几天过后，左眼疼痛难忍，家人只好把朱彦夫送进医院。医生撕开胶布，只见在脓水的浸泡下，纱布已经结成硬硬的一团，眼眶里面已多处溃烂。对创口进行处理后，医生要求朱彦夫住院治疗。失彦夫说什么也不肯。家人拗不过，只好由他。

可就在回家后的第三天晚上，朱彦夫又发起了高烧，心跳加快，冷汗淋漓，臂腿的创面也开始流出说脓不是脓、说血不是血的液体。经检查抢救，医生警告说："你患有严重的心脏病，四肢的创面也已经感染，再这样折腾下去，就可能再次截肢，有生命危险。"

老伴哭了："他爹，这一辈子，我什么都依着你；这次，你就听我一回吧，什么事，还能比自己的命要紧？"

朱彦夫也动情了："老伴，不是我不知好歹，这本书里，可是活着无数烈士的英灵啊,不把她写完,我就是死,也不能瞑目啊!"

七度春秋,七易其稿,翻烂了四本字典,初稿50万字,总计写下200多万字。一部饱蘸着激情,饱蘸着热血,激荡着共产党人浩浩正气的生命之作——《极限人生》,终于在今年7月面世。

这部由特殊人物,以其特殊的经历,写就的特殊的书,连同作者向生命极限挑战的精神,像一枚重磅精神炸弹,震撼着上上下下每一位读者的心灵:

中央军委副主席、国防部长迟浩田看了《极限人生》后,慨然命笔:"铁骨扬正气,热血书春秋",赠予朱彦夫。

中共山东省委一位领导同志含泪在朱彦夫的事迹材料上写道:"共产党员是用特殊材料制成的,朱彦夫就是这样的共产党员……他真像当年我们崇拜的保尔和学习的吴运铎,他完全称得上是广大党员的一面旗帜……"

一位文学评论家更用诗的语言赞道:"这是一曲生命的绝响,这是一首热爱生命的壮歌,这是一道人类在残疾极限处向生存挑战的最壮美的风景。"

当我们在朱彦夫家中进行采访时,邮递员一次次敲响大门,送来天南海北的邮件。

济南市"一位万般无奈的母亲",在长达2000多字的来信中向朱彦夫求援:15岁的儿子沉溺于电子游戏,不思学业,神思恍惚,父母一批评就要寻死觅活,离家出走。这位母亲希望朱彦夫能将《极限人生》寄一本给孩子,最好能有亲笔题字。

"用您刚强的残臂给孩子写几个字,让他明白,拥有高尚的精神、坚强的毅力,即使残缺了肢体也能写出辉煌的篇章;浑浑噩噩混日子浪费生命,是多么糊涂和可悲!您15岁时,已为国出力;他也15岁了,在干些什么?"

广西部队某部一位战士在来信中说:"我是从城市入伍的新兵,单调的军营生活,艰苦的训练,使我一度萌生了早早退伍的想法。看到您的感人事迹后,我对自己的怯懦感到羞愧……我一定在部队这所大学校里好好磨炼自己的意志,锻炼自己的体魄,做一个对国家有用的人。"

……

朱彦夫,一个用特殊材料制成的人,这特殊材料,就是共产党人的坚定信念、钢铁般的意志和春蚕到死丝方尽的奉献精神。

面对朱彦夫,我们每一个四肢健全的人,还有什么理由抱怨环境恶劣,感慨人生多舛;还有什么理由无端地浪费生命,无休止地向社会索取?

在市场经济时代,在历史的转型期,朱彦夫的精神尤为熠熠生辉!有了这样一种精神,小到一个人一个单位,大到一个国家一个民族,什么样的艰难险阻都能攻克,什么样的人间奇迹都能创造出来!

（《大众日报》1996 年 10 月 21 日,作品获中国新闻奖二等奖、山东新闻奖一等奖）

扬威奋进谱新篇

——威海建市十年回眸

把我们的事业全面推向 21 世纪,就是要抓住机遇而不可丧失机遇,开拓进取而不可因循守旧,围绕经济建设这个中心,经济体制改革要有新的突破,政治体制改革要继续深入,精神文明建设要切实加强,各个方面相互配合,实现经济发展和社会全面进步。

——摘自江泽民同志在十五大的报告

威海,建市已整十年,恰如一位风华正茂的少年;而正是在这"少年"威海身上,却最好地体现了沧桑巨变的意义。

公元 1398 年,明洪武设置威海卫,欲图其名,扬威于海上。但几百年来,威海却是一个记录民族屈辱的地方:甲午战败,英人强租,日寇蹂躏……

潮落潮又起。伴随着祖国的强盛,威海在改革开放、发展社会主义市场经济的大潮中,扮演了一个全新的角色。

1987 年 10 月,威海地级市成立。而今,10 年倏忽已过。威海也实现了历史性的跨越:国民生产总值增长 14 倍,城乡居民储蓄增长 14 倍,主要经济指标增幅及人均占有指标连续多年位居全省前茅。1992 年,跻身全国城市综合经济实力"50 强"、全国投资硬环境"40 优"行列。第一个国家级卫生城,第一批国家环保城,全国"双拥"模范城,国家园林城市,所属各市、区全部进入省级精神文明建设先进行列……

1992 年 7 月,江泽民总书记亲临威海视察后,欣然题词:"红瓦绿树,碧海蓝天,扬威奋进,前景广阔。"

前不久,省委书记吴官正在考察了威海的工作后评价道:"威海建市 10 年,是经济高速发展的 10 年,是面貌显著变化的 10 年,是城镇化进程最快的 10 年,也是人民得到实惠最多的 10 年。"

威海,生逢其时;威海,抓住了难得的历史机遇;威海的巨变和发展之路,令人振奋,给人启迪。

"不怕困难怕落后"——建市之初的那么一股劲,
成为凝聚全市上下,贯穿发展始终的强大精神动力

1987年金秋,庆祝地级市成立的鞭炮声未尽,威海市的领导便感到了肩上担子的分量。此时,南国的经济特区,已步入第二轮大发展阶段;14个沿海开放城市,已有3年的探索和实践。晚行一步的威海该走怎样一条发展之路?

百业待举,最缺的是资金。而此时国家经济正步入调整期,银根紧缩,只有靠对外开放,招商引资,启动经济。

这又谈何容易。此时的威海,一无机场,二无铁路;用电高峰时,电压不足150伏,连医院里的X光机都开不起来;建市时邀请客人的传真,是到90公里外的烟台发出的。一家企业费尽九牛二虎之力,从青岛请到一位外商来考察,进入威海境内,崎岖狭窄的公路,三颠两晃便扫了外商的兴,未进市区,人家就打道回府了……

困难如山,但困难挡不住勇者的步伐。"不怕困难怕落后,奋力拼搏争一流。"威海市上上下下,都被这么一种精神凝聚着、激励着。

没有地方办公,就几个人合用一张办公桌;没有交通工具,市里买了200辆"大金鹿"自行车,每个处级干部一辆;没有地方吃饭,从书记、市长到公务员四五百人挤在200平方米的食堂里吃大灶……大家都是一门心思:省下每一分钱,尽快改善"硬环境"。

1988年春节刚过,地级市成立后第一个公路工程——威海至文登的汽车专用路工程,就在隆隆炮声中动工。

1万多名干部群众和2000多台机械在20公里长的工地上摆开了战场。从工程总指挥到民工,吃住在工地。顽石冻土,寒风大雪,都被筑路者冲天的干劲和热情融化、逼退。不到两个月,整个路基便告竣工。

为争取国家对一些项目早立项和政策上的支持,威海干部那种不怕千辛万苦、锲而不舍的精神,更令人感佩。一个外经委的干部,去北京跑批文,吃大排档,住小旅馆,跑了7天7夜,当批文拿到手中,心力交瘁的他却再也迈不动腿,瘫倒在地。市重点办的干部,为报批修建铁路的手续,靠两腿穿行在北京的大街小巷。他们的精神,感动了国家有关部门的同志,在较短的时间内拿到了立项批文……

忆起当年创业情形，市委书记臧海强心潮激荡，他眼含热泪地说："威海发展的每一步，都渗透着几届市领导和全市干部群众的汗水、泪水和血水。"

就是凭着这样一股劲、这样一种精神，威海市先后拿下了 30 个完善城市功能、改善投资环境的重点工程；机场从无到有，港口结束了不能停靠万吨轮的历史，高等级公路密度是全国平均水平的 3 倍，铁路货运可直达全国各地，大型电厂投产发电，市、县、镇村全部开通了国际国内程控直拨电话……

威海人创业时的这股劲，并没有随着时间的推移而有所减弱。

1992 年，东方风来。也就在这一年，国务院批准威海成立经济技术开发区，并注明是"自费开发"。

自费，就意味着白手起家。开发区管委会从市财政借了 100 万元，可付办公用房的房租就被拿走了 80 万元。管委会又发动大家集资入股，200 名干部职工集资 400 万元。这就是开发区的全部启动资金。

条件再差，干部职工的干劲不减。有人这样描述当时创业的情形：白天阳光一片（没有树），晚上漆黑一团（没有电），睡觉蚊子陪床，吃饭苍蝇陪餐……

转眼五年间，开发区已成为一座初具规模的新城，共批准外商投资企业 345个，进区项目 1577 个，实际利用外资 1.6 亿美元，已形成以汽车、电子为龙头的八大行业，和高技术开发区一起成为全市对外开放的头雁。

正是凭着这么一股劲，在中韩建交之前，威海就开通了直达韩国的海上航线。如今，航行在这条航线上的"金桥轮"，已带起了威海对外开放的大船。

正是凭着这么一股劲，1992 年，威海市提出"借韩兴威"战略；又首先主办了"中韩（威海）经贸洽谈会"，今年已是第 5 届。

这一切的拼搏，一切的付出，终有丰厚的回报：建市之初，威海市只有一个港资项目，而今，全市共批准利用外资 7160 多项，合同利用外资 23 亿美元，实际利用外资近 12 亿美元，占全市固定资产投资的 30%。外商投资企业达 2000 多个，其中韩商投资企业 500 多个。进出口贸易额跃居全省第二位。

遵循经济发展规律，构筑市场经济新框架，
一步一个脚印走改革之路

"山东黑豹"，作为我省上市公司的绩优股，受到广大股民的追捧。也许有些股民并不了解，就在 4 年前，"黑豹"的前身还只是一个市场海洋中苦苦求生的集体企业。"黑豹"的神奇崛起，正是威海市推行股份制改革，实施"抓大"战

略的一个范例。

1993 年,威海市的决策者们推出了"骨干膨胀战略",培植行业骨干,培育产业"巨人"。也是在这一年,威海市开始了股份制改革的探索。

"黑豹"集团的前身是文登肉类机械厂,生产过打包器、合页、小型小麦收割机等产品,后与哈尔滨飞机制造公司联营生产松花江牌微型汽车,仍未有大的作为。

1993 年 2 月,经批准,这个厂采取定向募集方式成立股份有限公司;后又经规范,于 1996 年 10 月在沪上市交易。股份制改造,不仅为企业发展筹集了充足的资金,企业的组织机构、管理、经营、分配机制等也随之发生变革,企业自身的活力一下子被激活了。改制的当年,"黑豹"农用车生产能力便增加到 2 万辆,经济效益综合指数在全国同行业跃居第一。此后,"黑豹"迅速发展、膨胀、裂变,而今已稳坐全国四轮农用车"龙头"老大之位,去年完成销售收入 6.5 亿元,实现利税 1.5 亿元,分别比 1992 年增长 1083% 和 3157%,现正筹备向境外投资,跨国经营。

"黑豹"的成功,进一步坚定了威海市领导"抓大"的决心和做好产权制度改革与资产经营这篇文章的信心。以强并弱、强强联营、自身膨胀、裂变扩张、行业改制等各种各样的资产重组方式被推广,与之相配套的办法相继出台,目前全市各类企业集团已达 204 家,产值过亿元的企业由 1990 年的 2 家发展到 120 多家,利税过千万元的企业从无到有,发展到 87 家。

与企业改革同步的,是政府职能的转变。威海按"小政府、大社会"的原则组建地级市后,又先后撤并了 8 个行政管理部门,传统的工业主管局,有的改为控股公司、资产经营公司,也有的改为行业协会或企业集团。

威海纺织集团有限公司过去叫纺织工业公司,相当于政府的一个主管局。由于体制上的弊端,所属企业各自为战。仅仅一路之隔,"三毛"厂有大批精梳设备闲置,"六毛"厂却需斥巨资引进;"一毛"厂纺纱车间严重开工不足,"二毛"厂却要到外地采购毛纱。严重的资产闲置给企业增添了沉重的负担,所属十几个企业有一大半亏损,累计亏损 8000 多万元。

去年,市政府授权改制后的纺织集团公司经营市直纺织系统全部国有、集体资产,从根本上解决了资产运营问题。不到两年,集团公司活化资产 6000 多万元,安置下岗职工 1300 多人,资金、设备、技术人才实现了优化配置,去年仅自营出口就达 5989 万美元。

　　构筑市场经济体系,建立现代企业制度,必然引发劳动力重新配置,下岗失业在所难免。然而,威海去年下岗职工1100多人,却没有一人去闹政府、找市长。谈起这一现象,市体改委的负责同志介绍说:一是再就业工程抓得好,再就是得益于初步健全的社会保障体系。

　　目前,威海市已建立起六大社会保障体系。全市参加养老保险统筹的企业2315个,职工24万,占总数的80%,所有企业的职工都参加了失业保险,以社会统筹和个人账户相结合的医疗保险,现已在全省率先启动。

　　到过威海的人有一个共同的感觉:威海的农村与城市没有多少差别。这是威海市多年来深化农村改革,推行农村产业化、城乡一体化的结果。

　　5年前,荣成市西霞口渔业公司为了解决劳力和用地不足的问题,经批准,将附近一个渔村兼并。目前,全市已有40多个行政村被优势企业和村庄兼并,全部实行企业化管理。

　　威海经济技术开发区有37个行政村,如今区内的农民从村民变成了股东。根据区管委规定:被征用土地的收入,全部作为股金参与各种项目。在现已进区的项目中,农民参股的有100多个,股金占这些项目总投资的30%。

　　在威海农村,如今崛起了一大批小城镇。这些小城镇,有的是镇驻地,有的却仅仅是一个乡镇企业或渔业公司。

　　它们不仅吸纳了一大批本地农村劳动力,而且每年都有五六十万的外地打工者涌向这里。

置身世界经济发展的大格局中,以结构调整再造优势, 威海隆起一个个朝阳产业带

　　也许是巧合,威海火炬高新技术开发区和美国的"硅谷"、日本的"筑波城"基本处在同一纬度线上。但历史跨入90年代,后者已成为世界著名的高科技中心,而前者还是一片荒滩和芦荡。虽然开发区的创业者们望眼欲穿地期盼着外来投资者,但在项目审批上却变得特别"挑剔":技术含量低的不要,耗能高的不要,有污染的也不要……曾有一位欲投资4亿元人民币上水泥生产项目的外商,被婉言拒之门外。

　　这些都源于威海市决策层的眼光和见识,他们认为,和威海一海之隔的韩国,60年代初和我们的经济发展起点基本相同,但时至今日,差距拉大,主要原因就在于经济增长方式的不同。威海经济要加快发展,决不能走过去低水平粗

放延伸的路子,而要靠优化结构、科技进步和规模经营。

1988年4月,威海北洋电气集团,在一幢破楼前挂上了牌子。其前身为三家已潜亏1000万元的集体小厂。

企业生存发展的出路何在?公司领导把目光瞄准了新兴的电子通信行业,特别是在国内尚属空白的传真机生产。但作为传真机的关键件——热敏打印头,世界上仅有美、法、日、韩等几个国家能够生产,而且都对我国搞技术封锁。

北洋人不信邪,连续3年,勒紧腰带,投入千万元巨资搞"攻关"。1991年11月,热敏打印头终于由北洋人自己研制成功并通过国家鉴定。香港地区、韩国、日本等多家国际大公司、大财团纷至沓来,伸出寻求合资合作的橄榄枝。

以此为契机,北洋公司迅速膨胀发展,康威、山东三星、华菱、华龙等电子通信有限公司相继成立,从事电话机、程控交换机、传真机关键件、传真机等新技术产品开发与生产;又通过参股、控股等形式拥有22家分公司和子公司,一举跻身全国电子行业百强和全省五强,并成为全国最大的传真机及关键部件生产基地。

对北洋的成功,威海市市长孙守璞一语道破真谛:"在市场经济中,竞争的实力,主要体现在产业结构的优化上,而产业竞争的主动权又取决于高科技领域的较量,取决于高科技商品化、产业化、国际化的进程。"

这一点,已成为全市上下的共识。6年来,在引进的1000多个项目中,高新技术项目占三分之一强。区内业已形成电子信息、机电一体化、医药生物工程、新材料、新能源等5个高技术产业。6年间,高新技术企业及产品形成的产值、利税分别以年均63.3%和61.7%的速度递增。

威海三面环海,拥有近千公里的海岸线,为我国第一渔业大市。威海市领导没有被这"第一"遮住眼,而是把目光投向更为深邃、辽阔的大洋。全市海洋二产业不断向新领域、多品种、深层次拓展,技术含量高、产出效益高的产品和企业应运而生;以海洋运输、海洋旅游为重点的海洋三产异军突起。海带食品、饮料、鱼糜、鱼片、人工皮肤、珍贝素等几十种海洋食品、药物研制成功并投产;威东日食品、荣东食品等一批产值过亿、利税过千万元的海洋食品生产企业诞生了。

乳山银滩,延绵20公里,几年前这里还是一片空寂的荒漠。1993年,乳山市领导转变思路,以地生财,招商引资,开发旅游业。而今,一个个别墅区、旅游度假村平地而起。

电子信息、海洋经济、生物医药、旅游产业等,被人统称为"朝阳产业"或21世纪的产业。威海市的决策者和企业经营者们瞄准这些新兴优势产业,培植新的经济增长点,构筑起一批新的产业群和产业带。在全市的经济增长中,科技进步的贡献率已达51%,海洋二、三产业占海洋经济的比重已达60%以上。

让精神文明的和弦伴奏出经济发展的强音

回首十年,同样令人刮目的,是威海人在精神文明建设的进程中那昂扬的身姿、扎实的脚步。

威海市的领导者们认为,精神文明建设的根本任务是育人,精神文明的最大成果是全体市民素质的提高,精神文明建设的一切工作都应围绕育人去做,除此便是舍本逐末。

提高人的素质,教育是关键。邓小平理论教育,他们实施了"三大工程":800名县处级干部的"重点工程",20万名党员的"基础工程",50万名团员青年的"希望工程"。

爱国主义教育,他们在"九五"规划中单列了一个实施纲要,确定了50处教育基地。不仅投巨资在刘公岛上建设甲午战争博物馆,更重视发挥它的作用,仅去年就组织了20多万名青少年进岛接受教育。

环翠区的西城路,有一处大型农贸市场。过去,市场内的商贩短斤缺两者有之,强买强卖者有之。市文明办与市工商局联手,重点进行治理,在强化市场管理的同时,加大了对个体商贩的职业道德教育力度。如今,这个市场秩序井然,党员商贩都自觉在自己摊位前挂出了共产党员的牌子,去年跃居全省八大样板市场之首。

西城路农贸市场的前后变化,仅仅是威海抓"三德"教育成果的一个缩影。如今,当你徜徉于威海的大小商场、市场和各类窗口单位,就会感受到这个市职业道德教育的力度。三年间,他们已把全市个体工商户普遍轮训了一遍,"先培训后发证"已是一个铁原则。

在威海,有一大批名人。这些"名人",不是这"星"那"星",而是见义勇为、助人为乐、尊老爱幼、扶危济贫、无私奉献等反映时代精神的先进典型和模范人物:张春雷、段志军、王海鹰、潘勋德、宋文莲……这些名字在广大群众中广泛传颂。十佳市民、百佳文明户、文明个体户、文明市民……一大批身边的典型,成为人们学习的榜样。

辛勤的耕耘必然收到丰硕的果实。建市10年来,威海人的精神面貌发生了巨大变化,文明素质有了显著提高。每年,全市城乡自发开展的扶危济贫、救灾助难的集体捐款捐物活动,都有 100 多起,达 900 多万元。

谈起威海的精神文明建设,市委副书记崔曰臣说:"关键是建立了一套有效的运行管理机制。"

威海在精神文明建设中,提了一个口号:"向管理要效益。"首先从制度管理入手。10 年来,威海市精神文明建设的方方面面,都逐步建立起了一套行之有效的制度,大到领导干部的作风转变、廉洁自律,小到"门前三包"、社会公德"八不准",处处有章可循。

在精神文明管理中,威海有三个颇值得称道的机制:

一个是目标管理机制。他们把精神文明建设工作的目标进行分解,细化量化,实在量化不了的内容,则确定定性标准,便于操作,易于考核。

另一个是激励、约束机制。每年底,威海都对精神文明建设工作进行一次大总结,既评优又选差,既送喜报又发警告,既挂红旗又亮黄牌。近三年,有 50 多个单位被摘掉了文明牌子。

再一个是监督检查机制。领导监督、群众监督、舆论监督、自我监督,几乎所有的监督形式,都被引入精神文明建设工作之中。为此,他们聘请了一大批离休干部和退休工人做精神文明建设顾问、义务监督员,向社会公布了举报电话,定期组织新闻单位明察暗访……

1996 年,公车结婚之风有蔓延势头。市委领导亲自部署新闻曝光,对"榜上有名"的公车单位领导和用车者给予处罚,一下子就刹住了这股歪风。

"谈起来重要,做起来次要,忙起来不要",精神文明建设与经济建设"两张皮"的问题,往往会使精神文明建设放在从属地位。

对此,威海人有自己的看法:关键是要找准两者的结合点。

几年来,威海始终围绕经济建设来确定精神文明建设工作的重点,每年都提出一个或几个与市委、市政府中心工作相配套的精神文明工作重点,伴着这种强有力的保障和精神动力的支持,威海的经济发展才一年一大步。

在我们采访期间,威海正好是"双喜临门":一是刚刚获得了"国家环保模范城"称号,一是全国创建安全文明小区现场会正在这里召开。

这并不是一种偶然的巧合,而是威海市的几任领导,多年来坚持"一把手抓两手""两手抓两手硬"的必然结果;也反映了他们指导现代化建设的一种自觉意识:经济要实现可持续发展,必须有文明建设作为强大的精神动力和智力支持;我们要实现的现代化,必须是经济、社会、环境、人口协调发展的现代化;必须是人的素质整体提高、社会文明极大进步的现代化。

今天,威海市的两个文明建设已经奏出流畅和谐的序曲,渐入佳境,最终必将进入激越辉煌的乐章。

(《大众日报》1997 年 9 月 28 日,作品获山东省精品工程奖)

　　一位下肢完全瘫痪的老人,与大山厮守了 14 个春秋,栽树种果,治山绿化……老人决意要终生与大山为伴,就是死了,也要把骨灰埋在大山上。冥冥中,老人仿佛与——

青山有约

　　"二月二,龙抬头。"正是万物萌动,大地回春的日子。

　　这天,淄博市淄川区峨庄乡前沟村青年康殿臣"定亲"。在农村,这可是一件大事。父老乡亲不管忙闲,都抽空赶来祝贺。可喜庆欢乐的仪式上,唯独不见"一家之主"康德仁的身影。知情的乡亲都说:"老康是离不开那片青山啊!"

　　那山,便是村西的水泉山。此时,康德仁正独坐在半山腰的小石屋前,向山下眺望。说是眺望,其实,今年 65 岁的康德仁老人已经右眼失明,左眼也仅能看到三四米远的地方。他只能从心里想象着家里的热闹场面,从心里念叨着:"留果(康殿臣的小名)定了,我在这世上已没有别的牵挂了,只有这山、这树了……"

　　康德仁是村里的能人,前些年,当别人还在土坷垃里刨食时,他就养鸡、种菜,日子过得红红火火。49 岁那年,在开山采石时,一块大石头砸在康德仁的腰部,从此,他下肢完全瘫痪了。躺在医院里前前后后一年多,康德仁急得睡不着觉。自己不能干活,还要拖累老伴、拖累儿女,这叫啥日子? 他于心不忍,左寻思右思量,想到了村西的水泉山,他要到山上种果树。

　　他把心思一说,家里就炸开了锅,老少异口同声反对。儿女们有他们的想法:父亲瘫痪了,儿女自有养老的义务,可不能再演一出《墙头记》,让乡里乡亲笑话。老伴肖子兰更舍不得让他上山:好好的人都没上山种树的,你一个瘫子咋能在山上过。可康德仁铁了心,他不仅要自己养活自己,还要让儿时吃的蜜桃,重新在山上长出来。接连几天,他用双手作杖,在院子里来回挪动,失去知觉的屁股磨出了血,仍然不停地"走",他要向家里人证明,自己人虽瘫了,但心没有瘫。

1984 年春天,在康德仁的软磨硬缠下,小儿康殿臣强忍着泪水,把他背上了山。越往上挪,康德仁的心情越兴奋。那水泉山半山腰的一亩二分山地,不知留下过他的多少汗水,寄托着他多少希望。青山啊,如今我又回来了!

几根木棍和干草搭起的简易棚子,就成了康德仁的栖身之地,老康在山上住了下来。他每天拖着残腿,整地、垒堰、栽树、捡柴,不停地忙活。累得实在不想动弹了,他便往地上一躺,以地为床,以天当被,睡上一觉。几年下来,山地被拾掇得杂草不生,栽下的一棵棵蜜桃,也挂果了。

许是青山有约,1988 年初春,离别家乡 44 年的原云南边防某部政委肖子法,回到了生他养他的前沟村,面对故乡的贫穷,肖子法感到阵阵酸楚。特别是当他看到自己的妹夫康德仁,一人在山上与穷山搏斗的壮举时,这位戎马生涯40 载的汉子流泪了。59 岁的肖子法决定留下帮助康德仁种树!

这一晚,肖子法住在了康德仁的草棚里,哥儿俩有说不完的话,两人拉得最多的是种果树,拔穷根,一直到第二天天蒙蒙亮。康德仁拉着肖子法的手说:"二哥,你放心,俺这条命,这辈子就搭在这山上了!"肖子法大笑,他拿出多年的积蓄,在山上盖起了小石屋,修建了 50 立方米的水池,那水泥、沙子等,都是一担担从 3 里地的山下运来的。

有了住处,有了蓄水池,康德仁不再满足于种那 1.2 亩山地了,他要在自留地旁边再垦荒造地。妻子肖子兰急了:"你就在山上安安稳稳地活几年吧,别再折腾了。弄不好搭上老命,还叫俺背'黑锅'。"康德仁不听劝,老伴一气之下说:"你一个瘸巴要是能整了地,好人还不能整了天。"康德仁不紧不慢不愠不火地说:"人活着就要干点事,不干事就没意思了。俺把这片山整治好,也算俺一个瘸巴的贡献哩。"

康德仁要来镐、锨等工具,把柄砍短,重新投入到了开山造地中。妻子不得已和小儿子一块上山帮他干。一次,在搬一块大石头垒堰时,康德仁身子一下子悬了空,从 4 米多的地堰上滚了下去。老伴吓坏了,急得嚷嚷着:"这回可完了,这回可完了!"滚出去 30 多米的康德仁被一块山石挡住了。为了让妻子宽心,他勉强坐起来,不顾浑身疼痛,拍打着自己身上的泥土,故作轻松地说:"老婆子,你看看,别看咱瘸巴不会走路,翻跟斗还挺欢哩。"说得妻子又抹着泪笑了。

年复一年,日复一日,康德仁用两手撑地,挪动着完全瘫痪的下肢,硬是在荒山坡上造出了 3 亩多地,种上了杏、李子、梨、桃、苹果、樱桃等 300 多棵树。小儿子康殿臣专门学过林果,抽空上来当当技术指导,使果树坐果率很高,年产达到

2000 多公斤。

对水泉山有了感情,康德仁一霎也离不开这座山。3 年前,他的右眼因上火感染,天天流泪,用了不少眼药膏也不管用。就是这样,还不肯下山去治。没办法,儿子和女儿强行把他背下山,小石屋的门也用石头堵起来,想让康德仁死心。因拖的时间太久,失去了最佳治疗时机,康德仁的右眼失明了。

残了双腿,右眼又瞎,这回家里人说什么也不让他上山了。出院后的第三天,康德仁就憋急了,这天中午,老伴一进家门,康德仁"扑通"一声从炕上滚到地下,给老伴磕了两个头,恳求说:"你还把我送上山去吧,叫我闷在家里,还不如让我去死了。"见他铁了心,老伴只好找来邻居帮忙,重新背他上了山。

14 年来,康德仁在山上已过了 9 个春节,每当春节来临之际,家里人多次劝他回家过年,可他不愿意,一来怕给儿女们添麻烦,二来怕家里人再也不让他回到山上。就这样,他在山上养鸡、养兔,种上了青菜,屋里还盘上了火炕、炉子,正儿八经在山上过起了日子。今年春节,小儿子专门上山,给父亲住的小石屋门框上,贴上副春联,上联是"愚公移山精神再现",下联是"建设家园焕然一新",横批是"艰苦创业"。

生活清苦,孤独难耐。老人就将一块砖头大的收音机背在身上,听听天南地北发生的大事。闲时也用胡琴拉上一段曲子,排遣郁闷。毕竟,5000 多个日日夜夜,对于康德仁来说,活动范围就是那 4 亩多地,终年只有那沉寂、空旷的大山与他为伴。每逢阴雨天,他浑身痛得就像散了架一样,有时痛得他在地上打滚、捶墙;而下肢瘫痪又长期坐地劳动,臀部被磨破了,反复感染,久治不愈,伤口都露出了骨头……

康德仁说:"这把老骨头说不准啥时候就归西了。但俺活一天,就要干一天,死了,也要把骨灰埋在这山上。"

老伴肖子兰与他同龄,为了照顾好他,不知暗自流了多少泪,操了多少心。每天上山送饭,来回 6 里多山路,天天不断。但她都无怨无悔。每逢冬天下雪,她就从山下开始一直扫到山上,以防路滑送不上饭来,扫一遍要花 6 个多小时。康德仁心里比谁都清楚,这几年,他欠老伴的情最多。

康德仁的治山壮举,感动了村里人,人们纷纷上山垦荒种树。今天的水泉山已经变成了花果山。与他相距不远的司继水老人,今年已 69 岁了,经常帮着康德仁提点水,喂喂鸡,料理一下家务,闲时也凑在一块拉拉呱儿。

康德仁 14 年痴情荒山植树造林的事迹,也引起了新闻界的关注。中央电视台在"夕阳红"节目中播出专访后,社会反响很大。美国一位姑娘通过多方打听,在 1996 年秋天,专门登山拜访了老人。目睹了康德仁所创造的一切后,她说:"康大爷,我非常感动。我妈妈是残疾人,我一位表哥也有残疾。从小我就对残疾人有一种敬意。今天,看了您老所创造的一切,我觉得你太伟大、太了不起了。"

面对荣誉,老人不改初衷。他说:"闲来没事,俺常常在寻思,人不能没点精神,有多大能耐,就得使多大本事。腿不行了,俺还有双手,上山种树,为子孙后代留下点念想,也算不白活一回。"

青山有约,青山相伴。这是康德仁今生今世的追求,也是他精神的寄托、生命的家园。

（《大众日报》1998 年 3 月 20 日）

重民如山

——记宁津县红庙李村党支部书记张国华

宁津县张宅乡红庙李村,是一个不甚富裕、不很起眼的平原小村;村支书张国华,是位貌不惊人、少言寡语的中年汉子。近些日子,这村这人,却成了上上下下关注的焦点。3 月 30 日下午,省委书记吴官正来到红庙李,先是召集党员群众座谈,又随意走访了几家农户,翻看了村里的账目。吴书记对村干部察民情、重民意、讲公开的做法深为嘉许,对村支书张国华在汇报时提到的"决策讲民主,办事重民意"这句话格外赞赏,还特意用笔记在了本子上。在采访中,记者才体味到,这句话的意义不在于说得漂亮,而是红庙李和张国华以此为指导的实践,对解决当前农村中普遍存在的一些问题,具有很强的借鉴、指导意义。

"按村民的心思拍板定音"

"决策讲民主,办事重民意"这句话,张国华在当上村支书不久,就写在他的工作笔记的扉页上了。不过,那是在他碰过"钉子"以后,用心琢磨出来的。

1989 年秋后,刚当选为村党支部书记的张国华,急于为群众办几件实事。他看到村北与邻村搭界的一片地长年浇不上"引黄水",而邻村却常常"水漫金山",就私下和邻村干部商量妥,挖几条水渠,来个两相借就。

不巧的是,等到水渠挖好了,水却因上游出了问题引不过来了。这下,村里说什么话的可都有了……

那些日子,张国华嘴上长满了燎泡,夜里睡不踏实觉。他静下心来想,自己为群众办事的想法没有错,群众对自己的责怪也应该。毛病出在哪儿呢? 是没走群众路线,没把事情原原本本给群众讲清楚,没有多听听大伙的意见,这样,好事也会办砸。

张国华琢磨出了前面提到的那句话,写在了本子上,更落实在行动上。

1990 年初,红庙李村党员和村民代表议事会成立。18 名党员、15 位村民代表,组成了村里的"小议会",凡村里的重大事项,在"两委"班子研究前后,都要提交议事会讨论,最后召开村民大会表决,没有绝大多数群众的赞成不拍板;而一旦村民表决通过的事,就成了"小立法"。

这些年来,张国华就一直琢磨着怎样带领群众尽快脱贫致富:要说民意,这可是最大的民意啊! 村里盐碱荒地多,可不可以建个砖厂? 在征得村"两委"成员同意后,张国华又将动议提交给党员村民代表议事会。

连着几个晚上,村委办公室的灯都亮到深夜。30多位"议事会员"聚在一起"议政"。有的说:"邻村二丫搞的砖厂不是垮台了吗? 咱搞就一准行?"也有的说:"现在农村建新房的多,砖的市场没问题,关键要管理好。"你一言我一语,有憧憬有担忧有建议。意见初步达成一致:可以上。

可召开村民大会讨论这天,却出了"岔子"。张国华刚刚介绍了村"两委"和议事会的意见,话还没讲完,就有一位村民站了起来,毫不客气地说:"村里就这么点家底,你们还上什么砖厂,还不是把钱填窑里烧吗!"众人责怪这位村民不该打断国华的话。这人一恼,拔腿就走。张国华也有些生气,但理智告诉他,发扬民主,就得有点肚量,要容得下不同声音。他安排村民分7个小组讨论后,又叫上村委主任和两位村民代表,到那位村民家去做工作。

第二天晚上,村民大会继续召开。7个小组的代表分别发言,同意村里建砖厂,并就村民投工投劳办法、砖厂建成后最好实行招标承包等方面提了很多建议。那位开始反对的村民也说:"我原来在二丫的砖厂干过,到如今还欠着我的工钱,我怕咱集体也……现在有国华领着干,我放心。"最后,全体村民一致举手通过建砖厂的决议。

反反复复地讨论,前前后后开了8次会。这民主程序,看起来很麻烦,但正是在这集思广益的过程中,干部群众达成了共识,群众获得了当家做主的感觉,执行起决议来,才会爆发出空前的热情与干劲。用张国华的话说,这叫"一切按村民的心思拍板定音,谋靠共识,行靠合力"。

当时正值"三秋"大忙,为了砖厂早日建成投产,干部群众白天上砖厂工地劳动,晚上忙自己地里的活。有的村民还把自己准备建新房的物料,先借给集体用。原定4个月的工程,只用40天就竣工投产。到封冻前3个月的时间,砖厂就净赚7.8万元。接着,通过公开竞标,村民李志勇出任砖厂负责人。仅这一个项目,每年就为村民人均增收350元。

这些年,红庙李村办的几件大事,像拓宽街道、架电、打井、通自来水、上大棚菜等等,件件事都要经过这么一套民主程序,件件事都是一呼百应,件件事都办到了群众心坎上。

"亮给群众一双干干净净的手"

张国华上任第一天,就对支部一班人提出了这一鲜明的要求。

初中毕业后就一直在村里务农的张国华,最了解农村的实情:有些地方之所以干群关系紧张,出现隔阂,主要是村干部干事情藏着掖着,不敢向群众亮底。越这样,群众就越怀疑你有"鬼",也越容易滋生腐败。

他对村干部们推心置腹地说:"群众选咱在这个位子上,咱就得一心一意地为乡亲们多办点事,不能沾一点'私'字。要事事向大伙公开,亮给群众一双干干净净的手。"

过去,有些村干部用电不交钱,有的村民就干脆偷电,用电炉子熬起了猪食。这样,负担都转嫁到老实本分的群众身上,致使村里的电价高达每度2.6元。村民怨声鼎沸。

张国华知道趟这"河水"的深浅,要管,肯定要得罪一批人,但他下了决心。从担任村支书的当月起,他就第一个按自家的用电量交足电费,并成立了7人管电小组,将全村电表重新验校一遍,将各家各户当月用电量和应交电费数张榜公布,让群众监督。这样,村干部如数交足电费,偷电现象也没有了。电价一下子降到每度0.5元。

1995年春,张国华出差为集体办事,村干部见他家没劳力,就用村里的电机帮着浇了3亩麦田。当张国华看到当月电费榜上没有这笔款子时,马上找到负责这事的村干部进行了批评,并如数交上了19元钱的浇麦电费。

与电费管理一样,在红庙李,像村里的财产和财务收支、征用土地和宅基地审批、计划生育指标、提留统筹方案、经济实体的承包、出义务工等群众关心的事情,事无巨细,能张榜公布的张榜公布,要不就通过开村民大会和广播喇叭向群众一五一十地讲清楚。

要说红庙李的财务管理,那才叫严细。村里有民主理财小组,有严格的财务管理制度。小买小卖得两人以上经手,重大开支得三人以上经手且得向理财小组和村民代表议事会说清楚;每年的1月、7月,全村的财务开支情况张榜上墙;村民如对财务问题有疑问,5人以上联名即可随时查账。

今年4月,村里架设高压线,29日这天,电通上了,晚上就开始结账。所有钱物经手人,面对村干部、全体党员和村民代表共50多人,一张单据一张单据地

"讲账"。这一讲，从 8 点讲到近午夜，还真讲出点"问题"：村里的现金出纳张金城拿着一张单据说："这是我和李志勇（村民）、李树德（电工）去县城买电料时开的 11746 元的单据。当时是先开单据提货，后交的钱。交钱时，俺们又要求再给优惠一下，人家又给优惠了 564 元，所以，实际支出应该是 11182 元。"类似的事儿，接着又有人讲了两件。

红庙李的事情，就这样像空气一样透明，像夏日正午的阳光一样没有阴影，村民们说，对村里的事，俺们就像自个儿家里一样倍儿清；村里要是有什么事，只要国华他们一招呼，俺们也像自家的事一样去办，决不打格愣！

征公粮，敛提留，这些在有些地方千难万难的事，在红庙李却一点不难。"明天上午去乡里交公粮。"只要张国华在喇叭里这么一喊，第二天天刚蒙蒙亮，村里的家家户户就把晒干扬净的粮食装到车上，然后到村头排队一起去乡里。5 万公斤粮食一个上午交完，年年拿全乡第一！

收提留更快，每年也就是个点钱登记的工夫。去年交提留这天，村民张书庆正好要去乡里卖菜。他让老伴帮着把菜装上车再去交提留（每人只交 30 元）。没想到，当他卖菜回来却挨了老伴一通埋怨："就耽误了那一霎霎工夫，咱家落了个倒数第三！"

"红庙李这碗水是平的"

这是常常挂在红庙李干部群众嘴边的一句话。意思是说，在红庙李，事事都有法可依，有章可循；人人在制度面前都是平等的，人人都是红庙李的主人。

张国华说："我这个支部书记，说话管用也不管用。只有当你为群众办事，按规矩行事时，才管用；不然，一句话也不作数。"

农村宅基地的审批使用，最令村干部挠头。红庙李过去也曾出现过为争宅基地而发生争执的事：徐姓和李姓两家都想在一块空闲地上盖房，都去找老支书裁断，又都各执一词地说老支书答应了自己。结果，两家打了起来，老支书也气得病倒了。

张国华上任后，两户村民又分头去找他。张国华想，这事我不能自个儿一言定乾坤，得拿出个章程才行。

张国华马上召开村"两委"和党员村民代表议事会。一议，议出个"红庙李村宅基地审批和有偿使用的有关规定"，成立了一个由 4 名村委、3 名村民组成的领导小组。按规定，对村里现有宅基地和村周围的闲散土地包括地上的树木都重新登记入册,每户一账。谁要申请宅基地,该不该批,该批多少,该向村里交多少使用费,该向在这块地上种有树木的原户补偿多少等等,按规定一卡,村民自己心里都明明白白的。这一来,徐、李两家的矛盾于无形之中化解,近 10 年来,村里再没发生一起类似事件。

办什么事有什么章程,干什么工作有什么班子,这是张国华抓工作的诀窍;照章办事,服从公论,村民自治,则是红庙李的村民进行自我约束、自我管理的一种自觉意识和行动。

红庙李的计划生育工作,过去也光是几位村干部操心。少数人管多数人,出力不少,收效不大。1990 年,村里成立了计划生育协会,老支书李清俊任会长,99 位热心公益、有威望的村民成为会员。他们是宣传队,自编自演节目,唱村里人,说身边事,宣传国策进家门;他们又是服务队,为群众搞好生育、生产、生活服务,解危济困,助残抚老。通过这种自我教育、自我管理的方式,计划生育成为村民的一种自觉行动。前些日子,有两位村民第一个孩子刚满月,和计生协会打了个招呼,就主动去乡里做了节育手术。这些年来,全村没出现一例计划外生育。去年 11 月,全省计生工作现场会在这里召开。中央电视台的《焦点访谈》还专门"访谈"过他们呢。

张国华当支部书记 10 年,靠自己的一身正气,靠躬身力行共产党人全心全意为人民服务的宗旨,把一个过去打架赌博偷盗成风、党组织近乎瘫痪的"三类村",带成一个月明风清、政通人和、"两个文明"齐发展的全省先进。10 年,全村没发生一起刑事案,没有一人上访告状,84% 的户成为十星级文明户!

这脱胎换骨的变化,村民们心感身受,对自己的好带头人张国华打心眼里敬佩、拥戴。1996 年春节,初一一大早,几位村民就悄悄地把一副春联贴上了张国华家的大门,上联是:"为民操劳两袖清风",下联是"秉公办事一身正气",横批:"光明正大"。

也是在这年秋天,张国华主动为自己搞了一次民意测验,他当众声明:赞成的画"○",反对的打"×",赞成票不占多数,我自动辞职,说完,即退场回家等待投票结果。当他被重新请进会场时,迎接他的是经久不息的掌声。投票结果:108 位村民参加,106 位赞成,许多村民为了表达对张国华的拥戴信赖之情,选票有多大,就可边可沿地画了个多大的"○"!张国华激动得泪流满面,什么话也没说,只深深地向村民们鞠了一躬……

(《大众日报》1998 年 5 月 16 日,作品获山东省精品工程奖)

惟民所需　从民所愿

——文登市农村精神文明建设巡礼

登泰山知天下阔,到文登而知文明。

文登有山。昆嵛山、圣经山、天福山,山山相连,山山积淀着丰厚的历史文化遗产。相传,秦始皇扫平六合,统一宇内,乘兴东游至此,召集文人登山赋诗吟诵,遂称文登。由此,崇文尚学之风历久不衰,最终滋养出一方雅风——文登学。

文登有海。延绵173.88公里海岸线,碧波万顷,海天相接,让文登人以宽广的胸怀去拥抱更广阔的外部世界,去拥抱更新潮的现代文明。"团结、开拓、务实、争先"的文登精神,结出了令世人刮目的"两个文明"硕果。

文登人有句话:"'文登学''一'打头,学一干一争一流。"说的是其争先精神,凡事都想拿第一。文登的国家级、省级荣誉称号多。有意味的是,有些单位在全国、全省受奖,却评不上文登市的先进,原因很简单:文登奖的是"第一",奖的是物质文明、精神文明两个成果。文登是全国农村综合实力百强县、全国明星县、全国乡镇企业百强县,同时也是全国卫生城、双拥模范城、两基教育先进市、体育先进市、文化先进市……如果作番统计,精神文明范畴的荣誉肯定占先。山东省精神文明建设工作先进县市区评选,文登荣登榜首。

感受文登,思考文登,一段段故事让人心动,一篇篇华章耐人咀嚼。若问文登农村精神文明建设的经验何在,那就是:以全面提高农民素质为核心,着眼农民日益增长的物质文化生活需要,突出发展主题,立足为民服务,开展丰富多彩群众性创建活动,让农民处处得益于精神文明建设,使农民向往、追求社会主义精神文明。

在新时期,在市场经济的条件下,农村精神文明建设抓什么、怎么做? 文登经验做出了很好回答。

贴紧发展——办好件件实事　让农民感受文明

事实与印象

今年8月底,一名接到高校录取通知书的考生,致信文登市委书记刘玉党,叙述家庭困难。刘玉党当即指示有关部门,在全市调查摸底。市委、市政府分析调查摸底情况后决定:不能让一个学生辍学,对 16 名因家庭困难上不起学的大中专学生,一律由市里资助,资金从"温暖工程基金"划拨。9 月 2 日,市委、市政府召开特困生座谈会,发放助学金 11 万元。

至此,始建于 1996 年的"温暖工程基金",累计发放 70 余万元,救助困难家庭 940 户、困难职工 4000 多名。基金的作用和影响越来越大。基金初建时,只有 334 万元。今年 7 月,市里决定增加基金本金,18028 名机关干部职工 5 天捐资 412 万元,人均 229 元。干部的行为深深感染了各界群众。目前,温暖工程基金总额已突破 1000 万元。

"温暖工程基金"是文登市精神文明建设的举措之一。市委认为,精神文明建设必须贴紧经济建设和社会发展,从群众最关心的事情抓起,从群众最需要的事情做起,扎扎实实办实事。从 1994 年开始,他们围绕农民求知、求乐、求美、求净的普遍愿望和衣、食、住、行、医、保等生产生活各环节,实施了消灭贫困村、普及有线电视、解决教师住房、加速公路建设、完成市区通暖五个"奋战三年"工程,去年又开始实施包括精神文明示范、智力开发、现代化示范村、农村洁净饮水和现代化小城镇建设在内的新一轮十个"奋战三年"工程,总投资 16 亿多元。广大农民从中得到实实在在的好处。

文登整体发展快,群众生活水平高,但仍有部分群众处于贫困状态,五岔口村就是一例。1994 年夏,当文登市委常委民主生活会在这个仅有 34 户人家的小村开过之后,一场"不让一村落后""不让一户受穷"的"攀穷亲"扶贫攻坚战全面展开:115 个部门与 45 个人均收入不足 1200 元的特困村和 70 个经济欠发达村对口包扶,其中 11 个最落脚的村,由 11 名常委领包;1500 多个特困户成了党员干部的"亲戚"。大家出钱、出物、出技术,帮助贫困村、户买牛羊、进农资、上项目。到去年,全市贫困村、户全部脱贫,在全省率先跨入小康市行列。

在文登,四通八达的公路网给人留下深刻印象。镇与镇二级公路相通,村与村硬化路相连,98% 的村通了客车。行驶在坦途大道,有时让人分不清哪是城镇哪是乡村。几年前,这里还不是这样。群众对"雨天水泥路,晴天扬灰路"的不满,深深刺痛干部的心。他们决心改变现状,改写历史。按照国家"民工建勤"政策,公路建设农民有出工、搞土建的义务。但为了不误农时,不加重农民负担,各镇机关干部出工、出力、出钱,披星戴月上阵,抡镐挥锨苦干,成为筑路主力。米山镇有一段 6.5 公里长的连村路,被称作"公仆路"。去年春天,100 多名机关干部风餐露宿,在这里大干 50 天,手磨出老茧,脸晒得黝黑。过往群众深受感动,有的送水送茶,有的自发看护物资、维护交通秩序,更有不少人回家扛来工具,默默加入施工队伍。这动人场面,各镇都不断出现。每条干部路,都是一项"形象工程",一本生动教材,群众由此看到了"四有"干部的形象。3 年多时间,全市修高等级公路 200 多公里,新建改建镇村路 610 多公里。机关干部承担了镇村路工程量的 80%,出工 45 万个,人均 240 多个,是农民人均出工的 3 倍多;年人均为公路工程捐款 400 多元,是农民年人均总负担的 4 倍多。

到文登观光的游客,大多有这样的感受:看过文登工展馆和文登学人陈列馆,不虚此行。置身两馆,在感受文登丰硕的经济成果和灿烂的文化时,很少有人知道陈列馆这类文化设施的投资是多少。近 5 年间,文登市每年按不低于财政支出 3.5%的比例,斥巨资建设文化设施。如今,文登有藏书 22 万册的国家一级图书馆,有占地 6100 平方米的省内县级一流体育馆。一批经济繁荣、群众富裕、环境优美的小城镇在广大农村迅速崛起,成为辐射和带动两个文明建设的"基地"。有 17 个镇建起高档次、多功能的农民文化宫,有些镇还建起街心公园、文化广场,全市拥有各类文化场所 1700 多个。80 年代末还是全市最穷、公共汽车也不通的苘山镇,短短几年成为全国小城镇建设示范镇、首届中国乡镇投资环境 300 佳、全国村镇建设先进镇、全国乡镇企业示范区,农民生产、生活方式发生巨大变化,城乡差别在逐渐缩小、消失。

走马观花看文登,进村入户看文登,惊喜接惊喜,惊叹连惊叹:

——90%以上的村看上图像清晰的有线电视 24 套节目。他们 3 年投资 8000 万元,在全国第一个采用光缆远距离传输,实现市镇村三级有线电视联网。今年又实施在有线电视网上共缆传输调频广播工程,在计算机、电话共缆传输上进行开发研究,这标志着文登农村开始跨入多媒体时代。

——投入 2 亿元改造校舍和设备配套,建起 59 幢配备微机室、语音室、多功能活动室的高标准教学楼,小学三年级以上全部开设外语课,初中以上全部开设微机课。

——村村有卫生室,人人享有初级卫生保健,85%的人口参加合作医疗;建农村幼儿园 417 所,3 周岁以上儿童入园率达 90%;镇镇有敬老院,840 名孤寡老人集中供养。去年获全国社会保障先进市、全国民政工作先进市荣誉称号。

——534 个村 135893 户农民用上自来水,受益率达 61.3%;卫生厕所普及率逾 80%。许多村有了自己的环卫车,上百个村庄在硬化了的街道两旁添花池、置绿带,比许多城市街道还讲究。

经验与启示

精神文明建设抓了近20年,小平同志"两手抓,两手都要硬"的著名论断提出也十多年了。为什么有些地方仍然一手比较硬,一手比较软?为什么有的地方仍会出现经济建设和精神文明建设"两张皮"的现象?为什么有的地方的群众对参与精神文明建设不积极、不热情,甚至有反感情绪呢?关键是这些地方抓精神文明建设还是习惯于搞"花架子"、做表面文章,办事不遵从民意,结果必然是收效甚微或适得其反。

文登市委、市政府认准了一个理:发展是硬道理。他们在农村工作中,坚持以经济建设为中心不动摇,精神文明建设紧贴发展主题,着眼于农民群众日益增长的物质文化需求,着眼于人的全面发展和社会的全面进步,从群众最关心的事情抓起,推动两个文明建设一体化运行。文登人有一个独到的见解:精神文明建设与物质文明建设根本就不是什么"两张皮",而是"一张皮"的两个面,互为表里,互为因果,天然一体。他们在制定《文登市"九五"期间经济和社会发展规划》的同时,出台了《文登市"九五"期间社会主义精神文明建设规划》,把两个文明建设纳入社会发展总体规划之中,一起研究部署,一起检查落实,一起考核奖惩;他们把精神文明建设的长远目标和为民办实事的近期工作结合起来,每年都办成几件看得见摸得着的实事,让群众从中受益;他们把精神文明建设渗透到经济建设、改革开放和社会发展之中,把两个文明建设拧在一起抓,党政领导一起抓。由此,我们联想到张家港坚持"一把手"抓两手的经验,在文登,坚持党政"两把手"一手抓,应当说是这一经验的新发展。

贴紧发展抓精神文明,使软的硬了起来,虚的实了起来;群众从精神文明建设中得到大大的实惠,亲身感受到文明的雨露阳光,参与精神文明创建活动的热情大大高涨;两个文明建设双翼齐飞。

立足服务——播撒文明种子　收获经济果实

事实与印象

在文登农村,提起53岁的市科协主任黄国永和他的"三大件",几乎无人不晓。他每年骑车下乡200多天,随身携带一个黑提包、一双胶鞋、一把剪刀,高山爬得上,泥水下得去,看见谁家果树管理、修剪不得法,随即召集群众到树下,一条一条讲解,一剪一剪示范。群众称他为"科技播种机"。

在文登,像黄国永这样忙于科技播种的何止万千。服务农业,服务农民,已成为上上下下的自觉行动。这个全国科技实力百强县、全国农业科技成果应用示范先进市,每年用于科技开发的投资达 2.5 亿元,8 个镇、55 个村分获省市科技普及先进镇、村称号。1997 年仅市科协和农业局等部门就举办各类科技大集 120 场,举办农业技术培训班、组织现场观摩 250 场次,推广农业科技新成果 35 项,增加农民收入 4800 万元。更为可贵的是,他们不断探索创造了多种多样传播科技和市场信息、带领农民致富的好形式。

1993 年早春,一夜大风把汪疃镇农民新建起的 64 个蔬菜大棚吹了个七零八落。镇党委、政府凑起 5 万元,资助菜农维修大棚。可万没想到,在给灾民送钱时遭到冷遇和白眼。一位老农眼看着 7000 元投入、3 个月的心血一夜间化为乌有,愤愤地说:"你们今天告诉俺种辣椒挣钱,明天又说栽葡萄发财,点子不少,管用的不多。"

大棚倒塌,问题出在照搬外地模式,大棚结构难以抵御当地季风。技术上的纰漏,暴露出思想上的问题。镇干部们认识到,喊破嗓子跑细腿、催收催种的领导和工作方式,已不适应市场经济的需要,难以令群众满意;农民一家一户小生产的分散性、盲目性、脆弱性决定,党委政府的工作必须贴近农民需要,通过具体有形、群众乐于接受的形式,做好引导、服务文章,让农民想干的都敢干、会干、能干。

想到就要做到。他们尝试将机关干部分出一半,以涉农站所为主体,干部集资 74 万元,从群众手里高价租赁 1388 亩荒地、老化果园、荒山,组建起 9 个示范服务基地。凡是农民想干不敢干,或是镇上有要求但农民一时接受不了的,都先在基地搞示范。如推广麦草催腐还田技术,基地首先实验示范,获得亩增 60 公斤的效果,然后组织农民观看。农民见此法简单又实用,很快接受,两年推广 2 万多亩。一些"老农技"连叹:这在以往是难以想象的。213 个蔬菜大棚、4000 多亩商品菜园、4500 多亩桑园是这样发展起来的,一个年出栏 300 万只的"山东省肉食鸡第一镇",也是这样发展起来的。各服务示范基地像磁场,吸引了远远近近的农民。谁想上种养项目,就到对口的基地,边干边学,实地演练,每天还得到 15 元报酬。乡亲们说:"如今农民真有福,拿着工资学技术。"

基地为农户提供产供销一条龙服务。畜牧养殖基地,外联鸡苗孵化厂和肉食鸡出口加工厂,内对养鸡户实行包建鸡舍、包购鸡苗、包供饲料、包技术指导、包防疫、包销售、包收款服务。养鸡户钱祝英因个人消毒不当致使千只鸡苗死亡,基地无偿送去 1200 只鸡苗和防疫药品,感动得她热泪盈眶。蔬菜、农技基地向农民承诺:由基地统一指导、销售的草莓,每公斤不低于 6 元,胡萝卜不低于 0.8 元,卖高了归农户,卖低了基地贴上。果业基地一下子与外贸部门签订 4 年合同,每年订购套袋苹果 200 万个,每公斤比同等不套袋苹果至少高出两元。基地为农户提供技术服务,随叫随到,去年夏天一个基地就接到 30 多次求助电话,技术人员都是连夜赶赴现场。

建设服务示范基地,传播市场知识,播撒科技火种,规避市场风险,实现了市场经济条件下小生产与大市场的对接,农民得到最大实惠。1997 年汪疃工农业总产值 18.3 亿元,农村经济总收入 10.8 亿元,分别是办基地前的 9.7 倍和 11 倍。如今,推广到全国的汪疃经验,在文登各地不仅开花结果,而且有了新的发展。高村镇机关干部工资入股,与群众联办股份合作社,把干群利益紧捆一起。口子镇 30 多名机关干部与村干部一道自筹资金,领办或创办服务实体,挣了钱归集体,赔了钱个人担,使 80% 的村干部不再吃群众提留,年减农民负担 200 多万元。北郊镇的机关干部包片住村进门,面对面帮助群众解决生产生活中遇到的困难……各地做法不一,目的相同:农民致富需要什么服务就提供什么服务。

在宋村镇,我们随农民一道看了段有线电视里播放的录像片:镇干部把蔬菜专家请进大棚,手把手教病虫防治,大到因果分析,小到农药勾兑细节,都清楚明白。镇领导说:什么是工作? 农民的需要就是我们的工作。目前,全市镇村干部牵头办起的服务基地、股份合作社有 458 个。在街头巷尾与农民谈起农村经济的快速发展,他们很自信:"这只是初步的。"他们说,经过镇干部几年的服务带动和自我实践,他们不再像前些年瞎碰乱撞。科技虽难却不是不可学,市场变化莫测却不是没规律可循。一句话,他们素质提高了,翅膀变硬了。

办基地,搞服务,也重塑了干部形象。在各镇基地,有镇领导干部,有刚毕业的大学生,有老同志,有女同志,有学有所长的技术人员,也有从头学起的"门外汉"。他们与学艺的农民白天一同喂鸡清粪、剪枝施肥、浇水打药、育苗种树、搬运货物,晚上总结实验结果,整理技术资料,同吃一锅饭、同睡木板、油毡、石棉瓦搭起的简陋棚。为摸清肉食鸡的生活习性,许多畜牧基地干部把铺盖卷搬进臭气熏天的鸡舍。汪疃镇的王华明,1992 年陪鸡睡了 213 夜,鸡舍低矮,抬不起头,他就跪着走、爬着行。长期恶劣环境影响,他染上过敏性哮喘,一年做了两次手术,仍难割舍基地情。在各镇机关、各服务基地,到处都听到这样动人的故事。看看黝黑的胳膊黝黑的脸,握握布满老茧粗糙的手,你分不清哪是干部哪是农民。他们中,一大批拿到"一专多能合格证",有的还应邀到国外传授种养技术。在农民眼里,他们不再是"官",而是致富的"领路人"、技术的"明白人"、解难的"热心人"。

经验与启示

文登市在抓精神文明建设过程中,首先摸准了农民的脉搏:在市场经济的波涛浪涌中,广大农民想"下海"却又不敢游泳或不会游泳;他们最厌烦的是你站在岸上指手画脚瞎指挥,最需要的是你身临其境真诚地引导、服务。

农民的需要就是第一工作目标。文登市的各级干部牢记党的宗旨,时时想着农民,事事为着农民。他们创办了各种示范服务基地,解决农民想干不敢干的问题;他们提供市场信息、技术咨询、产品销售等多种服务,解决农民想干不会干的问题;通过服务引导,让农民更新观念,开阔视野,学习科技知识,掌握致富本领,从而达到帮助农民致富、发展经济的目的。在这里,服务就是市场经济条件下领导农村工作的着力点,是转变政府职能和机关作风的突破点,是密切联系群众的结合点,更是发展经济和建设精神文明二者相互融汇、相互促进的最佳切入点。一个个服务示范基地,就是一个个孵化文明的温床;一个个进村入户的干部,就是一个个传播文明的使者。他们收获的,是丰硕的经济果实;他们带来的,是党心民心水乳交融的社会新风。

民主自治——农民自我管理 创建安定祥和社区

事实与印象

在文登,每到一村都会发现,一块块"安全文明小区"的标牌十分醒目;听农民聊天,常有"咱区如何""俺区咋样"之语,大家对"小区"表现出异乎寻常的热情。这是该市动员、鼓励农民参与农村社会事务管理的有益探索。许多村民说:"有了小区,外出放心,下地安心,四邻相亲,在家舒心。"

地处昆嵛山区的晒字镇,山水秀美,盛产优质石材,每年12万游客和3500名外来打工人员,加剧了管理压力,治安刑事案件不断。1993年10月,桃花岘村相连5户同时被盗,财物遭洗劫,一时间人心惶惶。针对村民居住分散的特点,村里尝试以街道为单位,按"十户一联"的原则划分32个治安责任小区,每小区由村民自主选出信得过的"区长",区长组织各户轮流"坐庄",看门望锁,联防联治,共保安全。这一把群众组织起来自我管理的方法,从根本上改变了实行家庭联产承包责任制后村对户缺乏有效管理机制的状况,社会治安明显好转,引起市委高度重视。他们先在晒字镇试点,把治安责任小区发展成为安全文明责任小区,使其作用向组织管理农民、稳定基层政权、推动两个文明建设延伸。试点经验推开,全市很快建起 6405 个安全文明小区。

安全文明小区管理,吸纳了村民档案管理、评"三户"活动、"党员联户"和"家庭细胞工程"等项目,囊括了治安防范、联户学习、帮教工作、调解纠纷、防火防灾、计划生育等共 11 项内容,每项都有工作规范、具体标准。过去这些很难抓透到户、到人的工作,有了村民自主选举的区长,情况大不相同。由于他们熟悉本区的情况,了解邻里纠纷、家庭矛盾的来龙去脉,加之群众信任,处理起来得心应手。小区长任期为一年,村与小区长签订目标责任书,把具体责任通过小区长分解到每户、每个人头上。小区各项工作达标,村里发给小区长 400—700 元奖金;小区长连选连任,本区工作连续两年达标,小区长养老保险补助高出村民10%—20%,本小区村民减免 5—10 个义务工,小区工作记入村民档案。

共同的利益、共同的荣誉,使在一家一户的生产方式影响下交往锐减的村民亲密起来,淡漠了的集体主义思想重新得到强化。小区人常说:"咱区不应比别的区差","一户没有富是咱大家的责任","有难不帮,咋还叫一个区!"组织起来学政策、学法律、学科技,成为各小区的自觉行动;凑在一起娱乐、比赛,成为小区之间频繁的事情;携起手来斗邪恶、闯市场,成为文登农村一道壮观的风景。许多过去单纯依靠行政手段推动的工作,变成了干部群众的整体联动。1996 年"严打",全市农村小区居民协助公安机关抓获各类违法犯罪分子 162 名。有些案犯逞凶,小区居民挺身制止一呼百应。岗子后村年过七旬的于文江老汉说:"过去见了坏人不是不想管,而是怕吃亏;有了小区,人心齐了,胆气也壮了。"开真观村小区长韩树国得知开通连村路、整修中心大街,组织本区 12 名群众义务劳动,其他 7 个小区不甘落后,纷纷出工出力,改造村路、街道 4000 多米,为集体节资 5 万多元。

安全文明小区建设,只是文登农村加强民主政治建设,治村安民,引导农民自我教育、自我管理,促进安定团结、文明进步的形式之一。在文登,每个村都建有财务、政务公开栏,内容涉及村集体投资事项、宅基地审批、粮油征购、承包合同、救济款发放、计生指标分配、集体经济收支、"三提五统"及水电费收支、执行开支审批和专项审计情况等内容。每个村都实行村民议事制度,由群众推选村民代表组成议事小组,每季度至少召开一次例会,参与村务管理,评议村干部。村财务实行镇村双管,每月审核登记,每张单据有村负责人、经手人、村民民主理财小组、镇经管站审计,"四章"俱全才能入账。在米山镇,听到这样两件事。黑石屯村"两委"年初准备重修办公室和文化大院,群众代表在民主理财会上提出,办公室虽旧,但还可以再用几年,而村子由于靠近水库,夏季井水经常倒灌,应先安装自来水,"两委"当即采纳。今年3月,山后村电工为修理线路,一次购买5条招待烟,理财小组认为与实际不符,决定只承认其中的一条烟款,其余160元由各人负担。

民主公开,还政于民,有效地理顺了农民情绪,融洽了村民关系,防止和化解了干群矛盾,许多曾令基层干部头痛的"老大难"工作不再难。全市连续9年无集体进京到省上访,重大刑事案件发案率和犯罪率连年下降,去年仅为万分之二和万分之一点九,成为全省社会治安状况最好的地区之一。干部腾出精力想大事,村民一门心思忙发展,全市上下同欲,政通人和。致富后的农民,铺路修桥、助教、助贫、助弱、助残,蔚成风气,区区有感人的场面,村村有动人的故事。郭格村村东抱龙河桥多年失修,每到雨季,车辆行人需绕行10公里。村民主理财小组建议修座大桥,群众积极响应。集体出资10万元,群众数额不等、自愿捐献16万元,一座长80米、宽8米的大桥很快建成通车。宋村镇曲疃庄村中间一座小山因搞建设被从中间劈开,乱石嶙峋,极不美观,老石匠林治德投资30万元,自己设计,自己施工,依势建起有亭有台、桥连双峰、曲径通幽的乡村公园。面对远远近近慕名前来游览的群众的称赞,林治德只有一句话:"没啥,咱是石匠。"不是知情者相告,我们怎么也不会想到,总投资1100万元、被列为文登精神文明建设对外开放窗口的宋村中学,镇区中心占地2万平方米的回龙公园,所用大理石材,都是这位质朴憨厚的石匠捐助的。采访中我们发现,在每一村的村务公开栏上,都张贴着村民捐助抗洪救灾的红榜。当地干部告知,根本没有发动,全是大伙自发的。

经验与启示

改革开放20年,农民在获得了经济自主权以后,又经过市场经济的洗礼,政治上要求民主、平等的意识越来越强烈,参政议政的意识越来越强烈。有些干部漠视或适应不了这种变化,至今还是家长作风、老爷作风,凡事自己说了算,动辄训人,甚至搞强迫命令,致使这些地方干群关系紧张,造成了工作的诸多被动。

文登市的领导却能因势而为。他们首先摆正自己公仆的位置,及时改变工作方法和工作作风,顺应民意,实行村务公开、民主监督,创建安全文明小区,动员农民参与农村事务的管理,还权于民。由于农民大事小事心里清清楚楚,很多矛盾、问题通过民主协商在基层得到解决,群众心气顺畅,干群关系融洽。同时,农民在实行自治、参与管理的过程中,还达到了自我约束、自我教育、自我提高的目的。

可以这样说,农民政治素质的提高和农村工作民主化、法制化的实现,是农村社会稳定、长治久安的基石。

精选载体——群众广泛参与　营造文明向上风气

事实与印象

茶余饭后,读书看报,以往被认为是城里人的享受。如今,在文登农村,握惯了锄把摇惯了橹的农民,劳作之余,也捧起了书本,字里行间寻富路,油墨香中找乐趣。全市农村藏书超过 5000 册的图书馆有 40 个,藏书 500 册以上的图书室有 426 个,总藏书量达 220 万册,人手 3 册。威海市评选十大藏书家,文登独占一半。

读书热起于泽库镇。泽库镇三面环海,半数以上劳动力从事海上作业。有了钱,有了"闲",许多沉渣泛起,腐蚀着人们思想也危害社会稳定。镇党委、政府办法没少想,但就是按下葫芦又浮起瓢。怎么办? 他们进村入户,问计于民。发现不少致富家庭添置了精美的书架,购书订报;姚家村 73 岁的王相田家藏书 1.2 万册,吸聚大批青年学书法、学日语、学科技。镇领导心头一亮:农民藏书读书,反映了文化意识的觉醒,如果服务跟上,加以引导,必受欢迎。一个"少抽一盒好烟,少喝一瓶好酒,多买一本好书,多学一点科学文化知识"的群众性精神文明创建活动迅速展开。镇党委、政府筹资百万元,改造了藏书 7000 余册的镇图书室,建起存书 8000 册和 1 万册的两个书店,对村和企业的图书室、阅览室建设提出明确要求。同时,鼓励个人购书,要求有条件的家庭有一个书柜、100 册图书、3 种报刊,达到标准的,购书款项集体负担 20%。活动得到村、企业、农户的热烈响应,藏书 200 册以上的农户很快达到 17%。

读书活动效果怎样? 是否会流于形式? 路过西泊村,我们看了藏书 6000 册的图书室。图书室全天开放,信手抽出几打借书证,发现每个都有一长串借书记录,管理员告知,已接待借阅群众 5180 多人次,图书利用率不低。泽库镇有 12 家渔业公司,800 多条渔船,过去每个航次回来,卸完鱼货带回船上的,除去吃穿就是扑克、麻将;如今一个航次下来,先列好下个航次的读书计划交给图书管理员,每次出航关心的是否带上了自己所需的图书。书籍已成为他们单调枯燥的海上生活不可缺少的一部分。为满足需要,每个渔业公司图书室都建立渔船专用图书箱,每箱50册,每个航次一更换。为避免图书室低水平重复建设,充分利用全镇图书资源,镇党委协调各图书室开展"读来读去"图书交流活动,使每本书能为全镇读者所共享。据粗略统计,自开展送书上船头活动以来,海上图书流转累计达12万多册,渔民人均海上读书33册。

读书活动与文登农村广泛开展的以进行爱国主义、集体主义和社会主义教育为内容的"爱我中华、爱我文登"系列竞赛活动,参观天福山起义纪念馆等十大爱国主义教育基地活动,规模宏大的成人宣誓仪式和栽植成人树、给父母、老师写一封信活动,和以"三德"等教育为核心的评"三户""十佳文明户""十佳市民""好媳妇""好婆婆""好妯娌",在乡镇企业开展的"双爱双评""创建四好"等活动一样,群众热情高,实际效果好,历久不衰,常抓常新。究其原因,归结到一点就是因地制宜,遵从民愿。市委"一班人"认为,人民群众是精神文明建设的主体,设计群众性创建活动,必须始终把对群众有没有吸引力、群众愿不愿参与、愿不愿接受作为重要依据。群众喜欢、对群众有益的就积极干,再大的投入也不惜;群众不接受、不欢迎的,决不勉强。享誉全省的"十星级文明户"评选、文化大院建设等,就是在这种氛围下产生,而后走向全市、全省的。全市镇村"各有打法",丰富多彩、生动活泼的局面,就是这样形成的。

文化大院建设发端于高村镇。这里各村能拉会唱、喜好文体活动的人多,逢年过节有舞灯唱戏的传统。实行生产责任制后,随着口袋渐鼓,封建迷信、聚众赌博等活动死灰复燃,采取包括"严打"在内的多种措施治理,收效不大。镇党委几经探索,决定把建设农村文化大院作为开展丰富多彩群众文化活动的突破口,通过开展健康文化活动,抵御消弭不良文化的影响。30个条件较好的村率先建起拥有"五室二校一场"(体育活动室、游戏娱乐室、图书阅览室、电化教育室、文艺活动室、农民夜校、人口学校和篮球场)的规范化文化大院,16个条件较差的村也从实际出发,建起了农民俱乐部。

面对电视机、收录机普及,现代娱乐手段频频翻新,以自娱自乐为主的文化大院能否把眼界增高的农民尤其是年轻人吸引过来?起初镇干部对此不无疑虑。他们很快发现,现代化的娱乐手段和工具,并不能代替人们自娱自乐的感情宣泄。汤西村房秀兰组建起业余剧团,排练出《双玉婵》《墙头记》等四台大戏,挨村演出,各村都锣鼓相迎。高村78岁的周述堂开办家庭京剧沙龙,培养了大批文艺骨干。每天晚上,人们聚集文化大院,看戏跳舞,打球下棋,吹拉弹唱,热闹非凡。汤西村50多岁的周坤宁夫妇说:"过去一听到麻将响,手就痒痒;现在一听到胡琴响,嗓子就痒痒。"莲花村的群众说:"天天在家看彩电,心里还是空得慌;文化大院一唱一乐,天天像过年。"

在自娱自乐的同时,各村逐渐突出文化大院的教育功能。反映计划生育、婆媳关系、邻里关系、赡养老人等内容的节目被搬上舞台。凤台村十几位老人自发组织起来,为文明户一一编写唱词,大年初一挨家唱,家家鞭炮相迎。中邢家村30多人的老太太秧歌队,将不良现象编成节目,在本村、邻村和集市演出,一些不讲公德的人硬是让她们唱得不敢再发邪。文化大院成为农民学科技、学法律、学文化的课堂,成为议事论政、沟通干群关系的桥梁。村干部们说,有了文化大院,上下左右交流多了,人心齐了,办些公益事业、集体项目不再难了。

经验与启示

群众广泛参与,是搞好精神文明建设的基础;农村精神文明建设的成败,取决于农民群众参与程度的高低。文登农村精神文明建设的成功之处,就在于他们精心设计各种创建活动,作为精神文明建设的载体,不拘一格,形式多样,农民喜闻乐见,有效地调动了群众参与的积极性,使上上下下、村村户户都动了起来。之所以能做到这一点,是因为他们坚持了一切从实际出发、因地制宜的原则。首先是提出任务因地制宜:全市农村精神文明建设既有统一部署、统一要求,又坚持从各镇实际出发,分层次制定不同标准,分类指导;再就是具体做法因地制宜:"各庄有各庄的打法",各地有各地的高招,这样,就充分调动了基层干部的积极性,尊重了人民群众的意愿和喜好,鼓励了他们的创新精神,使文登农村精神文明创建活动出现了百花争艳、万紫千红的喜人局面。广大农民正是在参与这些活动中,在这样一种环境和氛围中,自娱自乐,既陶冶了情操,又受到了文化科技、道德法制等方面的教育。

文登经验对解决精神文明建设中时常出现的"大呼隆""一刀切""雨过地皮湿"等等弊端,具有很强的针对性。

(《大众日报》1998年10月12日,作品获山东省精品工程奖)

细雨润物

——看宁津县红庙李村怎样做思想政治工作

德州市宁津县有个红庙李村,村不大,名气不小。近两年,中央和省里领导经常来视察,各大新闻媒体竞相报道。为的啥?就为这里的民主政治建设和思想教育工作做到了家:10年来,这个村没一例计划外生育,没出现一次上访,没发生一次刑事案件,没欠国家一斤公粮一分钱,干群关系亲如一家……农村的七难八难,在这里并不难。

一位中央领导同志在考察了红庙李的工作后感慨地说:"工作能做到这种程度,非一日之功啊!"

是啊,就像细雨润物一样,发生在红庙李的一桩桩一件件事情,看似平凡无奇,却潜移默化地改变着这个村,改变着村民的素质,更昭示了新形势下农村民主政治建设和思想教育工作的一种新思路。

村　会

人都说红庙李的会多。这不,1月4日,我们到红庙李采访的第二天晚上,就赶上村里开会了。村会议室里,支部委员李树德正向村民代表公布彩砖厂经营情况:"年前生产了两个多月,共打砖143156块,卖出去82184块,其中给了钱的50200块……"

"彩砖厂的账目,我们民主理财小组已经查了,没有问题。过两天账目上墙后,大伙就更明白了。"待李树德报完账,村民主理财小组组长李清福首先站起来发言。1月2日,他和4名组员对彩砖厂账目进行审查。两个小时过去了,500多张单据在每个人手中传递了三遍,没发现丁点儿问题。

彩砖厂投产只5个月,生产时间不足3个月,可李清福竟4次参与进来:一次查账,3次参加会议。"俺村的砖,该叫'民主砖'。"他说。

为什么不厌其烦地开会?已当了10年村支书的张国华琢磨透了当前农村的实情和农民的心思:农民最盼的是致富,盯着的是财务,想参与的是村务。上任伊始,他就提出"决策讲民主,办事重民意"和"谋靠共识,行靠合力"的治村之道。村里每遇大事、难事、麻烦事,就开村民代表会和全体村民会,交给大伙公议、公决。

就说上彩砖厂这个项目吧,村里就开了三次会。

这几年,村里有了积累,张国华就思谋着再上个项目,多次考察论证,村"两委"反复讨论,提出上城建用彩砖厂的意向。

去年5月15日,102名村代表被召集起来,开会研究彩砖项目。

"这个项目好,投资少,有市场,挣钱稳当,合咱村的实情。"

"项目倒不孬,关键还得管好。"

"咱村的家底还不厚实,上这个项目,万一打了水漂怎么办?"

大家七嘴八舌,一时难以拍板定音。

"不要紧,大家会后再合计合计,也可以出去了解了解情况,咱们下次开会再议。"张国华不急不躁。

6月5日,村民代表又一次开会。这一次,大家一致同意上彩砖厂,并就厂址选在哪、如何用工、怎样管理和销售纷纷发表意见。最后,还投票选举出厂长。

接着向全体村民通报情况。此后不到一个月,彩砖厂就投产见了效益。

像上彩砖厂一样,这几年红庙李办的几件大事,像拓宽街道、架电、打井、通自来水、上大棚菜等等,件件都要经过村民开会研究决定。决定了的,准是一呼百应。

"这开会,看起来麻烦,其实是个很好的集思广益的过程,也是干部群众交心的过程,更是提高农民觉悟和素质的过程。"张国华分析起来头头是道,颇有心得。

村　规

"在红庙李,什么最有约束力?"

"《村民自治章程》。"

"村里什么活动最有吸引力?"

"十星级文明户评比。"

这是去年底,德州市一个部门深入红庙李村45个农户调查得到的答案。

上符合法律、下适合村情的《村民自治章程》,共8章88条,是红庙李村民李树庆与4位农民一起,广纳众议,殚精竭虑,几易其稿草成,并经全体村民反复讨论修改,一致举手通过的;而照章办事,服从公论,则是红庙李人自我教育、自我管理、自我约束的自觉意识和行动。

1998年秋,村里筹划在村中修建三纵两横柏油路,村民一听乐了。年近七旬的杨翠英老人编了个名为《说句老实话》的快板,在村里演节目时,挤到台上唱起来:

"红庙李,要变样,公路修在村中央/通到乡,通到县,通到北京国务院/说上一句老实话,俺夜里做梦也喜欢……"

后来,杨翠英喜欢不起来了:按照规划,她家两间砖房、3间土坯房需拆迁。老人在这房里住了大半辈子,两房儿媳妇都是在这儿娶来的。听说要搬家,她偷偷落起泪来,还编了段快板讽刺挖苦村里。

张国华听说后,对村干部说:"掏个鸟窝,小鸟还喳喳呢,何况人家要拆5间房子。关于拆迁,咱村里有章程,公议吧。"

不等公议,这天晚上,杨的老伴李连生就做起她的工作来,"章程里对村庄规划咋要求?""统一规划,服从安排。""十星户标准中第二星是什么?""服从公议,执行决议。""通过村里的章程和公议修建道路时你都举了胳膊,咱也正争着当十星级文明户,到事上你咋就想不通呢?"

老两口对了一夜话,杨翠英终于想通了。1998年春节,她又编了一段快板,在村里演节目时凑热闹:"修了路,立了集,路通人和搞经济/为修道路俺搬了家,思来想去觉得值……"

村　戏

"奶奶,听说您被编进小戏里去了,咱看看去。"1999年农历正月十五,李秀坤老人的孙女进门就喊。"瞎说,我有啥可编的?"奶奶不信。"咱看看不就知道了。"

老人被孙女拉到村广场上。一阵紧锣密鼓之后,演出开始。节目丰富多彩,都是村文艺队自编自演的。

"现在演出小品《红庙李的喜事》,反映咱村老年人再婚的真人真事。"听报幕员这么一说,老人心里不禁"咯噔"一下。

村委会主任李玉英演独身老妇,村干部迟金萍演村小组长,还有两人分别扮男女老人的儿女。生动的台词,幽默的表演,逗得人嘿嘿直乐。

"我们演得像不像?"待演完节目,李玉英问李秀坤。"像,像。"老人边说边抹眼泪。小品主角的原型就是李秀坤,故事取材于她与单身老汉李树仁再婚的那档子事。

1995 年,李秀坤老伴去世,唯一的女儿又远在大庆市工作。1996 年秋,女儿怕老人孤单,要接娘去大庆生活。

正当老人要离开的时候,媒人李树俊出现了。李树俊是受李树仁 4 个儿女之托前来说媒的。经过一番撮合,两位老人于 1996 年秋登记结婚。

"唾沫星子淹死人啊。"老人再婚,引来一些风言风语。

"咱编个节目,表扬新人新事新风尚,批评一下陈规陋习老脑筋。"李玉英有了这个想法后,把编剧任务交给迟金萍,自己报名扮演主角。小品连演几场,风言风语没有了,村里又有两对独身老人喜结良缘。

"过好日子做好人"是红庙李人经常挂在嘴边的一句话,它是怎样深入人心的呢? 靠的就是这种群众喜闻乐见、寓教于乐的活动。

红庙李早在 1990 年就成立由 20 多人参加的文艺宣传队。他们演身边人,唱身边事,自编自演,自娱自乐,先后编演了 80 多个节目。为倡导生男生女都一样,他们编出了《三亲家》;为鼓励争当十星户,表演了《唱十星》;中央公开揭批"法轮功"后,则立即编出了《声讨邪教批法轮》……他们的节目,不仅在村里演在县里市里演,还进了京,上了中央电视台哩。

演节目的,大多是村计生协会的人,而计生协会,则是农民自我教育、自我管理的众多群众组织之一。118 名计生协会成员有声有色搞活动,进家入户做工作,不仅攻克了计划生育这个"天下第一难",而且把活动触角伸向其他领域。

在"法轮功"猖獗的时候,红庙李村却没有一人练过"法轮功"。这里风清月明,正气充盈,人心向上,歪门邪道自然没了立足之地。

村　魂

1 月 8 日晚,103 名村民代表涌进村会议室。他们今天来这里有一个神圣任务:民主测评村干部。

"请大家对每个村干部年度工作,进行客观评价,赞成的画'○',不赞成打'×'。"

无记名的测评卷收上来了,张国华得了 103 个又圆又大的"○",其余 4 名村干部也总共只得了 9 个"×"。

"听说市委书记来红庙李参加'面对面'评议村干部时,您激动得哭了,有这回事吗?"有人问 72 岁的农民李合基。"有。咱服村干部啊! 人家透明,人家干净,人家心正⋯⋯"说着,老人眼圈又红了。

张国华常对村干部们说,群众选咱在这个位置上,咱就得一心一意为群众办事,不能沾半点"私"字。要献给群众一颗火热的心,亮给群众一双干净的手。

从红庙李的发展上,可以看出干部火热的心。这两年,红庙李村打了 33 眼深机井,修了 3000 平方米的村中路,生活用上自来水,村内村外都安了电,村里立了集市,集体发展起 3 个新项目⋯⋯"村里的经济'肥'了,咱们的干部瘦了。"不少人这样说。

从红庙李的账目上,可以发现干部干净的手。公布去年的招待费,数字少得使人吃惊:1250.42 元。难怪村民李志勇说:"村里真抠。这点钱,还抵不上俺家一年的待客费呢!"李玉英最了解招待费少的秘密:张国华一年 10 次外出跑项目,没向村里报销一分钱;而李玉英一年吃的村里唯一一顿饭,是 4 角钱的馒头加 1 角 5 分钱的咸菜。

张国华律己之严,确实让人不能不服:他个人抽烟,村里就没了"招待烟"一说,公事私事,他都掏自己的烟"敬";老叔家的牲口啃了人家地里的麦苗,他照罚 20 元钱,不过是他代交的;一年春天,张国华出差为集体办事,村干部见他家没劳力,就用村里的电机帮着浇了 3 亩麦田。张国华知道后,批评了村干部,如数补交 19 元钱的浇地费。

这样做,有人觉得有点过,张国华却有他的道理:村干部天天和群众一个锅里摸勺子,你的一言一行群众都看得一清二楚。咱上不能给党抹黑,下得让大伙服气,就得行得正,立得直。这样你说话才管用,才有凝聚力、号召力。

确实,正是靠张国华他们的一身正气,靠他们身体力行党的宗旨,党的形象在红庙李高大起来了,人心也凝聚起来了。红庙李这个过去打架赌博偷盗成风、党组织近乎瘫痪的"三类"村,才一变成为全省、全国的先进!

(《大众日报》2000 年 1 月 31 日,作品获山东新闻奖二等奖)

营造"洼地"

——开放搞活看德州(上)

编者按:德州市这几年经济发展速度快、后劲足,干部群众精神状态好、人气旺。之所以形成这样的局面,关键是全市上下对"三个代表"重要思想理解得透、落实得好,能敏锐把握市场经济的规律和先进生产力的发展要求,找准中央精神、省委省政府工作要求与德州实际的最佳结合点,解放思想,齐心协力,以强烈的责任感、使命感和只争朝夕的精神扭住发展不放松,创造性地开展工作,做好了创造良好发展环境、创造能够使人才脱颖而出的机制两篇大文章。在区域经济竞争空前激烈的今天,在加快发展这个问题上,全省每一个地方都应该有一种迫在眉睫的紧迫感、如临深渊的危机感和重任在肩的压力感。德州能做到的,其他地方也一定能做到。

金秋九月,穿行在一马平川的德州平原,到处塔吊林立,热火朝天的建设场面让人满目生辉;走庆云,访乐陵,观齐河,看武城……12个县市区处处有亮点,个个有高招,加快发展的劲头、开拓创新的胆识,令人心潮激荡。

数字尽管枯燥,但它让人信服地勾勒出德州人中流击水、弄潮市场的骄人业绩:"九五"5年,全市经济总量比"八五"末翻了一番;地方财政收入增长3.8倍。今年1—8月,限额以上工业销售收入、利税同比分别增长24%、16.5%,地方财政收入增长23.8%。

市场经济就是这么神奇。它像一个魔方,既惊涛拍岸,无情地淘汰着一个又一个观念僵化、思维保守的弱者;又大浪淘沙,成就着一个个有胆有识、与时俱进的时代骄子,创造着一个又一个让人难以置信的发展奇迹。

思想解放是条射线,只有起点没有终点。
发展无止境,思想解放亦无止境

时至今日,德州人谈到4年前那一幕仍感慨不已。

当时的齐河板纸厂,建了七八年,投了数亿元,设备一天没转、效益一分没见,却出了一大批干部。面对这个烫手"山芋",谁也无奈其何,但一听要让外地的晨鸣集团租赁经营,种种非议便扑面而来,"自己千辛万苦建起来的企业白白送给外人赚钱,简直是丧权辱国的败家子行径"。

决不能坐而论道贻误战机,看准了就要敢闯、敢试、敢冒、敢干。市、县领导意志坚定,不为各种评论、毁谤所动:"在干中统一思想,让事实说服不同意见,往往更能奏效。"没过3个月,板纸厂全面启动,上千名职工重新上岗,当年上缴税金1000万元。这几年晨鸣每年上交给齐河的税金都在2000万元以上。

经济的每一次腾飞,总是以思想解放和观念变革为先导。齐河板纸厂的变迁,正是这几年德州以思想解放促经济发展的一个缩影。

思想解放是条射线,只有起点没有终点。如果说前几年德州解放思想,首当其冲破除的是人们的自我封闭意识和无所作为情绪;那么近两年集中破除的,则是人们的夜郎自大、小成即满、小富即安意识。

"就是与苏州所属县级市昆山比,我们合同利用外资仅是人家的6%;全市多数县市区国内生产总值、地方财政收入、工业利税和农民人均纯收入列全省70名之后。"德州市领导每谈及此,总有一种坐不住的感觉。

"越是欠发达地区,越要转变观念,争当先进生产力的代表,扭住发展不放松。争取人家努力我们劲头更足些,人家增长我们速度更快些,人家提高我们幅度更大些!"大会小会上,市领导总是用这样的话为各级干部打气鼓劲。

在德州采访,与上上下下交谈,从党政领导到机关干部,从厂长经理到农村基层班子,都能感受到一种透骨入髓的忧患意识和紧迫感,都有一股子箭在弦上、分秒必争的热情和干劲。

"兴盛起于忧患。"正是这种无处不在的忧患意识和危机感,搅得各级干部寝食不安,坐卧难宁。

为加快发展,德州市领导星夜兼程,大年三十赶到全国最大的羽绒服生产厂家——江苏康博集团,谈完项目返回德州已是初一凌晨;德州经济开发区跑部进省,不到三天就帮康博拿到土地使用证,终于使这个投资5亿元、创造就业机会1万余个的波司登羽绒服项目落户德州。

为了投资2.98亿元的板纸扩建项目落户齐河,县委书记袁秀和去年腊月二十七走马上任,二十八便赶赴寿光,与晨鸣集团领导一块吃年夜饭。正月初八一上班,袁秀和听说晨鸣因齐河领导班子变动而扩建决心有所动摇,又连夜冒雪赶到寿光,向晨鸣董事长重申:齐河领导班子变动,但原定优惠政策不变,支持晨鸣扩建的决心不变。为使项目早日开工,县里在财政极度紧张的情况下,千方百计筹集配套资金4000万元,以实际行动确保了今年"五一"项目如期开工……

这些比比皆是的事例背后,一种"齐心协力抓经济、千军万马谋发展"的浓厚氛围已在德州蔚然成风。今年头8个月,全市新上超亿元项目39个,总投资150亿元,今明两年建成投产,年增加产值140亿元、财政收入7亿元。

思想解放的闸门一旦打开,潜藏的活力喷薄而出。

德州工业基础差,财力有限,那就充分发挥机关干部、大中专学生、个体业户、下岗职工、农村能人"五股力量"的带动作用,放手放胆启动民资民力,让民营经济在竞争性领域无所不在,把潜藏在群众中的生产力释放出来。短短几年时间,德州民营经济异军突起,仅今年头8个月就完成固定资产投入73.3亿元,上缴税金4.8亿元,占市级地方财政收入的45%、县级的60%、乡级的80%;分流安置农村剩余劳动力的60%、下岗职工的60%、城镇待业青年的70%。

找准市场经济条件下政府的角色定位,把束缚在"条条块块"里的生产力解放出来

市场经济条件下,政府的角色怎样扮演?怎样才能在区域竞争中找准定位,再造竞争新优势?这是德州市的决策者一直苦苦思索的大问题。

曾在邻省某市投了四五百万元的朱老板,由于土地纠纷,厂子四五年不能投产,一气之下把设备搬到了德州。

一位在德州投资过亿元、最近又决定增资2.9亿元的外地客商说:"在我们那里3个月才能办下来的各种手续,在这里许诺3天办出,3天真办出来了!跟这样的政府打交道我们放心!"

德州市的领导说,市场经济是信用经济、效率经济。有限管理和无限服务,是市场经济对政府提出的必然要求。言而无信,效率低下,招商时说得天花乱坠,钱一投下就高高在上,推诿扯皮,只能是自蹈死路。他们清醒地认识到:入世在即,冲击最大的不是企业,而是政府。谁能找准自己的定位,尽快与国际惯例接轨,谁就能掌握竞争的主动权;谁墨守成规,紧抱着手中的小权小利不放,谁就会沦为区域经济发展的罪人。

为了提高政府的办事效率、服务意识和诚信能力,"把束缚在干部口袋里的生产力解放出来",德州对种种与生产力发展不相适应的观念、做法和体制进行

了大刀阔斧的清理根除,将政府改革的目标明确定位为建立精干高效的哑铃型政府。

计划经济遗留下来的许多关关卡卡、条条框框已严重束缚生产力发展。市里果断撤并纺织、建材等6个工业局,将人员由原来的483名压缩为58名,成为市经贸委下设的行业管理办公室,明确规定行业办公室不再直接管理企业。砍掉50%的行政审批项目;实行首问负责制,建立机关办事限时服务、部门承诺和"下评上"制度;设立外商服务投诉中心、"一门式服务大厅",有关部门联合办公;对重点工作分解立项,逐级落实责任,强化检查督促。

以往整天价治理"三乱",上上下下花的气力都不小,但越治名目越多,越治企业负担越重。关键是庙穷和尚多,都想有饭吃、找事干。德州在全省率先完成乡镇规模调整,乡镇数量由原来的198个减并为125个,分流人员40%以上,年减少财政支出4000余万元。武城县2700多名干部走出机关轮岗,550名靠收费养活的临时工被辞退。过去有45名机关人员、靠收费过日子的县乡镇企业局,去年34人走出机关办实体,当年仅缴税就达80万元;人员减少,经费宽裕,收费"职能"自然摒弃。

改革是一次重塑自我的难得机遇,谁认识得早,步子大,谁就得益多,发展快。为了从体制上提高办事效率、强化服务意识,德州经济开发区管委会实行新区新体制,入区项目已达160个,总投资41.5亿元,但管委会24个正式编制至今还空着4个;打破铁饭碗,实行"雇员制","今天工作不努力,明天努力找工作",建区3年已有3名管理人员因客商投诉被坚决除名,而开发区的财政收入却增长了10倍。

区域间的竞争越来越向环境竞争演化,
只有像经营品牌一样经营环境,才能再造竞争新优势

庆云县是地地道道的"老少边贫",1995年25项经济指标全省倒数第一。但从1998年起,该县以优化环境为切入口,响亮地提出"借鉴温州模式,创建内陆特区"。向外来客商郑重承诺:"进了庆云门,就是庆云人;进了庆云县,事事都好办";"宁让当地人吃气,不让外地人吃亏",在一个个相对封闭的范围内营造出比大城市还要好的"小气候"。短短3年培植起一个年交易额30亿元、以小商品城为主体的市场群。一位温州客商说:"我们温州人就像候鸟,鼻子灵着呢!庆云有买全国卖全国的大市场,人流、物流、投资环境一点不比大城市差,我

们的资金自然要流向这里。"

金秋九月,记者到庆云采访,投资1280万元的宝艺服装批发商城又在眼前拔地而起,项目投资、摊位招商全由投资商包揽。农民出身的商城负责人说不出多少漂亮话,但普普通通的话语仍让人震撼不已:"这里收费少,领导拿我们当人看!"可不是么,"以前在别的地方做生意,遇上个难事别说县领导,连乡镇长都见不上,一上门就是收费,小小科员都得当爷供。现在可好,有事打个电话,县领导立马就到,问寒问暖,成天价让人心里热乎乎的!这不,连专门为我排忧解难的局长都给配上了。"

德州人金贵环境,是因为饱尝过苦头。

在武城采访,县领导向记者讲了这样一个故事。前几年名目繁多的乱收费吓跑了25个玻璃钢经营大户。回头一算,这25户年缴费不过20万元,贡献的税收却在200万元以上。

"1元费吓跑10元税!"这个教训发人深省。"绝不能富了'局长'瘦了'县长'",为了个别部门的短期利益牺牲全县人民的长远利益。县里果断取消35个部门的全部收费项目;今年全县有8个部门负责人因为乱收费被严厉处分;企业进驻民营科技园实行"扎口管理","有税无费"。吓走的25个经营大户又回来了。今年头8月全县民营经济完成销售收入37.4亿元,增长38%;上缴税金6100万元,增长63%。

在市场机制日趋完善、靠减免税等优惠政策吸引客商的路子已被堵死的今天,区域间的竞争越来越演化成环境的竞争。"环境不仅是经济发展的外在条件,而且已演化为经济发展的内在要素";"环境不好,外商必跑";"有一天人们提到德州的环境就像提到'海尔',还愁资金、人才流不到德州?"德州人以自己对新形势下市场变化趋势的超前洞察和睿智判断,齐心协力做足环境文章,在更大范围内配置资源,营造集聚人流、物流、资金流的"洼地"。

这几年全市上下叫响了"投资者是上帝,引资者是功臣,机关干部是公仆,破坏环境是罪人"的口号;明确提出:"三乱(乱收费、乱摊派、乱罚款)是条高压线,谁碰谁触电";"德州最大的优势是环境";"要像经营品牌一样经营环境,像保护眼睛一样保护环境"。大力削减收费项目,降低收费标准,严格控制各类检查验收达标活动,完善持证收费、挂牌保护、举报奖励制度,年减少各种名目的收费2亿多元。2亿多元,对财政并不宽裕的德州来说难度和阻力可想而知。但为了长远发展,决策者们还是痛下决心忍痛割爱。

　　曾被"三乱"吓跑了的浙江金华茶商又回来了。今年他们在德州经济开发区投资 5000 万元建起"金华茶城",开业当月交易额就突破 1 亿元。金华茶叶协会会长郭茂盛动情地告诉记者:"茶城建设正值春寒料峭,开发区公安分局每天派人昼夜巡逻,管委会'一把手'每天上班前和下班后都要过来看看。从年初开工至今,我们这四五百名腰缠万贯的茶商,没丢过一分钱东西,没见一个人上门找麻烦。"

(《大众日报》2001 年 10 月 12 日)

人立德兴

——开放搞活看德州(下)

在德州采访,一个又一个的谜萦绕心头,浓得化不开,吸引着你不由自主要探个究竟。

都说德州人才匮缺,但近两年民营经济异军突起,占据了全市经济的半壁江山。这一批批活跃在经济主战场、虎虎有生气的民营企业家,到底是从哪里冒出来的? 这几年市场竞争空前激烈,"城头变幻大王旗",多少个曾经名噪一时的乡镇企业家顷刻间折戟沉沙、风光不再。但在德州,苏寿堂、宋国强、孙忠义、卞志良、刘锡潜等一大批 20 世纪 80 年代就已业绩显赫的乡镇企业家,至今依然叱咤市场、运筹帷幄。这样的现象难道也是偶然? 都说国有企业产权不清、活力不足、社会负担沉重,但在德州,德棉、恒升、晶华、德隆等一大批国有企业却活力十足、后劲十足,企业家劲头十足,这其中到底奥妙何在?

把最优秀的人才推到经济主战场

到了迪龙,才领教到知识经济创造"市场神话"的神奇。

迪龙的产品是目前市场上最新潮、技术含量最高的背投式数码彩电。公司全称迪龙国际精工数码电子有限公司,一个和企业产品一样洋气的名字。

公司创办者李晓光年龄不过 28 岁,却领导着 3 个博士、8 个硕士,拥有两个全国第一:第一个生产背投式彩电的民营企业;第一个拥有背投式彩电自主知识产权的国内企业。公司的运作模式是典型的两头在外,生产车间在德州,销售和研发中心在北京,36 名研发人员全是同行业的顶尖专家,配套协作厂家都是国际知名大公司。投资 5000 万元的第一条生产线今年 8 月底刚刚投产,投资上亿元的二期工程又即将在德州上马。

透过笼罩在身上的道道光环,你会发现,李晓光并没有想象的那么神秘:1992 年山东经济学院经济管理专业毕业,在德州市财政局待了整整 6 年,一直是个名不见经传的小人物。也难怪,整天价异想天开,神游八荒,心思不在工作上,用传统观念看是不务正业!

没有1998年的那次轮岗分流,也许成千上万个李晓光就这么安坐在机关里,成天价一杯茶、一根烟、一张报纸,浑浑噩噩、平平淡淡地了此一生。谁能想象得到,这些不显山、不露水的机关干部中间,竟隐藏着这么惊人的生产力! 放虎归山没几年,竟冒出一个个百万、千万甚至亿万富翁!

德州经济基础差,就业渠道窄,人们"官本位"意识严重。这些年来每年分回来为数不多的大学生,都争着挤着进机关、当干部、走仕途。财力不堪重负不说,大量人才积压在机关学非所用,人浮于事,机构臃肿,造成了巨大的人才浪费,使经济主战场人才奇缺的状况雪上加霜。

"把隐潜在机关里的生产力解放出来,把最优秀的人才推向经济主战场",这是德州市机关干部轮岗分流的初衷,也是该市着眼实际、解放思想、更新观念、放手发展民营经济、加快经济发展的大手笔、大举措。

为解除轮岗人员的后顾之忧,市里明确规定:轮岗时间原则上为1—3年,轮岗期间"三不变""三同等""三优先",即轮岗干部身份、职务、编制不变,工龄工资、福利待遇、机构改革时竞争上岗,与在岗人员同等对待,在职称评定、晋级、晋职方面优先考虑。

各级各部门将轮岗创业人员看成拉动民营经济发展的最关键、第一位的力量,千方百计为他们领办创办个体私营企业指路子、搭梯子、找门子、搞好服务,帮他们起好步、上好路。

解决的绝不仅仅是冗员过多、财力不堪重负的问题。

最大的冲击是人们的观念。以前许多人留恋官场,当官成了机关干部的唯一追求。走出机关,在经济建设主战场经风雨、见世面,许多人眼界大开,观念彻底转变,重新找到了实现自我价值的广阔舞台。"不恋官场闯市场",成了许多机关干部的自觉追求。1998年,第一批15829名轮岗干部迈出机关大院,1年之后有4498名主动要求继续参加第二轮轮岗;1999年第二批14491名机关干部轮岗,1年后又有3000多人主动留在经济建设第一线。

临邑县农机局局长刘光平1998年轮岗后,出资买断县碳素厂,使这个濒临倒闭的企业起死回生,160名下岗职工实现再就业;1999年又继续参加轮岗,两年来实现销售收入2400万元,上缴税金146万元,并一次性补交职工养老保险62万元。

德州市人大常委会办公室副主任高风彬主动下海,轮岗两年先后创办德达建筑、鑫龙房地产、鑫龙针织三个民营企业,固定资产达 360 万元,上缴税金 35 万元……

轮岗干部不仅成为民营经济发展的生力军,而且成为带动农民增收的骨干力量。

临邑县临南镇党委副书记杨成群,1998 年带领 39 名机关干部创办了临南蔬菜大市场,不仅带动起周边 1 万多名农民从事蔬菜生产,每年还上交镇财政 100 多万元。

德城区赵虎乡 24 名轮岗干部 1999 年创办"新大地经济服务中心",建起 17 个蘑菇种植示范棚,年获利 150 万元,而且每年仅菌种就为农民节省 45 万元,使蘑菇种植成为该乡农民增收的支柱产业。

到去年 7 月,全市轮岗干部共创办民营企业 609 个,创办经济实体 2317 个,实现利税 2.3 亿元,安排就业 3 万多人;创办农业示范服务基地 729 处,吸纳 5800 名农民参与经营;引进项目 490 个,引进资金 2.17 亿元;兴办各类项目总投资 9.23 亿元。

让企业家近有干头远有奔头

走进晶华看管理,实在让人眼界大开:

8 亿多元的总资产,数十亿元的销售收入,连个原料仓库都用不着。整个集团短缺的所有原材物料通过目前国际最先进的 ERP 资源计划管理软件,不到 10 分钟就可统计出来,并通过计算机网络将需求指令送达供应商手中。供应商接到指令直接把原材物料运往相关车间,这样集团基本做到"零库存",省去仓储、运输、采购等环节占用的人财物力。

晶华建厂好几十年,从未上过投资过 5000 万元的大项目;而今年一年就新上投资过亿元的项目 3 个,总投资 4.2 亿元。

在德州,像晶华这样既看重企业的眼前效益又注重企业长远发展,既脚踏实地又充满强烈发展欲望的企业并不少见——尽管其中有好多都与晶华一样,曾经是步履蹒跚、缺乏活力的"老国企"。

企业家的积极性从何而来。晶华集团董事长苗建中认为:"调动企业家的积极性,不是简单的奖奖罚罚所能奏效,关键得有一套科学合理的考核奖惩机制。"

德州市对国有大中型企业经营者的考核分三部分:

第一部分通过年薪制考核净资产保值增值情况,此举意在强化企业家的效益意识,保证企业的短期效益;

每二部分是按每年固定资产投资增加额的2‰对企业家给予奖励,此举意在提高企业家招商引资膨胀发展的意识,确保企业保持一定的膨胀扩张速度,确保企业中期发展;

第三部分是实行期权制,按贡献大小奖给企业家和经营核心层一定数量的期权,期权可以分红,也可随企业效益增加不断增值,但不能出让,此举意在增强企业经营层的长远发展意识。原因很简单,企业规模膨胀和资产保值增值速度越快,实现效益越高,拥有的期权和分红越水涨船高;反之,期权和分红就水落船低,甚至会成为一张废纸。

去年苗建中的年薪是16万元,固定资产投资增长得到的奖金是7.2万元;目前晶华经营层占到企业总股权的39%,苗建中个人占到经营层的51%。难怪上上下下劲头那么足。

对中小和乡镇企业,德州市通过明晰产权,把经营者的个人利益与企业的长远发展紧紧联在一起,目前全市中小企业改制面已达95%以上。像乐陵的金麒麟集团,经营者持股比例达到32%;国强集团经营者持股比例达到38%。产权明晰,个人利益与企业发展休戚相关,用不着政府追着赶着盯着,企业家自己就有了发展的积极性和紧迫感。大家花架子少了,短期行为不见了,都在一门心思抓效益、抓发展。用国强集团董事长宋国强的话说:"我们现在不但要考虑几年的事,甚至还要考虑几十年甚至几代人的事情。"

政府解脱了并不等于可以对企业不问不管,它要做的事还很多。

为减轻人员包袱,帮助企业轻装上阵、平等参与市场竞争,今年德州市在财力极度紧张的情况下,通过资产置换等多种形式,筹集资金1亿多元,在全省率先实现了下岗人员与失业人员的彻底并轨。德州的决策者眼光投得很远,加入WTO对企业的最大挑战不是资金、技术和经营管理水平,而是人才争夺。企业人员少了,负担轻了,效益和职工收入自然水涨船高。"靠制度、靠利益才能真正留住人才!"市领导如是说。

只有升级的企业家,才有升级的企业和产品

采访中,德州的同志向记者讲了这样一个故事:

一位农民企业家与客户谈项目,本来人家应该付给他30%的订金,但由于双

方谈得很投机,客户一高兴,要付给50%的订金。我们这位农民企业家一听就急了:"50%怎么行?你起码得先付一半!"

这位同志讲完故事后神色凝重:"别以为这是个笑话,这是实实在在发生在我们农民企业家身上的故事。入世在即,好多企业家还把WTO当成'XO',能不让人担心?"

是呀,卖方市场下,产品供不应求,国有企业机制不活。我们的农民兄弟瞄准这个空当,靠着敏锐的嗅觉、过人的胆识和灵活的机制,为市场拾遗补阙,大办乡村企业,闯出一个个让人刮目的市场奇迹。买方市场下,大量产品低层次过剩,消费者对产品越来越挑剔。这种情况下,这些业已完成原始积累的乡镇和私营企业家,再沿袭过去的老经验、老模式、老产品,发展前景委实堪忧。

其实何止乡村和民营企业家,我们的国企"老总",又何尝不存在年龄和知识结构老化、创新意识不足的弊病呢?

时代在进步,形势在发展,我们的企业家也要与时俱进!德州市委市政府达成了这样的共识。定期聘请国内知名专家对现任企业负责人进行专题辅导,帮助他们转变思想,更新观念,增强发展的紧迫感;最近又组织200多名民营企业家参加应对WTO培训班;选送40多名民营企业家到中央党校进行高层次培训。

针对企业家队伍后继乏人、青黄不接的实际情况,市里明确规定,企业每年必须向市里推荐一定数量的后备干部,由市里进行定向培养。这两年市里先后拿出240万元,选派15名优秀后备人才到新加坡南洋理工大学进行为期1年的进修;每年还选派80名优秀机关干部和企业经营管理者赴南京、南开大学深造。市人事局与大专院校联办研究生班,为工业企业储备高学历高层次后备人才。仅晶华近3年就派出9名管理人员参加MBA学习班,学成后大都进入了企业核心管理层。与此同时,市里还加大人才引进力度,把"将才""尖子"放在关键岗位施展才华。去年以来先后引进硕士研究生、高级专业人才50多名,有5名博士到市农业高科技园、重点企业创业。

经过连续多年的引导、培训、调整、充实、提高,德州市的企业家队伍结构明显优化,甚至连许多农民出身的"土包子",现在已经脱胎换骨。像乐陵的"五朵金花"——苏寿堂、宋国强、孙忠义、梁希森、卞志良,这些20世纪80年代靠小农机厂、小木器厂、小馒头作坊、小帆布厂起家的乡镇或民营企业家中,已出了1个博士、2个硕士。

有了企业家的升级,才有企业和产品的升级。靠乡镇小农机厂起家的华乐集团董事长苏寿堂,在市里支持下,先后到大连理工大学、北京大学学习深造,取得了经济学博士学位。他运用学到的现代企业管理理念,在企业推行以目标利润为导向的企业预算管理。企业发展一年一个台阶,目前资产已达 2.3 亿元,年利税 4000 万元。

"你有多大能量,我就给你提供多大舞台。"正是靠着各级党委政府领导的识才、重才、用才、育才,德州的许多优秀企业家才脱颖而出。

像 4 年前创办太阳能研究所时的黄鸣,资金不过 10 万元,人手不过十几个。市里慧眼识才,扶持鼓励其加快发展:没厂房找来闲置厂房让其租赁;没资金,市领导协调市投资公司拿出 300 万元入股。短短几年,这个小小的太阳能研究所已发展成闻名全国的皇明集团,今年销售收入可达 8 亿余元。

在武城采访,记者还听到一个类似"杯酒释兵权"的故事。武城县一密封条厂老板创下家业,由于思想保守、畏首畏尾,老是把赚来的钱紧紧攥着什么也不敢干。孩子们坐在一块一合计,"老子"的文化程度和思想观念已经严重阻碍企业发展,于是召开家庭会议举手表决,一致同意给他一辆奥迪车、一年 10 万元,让其交出手中的权力,由儿子接替他管理企业。如今,新任小老板不仅把密封条厂管得虎虎有生气,每个周六周日还挤出时间赶到清华大学攻读经济学博士学位。

"随风潜入夜,润物细无声。"这一个个故事背后,许多变化已悄无声息地延伸到德州市的角角落落。

(《大众日报》2001 年 10 月 14 日)

风正潮平"黄三角"

——东营市构建和谐社会的实践

初春的黄河三角洲春寒料峭,了无遮拦的冷风沿着旷野扑面而来。但穿行在东营的城镇乡村,踏访着一所所温馨舒适的敬老院、焕然一新的镇村学校、整洁规范的农村社区卫生室,耳闻目睹农村文化大院里的欢声笑语、村头公交站牌下等车农民憨厚惬意的笑脸,一股暖融融的春意直荡心田。

在突破"三农"、密织社会保障网的攻坚战中,东营市构筑起城乡协调、老有所养、失有所助、贫有所帮、灾有所救、居有其屋的全新发展格局,奏响了执政为民、构建和谐社会的强劲旋律。此地此景此情,正应和了一句唐诗的意境:"潮平两岸阔,风正一帆悬。"

倾情于"三农" 还账于"三农"

3月2日,广饶县石村镇纪家疃村养殖小区,养殖大户燕梅兰一边清扫鸡棚,一边喜滋滋地告诉记者:"自打养上华誉的'合同鸡',鸡苗、饲料、防疫药品、技术指导都有人上门提供,成鸡公司按合同价回收。去年我这个棚出栏肉食鸡6万多只,净赚12万元!"

燕梅兰提到的华誉全称山东华誉集团,目前已带动起养鸡大户5000多个。在东营,仅广饶就有华誉这样的农业龙头企业180多家。近几年市财政每年支持农业龙头企业的资金达2000万元,带动13万农户进入产业化链条,每户年均增收900元。

"占人口绝大多数的农民,为中国革命和建设做出了巨大贡献和牺牲,但相当一部分人至今还过着与城里人根本没法比的苦日子。每当想到这些,我们就觉得对农民既欠账又欠情,应当倾情于'三农',还账于'三农'。"面对记者,东营市委书记石军言谈间饱含浓情。

市委书记这番话,缘于对市情的深刻洞悉:长期以来,东营市城乡差距巨大,工农矛盾突出,一边是依托油田飞速崛起的现代化城市及以油田职工为主体的富裕市民;一边却是号称"山东北大荒"的落后农村和住着土坯房、喝着坑塘水、走着泥泞路的广大农民。直到1997年,农民人均纯收入尚低于全省平均水平73元。

"再难也要想办法为农民排忧解难,再紧也要挤出人财物力投向'三农'。"市里按照以工促农、以城带乡的思路,投入巨资统筹城乡规划、基础设施建设和经济社会发展,目前建制镇详规覆盖率已达80%,300人以上中心村全部完成规划编制,全市城市化率超过54%,并在全省率先实现村村通自来水、通柏油路、通公交车和通有线电视,校校通上互联网。

多予更要少取,减负也是增收。去年全市降低农业税率,农民人均减负58元;取消农业特产税和乡村公益事业金,人均减负100多元;今年又全部取消农业税及附加。

倾斜"三农",钱从何处来? 与发展这个第一要务的关系怎么处理? 市里创造性提出"用老板的钱干发展的大事,用财政的钱办百姓的难事",一方面全力推进"大开放大招商大发展"战略,5年来引进外来投资项目1.5万个,到位外来固定资产投资300余亿元;另一方面压缩一般性支出,近4年市、县两级财政先后挤出32亿元投向"三农"。去年全市农民人均纯收入达到4033元,高出全省平均水平525.6元。而农民的富裕、农村消费市场的启动,又为经济发展注入持久的动力。

确保人人过得去　争取人人过得好

3月1日,河口区阳光190社会救助中心爱心超市,面粉、油盐酱醋等生活用品一应俱全。夫妻双双下岗、丈夫患脑血栓卧病在床的李双娥手持爱心卡,一边在此挑选家里急需的生活用品,一边告诉记者:"没想到阳光190这么管用,电话一拨工作人员马上登门调查,并当场送上爱心卡。"

"一要就救,一救就灵"的阳光190,正是河口区专门为困难弱势群体建立的社会救助网络。中心设有一站式服务大厅、爱心救助超市和全天候值班的190热线电话,并配备专门的救助车辆,目前救助范围已涉及困难群众基本生活、突发性困难、子女上学、住房、医疗等方方面面,仅去年就筹集救助资金312万元,增加救助对象1958人。

发展经济学的研究表明,人均GDP在1000至3000美元期间,社会结构变动最剧烈,各种矛盾最突出。目前中国恰恰处于这一关键期,贫富差距拉大问题,失业工人、失地农民、失房市民等困难弱势群体的生活、就业、教育、医疗问题,越来越突出地摆在各级领导面前。不在追求效率的同时更加注重社会公平,痛下决心对事关群众切身利益的重大利益关系做出必要的调整,矛盾就会越积越多,不仅改革发展难以向前推进,而且会引发严重的社会危机,动摇党的执政基础。

基于这一认识,这几年东营将全面建设小康社会的难点锁定在困难弱势群体上,明确提出"确保人人过得去,争取人人过得好",大刀阔斧调整财政支出结构,仅去年市财政就投入资金8147万元,以城乡居民养老、失业、医疗保险,最低生活保障,农村五保老人集中供养和教育救助、老年人救助、残疾人救助、灾害救助、住房救助为内容的"五保五救助"社会保障体系已覆盖城乡。农民生病住院也能像城里人一样报销,80岁以上老人个个都能领到生活补贴,2.5万名贫困中小学生免交书本学杂费。市里还4次提高城市低保标准,3次提高农村低保标准,并为困难破产企业退休人员、农村五保户和低保对象代缴了医疗保险金。

一张社会保障救助网,就是一顶为困难弱势群体遮风挡雨的保护伞。群众因病返贫、因灾返贫难题,农村孤寡老人和下岗失业职工生活保障问题……在一张张保护伞下得以化解。在河口区六合乡毕家咀村,横遭车祸多处骨折的韩占花的女儿满含热泪告诉记者:"俺妈在医院一住就是3个月,拉下的7万元债压得一家人喘不过气来。没想到合作医疗竟为俺妈报销了两万多元医疗费!"在广饶县大王镇幸福公寓,80多岁的梁秀芹老人激动地说:"俺没儿没女孤身一人,原来住的破草房一下雨就怕塌,做梦也没想到能过上让村里有儿有女的老人都眼馋的好日子!"

职业技能培训是最好的福利保障。东营区胜利街道办事处专门免费为失业职工、失地农民办起培训班,并出台政策鼓励辖区工商企业优先安置这些人员。市财政还拨出1400万元实施千村万户农民科技培训工程,目前已培训10余万户。近几年全市每年转移农村劳动力4.3万人,农业人口比重由1997年的65.5%下降到目前的54.3%。

教育公平是最大的公平。在利津县陈庄镇中心小学,记者看到,语音室、电教室、互联网、暖气一应俱全,比城里的学校毫不逊色,投资300万元的镇中心幼儿园也在一旁拔地而起……

对群众负责才是对党真负责

在东营采访,一个问号始终萦绕心头:为什么不少地方"有粉净往脸上擦",东营却能毅然舍弃"形象工程""政绩工程",倾力于周期长见效慢、面广量大千头万绪的"三农"和弱势群体?对上负责与对下负责的关系到底如何摆正?

东营市领导的回答简洁而有力:"只有实实在在为群众办实事,让一方百姓安居乐业,才是真正践行党的宗旨,才能真正提升党和政府在群众中的形象,才会真正让上级放心满意。从这个意义上讲,对群众负责,才是对党真负责。"

正确政绩观的确立,靠的是制度措施的保证。

这几年,市委、市政府每年都深入基层体察民苦,将群众反映最集中的问题逐条梳理,按照轻重缓急确定为每年为民办的十件实事和十大利民工程,并逐一制定进度目标,层层分解落实到责任单位和责任人,定期督查考核。在干部选拔中实行"三注重两改革",即注重实绩考核、经常性考察和群众公认;改革干部考核和选拔办法,考核干部与考核工作统一进行,公开考选和竞争上岗同步推进,实绩突出者重奖重用,工作落后的通报甚至降级降职。

为解决发展农村经济的人才不足问题,市里明确提出"选拔使用干部从基层中来,培养锻炼干部到基层中去",下基层表现突出者优先提拔,并连续选派12批1.2万名机关干部驻村帮扶,选聘22名高科技人才到县区挂职、1800名技术人员到乡村担任科技副职;还将下派包村情况列为对每个部门年终考核的重要指标,与部门奖惩、干部升迁直接挂钩。

用人导向就是行动指针。这几年在东营,下派包村成了机关干部人人争抢的"香饽饽","让老百姓过上好日子就是最大的政绩"正转变成各级干部的自觉行动。

都说"男儿膝下有黄金",但市发改委包村干部朱建坤,为了说服东营区小麻湾村的杨青荣大娘建养蚕大棚,竟半跪在她面前发下重誓:"大棚赚了算你的,赔了算我的。"驻广饶县稻庄镇的下派干部常光兴妻子身体不好,孩子上学无人照料,为了全身心投入工作,甚至说服妻子把孩子从市里转到镇里上学……

"好雨知时节,当春乃发生。随风潜入夜,润物细无声。"一个个由穷变富、由差变美的贫困村,正是这一意境在生活中的真实再现。在人均纯收入1999年仅为920元、比全市平均水平低1750元的小麻湾村,记者看到,柏油马路直通大街小巷,户户建起大瓦房、用上闭路电视和自来水,市发改委包村组还帮村民建起 120 个"冬种菜夏养蚕,一年收入过万元"的致富大棚,去年全村人均纯收入达到 4300 元,比全市平均水平高出 267 元。

市下派办主任王新俊告诉记者,下派包村这几年,不仅干群关系由"过去见面扔铁锨"变成了"如今见了扔烟卷",落后村的面貌也天翻地覆,仅第 12 批下派干部短短一年多就帮 77 个贫困村引进资金 1.47 亿元,新上项目 321 个。

(《大众日报》2005 年 3 月 17 日,作品获山东省精品工程奖)

下篇　论文

于平凡处发现思想的闪光点

——从《南来的挑战》谈通讯主题的发掘与提炼

拙作《南来的挑战——济南市区修鞋摊前采访记》(见 1986 年 11 月 28 日《大众日报》)发表后,在社会上产生一定反响,获 1986 年山东省好新闻一等奖。常有新闻界同行相问:你是怎样从不起眼的修鞋摊上抓住这条"活鱼"的? 怎么抓的? 这我可没怎么想。不过问的人多了,也促使我思考。

过去就常听人讲,南方人精明,北方人憨厚。这几年到南方参观学习的人很多,回来后大都众口一词:人家南方人商品经济意识浓厚,会做生意……诸如此类的议论我听的不少,但当时都没往深处想。后来我偶然在一份材料上看到,散布在济南街头的修鞋匠,80% 以上都是南方人,他们还在一些北方人不屑干的市场领域向北方渗透。这不由使我为之心动。

我反复思考,为什么我们(北方人)中的一些人认为丢人现眼的事,南方人却干得那样起劲;为什么我们贫困地区的一些农民宁肯穷死饿死也不愿离开家门一步,而南方人却能够抛家舍业,千里迢迢到外地赚大钱……支配人们行动的是观念、意识,南方人的观念与我们的观念到底有何差异?

由于地理和历史的原因,我国南方地区的商品经济比北方发展快,最早产生于我国的资本主义萌芽就发端在南方。生活在这一地区的人们的观念意识,自然而然要受到商品经济的熏染。而在北方的大部分地区(沿海地区除外),是以垦殖业为主,"日出而作,日入而息",男耕女织,自给自足。人们活动的范围和视野相对来说比较封闭、狭小。与之相应的人们的观念,也必然带有小农经济保守、狭隘的特点。从历史发展和生产力发展的角度看,商品经济观念无疑要比小农经济观念进步得多。如果说在那视商品经济为洪水猛兽,人为地抑制其发展的时代,这种差别还不太明显的话,那么在当今改革的时代,在激烈的商品经济竞争中,观念上的差异,其实已决定了竞争中的优劣胜败。由此看来,南方人的进逼、渗透,表面上看只是占领几个市场,而实质上却是他们所代表的浓厚的商品经济意识向我们的某些传统观念发出了挑战。在强调更新观念,大力发展商品经济的今天,及时提出这个问题,是很有意义的。

想到这些,我便跃跃欲试(我觉得,采访前必要的思想和理论准备同主题先行是不能画等号的),并决定从人们经常接触而又熟视无睹、最让一些人瞧不起而又有代表性的修鞋摊开始采访。

我先来到济南市和市中区工商管理部门,从面上了解了一下南方人来济修鞋和经商的情况,然后便到一个个修鞋摊前,和摊主们聊天。连着几天,先后接触了十几位修鞋匠,材料收集了一大堆。

采访完了,我并没有急于下笔成文,而是坐下来苦思默想:采访的人物挺多,记录下的素材也不少,但怎样才能集中体现出观念更新这一主题呢? 在这些修鞋匠的行为和言谈中,有哪些透露出了新观念的灵光,有哪些向传统观念发出了针锋相对的挑战? 这样一想,茅塞顿开:选择新旧观念冲突最激烈处下笔,要表现的思想自然就会凸显出来。在修鞋摊上,新旧观念的冲突表现在哪几方面呢?或者说,我们有哪些传统的阻碍商品经济发展的观念需要破除呢? 我认为首先是面子问题,也就是荣辱观问题。在老眼光的人看来,"赚钱"二字本来就是讳忌莫深的,至于修鞋赚钱,更是等而下之的行当,丢人现眼;而南方人(在这里,它只是新观念的代名词)则认为,靠本事赚钱,没有什么不光彩的。这种观点和马克斯·韦伯所赞美的现代资本主义精神如出一辙:"在现代经济秩序中,只要干得合法,赚钱就是职业美德和能力的结果与表现。"从发展生产力的观点来看,具有这样一种观念的人,无疑比前者更会在商品经济环境中有所作为。其二是愿不愿意走出家门的问题。中国有句老话,叫作"金窝银窝不如自己的老窝"。这典型地写照出长期生活在闭塞的小农经济环境中的人们那种死守一地、知足常乐的心态和活动方式。而这又是和发展商品经济格格不入的。商品经济是以人、财、物的频繁流动为前提的。作为商品的生产者和经营者,要有"四海为家"的精神,走出家门,投身到波澜壮阔的商品经济的天地中,才能开阔视野,获知信息,把握和创造生财致富的机会。第三个方面就涉及竞争意识和开拓精神。有人可能会说,修鞋的还谈得上什么竞争、开拓。说这话,恰恰反映了我们的观念之陈腐。采访前我也曾以为,南方人之所以外出修鞋,可能是事出无奈,以此为谋生手段罢了。可和许多修鞋匠聊过之后,发现他们的家境并不像我想象的那样穷困不堪,相反有的甚至还称得上"富裕"。而且他们中有许多人,并不是光顾埋头修鞋,每个人都有一本生意经,有的还在瞅着机会准备干大的呢。这些,不是竞争、开拓意识又是什么? 对我们来说,这是最具"威胁"、挑战性的。

　　思路理清楚了,下笔成文就成了水到渠成的事。我选择了三个颇有代表性的人物(少妇、"大学生"、徐亦军),将他们的经历、言行,用轻松幽默的笔调娓娓道来,间或使用一点反衬手法,没有过多的议论,没有生硬地提什么观念更新,但我的一些思考和要表达的思想,却自然而然地从文中透露出来。

　　当然,与许多通讯名作相比,《南来的挑战》只不过是一篇习作,我本人更没什么经验可谈。不过,我觉得,通讯主题的发掘和提炼,主要得力于作者的理论功力和思考水平。较充足的理论储备和深度思考,能够帮助作者站在较高的起点上来观察生活,透视人生,见微知著,于平凡处发现思想的闪光点。一篇通讯作品立意的高低与作者的理论水平和思考深度密切相关。另外,我们搞新闻的,要时时处处当一个有心人,像孩童那样永远用新奇的目光来打量世界,眼观六路,耳听八方,凡事多问几个为什么。只有具备了这孩童般的眼睛和哲学家般的大脑,一些潜游于生活深层的"大鱼""活鱼"才不会从我们身边溜掉。

(《青年记者》1988 年第 6 期)

《大众周末》的定位与特色

《大众周末》于 1994 年 10 月创刊。在如林的"周末"中,在多媒体的激烈竞争中,作为后来者的《大众周末》如何定位,怎样办出自己的风格和特色,是我们办报之初首先思考的问题,也是我们在近一年的办报实践中所努力探索的课题。

给一张报纸定位定性是办好报纸的前提,没有恰当、准确的定位,一张报纸便无根无基,无品无格,很难在报界立足生存。而一张报纸的定位,首先是由报纸的性质及其特定的读者群所决定的。《大众周末》作为党报的周末版,坚持党报的党性原则是题中应有之义,这其中包括思想性、权威性、主旋律及引起舆论的作用等多重内涵。同时,《大众周末》又是随《大众日报》赠阅的报纸,这就决定了她的读者大部分是党员干部、知识阶层、工薪阶层等,尤以党员干部为主。这些读者的政治素质较高,知识层次较高,思考水平较高。这就要求《大众周末》首先要有高品位、高格调和思想深度,不能流俗,不能轻飘飘。由此,我们给《大众周末》定位:作为一张党报的周末版,首先在政治方向、舆论导向上必须是正确的;格调是高雅的、健康向上的;内容要有深度,给人以思考和启迪,同时也要给人以知识和愉悦;形式上应大气而不呆板,活泼而不花哨。比之党报的正刊,她更丰富多彩,更软性一些,比之晚报,她更庄重深沉,"格"更高一些。

报纸定位以后,也就等于为我们的工作立了一个"标"。我们据此确定编辑方针、各版办刊主旨和设置栏目,在办报实践中努力创造自己的特色和风格。

一张报纸的特色,除了地域性、行业性的决定之外,编辑人员的办报思路、编辑手段(包括选择哪些内容、题材进行报道,如何立意,如何选定报道角度,采取哪种报道方式、何种文体,进行什么样的版式处理等),都将对报纸的特色形成产生影响。具体到《大众周末》,我们主要是围绕思想性、新闻性、可读性、服务性这"四性"做文章,并努力做出新意、发掘出新的内涵来。

思想性　如前所述,《大众周末》的思想性是党报的权威性及其舆论导向作用所要求的,也是党报特定的读者群所要求的。"周末"的思想性,体现在各版的品位格调上,也体现在一篇篇报道文章之中。譬如我们在办一版的过程中就提出,要坚持不流俗、不猎奇、"四重并举"(重大主题、重大题材、重要新闻事件、重要新闻人物)。即选择那些社会关心、有普遍意义、对读者有参考价值的题材、事件、人物进行报道,并努力揭示其背景,挖掘其思想内涵。为此,我们设置了"新闻背景与分析"栏目,先后刊载了《化肥风波:风起何处》《消失了的村庄》《'94 中国股市回眸》《"奥校"冲击波》等报道,都是抓住了一些当时读者关心、又有社会性的新闻事实,着力分析其背景,揭示其意义,给人以启迪。读者反映,这类报道虽然新闻事实并不耸人听闻,但内容充实,有思想有见解,读了解渴、"管用"。在选择人物进行报道时,我们除了注重人物的新闻性、传奇性以外,更注重人物的社会示范性和思想价值。如《一个战士和毛泽东的深情厚谊》《刘玉安:与壁画同辉》《张在军:举烛照山崮》《冰心与海军》《一个青岛医生在乌克兰》《"通天"老农庞文全》等等,文中的主人公以他们的事迹、精神和人格力量感动、教育和激励了大批读者。这些作品有的获大众日报好新闻奖,有的被外报外刊转载。

新闻性　国内的一些周末版曾经走过一段弯路,就是不同程度地出现了杂志化倾向。在创办《大众周末》之始,我们就意识到这一点,因此把突出新闻性作为办报主要宗旨,并努力实践之。我们认为,周末版,作为报纸的一个组成部分,理所当然地应该姓"新",只不过是前面新闻版题材上的扩展、内容上的延伸。比杂志,它时效性更强,比广播电视,它应更具深刻性,这也正是"周末"在竞争中的优势所在。正是基于这样一种认识,我们一版的栏目全部突出了新闻性:"新闻聚焦""新闻背景与分析""独家报道""社会新景观"等,就是言论性专栏,"周末感言"也强调以时评为主。本报发表的《众香国里评国花》《三顾夏公馆》《采访美"邦克山"导弹巡洋舰》"北京医学界抢救杨晓霞纪实连续报道"等,都是在新闻事件发生后、本报马上组织的报道,有的为独家新闻,有的和中央一些大报同时见报。对《娱乐城》版,我们也强调要抓鲜活的新闻,及时报道演艺界的新人、新戏、新片、新举措。像"荧屏热点""文化传真""环球影视"等栏目,都以时效性强、信息量大而受到读者的欢迎。

可读性　这是所有"周末版"所孜孜以求的目标,也是"周末""拿人"的地方。但有的"周末"在追求可读性时却误入歧途:凶杀、艳情、明星隐私、奇闻轶事充斥版面,把自己降低到了地摊小报的品位。《大众周末》高品位、高格调的定位,使我们一开始就摒弃了这些低俗的东西,而着力围绕读者欲知和贴近性等方面做可读性的文章。所谓"欲知",是与新闻性相关联的,就是要选择那些读者关心而又有普遍意义的新闻事实及时进行报道,并尽量详尽、全面地揭示其鲜为人知的背景,以满足读者的求知欲。所谓"贴近",就是要摸准读者的脉搏,了解读者的需求和心态,针对不同层次的读者设置栏目、选择稿件。我们在办《人世间》版的过程中就提出,要"将视角、触角深入到社会人生的各个层面,贴近再贴近,反映普通人的工作、生活和心态,记录他们的奋斗历程和人生体验,探讨他们关心的社会人生话题,表现人与人之间的种种关系和情感……使《人世间》成为读者心目中一方温馨的精神家园"。由干这个版的稿件都是写老百姓自己或身边的事,说了老百姓的心里话,反映了他们的喜怒哀乐,所以特别容易拨动读者的心弦,与读者产生共鸣。现在,《人世间》成为普通读者、作者来信来稿最多的一个版。

服务性　对报纸服务性的理解,有狭义和广义之分。狭义地理解,服务性不过是多介绍一些衣食住行医等实用性的常识,把报纸办成一个"生活小百科"。而我们认为,服务应该是一个大的概念,不仅应包括物质层面的服务,更应包括精神层面的服务,所以我们在经营《生活林》这一服务性专刊的时候,就注意了这种"平衡"。除了发一些实用性较强的有关生活和消费等方面的稿件外,也开辟了"相伴同行""教子有方""礼仪学校""休闲园""收藏屋"等栏目,侧重发一些涉及人们精神生活层面的服务性文章。事实证明,这方面的内容,正是现代社会和生活中,人们所缺失与迫切需要了解和掌握的。正如我们在《生活林》中的一篇文章中所指出的:"生活不单单是柴米油盐,还需讲求艺术、情趣和品位。"《生活林》在倡导新生活、引导新时尚、提高大众的生活质量等方面所发挥的作用,也正由此而体现出来。另外,《人世间》版所开辟的"星星点灯"专栏,以主持人的形式,回答读者在来信中提出的工作、生活中所遇到的问题,也是在为读者提供一种精神上的理解、关怀和帮助。最近,应读者的要求,《大众周末》又增加了"读书"的内容,这实际上也是一种服务。

思想性、新闻性、可读性、服务性,这"四性"似乎是老生常谈的东西或者是许多报纸的共性。但因为这"四性"的理解不同或操作上的差异,也会使报纸呈现不同的风格与特色。《大众周末》在坚持高品位、高格调的前提下对这"四性"的探索和实践,应该说是刚刚起步,报纸也只是初具特色,今后的路正长。

〔《青年记者》1995 年第 4 期,作品获山东新闻奖(论文)二等奖〕

感动与升华

——在采写朱彦夫的时候

《朱彦夫——特殊材料制成的人》作为重大典型报道,于去年 10 月 21 日在《大众日报》以近两个版的篇幅推出后,引起社会各界强烈反响。许多读者在为朱彦夫感天地动鬼神的事迹所感动的同时,也对作品本身给予肯定和赞许。作为作者,在对朱彦夫的采访报道中,我们所受到的心灵的震撼、灵魂的洗礼,以及由此而带来的思想上的升华,也是刻骨铭心、此生难忘的。

1996 年 9 月中旬,我和韩曰明、孙巍同志接到报社领导的指令:去沂源采访报道特残军人朱彦夫的事迹,并强调这是省委部署的重大典型报道,一定要尽快拿出稿子来,而且要是"精品"。

此前,我们对朱彦夫的事迹已有所了解,新闻记者的职业本能,让我们感到这是一座新闻富矿,于是便兴奋地接受了任务,放下手头的工作,立即奔赴沂源。

虽然事先已有心理准备,但见到朱彦夫的第一面,仍给我们的心灵带来强烈的震撼——这是怎样的一个"人"啊!四肢全无,左眼已瞎,据说头背部还残留着弹片,腹部有两道纵横 20 多厘米的刀伤……就是这样一个人,竟然能生活自理,什么事都不让人照顾;就是这样一个人,竟然在一个山村里干了 25 年支部书记,而且干得非常出色;就是这样一个人,在一天学没上的情况下,竟然写出了 3 万字的自传体长篇小说《极限人生》……奇迹!这一切的一切,只能用这两个字来形容。这是人类在伤残的极限处,其生命力所发出的无限的光辉!

随着采访的深入,打动我们的远远不止这些。

为了不要国家照顾,朱彦夫毅然回到家乡,把自己关在小草屋里近两个月,以地瓜干、凉水为饮食,以钢铁般的意志,磨炼生活自理能力,最后病饿交加,昏死在泥地上……

为给村里拉电,朱彦夫拖着残躯只身踏上采购架电物料的旅途,一跑就是 7 年。这位共和国的功臣,为了给集体省点钱,很多情况下,花的是他自己的伤残抚恤金或家里卖猪的钱,为了减少便解的麻烦,他每天只吃一点点饭,喝一点点水,有时就睡在马路边上……

朱彦夫对群众像春天般温暖,恨不能把心都掏给别人。妻子从老家好不容易带回两筐咸鱼,他让妻子和孩子挨家挨户地送;大女儿从县城买回 3 斤"爸爸最爱吃的香蕉",朱彦夫也让一个个掰开,送给村里的孤寡老人;邻居王东兰得了肝病,儿女怕传染不敢上门,朱彦夫却天天送吃送喝,一直照顾了一年多……但是,对待自己和家人,朱彦夫却严而又严。他当支书 25 年,只为送新兵吃过一顿"公家饭",还交了 1 元钱;孩子拔猪草在地边拣了一把芥菜苗,他发现后大发雷霆:"集体的一根草都不能拿",非让给送回去;老母亲去世后,朱彦夫这个全村有名的大孝子,为带头移风易俗,硬着心肠违背了老母生前唯一的心愿,将母亲火化……

这一桩桩一件件事情,是我们忍着泪、流着泪从朱彦夫、他的家人、同事,上级和村里的群众那里采访到的。那些天里,我们一直处在极度的兴奋之中,为挖到这么多鲜活生动的素材而兴奋;我们更一次次被感动,为他不向命运低头、自强不屈的精神而感动,为他舍身为民、克己奉公的行为而感动。我们几个在一起议论:朱彦夫的事迹太典型、太突出了,用不着拔高,用不着多少写作技巧,只要把"事儿"原原本本摆出来,就肯定能打动人!

7 天的采访结束后,我们在坐下来梳理材料时发现,原来的想法有些简单,有些"情绪化"了。首先是人物的经历时间跨度大——整整半个世纪之久;再是材料太多,而材料越多,越是难以取舍,如一件件摆的话,写本书还差不多。再说,省里确定将朱彦夫作为重大典型来宣传,肯定不仅仅为朱彦夫个人"树碑立传",也不是为了像一些影视作品那样赚读者的眼泪,而是有其时代背景、政治意义的。

我们沉下心来冥思苦想:现实的背景是清晰的。党的十四届六中全会召开在即,会议的主题就是精神文明建设问题。朱彦夫这一典型的宣传,肯定是配合六中全会精神的;更深刻的背景则是,在市场经济的大潮中,有相当一部分人甚至一些共产党员,信念动摇,精神缺失,在横流的物欲中沉浮,陷入个人主义的泥潭,成为金钱的俘虏。正是在这种大背景下,朱彦夫的事迹和精神才凸显出来,才显得尤为熠熠生辉,像他这样一位"活烈士"、一位特残人,在一些人看来,确实连活下去的意义都没有了,而朱彦夫却活得这样辉煌,这样有价值、有意义。他靠的是什么? 用他的话说,靠的完全是信念、精神! 他理解,"精神生命才是第一自我"。他发自肺腑地对我们说:"像我这样的人,如果光为自己苟活着,确实生不如死;能为他人、为社会做点事情,才觉得活得有点意思,才活得像个人样!"这朴实得不能再朴实的话,却比名言警句更闪光,更打动了我们。过去天天讲奉献精神,讲得都让人(包括记者本人)觉得有些"虚套"了,但朱彦夫的所作所为不就是实实在在的奉献吗? 他的行动,他的人生观、价值观,不正是我们这个时代这个社会所急需的吗? 这些,正是朱彦夫这一典型的意义所在。

思路理清了,便确立了这篇通讯的立意:不能写成朱彦夫个人奋斗的传奇,而应围绕共产党人的无私奉献精神这一主线,用主人公感天动地的事迹,来回答一个人应该有怎样的人生观、价值观、幸福观。作品不仅要打动人,还要给人以启迪。

为强化这一主题,我们在通讯的一开头就设计了记者与朱彦夫的对话,把我们在采访中记录的朱彦夫对人生、对信念与精神、对幸福的一些认识和理解,用格言的形式凝练地表达出来,以达到高屋建瓴、统帅全篇的作用。在开头的最后一段,我们又写下了这样一段话:"走近朱彦夫,你不能不感到心灵的震撼;你不能不对人的潜能由衷地膜拜;你不能不对一个共产党人的崇高人格肃然起敬;你不能不重新思考关于生命、关于人生、关于幸福的真正含义。"这其实就是点题之笔。

为体现这一主题,我们在通讯的结构上,四个大的部分以时间为序,而在每一部分中又打破了时空的界限;能集中表现主题思想的情节、细节,不惜浓墨重彩;一些游离主题稍远的材料,即使再感人,也大胆舍弃;在表现手法上,有白描,有叙述,有倒叙,有穿插,有人物的对话,也有回忆……总之是想造成一种既主题鲜明,脉络清晰,又起伏跌宕、纵横捭阖的文境。

在通讯的结尾,我们又用记者议论的形式(文中仅有的两次议论,与开头的"走近朱彦夫……"相呼应)写道:

"朱彦夫,一个用特殊材料制成的人,这特殊材料,就是共产党人的坚定信念、钢铁般的意志和春蚕到死丝方尽的奉献精神。

"面对朱彦夫,我们每一个四肢健全的人,还有什么理由抱怨环境恶劣,感慨人生多舛;还有什么理由无端地浪费生命,无休止地向社会索取?"

这一发自肺腑的议论,实际也包含了记者的一种自省,是我们由感动而沉思而达到思想上的升华之后的由衷之言。这也更进一步点明了这一典型的现实针对性和普遍意义,使通讯的境界,达到了一个更高的层次。

有人说,记者写报道,首先要感动自己,才能感动读者。此话诚然,但我们还体会到,记者在采访写作过程中,除了要满怀激情外,还要有理性的思考,还要将材料进行思想的升华(这其实也是记者自己思想得以升华的过程)。这样,通篇作品才能具有灵魂,才能不仅靠情感的力量去打动人,更会靠精神的力量、思想的力量打动人。

〔《青年记者》1997 年第 1 期,作品获山东新闻奖(论文)二等奖〕

旗帜与导向

——邓小平理论对新闻工作的指导意义

党的十五大的历史性贡献,是把邓小平理论确立为党的指导思想,并且把这一理论同马列主义、毛泽东思想一道"作为自己的行为指南"写入党章。邓小平理论,作为指导我们全党和全国人民一切工作的行为指南,自然对新闻工作也有着重大指导意义。

坚持新闻工作的党性立场不动摇,
就是高举邓小平理论旗帜不动摇

近20年的改革开放实践,给中国带来了天翻地覆的变化。人们在创造和享受着日渐丰富的物质生活的同时,精神世界也经受着各种各样的冲击,发生了前所未有的变化。毋庸讳言,在市场经济的"商潮"和西方资本主义"西潮"的冲击下,有的人对共产党的领导,对社会主义中国的前途,发生了困惑、怀疑和动摇。社会上出现的一些不良现象,党内出现的不正之风,譬如拜金主义、黄色文化、权钱交易、权色交易等等腐败现象的出现,说到底是这些人信仰的支柱倾斜了、坍塌了,所以能贪则贪,能捞则捞。在这种情况下,新闻界也难以成为一块净土。之所以有的新闻工作者的精神世界被污染,说到底,也是信仰缺失,立场不稳所致。

党的十五大向全世界亮明了自己的思想旗帜,"旗帜立起来了,大家才有所指望,才知所趋赴"(毛泽东语)。在当代中国,有了邓小平理论这面旗帜,全党才会有更加坚强的战斗力,全国人民才会有更加强大的凝聚力,对新闻工作者来说,邓小平理论就是我们的精神支柱,就是我们的主心骨。有了它,当我们面对国际国内风云变幻的时候,当我们在社会的转型期,遇到各种各样复杂情况、复杂问题的时候,当我们面对发展市场经济过程中的各种诱惑、各种挑战的时候,才能辨明是非,认清方向,站稳立场;才能创造性地运用这一理论去研究问题,克服困难,战胜风险,开拓前进。

可以这样说,新闻工作者的党性立场站得稳不稳,新闻宣传的舆论导向正确与否,就看在高举旗帜的问题上是否做到坚定不移、毫不动摇;坚持邓小平理论,学习宣传邓小平理论,既是新闻宣传坚持正确的政治立场和政治方向的根本保证,也是新闻工作者义不容辞的责任。

解放思想,实事求是,是邓小平理论的精髓,
也是新闻工作的生命

解放思想,实事求是,是马列主义的精髓,也是邓小平理论的精髓。党的十一届三中全会以后,邓小平同志以马克思主义者的非凡勇气和科学态度,号召全党解放思想,实事求是,恢复和发展了毛泽东同志倡导的马克思主义思想路线。他指出:"一个党,一个国家,一个民族,如果一切从本本出发,思想僵化,迷信盛行,那它就不能前进,它的生机就停止了,就要亡党亡国。"在改革开放和现代化建设过程中,邓小平同志在关键时刻做出的每一项重大决策,都体现了解放思想、实事求是这一革命胆略和科学精神相统一的思想路线。

新闻,是新近发生事实的客观报道;实事求是,是新闻工作的生命。新闻的真实性原则,也就是实事求是原则。一般说来,新闻工作者,要实现一篇报道的真实性是比较容易做到的;而要从整体上去把握和反映事实的真相和发展趋势,从本质上反映出事物的特征和时代的特征,则较难。这就要求我们必须准确领会和全面掌握解放思想、实事求是这一邓小平理论的活的灵魂,用科学的态度和正确的方法,去观察、分析现实生活中出现的新事物、新情况、新问题,见微知著,去伪存真,真实地记录和反映我们的时代和社会。

首先要深入生活,深入实际,深入群众,从人民群众的生产实践和社会实践中去发现新闻事实,获得真知。新闻是靠鲜活的事实说话的,只有深入实际,了解实际,才能真实地反映客观实际。要发扬江泽民同志所倡导的"深入、深入、再深入"的精神,到改革开放的第一线,到人民群众的伟大实践中,去观察,去研究,去报道。而这里面就有个解放思想的问题。我们所从事的改革开放、建设有中国特色社会主义的事业是前无古人的事业,马克思、列宁的本本上没有,也没有现成的经验可以照搬。许多事情,只能从中国的实际出发,从初级阶段的实际出发,"摸着石头过河"。在探索和摸索的过程中,哪些事情虽然只是苗头的东西,却代表和预示着社会发展的方向?哪些事情看似轰轰烈烈,实际只不过是过眼烟云?哪些事情可以只做不说(不宣传),哪些事情可以多干少说,哪些事情

可以又干又说,确实是很令人费思量的,有时也是要冒点风险的。在这种情况下,只能有一个选择:尊重实践,尊重人民群众的首创精神,以"三个有利于"作为判断一切是非曲直的根本标准。

新闻工作者要准确地把握时代的脉搏,真实地反映社会发展趋势,当好时代航船的瞭望者,就要深刻理解、创造性地运用解放思想、实事求是这一理论精髓,到人民群众中到实践中发现改革开放过程中出现的新苗头、新事物、新经验、新趋势,凡是有利于发展社会主义社会的生产力,有利于增强社会主义国家的综合国力,有利于提高人民的生活水平的新做法和新经验,就能够经受得起历史的检验,就有新闻价值,值得报道。改革开放以来新闻宣传的实践也证明,只有坚持了解放思想、实事求是的思想路线,我们的报道才符合实际,符合党中央的要求,符合广大群众的愿望,才会对实际工作产生推动作用。

学习辩证法,坚持"两点论", 避免新闻宣传的忽冷忽热、忽"左"忽右

小平同志堪称一位辩证法大师,他的整个理论体系都体现了辩证唯物主义和历史唯物主义的世界观和方法论;他的关于建设有中国特色社会主义的有关论述,如"一个中心,两个基本点""两手抓,两手都要硬"等著名论断,都闪烁着唯物辩证法的光辉。悉心学习和领悟邓小平理论,真正掌握这一方法论的利器,对于指导新闻工作,避免舆论宣传上容易出现的忽冷忽热、忽"左"忽右,只见树木、不见森林,强调一点、不及其余等通病,有着重大现实意义。

在我们的新闻宣传中,往往有时强调了改革开放,就忽视了对四项基本原则的宣传;一讲反对资产阶级自由化,改革开放的调门就低了。所以国外的一些观察家们经常从我们的媒体上猜测中国的政策是"放了"还是"收了"。其实,小平同志一直强调:"在整个改革开放的过程中,必须始终注意坚持四项基本原则。"小平同志还语重心长地说:"我们搞改革开放,把工作重心放在经济建设上,没有丢马克思,没有丢列宁,也没有丢毛泽东。老祖宗不能丢啊!"老祖宗不能丢,其实就是四项基本原则不能丢。对这一思想加以概括,我们党提出了"一个中心,两个基本点"的基本路线。经济建设是各项工作的中心,坚持四项基本原则和坚持改革开放这两个基本点都必须服从和服务于经济建设这个中心,经济建设这个中心也离不开两个基本点;两个基本点相互贯通,相互依存,统一于实现现代化和建设有中国特色社会主义的实践。认真学习和领会小平同志讲话的精

神实质,并运用于新闻宣传的实践之中,我们就可以防止忽"左"忽右的错误,避免在舆论导向上发生大的偏差。

在两个文明建设的宣传上,新闻媒体有时会出现的问题是:如经济报道中,充斥的多是产值、利润、设备、技术,只见物不见人,更不见人的思想、人的精神;而精神文明宣传讲的却多是一些口号、大道理,给人"空对空"的感觉。两个文明建设宣传"两张皮"的弊病一直没有得到很好解决。对两个文明建设,小平同志一直强调的是,物质文明和精神文明都搞好。才是有中国特色的社会主义。一手抓物质文明,一手抓精神文明,"两手抓,两手都要硬"。物质文明是精神文明建设的基础,是物质保障;精神文明又为物质文明建设提供强大的精神动力和智力支持。两者也是相互依存,相互配合,相互促进的。从小平同志的有关论述中,我们可以看到,两个文明建设,应该是一个有机统一体,无论是在实际工作中,还是在宣传报道中,都不能将它们人为地割裂开来。其实,无论是物质文明建设还是精神文明建设,其活动的主体都是人。人是生产力中最活跃的因素,无论是产值、利润,还是技术、管理,都是人创造的、人掌握的;而精神文明建设的实质也就是提高人的思想道德素质和科学文化素质。两个文明建设,在"人"这里得到融合,得到统一。新闻报道,也应更多地在"人"这方面做文章,多关注一下人的活动、人的思想、人的精神、人的情感……这样,"两张皮"的现象或许会得到较好的解决。

(《青年记者》1998 年第 1 期)

"入世"背景下中国传媒的走向

2001年11月,中国正式加入世界贸易组织。虽然在入世谈判中,我国政府对新闻出版业只作出有限开放的承诺,但随着时间的推移,我们终将有与西方强势媒体"短兵相接"的一天。因此,中国传媒业一定要抓住入世头5年的缓冲期,深化改革、强化创新,"厉兵秣马"、做大做强,为与国际传媒进行面对面竞争做好准备。

应对"入世"挑战,是中国传媒发展的历史选择,也是中国传媒产业的历史使命。本文试就WTO对中国传媒的影响和挑战,及中国传媒的应对措施两大主题,对入世后中国传媒的发展及走向做出分析。

入世对中国传媒的影响和挑战

加入WTO后,我国新闻传播业将受到的影响和冲击主要表现为三个方面:

第一,加入WTO以后,国内电信业、网络业受到的影响,将在较大程度上波及新闻传播业。

中国承诺,在加入WTO以后,逐步取消对各类服务业的限制,包括:分销业、银行业、保险业、通讯业、专业服务业(例如会计、法律服务)、商业以及计算机有关的服务等。根据协议,外国企业可以进入我国的互联网市场,外来网站的抢滩将更具力度。入世后我国电信业、网络业所受的影响也将波及国内的新闻传播业。前者所涵盖的信息传播与新闻传播业所涵盖的新闻信息传播,关系非常密切,构成了对我国新闻传播业的直接影响和冲击,一场媒介资源争夺大战爆发在即。

首先是围绕资金展开的争夺。目前,网络业被称为21世纪的朝阳产业。在美国股市上,与互联网有关的股票,在中美签约后一路飙升,其中中国红筹股中华网(www.china.com)当日股价从58美元直攀101.3美元。在互联网的召唤下,一大批雄心勃勃的新媒体创业者聚集到了传播业,新网站层出不穷。我国加入WTO后所带来的宽松的经济环境,将使网络业采取不拘一格的形式争取资金投入。国外资本的大量涌入、股票上市的诱惑,将使资金的争夺呈现出"八仙过海,各显神通"的局面。

其次是围绕受众和用户展开的争夺。如上所述,我国加入 WTO 以后,国外电信服务将大量涌入,外来网站将以更大规模介入竞争。争夺和拼抢市场的实质是争夺受众和用户。因此我国传统媒体现有的受众和资讯业的用户,将进一步分流,相当一部分转化为电信业和网络业的用户,既而转化为外来电信及网络业的用户。因而对于传统的三大媒体来讲,稳住原先的受众也面临较大的困难。

再次是围绕广告业务展开的争夺。各类信息传播产业都离不开大量的广告业务来实现自身的"可持续发展"。参与竞争的媒体越多,广告争夺战的激烈程度就越高。"眼球经济""注意力经济"将是形容未来传播业最为恰当的语汇。各种媒体都将通过提高发行量、收视率或访问量来争夺广告客户。

最后是围绕人才展开的争夺。没有人才的支撑,任何一个传媒想要在资金和广告争夺战中获胜,都如同纸上谈兵。经验丰富的记者编辑、适应高科技传播手段要求的人才,将是各种媒介争相抢夺的对象。从目前情况看,新兴网络媒介比传统媒介对人才更具吸引力。一般来说,网络公司的创业员工都可以获得一份优先认股权。在我国加入 WTO 后,网络公司上市的机会将增大,员工的股份都将可能变现,这对于人才的吸引力是不言而喻的。网络业与传统传媒之间、中国的网络业和外国的网络业之间的人才争夺战会十分激烈。

第二,大量西方文化产品涌入国门而造成的西方思想文化的影响,将对国内的新闻传播业形成强有力的冲击。

新闻传媒不仅仅作为产业而存在,它更是意识形态的重要组成部分,是社会的守望者。从某种意义上说,后一种角色比前一种角色更为重要,在加入 WTO 以后其所面临的考验也就更为严峻。入世后,西方文化产品将以更大规模和力度涌入国门。在电影、录像及录音业方面,中国将在加入 WTO 后的 3 年内,在收入分成的基础上每年进口 20 部美国影片。美国公司可成立合资公司来分销录像、娱乐软件、录音制品,可拥有和经营电影院。外国资金进入我国的文化产业的数量也会达到前所未有的高比例。

外来的文化影响越来越强劲,对国人的影响也会越来越大,对新闻传播业的影响也更大。一方面,西方文化产品会更多地成为我国新闻传媒的传播内容,或通过其他渠道成为大众的精神消费对象;另一方面,西方文化产品的影响将深入到相当一部分受众的潜意识层次,他们往往会以西方文化为参照系,将国内传媒与国外传媒加以比较,并对国内新闻传媒的传播内容和传播方式提出这样那样的要求,对国内的新闻传播业产生深层次的影响。

第三,加入 WTO 以后,我国意识形态领域特别是社会公众的价值观念将受到巨大冲击,由此必然全面地影响我国的新闻传播业。

从深层次上看问题,我国加入 WTO 后,社会公众价值观念的变化将是不可避免的。首先,西方物质产品和精神产品的持续作用,将对国人的价值观念产生潜移默化的影响,使人们具有了全球视野;在适应社会生活中的某些新内容、处理某些新矛盾的时候,心理层面不免会出现焦虑情绪和浮躁因素,出现由于价值观念的混乱而造成的失衡。其次,加入 WTO 以后,一部分产业将更显朝阳活力,另一部分产业将受到挤压呈现萧条之势,社会财富将会重新分配。经济收入的分层,将引发社会地位的分层。在这一过程中出现的分配不公和权力寻租现象,也会引起现有的某些价值观的动摇。第三,社会公众价值观念发生了转变,进而对媒介、媒介信息、媒介服务内容和方式的要求也会发生相应的转变。大致可以这样说,任何社会变动,对社会、对历史的深刻影响,莫过于对广大公众的价值观的影响。而价值观发生了变化的公众,在以媒介受众的身份出现时,又必然施影响于新闻传媒。

中国传媒应对入世的措施

入世对中国传媒虽然影响深远、挑战重大,但并非无法应对。改革开放 20 多年来,我国传媒业经过不断探索,取得了较大发展,具备了一定的抗风险能力。只要我们下大力气,思路对头,应对及时,就一定可以在国际新闻界立有一席之地,开辟更广阔的发展空间。

一、强身固本,积极提高传媒舆论引导水平

新闻传媒具有强烈的意识形态属性,是党和政府进行思想文化传播与舆论宣传的重要手段。加入世贸组织后,西方传媒对我国的影响首先表现在意识形态的对抗上。在对抗中能否站住脚,并保持一定的优势,关系到党和国家的宣传舆论阵地能不能巩固、发展、壮大,关系到有中国特色的社会主义事业能否顺利发展。因此,提高我国传媒的舆论引导水平,在传播内容特别是制作方式上,跟进国际化先进水平,把媒体做得更符合媒体的标准,更具备媒体本色,是我国传媒目前亟须解决的问题。

首先,强化媒体的信息本质。

　　传递信息是新闻媒体的根本任务。我国传媒目前存在的主要问题是,信息量不大、信息质不高,产品与需求之间尚有较大距离。而从受众方面来看,与西方发达国家相比,我国公民社会所拥有的信息量还是很小的,所接受的信息产品制作"工艺"也是相当粗糙的。因此,前者犹如高原,后者就犹如盆地,落差大,前者对后者存在的潜在冲击力自然就很大。加入 WTO 以后,国外传媒通过各种方式,把其所掌握的信息传递给受众,也把信息中隐含的价值标准等传递给受众。信息由"高原"流入"盆地",不仅速度快,对"盆地"受众的吸引力和产生的影响都是强大的。这种巨大的信息落差,会增强受众选择信息的非理性因素,而无形又降低了我国媒体的公信力,对国内媒体的发展产生不良影响。

　　所以,在国外传媒正式进入之前,必须最大幅度地减小这种信息落差。简而言之就是要逐步加大输入的社会信息量,包括所谓敏感信息和负面信息。所谓逐步,就是开闸放水,逐步提升,而不是等到迫不得已、失去控制的时候炸坝泄洪。这需要我们的媒体兼顾当前和长远的战略眼光,抓住缓冲期 5 年时间,减小与发达国家的信息落差,使我国的受众在良莠不齐的信息面前,有清醒的头脑、理智的判断,而不是言信盲从。所谓"见多识广",就是这个道理。

　　在减小信息落差的过程中,我国传媒担负着重大的使命。在新闻的采写和制作,在传播方式和传播手段上,不断跟进国际先进水平,全力实施名牌战略,尽快培育出一批至少在所在地能够与渗透到这个地域的国外媒体相抗衡的媒体,继而要求这些媒体不仅能抓本地及中国的受众市场,而且能够走向世界,在世界范围内有效地宣传自己的观点和主张,传播国际、国内信息。随着信息量的加大、信息质的提高,多元化的信息环境使人民群众逐步具备了对负面信息的承受能力,人们更容易看到事物的方方面面,看清其真真假假。由此对信息接收的选择也就具备了审慎态度,成为心态成熟的受众,对资本主义媒体的可信度和神秘感,也在人们心目中减少了,这又反过来消除了影响我国传媒发展的不利因素,促进了我国传媒的发展。

　　其次,要"正确地"把握正确舆论导向。

　　在当前我国的媒体中,对把握正确舆论导向讲得较多,而对如何"正确地"把握正确舆论导向讲得少,想得也少。空喊政治口号,并不等于"正确地"把握了正确导向;一味枯燥说教,也难以吸引受众的"眼球"。因此,在坚持党性原则、把握正确导向的前提下,努力提高引导水平,是当前新闻改革的重点。这个问题不解决,别说占领世界受众市场,发展下去,连国内受众市场也会失去。

　　要改变这种状况,一方面靠新闻媒体的努力,另一方面也呼唤国内新闻传播进一步放开,特别在热点、难点问题和突发事件上,要立足于舆论引导,不能过分地、过严地立足于"堵"。毫无疑问,对于那些恶意煽动的反动信息、故意捏造的谣言信息、诱导人们堕落的色情信息等,我们要依法采取措施,坚决防止和杜绝,但这并不能避免人们接触所有的敏感信息或负面信息。任何国家都存在于世界体系之中,为了防止外来的消极影响,就把自己封闭起来,是一种不明智的做法。同时,互联网在信息传播上所具备的强大功能,推动着信息全球化迅速发展,如果有哪个国家想继续在信息上闭关锁国,至少在技术上也无法做到了。面对这种形势,信息的"围、追、堵、截"只能起到负面的效应,只能降低本国媒体对受众的吸引力,"因势利导"才能更有效地驾驭舆论的传播。因此,以低信息量新闻、单向度舆论应对国内受众的做法,已难以适应新的形势。事实上,客观的报道和有褒有贬的评论,本身就达到一种平衡。那种没有全面、平衡报道,只褒不贬的宣传,不符合西方国家受众的习惯,不容易获得他们的信任。正如有的文章指出的,"许多境外受众认为我们的网络传媒只是宣传工具,他们宁可先从其他网站搜寻信息,即使是关于中国的信息。这值得我们重视。对境外受众,我们更必先赢得他们的选择,然后才谈得上宣传效果"。

　　第三,实施名牌战略,强化精品意识。

　　实施名牌战略关键在不断提高报纸的整体素质。名牌就是高质量、高品位。传媒的品牌之争,实际上是传媒整体质量之争。入世后,对提高宣传艺术提出了更高的要求。但当前,国内传媒与国外传媒相比,在形式的活泼、内容的丰富、信息传递的快捷、与受众的贴近程度等方面,都存在着很大的差距。实施名牌战略首先必须深化新闻改革,特别是要树立精品意识。新闻精品的产生是一个复杂的系统工程。优秀的新闻作品,不仅要有理性的高尚的品位、正确的舆论导向,而且作品文采、风格、手法、技巧等等,都要有所创新,才能称得上精品。只有精品多了,才能称得上名牌媒体。所以,在新闻改革中,一定要坚持"两手抓",即一手抓舆论导向,一手抓引导艺术,在权威性、指导性与可读性的结合上下功夫,这样才能不断增强媒体的竞争力和影响力,培育出与国外强势媒体相抗衡并进军国际传媒业市场的名牌媒体。

二、加强管理,多元经营,增强中国传媒产业经济实力

　　应对西方强势媒体的挑战,必须要具备一定的经济实力。我国现有的新闻传媒大多在计划经济时期创建,由于体制机制等原因,创收能力普遍不强。因此,中国媒体要发展,要做大做强,必须进行产业重组,就是要把经营部分剥离出来直面市场,走规模化、产业化发展之路。在产业化过程中,进行机制和体制的创新,建立符合社会化大生产、适应市场化竞争的现代企业制度,是关键所在。

(一)根据权力机构、经营机构、监督机构相互分离、相互制衡和精干效能的原则,建立公司法人治理结构

对于作为特殊行业的媒体而言,其组织管理机制既需要具有一般工商企业的共性,同时也需要有其特性,这种特性的基础是,在确保党和政府对媒体充分领导的前提下,使媒体企业管理层能够行使足够的经营管理职能,保证媒体内部权责明确、各司其职。

在这样的要求之下,媒体企业应该实行经营活动与办报、办电视、办广播等活动的分开,成立一个平行于董事会的权力机构,其功能是负责日常的办报、办电视、办广播等业务工作,董事会不能干预。这个分管业务工作的机构何来如此大的权力呢? 这就必须依靠党和政府在媒体企业成为投资主体或最大的股东,由此授权这一机构进行业务的管理。同时,根据我国《公司法》,在媒体企业中设立股东(大)会、董事会、监事会和经理层,经理人员经董事会选聘,接受董事会的委托,对公司内部事物的管理权和对外代理权,在媒体企业中,可以分设负责广告、发行、印刷以及其他产业的经营单位。媒体企业中的监督机构即监事会,除了行使审查公司财务状况、监督公司业务活动的合法性、保障公司的利益等方面的职权之外,还应该承担坚持媒体正确舆论导向的责任。

这样的领导管理机制,既可保证媒体坚持党性原则,坚持政治家办报,把握正确的舆论导向,又可以促使媒体企业的经营机构建立完善的现代企业制度,发挥现代企业制度的制度优势。

(二)建立充分保障包括投资者、经营者和劳动者在内各方面利益的分配机制

企业的利益分配主要是企业利润的分配,而利润分配就是对利润的占有权和所有权进行划分,而这种划分是基于现代企业制度的产权制度基础上的。媒体企业在行使其资产时,要受到出资人所有权的制约,企业不仅要维护出资人的权益,承担保值的义务,同时,由于企业法人的财产由出资人投资形成,因此所得利润必须与出资人分享,即承担了使投资者资产增值的义务。

另外,媒体企业在经营管理部门建立现代企业制度后,从制度上对企业职工的利益分配设立了保障。在西方发达国家,如美国的微软公司通过股份参与的

方式激发员工的创造性,这种制度不仅使职工拥有了短期工资分配的保障,同时还具有了永久性的利益分配权力。是否设置员工永久性利益保障机制是决定一个企业能否长期存在和发展的关键。这种将企业命运和个人利益维系在一起的做法非常值得我国的媒体企业借鉴,在我国的媒体企业中,也可以通过让职工进行产权参与的方式,推行分享式职工持股,建立包括年薪制、期权制度等多种形式的激励机制,使职工与媒体企业成为一个利益共同体,促进媒体的进一步发展。

(三)开拓思路,开展多元化经营

首先是跨媒体运作。从目前的实际情况来看,各大报业集团都已不是单一的媒体,除了系列报之外,还出版图书刊物,有网络媒体等。实际上媒体本身就存在着一种融合化倾向,无论报纸、广播、电视,还是网络或其他媒体,作为软件的新闻资源对于它们来说,都是共同需要的。而新闻资源的充分共享,非常有利于它们降低成本,提高市场竞争力。下一步应当在条件允许的情况下,推动报业与广播、电视的跨媒体联合,建立大的新闻集团,以实现媒体产业服务的全方位整合。

其次是跨行业经营。报业是横跨多种产业的行业,与市场有很多接口,能够派生出相当可观的经济机会。从国外媒体集团的历史经验与我国的现实情况来看,报业集团应以报业为主,其多样化经营也主要应集中于相关产品上,如与报业联系紧密的发行、印刷、出版、造纸及纸张进出口、电子商务、信息服务等行业,或者从各报业集团实际出发有一定产业相关度的物业管理、旅游、房地产开发,及一些信息产品服务延伸的行业,以充分利用报业的经营资源。实现集约化经营,必将大大扩充报业集团的经济实力。当然,我们也必须清醒地认识到,跨行业重组已成为世界媒体产业新的趋势,如电信业同媒体、互联网、娱乐业及咨询业相互融合,而追求技术上的领先是这些行业目前进行重组的重要动因。中国媒体产业发展起步晚,面对外来竞争,重组整合也已迫在眉睫。

再次是跨区域联合。由于历史的原因,新中国的报业有着较为明显的区域性与等级制的特点。随着报业市场竞争的日益激烈,报业集团跨区域发展,占领新市场将是大势所趋,区域性分割与封锁的局面终将被打破。国外许多大型传媒集团的发展也正是从原先只经营某一报纸或出版社,后来通过不断的联营和集团化,一步一步从地区性走向跨地区性经营,从只经营报纸书刊,走向联办广播电视等多媒体实业。这也是媒体集团化发展带来的必然结果。报纸办地方版,增强区域的针对性是一种选择,但其必然受到来自各方面的限制与抵制,要想真正达到在其他区域也像在本区域一样占有市场主导地位,有着同等程度的市场占有率,那就必须要投入大量的人力与资金,这样很可能得不偿失。而最好的选择方式是联营,通过以资本为纽带,以股份制的合作方式,发挥各自优势。一方提供快捷而又广泛的新闻信息和资金,另一方提供针对性很强的区域性新闻和发行网络广、区域广告多、能同步印刷等功能优势,实现资源优化配置,充分照顾并考虑到各方经济利益,建立一种利益分成机制,这样去把报业做大做强做好。我们认为目前同地级市的党委机关报之间的合作,就完全可以选择这种联营方式。说到底,这就是让报业发展走出一条"媒体运作整合化,行业经营多样化,区域媒体联营化"的集团化大发展的新路。

三、加强新闻立法工作,建立与国际接轨的规则体系

经过探索,我国目前已形成了一系列的新闻管理办法。从宪法、法律、法规、行政规章,到地方性行政法规,多有涉及新闻传播的内容。然而到目前为止,我国对新闻约束的法律主要体现在宪法、民法、刑法及最高人民法院的相关司法解释中,没有一部专门的《新闻法》。这与加入 WTO 后中国传媒发展的要求,显然存在不小的差距。

为切实保证新闻走向法治,与国际接轨,制订新闻法是不可缺少的一环。新闻法可以把保障新闻自由和防止滥用新闻自由这两方面的内容结合在一起,对大众传播机构的行为实施有效的社会控制。

制定新闻法是入世后实施新闻监管的需要。

同其他行业相比,传媒这个行业由于涉及意识形态和舆论导向,自有其特殊性。任何一个产业在中国的发展都不可能脱离中国的国情和国家利益。从这个意义上讲,中国政府出于国情和国家利益的考虑对传媒传播的内容进行一定程度的监管是完全正当而且必要的。世界上任何一个国家的政府都不可能对传媒完全放任自流。

但是,传媒所传播的内容与传媒产业是完全不同的两回事。对传媒内容的有效监管不需要以全面封闭传媒产业为代价,国家利益的有效维护同样可以在一个相对开放的传媒产业环境中得以实现。

广义地来讲,国家对传媒内容进行监管主要有三种方式:前端监管、中端监管和后端监管。前端监管指的是直接控制传媒以及与传媒直接相关的产业的准入,中端监管指的是控制传媒内容的终审权和播发权,后端监管指的是对

违反国家有关政策法规、损害中国国家利益的传媒行为进行及时有效的惩罚。在三种管理方式中,过分依赖前端监管是不可取的,因为它违背了现代市场经济的基本原则。我们应该逐渐从"三管齐下"过渡到以后端监管为主、中端监管为辅。

之所以说后端监管是一个足够有效的管理手段,是基于这样一个基本判断:投资传媒的企业(无论是中资还是外资)首先是追求投资回报的"经济动物",不是妄图给中国制造混乱、给自己制造麻烦的洪水猛兽。所谓"引狼入室",引的也是经济利益至上的"财狼"而不是怀有意识形态目的的豺狼。媒体这个行业有这样一个特点:小投资兴不起大风浪,没有什么影响的媒体即便有什么出格的地方也造成不了多大的恶劣影响;而今天能引起反响的媒体一定是至少上千万美元的资金堆出来的,它们的所有者不会置自身的经济利益于不顾而因为内容上的疏忽自掘坟墓。

因而,新闻立法既为国内外新闻媒体竞争提供法律规范,更是对国家利益的保护。有了新闻法,实施中、后端监管就有了依据和保障。哈佛经济系的教授、美国前财长萨默斯曾经说:纯粹从经济学的角度看,抓住一个哪怕是只偷了一块钱的小偷就把他枪毙,同增派 100 万名警察所取得的治安效果是一样的,但前者的成本显然要低得多。在媒体行业,我们恰恰可以本着"自负其责,从严罚过"的原则,通过提高媒体的投资门槛来迫使企业产生足够高的违规成本,强迫企业实施高度自律。在这样的机制下,越是像时代华纳、新闻集团这样的大牌跨国公司,越会有一套严格的程序保证自己在中国的每一个商业行为都严格遵守中国的相关法律法规,不会越雷池一步。

制定新闻法也是保护新闻自由的需要。

新闻自由、舆论监督作为新闻媒体的权利,极端重要,但首先要受到法律的限制。事实上,在任何社会中,权利、自由都是相对的,正如孟德斯鸠所说:"自由是做法律所许可的一切事情的权利,如果一个公民能够做法律禁止的事情,他就不再自由了,因为其他的人也同样会有这个权利。"对新闻自由的限制,集中体现在行使新闻自由权利不得侵害公民的人身权方面,尤其是现代社会这种限制更为重要。一方面,现代社会对新闻自由多采取倾斜性保护政策,逐渐取消了对新闻界的事前限制,而采取事后惩罚措施,由于新闻单位不受任何部门或其他公共机构预先设置的阻碍的限制,法律必须通过加强对人身权的保护,来限制和防止新闻业者滥用新闻自由的权利;另一方面,随着大众传播手段日益先进,利用传播媒介对个人隐私等人身权进行侵害也变得更为容易,侵害人身权以后造成的影响也更为严重。出台新闻法,对新闻自由加以限制由此变得非常重要。

同时,新闻自由也需要一部《新闻法》来保护。我国宪法有关条款原则性地规定了新闻自由,但由于没有专门的《新闻法》,对新闻活动,包括新闻控制的法律缺乏专门的规定,现有的有关条文及司法解释又过于零散和笼统,可操作性差;新闻侵权的构成理论,仅套用民事侵权一般构成要件,并未能明确规定对涉及社会公共利益的言论自由加以优先保护,有些权利甚至还没有进入法律范畴,例如,新闻工作的采访权、报道权等法无明文。这实际上不利于舆论监督和批评报道的开展。而近些年一些新闻单位动辄被起诉,也从一个侧面反映了这一新闻侵权构成理论的局限性。另外,新闻管理关系(国家新闻主管机关与报刊图书音像制品出版机构、广播电视机构、互联网站的管理与被管理关系)、新闻服务关系(新闻单位与国家机关、公民、法人之间因宣传、传播信息、表达意见、提供娱乐、发布广告而形成的服务与被服务关系)、新闻纠纷处理关系(新闻单位与其他主体之间因新闻活动所产生的纠纷协商、仲裁、诉讼关系)、新闻协作与竞争关系(新闻媒体之间的协作与竞争关系)、新闻职务关系(新闻机构与新闻工作者之间的工作合同关系)等不同种类的关系尚未形成新闻法律关系,相互之间的权利义务不明确,需要新闻法为不同主体设定规则,以有利于新闻自由的保护和新闻工作的开展。

四、构筑传媒业的人才高地

加入世贸组织后,我国面临国际传媒各种不同方式的渗透,人才的争夺将变得更为激烈。人才是最重要的资源,是持续发展的保障。没有人才的支撑,我们要想办出一流的媒体,在意识形态的对抗、经济实力的较量、信息资源的争夺中取胜,都如同纸上谈兵。针对市场和人才的角逐,我们要加大人力资本的投入,建立优秀人才脱颖而出的机制,努力培养能掌握现代新闻手段、精通新闻业务的复合型人才。

时代在发展,"入世"后对新闻人才的要求会越来越高。不少业内人士提出,当前高素质的新闻从业人员除了要具备较高的政治素质外,还要具备以下三个方面的能力:一是能切实把握中国的实际情况,运用现代新闻语言向受众传达信息的能力;二是在其所从事或负责的领域具有开创新局面的能力;三是能掌握现代化的新闻传播手段,具有和国际同行竞争、交往的能力。

现在的情况是,我们的不少新闻从业人员还谈不上完全具备上述三个方面的能力,在敬业精神、新闻敏感、知识储备等许多方面还有很大的差距。与此同时,不少新闻人才在外流,流向国外媒体,流向商业网站,流向外资企业,成为一个更为严峻的问题。

传媒业是一种知识型产业,人才资本对其发展来说具有特别重要的意义。当代经济学家指出,在经济增长的要素中,人力资本比物质资本更为重要,估计在全部资本中占到三分之二到四分之三。然而长期以来,我们没有人力资本的概念,在管理上存在着把特殊人才和一般劳动力等量齐观,重使用、轻开发,重资历、轻能力等问题。这挫伤了人力资本的所有者——人才,特别是年轻人才的积极性、主动性和创造性,使得人力资本的价值实现出现了障碍。这恐怕是新闻人才流失的主要原因。要解决这个问题,必须从以下三个方面努力:

一是改革用人制度,引入竞争机制,形成优秀人才脱颖而出的机制。人才既然是一种资本,是一种生产要素,就应该采用适应市场的方式来配置使用,而不能用行政手段来配置,更不能搞"铁饭碗""铁交椅"、终身制。所谓用适应市场的方式来配置使用,最关键的是引入竞争机制,不拘一格选人才,公平竞争用人才,做到优者进,能者上,庸者下,劣者出。这样方能实现人才资本的优化配置,避免闲置和浪费,不断提高媒体的创新能力、竞争能力和创利能力。

二是要加大人力资本的开发力度,构建学习型组织。传媒业作为一种知识型产业,与其他企业相比有一个显著的不同。就是它的核心竞争力不在于特有的技术发明,而在于它的人力资本。人力资本开发的目的就是要使报社的员工具有现代化的、更适应当代传媒发展要求的更高层次的知识、智力、能力、素质,既包括超常的创新精神、创新能力,也包括强烈的进取心、荣誉感、道德感、亲和力等。使得报业具有生生不息的强大的核心竞争力。开发人力资本的有效途径,就是建立学习型组织,使组织的所有成员在共同的价值体系、共同的远景目标的基础上,努力吸收外显的知识,不断挖掘内隐的知识,围绕报业的发展目标进行创新。在一个学习型组织里,可以通过内部培训,开发员工的"专业性智力";可以通过外派进修,学习新的知识;可以邀请行业内外的权威人士前来讲学;可与科研机构或大学合作进行课题研究;可委托国际著名咨询公司提供发展规划和管理创新方案;等等,这些都是开发人力资本的有效方法。开发往往是同投入相联系的。为了搞好人力资本的开发,有必要从媒体的销售收入中,按一定的比例提取开发费用。这一点,国外知名企业早就做到了,我们应向他们学习。

　　三是要改革分配制度,建立收入与贡献挂钩的激励机制。由于人力资本不同于一般劳动力,它的投入能引起技术创新、生产方面的变革、市场的迅速拓展等,使产业迅速向外扩展,使经济剩余迅速增大。因此,在分配上,人力资本除了应获得作为复杂劳动所实现的劳动力价值或工资外,还应有作为资本对其带来的剩余价值或利润的分享索取权。这就是说,一方面要按照"多劳多得"的原则,建立起真正的能力工资制,每个人根据自己的能力和贡献获取相应的报酬;另一方面,要根据"按要素分配"的原则,建立人力资本剩余价值分享制,使那部分保持核心竞争力的知识型员工参与剩余价值的分配。境外一些知名传媒已经这样做了,如香港凤凰卫视就给其著名主持人赠送了公司的股份,引起了传媒界的极大关注。这种做法符合人力资本的理论,适应了知识经济发展的潮流,值得我们认真思考和研究。

　　上述三方面的改革,涉及人才的使用、人才的发展、人才的报酬,说到底,是要解决人才的价值实现问题。这个问题解决好了,才能真正做到以事业留人,以感情留人,以待遇留人,极大地激发他们的积极性、创造性,使媒体永远保持生机和活力。

（作于 2000 年 5 月）

做弘扬先进文化的鼓手与旗手

——加强和改进党报文化报道

"三个代表"重要思想把始终代表先进文化的前进方向,同代表先进生产力的发展要求和代表最广大人民的根本利益统一起来,成为一个有机整体,从而进一步明确了建设先进文化在全党工作中的重要地位,和在全面建设小康社会中的重要作用。山东省委、省政府提出建设文化大省的奋斗目标,是贯彻"三个代表"重要思想的重大战略决策,是先进文化在山东省的具体实践。

如何适应发展先进文化、建设文化大省的新形势、新要求,加强和改进党报文化报道,成为摆在我们面前亟须解决的一个重要课题。按照集团党委统一部署,我们围绕这一课题进行了集中调研。着眼实际,这次调研侧重于狭义理解的"小文化",即各类文化事业和文化产业内容的报道。具体说就是关于文学艺术、文艺演出、群众文化、文化遗产、民间艺术、文化市场、全民健身、竞技体育、文体产业等内容的报道,分析现状,研究问题,提出改进思路和办法。

传播优秀传统文化,弘扬培育民族精神,
抵御西方文化的渗透和侵袭

加入 WTO,标志着我国对外开放进入新阶段,我们面临着前所未有的发展机遇,但也伴随着前所未有的挑战。不容忽视的是,西方一些国家企图对我经济上进行控制的同时,在文化和意识形态领域也加紧渗透。美国一位政界人士说:"美国最大的出口不再是地里的农作物,也不再是工厂里的产品,而是批量生产的美国文化。"国外一些敌对势力甚至公开叫嚣:"在同社会主义的斗争中,最终起作用的是思想,是文化,而不是武器。"面对西方各种文化产品的大量输入,面对两种社会制度的相互较量,不同价值观念的相互碰撞和各种思想文化的相互激荡,我国社会生活和人们的思想价值观念都会受到巨大冲击。

我们必须清醒看到,西方敌对势力加强文化侵略攻势,呈现出新的特点:一是全球性文化大轰炸。西方各国都成立了庞大的体系,制订周密计划,以各种大

众传媒采取轮番轰炸的方式全方位倾销其文化产品。二是手段软化。昔日的霸主作风摇身变为彬彬有礼的绅士风度,僵硬的强迫变为和颜悦色的"交流"、"对话",小心翼翼地将其生活方式、道德取向、价值观念编码在整个文化产品中,用迷人的场面、情节和形象灌输,使其润物细无声地潜入人们的意识深处。三是广告参与文化侵略。广告一方面是商品的自吹自擂,一方面又是生产国消费观念、生活方式、价值取向的综合表现,各种各样的广告形象,使人们的自尊心成为物质财富的附属品,同时增强了人们的自卑感和崇洋心理。

我们抽样调查发现,20—25 岁的大学生对民族乐器、民间乐曲、传统节日的兴趣选择率比 60 岁以上的机关干部的选择率低 40%。而对西方的节日如圣诞节、情人节、愚人节等兴趣选择率超过传统节日 30%。在对大学生的问卷调查中,对"崇拜的民族英雄"和"革命英雄"的选择竟然是零。有 6 成人选择崇拜影视明星。

从全国省级党报文化报道态势分析,对优秀传统文化在西方文化渗透中湮没流失的现实,普遍存在着麻痹倾向,危机意识不强,警惕性不高,应对措施不力。具体表现在:

一是对弘扬优秀传统文化在先进文化建设中的战略地位认识不足。表现在报道上,就是上博物馆"转转"、到公园里"看看"、跟在考古学家屁股后面公布"发现",把文化报道当成党报的点缀而被动应付,有人甚至认为对传统文化的报道可有可无。看不到在当今世界文化大交流、大融合的趋势下,传统文化处于弱势的现状,报道零碎而不系统。

二是对传统文化和民族精神的自觉宣传意识淡薄。以《大众日报》为例,在文化报道中尽管开设了"民间文化寻访""建设文化大省大家谈"等专栏,刊发了一批阐释优秀传统文化的稿件,但对民族文化的内涵特别是齐鲁文化的内涵把握得不是很准,挖掘得不是很深。

三是低估了民族文化在民族精神成长中的巨大作用。一段时间以来,少数所谓的文化人,在某些媒体上大放厥词,弃传统文化如敝屣,有些编辑记者也对这些现象听之任之,对优秀传统文化自觉不自觉地矮化、低估甚至否定。

四是盲目炒作西方文化产品。对这些作品不分析、不鉴别,媒体拱手让出珍贵的版面、频道,任其"跑马圈地",没有起码的防范意识。

形势逼人,我们的文化报道如果不改进和加强,就会丧失阵地;如果不加大自己的"音量",民族文化和民族精神就会在西方强势文化的围剿中销声匿迹。

而一个民族没有了自己的文化和精神,也就没有了根,没有了灵魂。

今后3到5年,是山东文化发展的关键期。在传播弘扬优秀传统文化方面,我们党报有许多工作要做:

(一)必须把传播优秀传统文化、弘扬民族精神作为文化报道的重中之重。宣传要做到旗帜鲜明,理直气壮,有板有眼,常抓不懈。如对传统节庆春节、中秋节等的报道,要站在弘扬民族传统和培植民族精神的高度来认识,适时引导,强化宣传,展示传统节庆魅力,让受众在节庆宣传中体味民族文化的风采。

(二)建立优秀传统文化动态(现象动态、观念动态)报道机制。文化记者、编辑要及时采集各地区、各文化单位重要的优秀传统文化信息,从而为文化管理决策提供依据,为传统文化创作提供素材,为文化研究者提供参考。对破坏文化遗产的行为应及时报道,以引起全社会的关注。

(三)系统宣传山东历史文化品牌。山东是文化资源大省,文化品牌多,应该重点宣传好文圣孔子、武圣孙子、科圣墨子、书圣王羲之,大词人李清照、辛弃疾,小说家蒲松龄等历史文化名人牌;山东杂技、吕剧、五音戏、柳琴戏、茂腔、柳腔、山东梆子、沂蒙小调、方氏裴韵等艺术品牌;潍坊风筝、杨家埠年画、淄博陶艺、鲁西南面艺等民间文化品牌等。

(四)加大对标志性民族文化遗产的保护与研究的宣传力度。文化报道必须承担起保护国粹的责任亦即对有形文化遗产如"三孔"、秦代泰山石刻、嘉祥汉画像石、陵县的颜真卿书东方朔画赞碑等重点文物的保护,和无形文化遗产(非物质遗产)如民间音乐、舞蹈、工艺生产的技艺,及正在消失的口头文学的保护。

(五)加大对齐文化的宣传力度。突出宣传齐文化的思想精髓、基本精神,如生为社稷、死为社稷的爱国主义情操;救难恤患、存亡继绝的仁爱精神;法律政令、君民共守的法治观念;崇礼尚义、教训成俗的教育思想;诚工、诚农、诚贾、信士的职业道德要求;不耻小节、而耻功名不立的社会责任感等等。在对鲁文化的宣传中,要跟踪儒文化研究新成果,在由学术研究向群众普及的文化转换上做文章。

(六)在对传统文化的宣传报道中,一要体现科学性。去粗取精,对封建迷信等糟粕要摈弃和批判,提炼出能显现民族精神的精华。二要体现时代性。找准传统文化与现代精神的契合点,适应现代人的审美情趣和心理需求,古为今用,而不是单纯的"贩古董"。三要体现兼容性。中华文化博大而宽容,从不排斥其他外来文化。我们的报道也要摈弃非此即彼的思维模式,不能厚古薄洋。

从体制、政策、产业角度观照文化和文化现象,
为建设文化大省营造良好的政策和舆论环境

大众日报提出了打造山东最权威的政经大报的奋斗目标,强化地域性、权威性、独特性、综合性和开放性。所以一切报道都应该围绕政经大报的定位来切入。也就是要自觉把新闻报道角度调整到政治(含文化)、经济、政策、体制、产业角度上来。具体到文化报道,就是要在强调文化的娱乐性、趣味性、可读性等文化新闻特性外,更多的应该是从文化体制、文化政策、文化产业角度剖析文化现象和文化产业个案,只有这样,才更能争取到有"决策权""话事权"的读者,从而树立权威政经大报的不容动摇的地位。

应该看到,进入新世纪,被誉为朝阳产业的文化产业已经成为许多国家经济发展的新增长点,在美、德、法、日、韩等国文化产业已经成为国民经济的支柱产业(文化产业增加值占 GDP 的 10%以上),早在 1998 年,美国的文化产业经营额就已经达到 2000 亿美元,其视听产品出口额仅次于航空航天业。好莱坞电影《泰坦尼克号》创下 15 亿美元的票房价值,而其中索尼公司单靠发行其中的一首主题歌原声带就已收入 2 亿美元。英国仅创作产业(指生产出诸如艺术、戏剧、舞蹈、文学、音乐、设计、媒体内容等)年产值就达 600 亿英镑。专家指出,文化产业每提升一个百分点,就增加就业 100 万人。文化产业的重要作用,由此可见一斑。

山东省委、省政府提出建设文化大省的宏伟目标,是顺乎时势、顺应民心的英明之举。建设文化大省的重要突破口是大力发展文化产业。而山东省不用说跟国外发达的文化产业国比,就是跟文化产业发展比较好的省份比也还有不小差距。浙江省 2000 年文化产业增加值占到了 GDP 的 4.9%,而我省仅为 2.5%。调查发现,我们除了观念上的差距外,突出表现在:

一是文化产业规模小,产业资源整合力度不够,集约化程度不高,产业链较短。二是文化产业融资渠道单一。资金来源主要是企业内部的经营收入和政府财税返还,民营资本、境外资本和国外资本投入较少,且仅集中在娱乐、广告业等。三是文化体制改革进展相对缓慢。政事不分、政企不分、管办不分。政府部门既当裁判员,又当运动员;所有权和经营权界限不清,所有权混同于经营权,产权结构单一化;文化单位内部人事、分配、后勤制度改革不深入,责、权、利不够统

一、能进不能出、大锅饭、追求"小而全"的小社会发展模式等问题较为严重。四是文化产业人才匮乏，等等。

从党报目前文化产业报道的现状分析：一是从产业角度观照文化现象不够自觉。由于长期受计划经济的影响，党报文化报道片面强调文化的事业属性，忽视产业属性，对文化产业在经济发展中的巨大拉动作用认识不足。没有清醒地认识到，文化不仅创造精神价值，而且还积极创造经济价值。二是对文化产业的报道，零碎而不系统，往往是一院、一团、一馆、一剧的微观报道，缺乏宏观和中观报道。三是视野窄、思路不广，报道的权威性相对较弱。

据有关部门测算，到2005年我国潜在文化消费能力将达到5500亿元，面对文化产业巨大的市场潜力，面对山东省文化产业不断发展的广阔前景，党报文化产业报道具有极大的施展空间。我们认为，加强和改进文化产业报道应该从以下几方面入手：

（一）报道必须高屋建瓴，要有全球大视野。调查发现，读者不仅喜欢微观的文化产业报道，更渴望看到从宏观上分析文化产业发展态势的报道，以便知世界文化产业风云，晓各地产业发展路向。我们应该看到全球经济一体化的大趋势，不仅观照全省、全国，而且要观照全球，要站在时代的制高点上，摆脱地域和视野的局限，摆脱"条条观""块块观"的束缚，努力捕捉那些影响全局的重大题材。只有这样我们的文化产业报道，才能突破一般化。

（二）报道要寻找切合实际需要的建设性视角。比如对齐鲁文化旅游纪念品几十年一贯制的老面孔现状，可开设"金点子——为齐鲁文化旅游纪念品献计策"征文，或者组织文化旅游产品的设计大赛等。在跟踪齐鲁文化品牌产业时，如鲁版图书、齐鲁电子音像制品、齐鲁广播影视制作等产业的走势，更应该从可操作层面上加以引导。

（三）报道要从文化属性切入。文化产业现象复杂，好多名词是经济学术语，晦涩难懂，产业领域充满数字，如单纯从产业角度切入，势必把报道写得单一、孤立和线状，如果赋予产业以形象性，从枯燥的新闻里发掘故事和细节，用通俗的语言，直指问题的症结，传播效果会好些。以"故事"诠释"财富"的美国《财富》杂志就尝试过用故事性摧毁经济学术语带来的枯燥感，取得巨大成功。我们可以在开设"文化消费观"专栏，引导受众建立正确、时尚、科学的文化消费观，提倡、鼓励人们加大文化消费在整个消费中的投入比重，积极参与健康、高雅、时尚的文化消费活动时做些尝试。

（四）报道要从经济属性切入，注意寻找产业与文化、产业与社会生活方式的契合点。比如，对齐鲁文化、海疆文化、黄河文化、革命老区文化、运河文化、民俗文化等文化产业带的报道，应重点探索文化产业的积聚效应、区域辐射效应和社会综合效应。

（五）文化产业报道专业性强，应该建立引进专家解读产业个案机制。比如对青岛国际啤酒节、潍坊国际风筝节、泰山国际登山节、曲阜国际孔子文化节等的报道，应该邀请研究节庆文化的专家参与；对如何抓住 2004 年亚洲杯足球赛在济南举行、2008 年奥运会在青岛举行帆船帆板比赛的契机，做大做强体育产业的报道，应该聘请体育专家来解读。在这方面山东人民出版社的《经济学家茶座》的经验可资借鉴。

（六）文化记者、编辑要调整自身的知识结构。文化产业报道需要综合性知识结构来支撑。这就要求记者在学好传媒理论的同时，跨学科学习经济学、社会学、心理学、政治学等各方面知识，还必须对出台的文化产业政策、方针有深刻的理解。只有这样才能适应产业报道的新形势。

（七）建议适当时机开设文化产业版，以适应文化产业发展的要求。省委重大问题调研组已经在调研报告中建议把文化产业纳入经济社会发展的宏观管理，建立科学的文化产业统计指标体系。文化产业跨越式大发展的势头很猛，我们作为省级党报应该对文化产业突出报道。

牢牢把握先进文化前进方向，弘扬先进文化，引导世俗文化，抵制腐朽文化，批判反动文化

目前我国的大众文化日趋多元。应该看到，健康向上的文化格调依然占主导地位，但不能忽视其负面影响。一是存在盲目性、自发性和过于商品化的倾向，缺乏真正的文化个性和独创性。二是大众文化的感性化、平面化导致了人们对历史与文化传承责任的淡化，导致文化的人文含量的流失，这将会使社会进步缺少恒久的动力，并以看得见摸得着的经验的直接性，取代价值的超越性，以瞬间的体验（比如迪斯科、卡拉 OK 等）代替久远的回味与思考，从而消磨意志与迷失方向。三是某些文化生活类媒体，放弃新闻的社会职责，向低级趣味倾斜，渲染乃至捏造无聊的花边新闻，这种弃优逐劣的痞子习气，客观上为大众文化的负面影响推波助澜。

大众文化以集体无意识的面目出现，其娱乐性和休闲特征占据大众主要的

休闲时间,无形中消解人的反思功能。我们抽样调查的大学生有40%在读已改编成电视剧的原版小说,10%的学生不读名著,只读时尚类报纸杂志;25岁以上的成年人每天收看影视的时间平均在1.5小时左右。大学生、25—49岁的公务员、60岁以上的老干部对主流纸质媒体的经常阅读率分别是20%、30%、50%。要引导人们向更高的文化层次提升,摆脱大众文化的时尚性暗示,必须加强文化报道。

近年来,《大众日报》文化报道同政治经济和社会报道一样,取得长足进步。一是旗帜鲜明地弘扬主旋律,通过开设"文化时评""各抒己见""说理论道""第三只眼""丰收漫笔"等栏目,发出自己的声音。二是积极反映文化的多样化形态,关注艺术家的创作、文化热点、体育现象等等。三是策划意识增强,开设的"建设文化大省大家谈""民间文化寻访"系列专访等,起到了良好的宣传效果。四是成功报道重大的国内国际赛事。五是报道方式不断创新。比如孙犁、袁世海、赵丽蓉、马三立等文化名人去世后的组合式报道,对《刘老根》《省委书记》《走向共和》《书香门第》等电视剧的专家话题性报道等等,不一而足。

在取得成绩的同时,也存在一些不容忽视的问题:

一是"三贴近"文章做得不足。我们调查发现,对文体新闻(含周末版),29—49岁的公务员每次阅读时间在31—60分钟的占50%,60岁以上读者占70%,阅读时间为11—30分钟,尽管阅读时间平均值都超过其他时政新闻,但也说明,加强和改进文化报道还有较大空间。

二是原创性新闻量还需加大,共享性新闻(多为新华社稿)个性化处理还需强化。调查发现,大学生、公务员、离退休干部对独创性新闻的渴求选择率分别为90%、60%、60%。

三是追踪文化热点缺乏快速反应机制。这一方面有人手少的原因,另一方面是记者受到考核等限制,积极性不足。

四是文化新闻版面太少。《人民日报》《新华日报》《北京日报》《南方日报》等20家省外报纸和《济南日报》《青岛日报》等省内报纸辟有专门的文化版和体育版,而《大众日报》长期是文体版合一。在编采人员的配备以及采访设备、资金的投入等方面,更是无法同其他媒体相提并论。

我们认为,改进文化报道应该做到以下四个方面:

(一)弘扬先进文化必须旗帜鲜明

1.倡言科学精神,站稳立场。当某些媒体刊登猜测性报道或不确切新闻时,我们机关报要依据自身优势和判断力,发布最权威的文化信息,以正视听。

2.着重报道创造时代精神与地方特色相结合的先进文化。

3.关注齐鲁作家群。文学鲁军的水平参差不齐,存在着如下的问题:不少作家在表现当前改革现实方面热情不足;作家对外交往少,自我封闭,而且行动性不强,"家居生活""书斋写作"还是多数作家的生活方式和写作方式,部分作家还不同程度存在孤芳自赏心理,不少作家在文化修养方面底子薄,创作上后劲不足。对这些现象在报道时当有针对性地提醒。

4.报道兄弟省市发展先进文化的经验和外国的有利于我们发展先进文化的经验教训。报道要体现"三个面向",把握民族的、科学的、大众的社会主义文化的精髓。

5.强化纯洁祖国语言意识。随便看看一些媒体的报道,听听一些人的言谈,用词不当、语法错误、逻辑混乱的现象比较普遍。比如,"哇塞""帅呆了""酷毙了"之类。打开报纸,英文缩写俯拾即是:"PETS""CEO""IDC""TOEIC",一连串的英文掺杂于汉字之间,让不识英文的读者成了"文盲"。在有的媒体和影视作品中,"爹地""妈咪"的称呼,叫人听着反胃。在不少媒体的广告词中,也随意移花接木,比如,把"有志之士"变成"有痔之士",把"无微不至"变成"无胃不治",把"刻不容缓"变成"咳不容缓",如此等等。这些词句,不是通俗,是庸俗;不是生动,是混乱;不是高雅,是斯文扫地。这些语言"垃圾"不除,健康的文化氛围就营造不起来。编辑编发稿件时应该注意语言基本规范的引导,对不合规范的篇章、段落都应该做出适当调整,体现语言简洁之美。

(二)引导世俗文化要把握报道艺术

1.要多报道身边事、身边人,生活气息浓郁、地方特色鲜明、为群众所喜闻乐见的文化信息,如家庭文化节、社区读书会、民间绝活赛等。

2.强化策划意识。既要有年度选题策划,又要有日常选题策划;既要有主打栏目支撑亮点,又要有一般栏目体现报道的丰富性。策划要研究不同层次读者的需求,既照顾到体现高层次、高品位、高水准的严肃文化,又倡导健康向上的、具有普及性、通俗性的大众文化,如歌厅、舞厅、影院广场演出等群众性娱乐文化,社区、校园、机关、军营、企业等自教自娱文化,还有如武侠、侦破小说、惊险影视等消闲性通俗文化等。

3.加强和改进体育报道。跳出体育报道体育,扩大体育逻辑的外延,站在全国和世界的高度审视体坛发生的变化,把关注点伸向体育与其他社会形态的连接处,挖掘出体育新闻中的文化含量。

4.开设影视剧评专栏,如对一般观众来说,再优秀的电视剧都是一次性消费,稍纵即逝,而一旦关于这些作品的评论发表于党报,观众变为读者,从而使电视剧的文化能量得以准确释放。通过报道引导文化热点和焦点,开设"专家视点""焦点透析""冷眼看潮"等栏目,引导受众冷静对待。

5.依托媒体优势,策划大型文化活动。比如音乐会、图书展、文艺演出、文化旅游、文学评奖等活动。

(三)抵制腐朽文化要常抓不懈

1.开设"曝光台""监督哨"等文化监督专栏,对违法文化活动、娱乐场所的黄赌毒等现象展开监督。

2.对传播腐朽文化的书籍、音像制品等要展开批判,如对用不正确历史观创作的影视剧、戏说历史、荧屏上刮起的反面人物反案风等,都要及时进行批驳,以党报的声音来提高读者认同先进文化的自觉性和坚定性。

3.对假借"艺术"的名义搞的极端行为艺术和恶俗人体彩绘等,要看清它们以牺牲公共秩序、道德文明和生命尊严的代价,来取一己之利的本质,自觉站在捍卫先进文化的立场上,剥下其亵渎艺术的丑恶面目。必须加强文化批评的战斗力和针对性。

(四)批判反动文化要坚决有力

反动文化挑战社会、挑战政府、挑战公义、挑战人类,践踏公共利益,必须迎头痛击,决不手软。一是党报文艺副刊对传播反动文化的文艺作品坚决封杀;二是对反动文化的观点要及时组织批判,把反动文化的传播面控制在最低限度;三是以反动文化为反面教材,组织专家、学者进行正面引导。

加强和改进文化报道,关键在人,文化编辑和文化记者必须保持与时俱进的精神状态,加强学习,不断充实自己,自觉做先进文化的传播者和创造者。

(《研究式学习》,泰山出版社,2004 年 5 月)

党报的权威性从哪里来？

一提党报，不少人首先想到它的权威性。的确，过去党报一家独大，读者要了解信息，学习政策，除了依赖党报很少有别的渠道。日久天长，在许多党报工作者心目中，权威性似乎成了党报与生俱来的"特产"。

而今，媒体已进入多元竞争的时代，党报的权威性正在受到日益严峻的挑战。论时效性和视觉冲击力，党报比不上电视；论可读性和互动性，党报比不上网络。在其他媒体的强势挤压下，更由于党报自身管理体制、发行渠道、内部机制、办报理念等方面的制约和滞后，党报形不成独具特色的竞争优势，读者在减少，市场在萎缩，人们不愿看党报或"看报只看题儿"，党报大有被"边缘化"的倾向，其权威性又从何谈起？

但从报业自身发展规律和现代媒体竞争的走势看，党报并不是无所作为，而是可以大有作为。其应对日趋激烈的媒体竞争、在市场经济条件下求得生存与发展的制胜法宝，仍然是权威性，是面向新的时代、新的细分化的市场、新的读者需求的重树的党报权威性。如何重树党报的权威性，越来越成为摆在党报工作者面前一个无法回避的严峻课题。

那么，党报的权威性从哪里来？笔者认为应该从以下几方面着手突破。

一、对重大新闻的及时、准确、翔实报道

对重大新闻欲知、早知和充分了解，是读者读报的普遍心理。抓住读者这一心理预期，也就抓住了树立党报权威性的第一突破口。

处理好重大新闻，首先要突出报道时效。谁能在第一时间将重大新闻呈现给读者，谁就能吸引读者的眼球。但多年来的养尊处优和机关化作风，使党报在重大新闻的报道时效上明显落后于其他媒体，不考虑读者和市场，对重大新闻缺乏预见和灵敏反应，老是慢半拍，读者打开报纸最想了解的东西看不到，一次次偏离心理预期，一次次失望，其后的报道再详尽再妙笔生花，又有什么用处？长此以往，谁还看你的报纸？

其二，当今世界，信息繁杂，一些媒体为了吸引读者眼球，人为夸大新闻事实，肆意炒作，让读者雾里看花，真假难辨，无所适从。这种情况下，能否跳出纷繁复杂的信息泡沫，去伪存真，形成自己的独特眼光和报道原则，为读者提供准确客观的新闻事实，正是党报树立权威性和公信力的关键所在。

其三，权威不权威，在重大事件的处理上最见功力。多年来的积淀，使党报有能力对重大新闻进行深入翔实的报道处理，挖掘重大新闻背后的丰富背景和深层次原因，揭示重大新闻的深远影响和发展走势，提供一般媒体蜻蜓点水式的报道所无法具备的丰富信息含量，让读者既知其然，又知其所以然，既了解现在，又知道过去和未来。

对重大新闻在现代媒体竞争中的重要地位，应该说在方方面面都有所认识。现在的问题是，不少人认为，发生在我们身边的重大新闻毕竟很少，手中无米，何谈下锅，事实上，站在更广阔的背景上审视，我们缺少的不是重大新闻，而是发现重大新闻的敏锐眼光和处理方式。近年来媒体对新闻资源的争夺早已超出了省界、国界。发生在我们身边的黄河调水调沙、克隆牛横空出世、南水北调山东段应急工程开工应该突出报道，发生在省外的小浪底水库建成蓄水、中国加入世贸组织、申奥成功等，只要是新的、有影响的、人们想知欲知的，对我们的生活可能产生这样那样的直接或间接影响的，一样应该拿出版面强化处理。美国空袭南联盟、"9.11"恐怖事件这样的爆炸性新闻读者非常关注，但发生在今年1月的阿根廷经济危机看似与我们无关，《广州日报》却拿出版面图文结合，全息透视，一样对读者产生了强烈冲击力。

对重大新闻进行及时、准确、翔实报道处理，对编辑记者的新闻敏感、策划组织、采写及版面处理能力，甚至对党报老总的胆识，对整个报纸的办报思路、组织结构、人员配置、奖惩机制都提出了更高的要求。一些先行一步的党报之所以能走上街头，甚至一个重大新闻处理好了，当日零售量就能扩大好几万份，正是尝到了这方面的甜头。

二、充分挖掘权威部门的权威信息

会议报道、领导人活动充斥版面，这是各级党报遇到的共性问题。明知道这样的报道读者厌烦，但作为党报又不能不勉力为之。久而久之，许多党报工作者甚至走进这样的思维怪圈：要想履行好党报职责、侍候好各级领导，不能不得罪甚至放弃读者。

　　事实上,党报的喉舌职能与吸引读者并非水火不容。大量有效信息都掌握在党政部门,大量方方面面的专家都聚集在党政部门;几乎每一个重要会议的召开,都与事关国计民生的重大决策的酝酿、制定、出台和实施紧紧联系在一起;而每一个决策的出台,每一项改革措施的实施,都与广大读者的切身利益密切相关。特别是在社会转型的特殊历史时期,读者对这些问题的关注程度,大大超过鸡零狗碎的花边新闻。而参加各种各样的会议,与制定执行这些政策措施的权威部门打交道,党报具有一般媒体无法比拟的特殊优势。将读者关注的权威信息在第一时间报道出来,并对各种政策措施的来龙去脉、背景、影响进行及时充分的分析报道,正是树立党报权威性、增强核心竞争力的"撒手锏"。《纽约时报》为什么能征服读者?一个重要原因就是,白宫的每一次新闻发布会,第一个提问的总是该报记者;白宫每一点风吹草动,总是该报常驻白宫的记者抢先报道给读者。而恰恰在对白宫的关注和报道中,成就了该报一个个首屈一指的名记者,也树立起该报在读者心目中的权威。遗憾的是,这些年来,潜藏在会议和权威部门的众多重要信息,常常被千人一面的会议报道所淹没,党报在这方面甚至不如一些晚报、都市报做得好。

　　解决这个问题,首先要打破思维惯性,强化读者意识,从读者的关注点着眼,以与读者切身利益的关联程度为判断取舍标准,善于从纷繁复杂的会议讲话、材料中挑出抢眼的新闻点,取其要害,做深做足做透。要保持高度的新闻敏感,从中央到地方,每一项决策的出台,甚至一个看似不起眼的小举措,都要打上个问号,考虑一下到底对一个地区的经济社会发展会产生什么样的影响,与广大读者的工作生活会有什么样的联系,然后迅速着手,顺藤摸瓜,一挖到底。其次要与权威部门建立畅通的联系渠道,尤其作为省级党报,与省直任何一个部门都要建立密切联系,对重要部门甚至可以派出常驻记者。对编辑部直属记者从权威部门挖到或漏报一条重要信息如何奖惩,也要建立相应的考核机制。

三、强化深度报道

　　党报的权威性,还应该体现在报道的超前、独特、深刻和厚重感上。而这一点,恰恰是以直观性或短平快见长的电子传媒和生活类报纸力所不及的。从这个角度讲,搞好深度报道,对党报的生存发展至关重要。

　　那么,深度报道的"深"字如何体现?笔者认为,应该围绕敏锐、深刻、超前六个字下功夫:

　　1.在深度报道的选题上,要对社会关注的热点难点问题保持高度的新闻敏感。1994年农村干群矛盾一度相当紧张。为什么农民生活好了,反而怨气大了,"吃上了肉还骂娘"? 为什么农村基层干部出力不少,反而和群众的距离越拉越大? 是大政方针出了问题,还是政策在具体执行中打了折扣? 大众日报春节前夕派出记者进村入户与农民促膝长谈,拿出一个整版发表了《与长清农民唠家常》,既让农民倒苦水,也让基层干部诉委屈。双方敞开心扉,症结水落石出:农民负担重,增收渠道少,农村基层干部的思想观念远远不能适应市场经济条件下农村工作的需要。报道切中要害,干群之间的疙瘩迎刃而解。

　　2.向深处开拓,想人所想,见人所未见,透过现象揭示本质,帮助读者认清事物变化的规律和发展方向,从深度和广度上把握社会的脉搏跳动。当众多一下子被推上市场经济大潮的国企干部职工无所适从、牢骚满腹时,大众日报一位年轻记者却从参加烟台APEC会议的跨国公司老板口中,捕捉到国有企业的优势所在,写出引起省政府主要领导关注的《你们拥有最大的优势》的深度报道。上个世纪80年代的大兴安岭火灾举国关注,中国青年报记者通过《红色的警示》《黑色的咏叹》《绿色的悲哀》三篇深度报道,不仅揭示导致这场灾难的深层次原因,还从火光中看到了多年来我们向大自然无节制索取造成的严重生态灾难。这样的报道深度,是一般的电子媒体和街头小报所无法比拟的。

　　3.胸怀全局,思维超前,突出前瞻性、指导性和可操作性,为各级领导提供决策参考。在资产负债比例还没有进入国内金融界视线时,大众日报一位记者就深入研究了发达国家金融监管的经验教训,在国内媒体首次提出了这一事关国家金融安全的重大问题。1995年,预算外资金体外循环还没有引起各级政府的足够重视,《大众日报》发表了《触目惊心预算外》《财源滚滚预算外》《谁说管不住预算外》三篇深度报道。这些报道关注的是前沿问题,提出的是富有操作性的见解,发人深思,给人启迪,正是各级党报搞好深度报道、吸引读者的重磅武器。

　　现在,不少党报把主体读者群定位为各级党政干部。事实上,并不因为你是党报,人家就会心甘情愿地成为你的主体读者。只有思维超前,见解独到,写出的报道对解决实际问题有所帮助,读者想看爱看,看了解渴管用,才能培养出忠实的主体读者群,引导记者站在政治和全局的高度发展和思考问题,形成勤于学习、善于思考、研究问题和扎实采访的浓厚氛围,培养自己的专家型记者队伍,党报尤其应该走在前面。

四、加强舆论监督

舆论监督,既是党和人民赋予党报的重要职责,更是党报树立权威性、赢得读者信赖的重要手段。一张党报如果只敢报喜不敢报忧,在读者心目中很难有什么分量。但近年来,党报的舆论监督功能不是在加强,而是明显弱化,甚至基本放弃了。好像只有评功摆好,才是给党委政府帮忙,稍微搞点舆论监督,就成了给党委政府添乱。

尽管形成这种被动局面原因是多方面的,但归根结底还在于自己束缚了自己的手脚。随着社会主义民主进程和政治文明建设的不断推进,党报的舆论监督不仅不能削弱,而且必须加强。只要真正从党和人民的根本利益出发,党报的舆论监督不仅能搞,而且完全能搞好。正如新华社副社长何平所说:"没有不能报道的领域,只有不能发的稿子。"这其中把握好舆论监督的分寸至关重要。

1.直面问题,敢于碰硬。党报要想真正代表最广大人民群众的根本利益,就不能谨小慎微,回避矛盾,对事关群众利益的热点难点问题视而不见,对影响党的形象的歪风邪气退避三舍。2000年,一场百年不遇的水灾袭击了海南,安定县一位副镇长置群众安危于不顾,在家里整整躲了三天。《海南日报》将这位干部的丑恶嘴脸果断暴露在光天化日之下,稿件发表后省委书记当即批示,当日报纸在不少地方被抢购一空,"怕水"干部成了顾自己利益而置群众安危于不顾的干部的代名词。这些成功的舆论监督说明,党的新闻工作者只要出于公心,真正站在党和人民的根本利益上进行舆论监督,完全可以得到党和人民的理解支持。

2.精心选题,以一当十。这几年医疗界的不正之风越演越烈,《黑龙江日报》不是四面出击、小打小闹地进行批评,而是抓住哈尔滨传染病院偷改化验单让没病者花几千元住院这一典型事件,精心策划,一追到底。这组报道不仅获得中国新闻奖,而且直接引发了全省性的医风大整顿。还有去年一些媒体对南丹透水事件的揭露,不仅引起国务院的高度重视,而且促成全国性的煤矿安全生产大整顿。这说明党报进行舆论监督,不能像一些街头小报那样,胡子眉毛一把抓,捡到篮里都是菜,必须选择那些在面上具有典型意义、能够引起强烈社会反响和有关部门高度重视的报道题材,不做则已,一旦动手,就要追踪到底,做足做透,推动面上问题的解决。

3.化解矛盾,引导舆论。对社会关注、众说纷纭的热点难点问题,各级党报既不能视而不见,又不能火上浇油,帮倒忙添乱子,而是要着眼于解决问题,解疑释惑,加强沟通,降温灭火,为党委政府分忧解愁,找到解决问题的办法。前几年大中城市菜价飞涨,广大市民怨声载道。新华社两名记者从蔬菜主产地寿光跟车千里贩菜进京,发现菜价飞涨的原因不是供应不足,而是贩运沿途关卡重重,层层收费,造成蔬菜进京难。这一报道受到中央领导的重视,问题很快得到解决,群众的怨气也消了。

4.把握时机,适时介入。这几年群众性上访不断,但《浙江日报》对这类问题不是噤若寒蝉,退避三舍,而是在玉环县900名农民因对一份土地转让协议不满集体状告村干部时适时介入,不但没有激化矛盾,反而为读者上了一堂很好的普法教育课。许多农民读后恍然大悟:原来自身权益受到侵犯,并不一定非要集体上访,运用法律武器完全可以维护自身权益。这充分说明,党报对敏感复杂、容易引起负面影响的新闻事件进行舆论监督,选择适当时机和报道切入口有多么重要。空怀一腔热心,光想为民请命,唐突介入,一味乱批蛮批,不仅无助于问题的解决,而且容易激化矛盾。

5.把握脉搏,学会借力。舆论监督是一门很深的学问,是一门艺术。这中间有许多规律和技巧需要悉心揣摩。成熟的媒体和记者,不是把自己当成无所不能的独行侠,因为许多问题的解决单靠自身力量远远不够。所以党报进行舆论监督,首先要把握准党委政府的脉搏,从主要领导最关注、最着急的问题入手,1997年,《大众日报》发表的《换个视角看日照》,对当地干部思想保守、夜郎自大、各自为政、层层扯皮进行了大胆披露。按常理,省级党报对地级市的报道,很容易捅马蜂窝,但这篇报道在《大众日报》头版上八栏突出处理后,效果却出奇地好,日照市委书记专门做出批示,要求全市展开大讨论,找不足,定对策。之所以如此,就在于记者号准了"一把手"的脉搏:他刚刚到任,急于借外力推动当地的工作。其次,要学会借力打力。现在各级人大代表、政协委员的监督和参政议政职能正在强化,党报从事舆论监督,完全可以借助他们的力量,对他们在视察中发现的问题、对他们的提案议案的办理情况进行追踪报道。另外,也可以与政法、工商、质检等部门搞好合作,借助他们的力量开展舆论监督,促成有关问题的解决。

6.把好真实准确、客观公正这个底线。以法律为准绳,以事实为根本,尽量避免先入为主,避免在报道中掺杂个人好恶和发表评论;在全面准确掌握基本事实的基础上,要充分听取当事各方的意见,用事实说话,让报道有职业水准;在搞好舆论监督的同时,尽量避免法律纠纷。

党报在自身的改革中,只要更好地研究市场,更好地了解读者,明确自己的定位和优势所在,找准改革的突破口,在观念、体制、机制和做法等方面进行大胆创新,就一定能够重树权威,成为真正的主流媒体。

〔《新闻导刊》2003 年第 1 期,作品获山东新闻奖(论文)二等奖〕

改进党报的工作性报道

工作性报道和会议报道是我们党报内容构成的两大主件,也是令读者生厌、对党报"敬而远之"的两大主因。因此,有的报纸在改革中提出:减少和摈弃工作性报道,甚至提出"把工作性报道挤出版面"的口号。这显然是不正确起码是不准确的,在实际工作中也是行不通的。从党报读者的定位来看,我们的第一读者群即各级党政干部所关心的,首先是对他们的工作有启发意义和重要参考价值的新闻,而不是诸如娱乐新闻、社会新闻等"软新闻"。指导性,是党报新闻的主要功能,指导什么? 当然首先是指导工作。靠什么指导? 当然首先是工作性报道。现在,许多晚报、生活类报纸也提出要增加"硬新闻"。所谓"硬新闻",我理解就是对人们的工作或者"生计"有重要参考价值的新闻,也就是"管用的"新闻。这样看,"硬新闻"与工作性报道有许多共通的东西,都是读者感兴趣的,关键看是不是新闻。所以说,党报的工作性报道不可或缺,要害的问题是怎么改进,让工作性报道由"面目可憎"变得可亲、可读甚至是必读。正因为工作性报道占的分量大而又不可或缺,所以改进工作性报道的效果如何,直接关系到党报改革的成败。

那么,怎样改进工作性报道呢? 我认为主要应从"三多"和"三深入"入手。

多用事实说话或多写事件性新闻。"新闻是新近发生的事实的报道。"这一新闻学的最基本的定义,应该是从我们迈进报社门槛的第一天起就熟知的。但我们许多记者在写工作性报道时,似乎忘记了这一定义。概括性的导语、总结式的经验(一般列个三四条)、数字化的结果,成为构成工作性报道的"三大件",你写我写,大家都这样写,几十年一贯制,读者怎能不望而生厌! 其实,工作性报道也是新闻,也得用事实说话,而且这事实最好是新近发生的事实(事件),最好是独家的事实,最好是对面上的工作有普遍指导意义的事实。我们只要记住一点,只要没有新近发生的事实(事件),就不构成新闻,记者就不能动笔。至于一些经验和做法,可以作为新闻的背景来处理。这样做,是新闻价值的回归,也可以说是还新闻以本来面目。

多写深度报道或让工作性报道多些思想性。深度报道，是纸质媒体与其他媒体竞争的优势所在，更应是党报的"拿手戏"。从党报的读者定位来说，我们的第一读者群即党政干部所关心的是那些能启发思路、开启心智，有思想、有见地、有深度的报道，是那些对指导实际工作管用的报道。这样，就需要我们的工作性报道多些背景、多些分析、多些思想；不就事论事，不浮光掠影，不浅尝辄止。要报道一个方面的工作，就要对这方面的问题进行深入的研究，取得在这个领域的发言权，然后才能去采访，才能下笔写作。这样写出的东西，才有厚重感，才能给人以思想的启迪。有人说，感情的东西最能打动人。我说，思想的力量更有穿透力。让我们的工作性报道多些深度再多些深度，多些思想再多些思想。

多些逆向思维或多从同中求异。由于党报宣传自身的特点，某个时期要配合某个中心工作，会出现报道主题和内容的趋同：报道农业结构调整，就都去"种大棚菜"；报道贯彻落实"三个代表"思想，就都"背着铺盖下乡"。新闻是最讲究新鲜和独特的，要的就是万绿丛中那"一点红"。从这个角度讲，西方新闻学中"狗咬人不是新闻，人咬狗才是新闻"这一名言还是有一定道理的。当记者的，就要多点求异思维，不随大流，不人云亦云，能够从共性中发现个性，能够从正常中发现异常。有许多事情，只要换个角度想一想，就可以发现许多问题、发现许多报道题目。譬如大家都一窝蜂地"种大棚菜"，有没有既尊重农民意愿又因势利导的问题？有没有"洋品种"水土不服的问题（包括消费者的口味）？有没有市场销路问题？大家都写引进"洋品种"，你可不可以写一篇种野菜发了财的？当然，这都是很浅显的例子。但说明了一点，只要多用逆向思维来观察问题、分析问题，就会见人所未见，写出不同凡响的报道来。

"三深入"即深入采访、深入学习、深入思考。这虽然是老生常谈，但还得常谈。

"新闻是用腿写出来的。"这句话说的就是，当记者的只有勤跑、多跑，只有深入到生活、社会，深入到事件发生的现场，才能写出新闻。但这一点似乎许多记者都淡忘了。现在我们的办报、采访条件好了，出有车，手有机（手机），办公室里有空调，办公桌上有电脑。这么优越的条件，让我们有些记者人变懒了，腿变短了，习惯了打打电话，看看材料，就出手成章。尤其是党报记者，尤其是在写工作性报道时更是如此。我们的工作性报道之所以呆板、八股，很大程度上是与这种采访作风有关。其实，任何新闻，都不是坐在编辑部里能够写出的。不用说那些事件性新闻必须深入现场才能抓到"活鱼"，就是那些深度报道，也只有深入到火热的经济生活、社会生活中，去发现问题、研究问题，才能写出有真知灼见的报道。好多名记者在谈经验时都会讲到，"新闻是七分采访，三分写作"。只有深入采访，掌握了大量的、第一手的、活灵活现的新闻素材，才能下笔如有神。

曾经有这样一种观点，认为现代媒体已进入大众化、市场化的时代，媒体没有必要再培养专家型、学者型的记者了，记者只要能写出新闻的"标准件"即可。而我们有的记者也显得有些浮躁，沉不下心来，不愿学习，满足于每天忙忙碌碌，满足于不几天就有一篇小稿见报。这种观点和做法都是不对的。今天，我们已进入知识时代、信息时代，作为知识和信息的传播者，一个记者怎么可以不读书、不学习，不了解最新的知识和信息，就能当一名称职的记者呢？新闻，又有着巨大的舆论影响力，"祸福相倚"，如果你不学理论、不学政策，心无大局，没有起码的政治判断力，即使再短的稿子也可能酿成大错，砸掉你自己甚至报社的饭碗。从采访的角度讲，我们现在的采访对象，特别是各级领导干部，知识水平、思考水平、专业水平都比较高。你头脑空空，胸无点墨，根本连与人家对话的资格都没有。更重要的是读者的需要。前面已经讲过，我们的读者，特别是第一读者群所关注的，首先是那些有思想、有见解、有深度的报道，对指导他们的工作管用的报道。如果我们自己没有点理论修养，没有点学识水平，没有高人一筹的见识，怎能写出指导别人的稿子？所以说，我们有一万个理由来好好学习、深入学习，没有半点理由不学习。不学习就要被淘汰。我们现在倡导建立"学习型组织"，其目的就在于此。我们记者应该立这样一个大志：我分管一个领域或采写某一方面的报道，就要潜下心去进行学习研究，力争成为这一领域或方面的专家。你写的报道，在这个方面和领域应该有点"小权威"，一文即出，人们争相阅读；工作中遇到一些困惑，还会时不时地向你请教。这样的记者当起来，该会有怎样的成就感和价值感？

多年前，一位省委领导曾经说过，作为省报记者，应该有省委书记的思考水平。这一提法对记者的定位很高，但绝对应该是我们奋斗的目标。这里说的是"思考水平"，一位省报记者，就应该站在全省乃至全国、全球的高度来观察问题、思考问题、研究问题，而且应该是深度思考。你的报道的深度取决于你的思考深度。而你的思考深度源于你的理论功底和学识水平，源于你为探求事物的本质锲而不舍的精神，还源于你的思维方式和方法。不管你是写深度报道也好，要"同中求异"也好，都离不开深度思考。当记者绝对是一个需要苦思冥想、需要绞尽脑汁儿的职业，远没有影视剧里的记者那么潇洒。你倾注了多少心血，消耗了多少脑细胞，都能在你的报道里得到体现。也可以说，你的稿子的分量其实就是你投入的心血和脑细胞的分量。让我们都当一个勤于思考、善于思考的记者。

（作于 2003 年）

构筑报业发展人才高地

如果将报业比作一棵大树,人才就是大树的根基,根深才能枝繁叶茂。报业竞争越激烈,人才的重要性就越突出,得人才者得天下。特别是我国加入WTO后,国内新一轮报业大战如火如荼,国际"传媒大鳄"全方位渗透初见端倪,如果没有人才的支撑,振兴我国新闻事业、壮大民族报业的目标根本难以实现;在国际传媒意识形态对抗、经济实力较量、信息资源争夺中取胜就更如同纸上谈兵。当前,随着报业竞争的逐步深化,人才争夺战正全面打响,媒介、地域和国界已不再成为限制,人才的流动日趋常规化、国际化。因此,研究报业人才的规律性特征,更好地吸引人才、培养人才、用好人才、留住人才,已成为我国报业发展的重要课题。

从报业的意识形态属性看报业人才的特殊性

强调人才的重要性俨如一股潮汐,在报界顷刻"漫滩",业界管理者几乎"言必称人才"。这股"人才热"现象的背后,一方面表明我国报业对人才的渴求,另一方面却又显示出对报业人才认识的模糊性和不确定性。

其实,当我们坐下来冷静思考就会发现,几乎很少有人能够确切地回答出"什么是报业人才","人才为何对报业如此重要"。对报业人才的认识大多停留在印象层面,概言之就是"能做事的人",微言之就是"能办报的人""会写稿的人"。但是印象并不能代替理性思考,弄清什么是报业人才及人才在报业发展中的特殊地位和作用,是我们研究问题的前提。

这得从考察报业鲜明的意识形态属性和文化知识产品的生产特性入手。如果我们把报纸出版与其他产品的生产相类比,就不难看出其与众不同之处。研发——生产——销售,这是普适的一般过程,报业基本也遵循这个过程:策划相当于研发,采编制作相当于生产,发行相当于销售,当然,报业多了二次销售,就是把"读者的眼球"卖给广告客户的过程。但是,报业与其他产业生产过程的不同之处也非常明显。在其他产业,特别是现代化程度高的产业中,一项产品经过开发、研制、设计，一旦形成产品制作流水线，剩下的工作几乎可以全部交给机器来完成，人的因素基本从生产环节中退出。但报业生产过程不同，其意识形态属性的特征决定了其产品不是有形的物质，而是寓于纸质媒体外壳之中的精神；知识产品的"生产"特性，又决定了稿件写作、版面编辑、报纸出版不可能像制造"非知识产品"一样，输入程序形成流水线就能交给机器实现产业化作业；信息采集者、传递者与接受者之间的关系，也不像其他产品一般只是适用或不适用那么简单，其中的思想情感文化理念因素和个性喜恶几乎不可捉摸，无论研发、生产还是销售环节必须考虑这一特殊性；报业"产品"的成功，又绝不是"克隆"得纹丝不差的产品模板，而是个性化十足的"绝版"组合。总而言之，报业的"生产过程"是思想、文化转化成知识产品的过程，时时刻刻需要人的判断、选择、创造，包括稿件采写等在其他产业相当于"生产资料"或"零部件"的可由机器代替制作的部分，也需要人的创造性的精神劳动。可以说，如果对报纸从品质含义上来界定，是地地道道的"人工制品"。报业"生产"越往高级阶段发展，越是需要彻底摈弃"机械化""模板化"，全面实现"人化"。

在这个具有鲜明意识形态属性的"人化"的产业里，人才的含义和重要性有其独特的一面，那就是人才作为"精神物化手段"的不可替代性。即使报业全面实现现代化，报人也不可能为现代化机械装备所替代。举个例子说，我们可以派机器人深入危险地带拍摄影像，但是我们不能指望机器人写出声情并茂的个性化新闻作品。所以，报业人才是一种能够不断储备知识，具有自主创新能力，能将知识变成产品并创造价值的资源。这种资源全方位运用在报业的采编、出版、发行、广告等各个环节，而且大都是创造性劳动，都具有"人"的不可替代性；人才是报业发展各类要素中最重要的"活资源"，是报业的核心竞争力和可持续发展的保证，作用尤为重要，地位尤为特殊，因而必须脱离一般的人才观点去认识报业人才，使用报业人才。

从报业发展的新要求看我国报业人才现状

我国报业发展日新月异，近年来取得的成就有目共睹。但是，在国际传媒的飞速发展面前，在世界报业的成功经验面前，我们仍然感到了不小的差距。国际不同意识形态的对抗、舆论阵地的争夺，关乎国家民族的荣辱兴衰，作为党的新闻工作者，我们既感到责任重大，又感到路途漫漫。

报业的发展对人才素质提出了更高要求。不少业内人士指出，当前高素质的新闻从业人员,除了需要具备较好的政治素质和职业操守外,还应强调人才的综合能力和专业素养。主要包括四个方面:一是敏锐地捕捉和挖掘新闻事实,准确地判断新闻价值,并运用现代新闻语言向受众传达信息的能力;二是成为其所从事或负责领域的"专才",术有专长,业有专攻,并有开创新局面的能力;三是能掌握现代化的新闻传播手段和技能,具有能和国际同行竞争、交往的能力;四是了解受众的媒介消费品位和特点,懂得市场营销策略,全面经营报纸的能力。这是中国特色社会主义新形势下对报业人才的要求,也是评判报业人才优秀与否的标准。只有培养出这样一支队伍,我们才能切实提高报业发展水平和办报水准,实现与国际传媒同台竞技。

从当前我国报业人才的现状来看,真正具备上述几方面能力的从业人员还为数不多,而在敬业精神、新闻敏感、知识储备、职业素养等许多方面,与报业的实际需求相比还有很大差距。目前,报业从业人员主要分布在机关报和生活类报纸两大"系列",优劣势也比较鲜明。机关报从业人员的政治敏感性和对国家大政方针的把握能力普遍较强,底子足,潜力大,但观念滞后,新闻意识淡漠,机关化作风严重;生活类报纸的从业人员观念更新快,思想活跃,但政治敏感性和对国家经济社会发展深度问题的把握仍显不足。优势不能互补,造成了报纸采编能力的普遍不足。而当前报界尤其缺乏的是有现代市场经济意识、有实际管理经验、有独立操作能力的报业经营管理人才。再加上个别从业人员缺乏根本的职业追求,不是将新闻事业看作社会使命和自我实现的统一,而仅仅作为一种谋生手段或职业跳板,致使其专业能力难以实现质的飞跃。

与此同时,报业人才的流失日益严重,不少报业人才流向国外媒体,流向商业网站,流向外资企业,成为一个更为严峻的问题。人才流动从系统的市场观来看是正常的循环,也是保持队伍活力的重要推动力;而以局部得失计就是人才流失。形成这种局面的原因是多方面的,主要是人才观念的不到位。当代经济学家指出,在经济增长的要素中,人力资本比物质资本更为重要,估计在全部资本中占到三分之二到四分之三,在知识型产业中更具有特别重要的意义。然而长期以来,我们没有人力资本的概念,在管理上存在着把特殊人才和一般劳动力等量齐观的落后观念,重使用轻开发,重资历轻能力等等,挫伤了人力资本的所有者——人才,特别是年轻人才的积极性、主动性和创造性,使得人力资源的资本转化和价值实现出现了障碍。这恐怕是新闻人才流失的主要原因。

从报业人才诉求看创新育才用才机制

留住人才,吸引人才,必须确立人才新观念。党的十六大报告中指出,"必须尊重劳动、尊重知识、尊重人才、尊重创造",要"营造鼓励人们干事业、支持人们干成事业的社会氛围,放手让一切劳动、知识、技术、管理和资本的活力竞相迸发,让一切创造社会财富的源泉充分涌流"。这段精彩论述不仅是对人才资本的再认识,也给我们最大限度地调动人才积极性、解放生产力指明了方向。

留住人才、吸引人才,必须立足于理解并满足人才的基本诉求,用现代管理学的观点来表述就是"我唯一能使你做任何事的方式,是给你你所想要的"。那么,报业人才到底想要什么呢?首先,要一个公平竞争的好环境。凡能称得上人才的人,都有自己的一套"本事",愿意"凭本事吃饭",希望单位能够平等地提供发展机会,客观地评价个人的能力和业绩。不靠关系,不论资排辈,不搞平均主义。其次,要一个自我发展的好舞台。报界是知识分子的"聚居地",自我发展、自我完善和渴望价值实现的愿望非常强烈,希望在工作中不断充实和完善自己,希望组织能提供学习的机会和自我成长的空间,希望得到"授权"参与组织管理实现个人价值。第三,要一个融洽和谐有凝聚力的好氛围。专业技术人才群落普遍重视精神需求,希望工作生活在宽松的、与个人思想情趣相近的文化空间,喜欢融入文化品位相近的组织和人群。第四,要一个体现个人价值的好待遇。贡献得到相应肯定,付出得到相应回报。

以满足报业人才的基本诉求为方向,还必须以人为本创新、改进用人育人机制,以具体可行的措施切实用好人才,留住人才。

一是改革用人制度,引入竞争机制,创造优秀人才脱颖而出的机制。人才既然是一种资本,是一种生产要素,就应该采用适应市场的方式配置使用,而不能用行政手段来配置,更不能搞"铁饭碗""铁交椅"、终身制。所谓"适应市场的方式",最关键的是引入竞争机制,不拘一格选人才,公平竞争用人才,做到优者进,能者上,庸者下,劣者出。这样才能实现人才资本的优化配置,避免闲置和浪费,不断提高组织的创新能力、竞争能力和创利能力。

二是加大人力资本的开发力度,构建学习型组织,凝聚组织文化,促进人的全面发展。人力资本开发的目的就是使报社员工具有适应现代报业发展要求的更高层次的知识、智力、能力、素质,既包括超常的创新精神、创新能力,也包括强烈使命感、进取心、荣誉感、道德感和亲和力等。这一方面靠优秀的组织文化,这是锻造人才的核心力量;另一方面就是建立学习型组织,使组织的所有成员在共同的价值体系、共同的远景目标的基础上,努力吸收知识,不断挖掘潜力,围绕报业的发展目标创新。在一个学习型组织里,可以通过培训来开发人才的专业能力,可以外派进修更新知识,可以邀请行业内外的权威人士前来讲学,可与科研机构或大学合作进行课题研究,可委托国际著名咨询公司提供发展规划和管理创新方案,等等,这些都是开发人力资本的有效方法。

三是完善分配制度,建立收入与贡献挂钩的激励机制。十六大报告中明确指出要"确立资本、劳动、技术和管理等生产要素按贡献参与分配的原则,完善按劳分配为主体、多种分配方式并存的分配制度"。由于人才资本的投入能迅速提高产品质量、有效拓展市场,因此,在分配中,人才资本除了应获得复杂劳动所实现的劳动力价值或工资外,还应获得其带来的利润的分享索取权。这就是说,一方面要按照"多劳多得"的原则,建立起真正的能力工资制,每个人根据自己的能力和贡献获取相应的报酬;另一方面可以尝试"按要素分配",建立人力资本利润分享制,使那部分保持核心竞争力的知识型员工参与利润分配。一些知名传媒已经这样做了,如香港凤凰卫视就给其著名主持人赠送了公司的股份,引起了传媒界的极大关注。这既符合人力资本的理论,又适应知识经济发展的需要,值得认真思考和研究。

(《青年记者》2003 年第 4 期)

今天，我们怎样当记者？

在媒体竞争空前激烈的今天，怎样把报纸办得既好看又耐看，既受读者欢迎又有社会影响力？这是摆在每一名从业者面前一个无可回避的重大命题。这几年大众报业集团各报特别是《大众日报》在报纸定位、版式创新等方面都下过不少功夫，成绩也有目共睹。但为什么仍没取得根本性突破？就在于稿源还没有根本性改观。版式编排、稿件搭配、标题制作等说到底只是形式，稿源才是影响一张报纸核心竞争力的决定性因素。

抓稿源的关键是抓记者。今天的记者怎么当？在一些记者身上日渐淡漠的传统新闻理念、采访作风、职业操守和信念追求，在信息高度发达、媒体竞争激烈的今天，是否真的已经过时？还有没有必要大力提倡？对这些问题有必要进行一番正本清源。这对记者的成长、媒体的发展，都至关重要。

一、记者工作是饭碗还是一种使命？

有人曾经把医生、牧师、律师列为不同于一般职业的特殊职业，因为这几种职业会对人的肉体、灵魂或身家命运产生直接影响，所以格外需要使命感、崇高感和责任心。其实，还应该加上记者，而且记者的影响面更广，它不仅影响一个个个体，还会影响某个领域、某个社会群体甚至整个社会，所以这个职业更崇高、更神圣，更需要责任感和使命感。但遗憾的是，这几年，社会责任感在一些记者身上越来越淡化了。

诚然，记者也需要穿衣吃饭、养活家小。但仅仅把这个职业视为养家糊口、安身立命的饭碗，把这个职业所特有的神圣感、社会责任感、历史使命感完全抛诸脑后，对一个记者的成长乃至一张报纸的发展，都将产生不可估量的负面影响。

社会责任感是什么？就一张报纸而言，是最根本的生命力、社会影响力和核心竞争力；就一个记者而言，是最原始、最强劲、最发自内心、最源源不断的创造冲动。我们可以回想一下周围同事的从业经历，扪心自问一下：为什么刚干上这个职业时冲劲十足，但越干越疲沓，越干越没有激情？是能力萎缩了吗？显然不是，而是刚刚从业时的那种崇高感、使命感和社会责任感日渐淡漠，最后了无踪影。取而代之的是圆滑世故，对什么都没有感觉、无动于衷，干什么都提不起精神，整天患得患失，老是想着自个儿的一亩三分地，这个怕得罪，那个不敢触及，事不关己，高高挂起。一个记者到了这样的状态还浑然不觉，这个记者就彻底失去了活力。一个媒体，充满责任感、使命感的记者越来越少，这个媒体也快走到尽头了。

这种说法绝非危言耸听。就纸质媒体而言，面对高度发达的信息传播渠道，大家获取信息的条件基本上难分伯仲，甚至比起电视、互联网等异质媒体，报纸在直观性、快捷性等方面还存在先天不足。面对你死我活的市场竞争，没有一大批有个性、有影响力的记者和独家报道，没有足够的社会影响力，读者不想看不爱看甚至根本不去看你的报纸，谈何生存与发展？

这几年我们一直提倡要出名记者、名编辑，为什么就是出不了？大记者与普通记者的最根本区别在哪儿？是不是非得达到较高水平，才能写出有影响力的好报道？从根子上看不在基本素质、知识结构和写作技巧，而在于记者本源的缺失。

记者的本源是什么？是一种"铁肩担道义，妙手著文章""秉笔直书，为民请命"的社会良知和济世情怀；是一种忧国忧民、面对社会进程中的种种问题时刻焦灼不安的社会责任感和历史使命感；是西方记者所称道的"社会公平的守望者""公众的看家狗"，更是一种读者利益至上，像美国记者罗伯特·库柏一样，已被炸断右腿即将告别人间还紧握相机的献身精神。

时刻拥有这种强烈的社会责任感，脑子里装着的，整天苦思冥想的，就不再总是分数、奖金和社会关系，就会对记者这个职业时刻保持痴迷状态，就会具备无时无处不在的新闻敏感，从而不断发现别的记者视而不见的问题，敢进一般记者不敢进的禁区，敢抓一般记者不敢触及的题材，敢说一般记者不敢说的真话实话，敢到最艰苦的现场采访，总想把耳闻目睹悬而未解的问题一追到底，吐之而后快，总想找到最好的表现方式。正是这一次次苦苦寻觅，思索积累，反复琢磨，才成就了一篇篇有影响力的好报道，也成就了一个个名记者、名媒体。这是一个精神状态、勇气胆识和采访作风问题，与个人水平无关。

有人可能会说，让我们时刻拥有这种强烈的社会责任感，是不是老要我们去捅马蜂窝？在目前这样的环境下，行得通吗？其实，这是对社会责任感的一种误读。关注社会不公平现象,把假丑恶暴露在光天化日之下,是一种社会责任;关注改革发展中的各种重大问题,积极探寻解决良策,有效推动社会进步,是一种社会责任;尽最大努力把读者最想知道的事情在最短的时间内奉献给读者,把真正能引起读者关注的人和事以最受读者欢迎的方式表达出来,也是一种社会责任;"以科学的理论武装人,以正确的舆论引导人,以高尚的精神塑造人,以优秀的作品鼓舞人",更是一种社会责任。

二、还需不需要到现场去?

这几年,记者获取信息的渠道日渐增多,上网一搜索关键词,什么样的材料都出来了。所以有人把记者称为媒介工作者、信息加工组装者,认为对信息的分析、加工、整合更重要于新闻的采访和原创。

是不是资讯发达了,采访的功夫就不需要了? 是不是从网上调几篇文章,稍作加工处理,就能把读者唬得一愣一愣的? 相信每位从业者都心里有数。许多稿子打眼一看就知道是否到了现场。这种套话空话充斥、外行看不明白、内行看了发笑的稿子,怎么能赢得读者?!

其实资讯的发达,对不同媒体而言都是平等的。何况网上的东西,大都是"二手货",本来就是人家已经"嚼过的馍"。过去信息闭塞,传媒唯我独尊,还得靠扎实采访征服读者。现在读者选择媒体的余地越来越大,深入现场扎实采访的硬功夫反而丢了? 实在不可思议。

到现场深入采访,对一个记者乃至一张报纸而言到底意味着什么? 我看至少有以下几方面意义:

其一,只有深入现场,才能抓到第一手材料,才能在第一时间发回报道。时效性永远是新闻的第一生命。特别是在传播手段高度发达的今天,媒体对新闻时效性的争夺已经到了白热化的程度。即便是面对电子传媒的快捷直观,要想形成"第二落点"的后发优势,在深度上取胜,也必须是第一时间的深度、第一时间的观点、第一时间的事件真相。正由于此,美国记者为了抢夺电话抢先报道肯尼迪总统遇刺,才不惜打破了头;正为了能在第一时间现场报道伊拉克战争实况,才有那么多记者前仆后继,冲在战争的最前线,不惜以牺牲自己的生命为代价。

其二,只有深入现场采访,才能深入挖掘事实真相及事件背后的深刻意义,形成高人一筹的见地,找到让人茅塞顿开的解决办法。为什么大兴安岭火灾,记者云集,但中国青年报记者却能写出《红色的警告》《黑色的咏叹》《绿色的悲哀》三篇开中国新闻界深度报道先河的佳作? 就是因为4位记者在面临人身攻击的情况下,深入林区和火灾现场连续数日深入采访,从司空见惯的失火、救火报道模式背后,看到了"火与社会""火与人""火与自然"的深层次关系,揭示了火光映照下的官僚主义者的嘴脸、人类认识自己和认识自然的艰难。为什么新华社等媒体记者能把"南丹矿难"这一举国震惊的特大事故暴露在光天化日之下? 就是因为记者冲破了重重阻力,冒着生命危险深入现场,了解到了事故真相。这样振聋发聩的丰富素材,这种关注问题的深邃目光,是任何现成资料所无法提供的。

其三,只有深入现场采访,才能捕捉到意想不到的感人细节。没有现场感,就没有感染力、穿透力和震撼力。美联社特写新闻部主任德希瓦尔认为,报道不能再现关键地点的场景,就好像没有场景就没法拍电影一样。不要直接告诉读者发生了什么,要用你的描写让读者产生亲眼看到的感觉,用你的每一种感觉将你看到的听到的闻到的触摸到的全都描写出来,这样才能更好地让读者感受这个世界。而要做到这一点,唯一的办法就是深入现场。在美国报界,记者深入现场的功夫到了无所不用其极的程度。2003年普利策新闻奖有一篇叫《恩克里的旅程》的获奖特稿。洛杉矶时报女记者纳扎里奥历时5个月,沿着偷渡客的路线穿越了洪都拉斯、危地马拉全境和墨西哥的13个省,趴在火车顶上和偷渡客一起躲避沿途的检查站、警察和专门袭击偷渡客的匪帮,终于掌握了第一手鲜活素材。3万多字的报道,充满了鲜活细节,读来既惊心动魄又扣人心弦。没有亲身经历,绝不可能产生如此强烈的阅读效果。

三、当杂家还是当专家?

一个称职的记者,应该有广博的知识面。但仅仅满足于什么都懂、哪一方面又都深入不下去远远不够。《南方日报》提出,"高度决定影响力"。这从一个侧面说明,一张报纸,只有拥有一批具有深厚理论实践功底、在某一领域有独到研究的专家型记者,才能形成自己独具的影响力和竞争力,才能真正确立自己的主流媒体地位。

怎样才能尽快成为专家型记者? 首要的一条,是确立自己的关注点和努力方向。兴趣就是最大的动力。专家型记者,说到底就是对某一领域有着独到研究和见解的记者。你是关注IT行业、高新技术还是关注金融证券、国际贸易,是关注宏观经济运行、生态环境还是关注中观的区域经济发展、微观的国企民企兴衰规律，是关注农业、农村和农民还是关注下岗失业职工、进城务工人员、残疾人等城乡弱势群体的酸甜苦辣命运出路……必须有一个明确的目标。一个记者如果干了几年甚至几十年，连对哪个领域最有研究和发言权都谈不上来，整天"东一榔头，西一棒槌"，蜻蜓点水，浅尝辄止，不仅不可能成为专家型记者，严格意义上讲连合格的记者都算不上。

其次，要有扎实的理论和专业功底。许多人不明白，为什么不少人还将中国股市视同洪水猛兽，新华社记者却能写出《关于股市的通信》这样引起国务院总理关注的好稿子？为什么当企业破产还是个人人谈虎色变甚至想都没想过的字眼时，詹国枢却能写出《死的死不了，活的活不好》这样推动国有企业改革进入根本性转折的好稿子？就是因为这些记者具备了扎实的理论功底，对这些领域进行过深入独到的研究，所以才有发言权。有人把新闻报道分为三重境界：第一种境界是传播信息、报道事实；第二种境界是透过现象、体现认识；第三种境界是超前预见和揭示规律，推动社会进步。其实，第一二种境界，只是对记者最基本的要求。没有深厚的理论专业功底，没有对社会发展规律和宏观经济走势的深刻理解和准确把握，怎么可能进入第三种境界？

第三，要有较高的政策水平。政策是什么，就是一个时期党委政府对经济社会发展全局的深刻理解和宏观把握，就是一个时期的工作重点和社会经济发展的热点难点。所以一个记者特别是党报记者，要想使自己的采写和主体读者群合起拍来，必须对党的各项方针政策保持高度新闻敏感。中央和省委即将或刚刚出台一个什么样的政策法规，要有一个什么样的大动作，中央和省委主要领导刚刚发表一个什么样的重要讲话，有关部门刚刚召开了一个什么样的重要会议，新华社或有关重要媒体又发表了一个什么样的有用信息或重要社论、评论员文章，现在的表述和以前有些什么不同甚至细微差别，都要用心研读，重要的表述甚至要烂熟于心。不光要理解掌握，还要随时看看这些东西与自己分工或关注的领域有些什么联系，从中发现线索，立即展开采访。一个记者的政治意识、大局意识和新闻敏感，就是在这样一次次的学习揣摩中培养出来的；一个个有价值的报道线索，也是在这样一次次的反复比较中柳暗花明、跃入视野的。党报记者缺了这一课，就好像人瘸了一条腿，永远不可能站得高、跳得远。

第四，要入乎其中，出乎其外。所谓入乎其中，就是要有扎实的调查研究功夫。这是一个来不得半点虚假的硬功夫。俗话说，脚深方能文不浅。除了深入基层、百折不挠、敢于磨穿脚底板的毅力和勇气，还得培养在错综复杂的新闻事件中找到线索的能力，面对各种各样的采访对象不断提出有针对性的问题的能力和迂回作战、曲径通幽的能力。有些线索经常需要记者去寻找挖掘、比较鉴别，但更重要的是要学会交朋友，在自己的分工或关注的领域及各个社会层面，拥有一批专家、官员和群众朋友。只要报道需要，马上能列出一大串名单，而且能找得到、用得上、管得了用。千万别小看这一点，这些人既可能是你的信息源或报道线索提供者，也可能是你采访的切入点和突破口，是你手里一张别的记者无法企及的宝贵资源和制胜王牌。

所谓出乎其外，就是要找到读者喜闻乐见的表达形式。专家型的记者之所以不是纯粹意义上的专家，就是因为他面对的是最广大读者。你拿出的研究成果是否成功，必须接受读者的最终检验，让人愿看爱看。正如美联社主席伯卡迪所概括的，不仅要"带着权威说话"，更要善于"将专业知识加入到描写的事物中去，使报道的内容更易于理解"。如果语言艰涩生硬，满嘴专业术语，让人读起来味同嚼蜡，那与专业论文又有何异？找到解决问题的最佳切入点，拿到丰富翔实的新闻素材，学会运用具体生动的形象表现复杂深奥的专业知识，正是专家型记者成功的奥秘。

四、让报道更有职业感

让报道更有职业感，既是记者工作的一种技巧，也是增加报道公信力、吸引力、感染力的硬功夫。

1.出于公心，掌握报道的平衡。

保持客观公正，是一个记者最基本的职业操守。记者从事任何报道，都要出于公心，要考虑报道的社会效果，要有助于问题的解决和推动社会进步，绝对不能掺杂个人好恶，更不能为了一己之私置客观事实于不顾。特别是从事舆论监督，要尽可能虚心听取当事各方的观点，做到不偏不倚，客观公平，不能天平倾斜，偏听偏信，更不能指手画脚，妄加评判。这样才能增强舆论监督的效果，同时也不致授人以柄。

2.学会用事实说话。

事实是最有力、最无懈可击、最能服人的。作为记者，要时刻把事实摆在第一位，调查要深入，掌握的素材要准确翔实。写作时记者要尽可能退居幕后，用丰富感人的事实和细节来打动读者，绝对化的语言、过分的溢美之词、情绪化的语言要尽可能少用,结论性的话尽可能不要出现,必须要说,也要尽可能引用当事人或权威人士的观点,让读者在阅读中自己做出评判,这样才能增强报道的吸引力。

3.学会讲故事。

著名新闻学者李希光认为,传递信息的新闻报道只完成了记者的一半工作,另一半工作是在这篇报道里讲一个能深入读者或听者灵魂的好故事。深入读者的灵魂,也就是打开读者的心灵之窗,需要记者把新闻写作当成艺术,用艺术家那种苦心孤诣的精神钻研写作艺术,勇于探索,尽善尽美,不留遗憾,用人性的观点和一套娴熟、敏捷、精确的手法采写作品。

为什么要采用讲故事的形式?因为以这种方式向人们提供信息,容易让人放松,让人觉得有趣,更容易被理解和记忆,以这种方式整合过的新闻素材能更加有效地吸引和影响读者。

怎样才能讲好故事?西方新闻界的同行给我们提供了许多有益的经验:首先,要选好那些能够引起读者兴趣的人作为主角,这样他们才会对你的文章感兴趣,才会让你阐述的观点在他们中间引起反响。其次,人物的性格刻画也很重要。你不能只是单纯列出人物的姓名和职业,因为你无法让读者了解你想要刻画的人物。绝不能让人物的性格一成不变,那样才能达到栩栩如生的效果。第三,主角总是面对一些让读者都感到头痛的难题,而这些难题是无法回避的。这就意味着,这些问题必须是很难解决的。如果主角轻而易举把它们解决了,那你的文章也就没什么可写的了。第四,文章最后必须有一个结局,或成功,或失败,提醒读者故事结束了。主角、难题、过程、结局,四者缺一不可。如果把报道看作讲故事而不只是通讯稿,我们就可以找到许多可写的东西。

(《青年记者》2003 年第 7 期)

党报改革的特色定位与路径选择

在报业竞争日趋激烈的今天,面对各类媒体的强势挤压和读者多元化的阅读需求,改变党报千报一面、高高在上、面目呆板的老面孔无疑是大势所趋。这种情况下,不少党报开始放下架子,虚心学习各种生活类报纸的长处,丰富报道领域,活化报纸版面,大幅度增加社会文体娱乐等方面的内容。应该说这对提高党报的可读性及亲和力非常重要。但分析一下竞争环境和读者定位就会发现,在自己并不擅长而且不可能彻底放开手脚的领域,拿出大量精力和版面与生活类报纸短兵相接拼市场、抢读者,以己所短攻其所长,并不能营造出党报的独特优势。而选择党报原来的"劣势"如工作性报道和会议新闻等进行改革突破,做区域最专、最强、最具权威性和影响力的政治经济和文化新闻(也就是主流新闻),突出党报"权威政经大报"特色,才是提高党报核心竞争力的根本所在。

定位:以何为特

为什么做出上述判断? 原因有三:

从本质属性看,党报是党的喉舌,坚持正确的舆论导向,讲政治、讲大局,宣传党的方针政策,反映和推动党和政府各项中心工作,是党报责无旁贷的使命所在。这种情况下,党报既不可能置与生俱来的使命和天职于不顾,更不可能把会议、领导人活动和工作性报道完全挤出版面。既然如此,也就不可能拿出所有版面,毫无负担、随心所欲地站在同一起跑线上,与完全以市场为取向的生活类报纸展开公平的同质竞争。

从读者定位分析,党报面对的主要是党政干部、科研院所和大专院校的知识群体及厂长经理等高端读者。这个群体文化程度相对较高,经济社会地位相对优越,但读报时间相对较少。从阅读习惯分析,尽管其阅读兴趣也是多层次的,也关心社会体育娱乐保健等方面的新闻,但更感兴趣的是时政前瞻、政策解读、高层动态、权威发布,以及种种能够开阔视野、对工作和事业发展有指导作用的"大政治""大经济""大文化"报道。《财经》《南风窗》《南方周末》就是通过这方面的独家策划,成功地抓住了一批高端读者。特别是随着经济体制改革的日趋深化和经济全球化的快速推进,各级党政机关的任何一点风吹草动,每一项重大政策的出台,甚至大洋彼岸的政治风云变幻、股市涨跌、市场波动,都与每一个普通读者特别是党报的主体高端读者的工作、就业、收入、投资决策等切身利益息息相关。党报的优势是什么? 就是拥有别的媒体无可比拟的来自各级党政机关的独特信息来源渠道,拥有一大批具有丰富政治、经济、文化报道经验的、熟悉宏观走势和微观实际的记者队伍。这个优势用足了,这块核心竞争力培养起来了,不仅能抓住主体读者,还可能曲径通幽,吸引来更多的关心这类题材的普通读者。

从现实选择来看,目前党报很大一部分利润来源于行政手段推动下的少版面、高价位和大发行量。这种高垄断、高利润的发行和赢利模式决定了我们至少在短期内不可能以牺牲发行利润为代价,与生活类报道拼版面。而以较少的版面与已经厚报化了的靠广告来填补发行亏损的生活类报纸展开同质竞争,我们既没有这个实力,也没有这个必要(因为这样的强势晚报我们自己同样拥有)。反过来看,在目前发行量尚有保证的情况下,遵循报纸的二次销售规律,通过做大做强主流新闻,有效提高党报在重点城市、发达地区、重点行业、重要部门、重要人群中的覆盖率、阅读率、影响力,扩大报纸的"有效发行量"(与发行了没人看相对应),则可以有效开掘广告资源。再看远一点,利用这仅有的短短几年不愁发行的重要战略机遇期,最大限度抓住拥有较高地位和收入的高端主流读者群,在未来的竞争中我们同样可以实现广告与发行的良性循环。

由此可见,作为党报,实现"特色立报,新闻强报",扩大舆论引导力、社会影响力和市场竞争力,就应该"特"在主体读者的真正需求上,"特"在主流的政治、经济、文化新闻策划报道上。

突破:以何成"特"

有人可能会问,党报的服务对象一直就是党政干部等主体读者,多年来我们也一直在这一领域拼争博杀,大量的会议报道(包括领导人活动)、工作性报道(包括典型报道和所谓深度报道)充斥版面,为什么越办越走到了死胡同? 有没有可能"麻雀变凤凰",将其做成主流新闻? 其实,找准了工作性报道和会议报道"病症"的症结,也就找到了改革突破的路径:

其一,浅尝辄止,缺乏深度。比如报道一个高速公路通车典礼,眼睛里只有哪些领导出席了,讲了什么话,而主体读者甚至广大普通读者关心的这条路修通到底解决了什么问题,能给沿线群众生产生活甚至经济社会发展带来什么直接间接影响,反而被忘记了。再比如一些程式化、总结式、表功式的工作性报道,就像"黑板报"一样就事论事、面面俱到、乏善可陈,结果只能是"谁写谁看,写谁谁看"。还比如记者打打电话上上网抄抄材料,洋洋洒洒一大篇所谓的思辨性报道就出来了,貌似深刻,实则肤浅,大量"水货"充斥版面,"外行人看不懂,内行人不愿看"。事实上,主体读者最需要的,是领导人活动、会议透露出来的高层动态、政策动向、改革举措等有用信息,是对实际工作中普遍存在的热点难点问题的深度分析及有参考价值的见解。什么最有穿透力? 思想的力量最有穿透力,独特的深度的见解最有穿透力。由此可见,深度报道不是深在篇幅上,而是深在思想上、见解上、眼力上。有了深度、见解和眼光,几百字的小消息同样可以成为深度报道。

其二,忽视事实,更少事件。一般来说,我们的主流读者群并不缺少文件,他们的信息来源手段甚至比我们还要先进。但为什么还要看新闻? 因为新闻的主体是活生生的事实,最有冲击力的最拿人的也是事实,特别是事件。一个面上存在的突出问题,你就是洋洋洒洒写上一个版,所有的角度都分析到了,读者并不一定想看愿看。因为这样的问题专家比你研究得更深更透,论述得更严密更有逻辑性。而丰富的真实的有冲击力的新闻事件以及水到渠成体现出来的独特的见解,则是枯燥乏味的文件、论文、专著所不能提供的。比如收容所滥用权力、粗冷硬横,已成为危害社会的大问题,这个问题媒体和专家以前也多次关注探讨过,但并没引起有关部门的足够重视。《南方都市报》等媒体则抓住大学生孙志刚遇害事件一追到底,不仅使涉案凶手被绳之以法,而且引起国务院的高度重视,使施行21年之久的《城市流浪乞讨人员收容遣送办法》寿终正寝。这再有力不过地说明,典型事件不仅是解决问题的最佳切入点,而且是增强报道冲击力,提高媒体知名度、舆论引导力、社会影响力的撒手锏。不光问题性报道如此。大众日报记者佟化文一篇《珍贵的财富》,以短短几百字的篇幅,记述了一位县委书记离任前把多年来收到的群众来信当作财富收集整理带回珍藏,党的干部的群众观念、境界素质尽在其中。由此可见,典型事件对改进党报的工作性报道,同样能起到以一当十的妙用。

其三,只见工作和讲话,不见人情和故事。新闻报道中什么最能打动人? 人情味。什么最具吸引力? 生动有趣的故事。什么能给读者留下深刻的印象? 人情+故事。为什么西方名记者笔下的政治经济报道都那么妙趣横生,而我们的报道却味同嚼蜡? 为什么法拉奇笔下的世界风云人物都那么有血有肉、可亲可敬,而我们不少典型报道却让人敬而远之? 一个重要原因是西方记者即使写政治经济报道,也是先从个体的人写起,写典型人物甚至风云人物先把其当成一个普通人平等审视观察,报道充满了扣人心弦的故事和浓厚的人情味。而我们的工作性报道,往往只见工作不见人,高高在上,以大段大段论述去一厢情愿地说服读者、说教灌输;写人物典型,人为地突出拔高他们的各种优点。事实上,每一项工作、每一个政治经济问题背后,都有人的复杂活动、酸甜苦辣,都有曲折生动的矛盾冲突;每一个政治经济动向,首先会影响到人的活动;每一个典型人物都不是活在真空中的,他们首先是人,都有普通人的快乐与烦恼。而这些才是最能打动人的。所以胸中有读者,写稿前设身处地替读者着想,弄清楚读者最想知道什么、最愿看什么、什么最能打动读者,善于讲故事,让笔下的文字充满人情味和鲜活细节,我们的报道才能有可读性、吸引力和感染力。这是改进工作性报道一个很重要的捷径。

从以上分析可以看出,改进会议报道,关键是摆脱程式化、程序化的僵化模式,把领导活动、会议、政府文件中透露出来的广大读者最关注的新闻点挑出来,重大的甚至可以通过消息、述评、评论、链接、图表等多种形式多方位、立体化解读清楚。改进工作性报道,应该从事件性新闻入手,在深刻性、生动性上下足功夫,把主体读者群工作中最关心的突出问题及解决之道,把省内外、国内外发生的重大事件的来龙去脉、深刻背景、丰富内涵和深远影响挖掘出来。工作性报道、会议报道这两个突破实现了,主体读者"重大信息看党报""关键时期看党报""重大事件看党报"的阅读习惯也就培养起来了,党报的劣势完全可以变成别人不可替代的优势。

支撑:靠何立"特"

改进会议和工作性报道,写出独家的、深度的、鲜活的、超前的主流新闻靠什么? 还得强调在"三贴近"的基础上"三深入",即深入采访、深入学习和深入思考。

"新闻是用腿跑出来的。"只有勤跑多跑,深入生活、社会,深入到事件发生的现场,才能采访到丰富的信息、鲜活的故事、细节以及有冲击力的新闻事件。现在我们采写条件好了,有些记者反而人变懒了,腿变短了。我们的会议报道、工作性报道之所以呆板、八股，很大程度上与这种采访作风有关。不用说那些事件性新闻必须深入现场抓"活鱼"，就是那些深度报道，也只有深入到火热的经济生活、社会生活中，去发现问题、研究问题，才能写出有真知灼见的报道；只有掌握了大量的、第一手的、活灵活现的新闻素材，才能下笔如有神。

有人认为，现代媒体已进入大众化、市场化时代，媒体没有必要再培养专家型、学者型记者，记者只要写出新闻的"标准件"即可。事实上，在当今这种知识、信息高度密集的时代，人们更需要的是对这些扑面而来的复杂信息的高效筛选、分析、整合和深度加工处理，更需要透过这些纷繁复杂的现象一下子看到问题的本质。这种情况下，作为知识和信息的传播者，怎么可以不读书不学习，不了解最新知识和信息？特别是作为党报记者，如果不学理论、不学政策、心无大局，又怎么能保持敏锐的新闻判断能力。从采访角度讲，我们现在的采访对象特别是各级领导干部，科研、学术、企业界人士，知识水平、思考水平、专业水平都比较高。你头脑空空，连与人家对话的资格都没有。更重要的是我们的主体读者群需求层次相当高。如果没有点理论修养、学识水平和高人一筹的见识，怎么写出指导人家、让人家感到管用解渴的好稿子？

一位省领导曾说过，作为党报编辑记者，应该有省委书记的思考水平。这一提法对记者定位很高，但绝对是我们的奋斗目标。站在全省乃至全国、全球的高度来观察问题、思考问题、研究问题，思考到省领导的层次，了解省里一个时期的工作意图，知道新闻报道应该宣传贯彻这些意图，这就是大局意识，就是党报编辑记者的新闻敏感。报道深度取决于思考深度，而思考深度源于理论功底和学识水平，源于探求事物本质的锲而不舍的精神。不管写深度报道也好，要"同中求异"也好，都离不开深度思考。当记者绝对是一个需要苦思冥想、需要绞尽脑汁的职业。你倾注了多少心血，消耗了多少脑细胞，都能在报道中得到体现。

在新的形势下，还要赋予"三深入"以新的内涵，这就是要更加面向读者、面向市场去"深入"。作为省级党报记者，不光要跑得下去，还要"打"得进去，特别要下决心把潜藏在180多个省直部门的新闻富矿最大限度挖深挖透，掌握独家信息源，打好超前报道仗，真正形成省报特色；每个记者都要善于"借脑"，吃透"三头"，建立官员、专家、基层三个信息来源渠道和"思想库"。不仅向书本学，向专家学，而且要向国内外的成功报纸学习，熟悉人家的办报思路，了解人家在关注些什么事情，涉及些什么领域，怎样细分读者。目前人们订报读报，不光是为了娱乐休闲，更是为了增强生存发展能力，获取更多财富，实现成功人生。所以作为新形势下的党报编辑记者,不仅要思考自己的报道题目、报道领域和分工版面,而且要结合实际深入思考并积极适应主体读者群的阅读心理变化,通过深入的研究思考,不断开拓报道领域,看什么样的稿件有利于抓住我们的主体读者,什么样的报道领域有利于扩大我们的读者群体。人人都朝这方面努力,党报竞争力、影响力肯定能有大的改观。

　　实现"特色立报,新闻强报",对每个党报编辑记者的思想观念、精神状态、采编作风、工作方式都是一次大的冲击和调整。只有时刻保持箭在弦上的高度新闻敏感,在"采访、学习、思考"三个深入上下足功夫,实现工作性报道、会议报道两大突破,才能适应新一轮党报改革发展需要,写出更多独家、专业、权威的主流新闻,办出真正适应主体读者群需要的"政经大报"。

(《青年记者》2004 年第 7 期)

着力写出管用解渴的深度报道

——大众日报特派记者组的运作模式与探索创新

2004 年,大众日报在新一轮改版中专门设立了特派记者组。这支采用特殊管理模式的"小分队",创新运作机制,拓宽报道思路和领域,深入研究思考事关全省经济社会发展全局的重大战略问题,紧密配合中央及省委、省政府的中心工作,有效弥补了党报在改革转型中出现的空当和不足,为提高《大众日报》的权威性和影响力做了有益探索。

党报改进,需要"特殊队伍"

《大众日报》在新一轮改版中,把"新闻强报"摆在首要位置,明确提出"办政经大报","做山东最专、最强、最具影响力的政治经济新闻,形成报纸特色",并相应建立了一套全新的采编模式及考核奖惩机制,其核心就是通过版面和内部组织结构的整合创新,报道内容和报道方式的调整改进,考核内容与方法的完善提高,引导各新闻采编中心及驻地、摄影记者集中精力做好事件新闻报道,减少综合和非事件新闻报道,形成记者主抓新闻,先抓原创(独家)、再抓纵深和评论的激励机制。

这一机制和导向的确立,是大众日报面对日趋激烈的传媒竞争审时度势,为提高党报的读者关注度和市场竞争力所做出的大胆探索。但与此同时也带来一个问题:既然记者的精力都集中在抓事件性新闻和重要信息上,很难拿出充裕的精力和时间静下心来进行深度研究思考、完成周期较长的重大报道任务。那么围绕中央方针政策和省委、省政府中心工作所做的重大题材报道和典型人物、经验报道等由谁承担? 事关经济社会发展全局的战略性问题谁去进行深度研究思考? 党政决策层等高端读者的特殊需求谁来满足? 这同样是实现改版目标,影响最有影响力的人群,提高党报权威性和影响力,体现党报本质属性一个不可或缺的重要方面。正是在这样的背景下,大众日报特派记者组应运而生。

在人员选拔上,我们采取记者自愿报名、编辑部所有人员投票的方式,产生了两名专职记者,并抽调两名策划能力较强、采写经验丰富的副主任兼任副组长,由一名副总编直接兼任组长,组成了一支精干高效的"特别行动队",并采取与其他记者完全不同的差异化管理考核模式(专职特派记者采取类似于副主任的考核办法),鼓励该组成员静下心来研究思考重大问题,专心做好重大题材及重要典型、经验的报道任务,提高《大众日报》在各级决策者等党报主流高端读者群中的影响力。两支记者队伍和管理运作模式相得益彰,优势互补,紧密配合,使报道最大限度地覆盖不同的读者群体,满足不同读者的不同阅读需求。

主动服务,做好"常规动作"

围绕中心,服务大局,配合中央及省委、省政府的中心工作,既是党报的"常规动作",也是特派记者组的重要职能之一。应该说各级党报多年以来在这方面已经积累了经验,再上台阶比较困难。

面对没有具体联系部门和渠道、参加会议和活动的机会少、信息比较闭塞等现实困难,特派记者组及其前身的重点报道组想方设法与省委、省政府两个办公厅的有关同志交朋友,努力拓宽信息来源渠道,密切关注省委、省政府的重大动向,超前介入,充分准备,把握主动,有力配合了省委、省政府的中心工作。比如省委、省政府准备召开全省加快发展现场会,学习推广烟台经验。记者在报社有关领导指导下,提前近两个月深入烟台扎实采访,并在会议期间隆重推出了"解放思想 干事创业 加快发展·烟台的实践"系列报道;全省文化体制改革推开前夕,记者超前介入,从观念、载体、资本、产业等方面深入探讨了文化体制改革涉及的诸多深层次问题,为这一重大改革举措的推出做了充分的舆论准备,提供了决策参考;省委、省政府"西部突破菏泽"战略全面实施前夕,推出了《突破菏泽路途探寻》上、下两篇重头报道;全省科学发展情况交流现场会前夕,在编委会的组织下又推出了《干事创业 加快发展·齐鲁看亮点》栏目。由于这些报道始终走在了领导部门重大动作出台的前面,因此反响比较强烈。特别是2004年6月配合山东省实施的人才强省战略推出的"人才新观察"系列报道,得到中宣部有关材料的充分肯定,认为报道"紧密联系本省实际,链接外省实际,读来很有启示和吸引力"。

围绕中心,服务大局,配合好中央及省委、省政府的中心工作,还要主动自觉地在报道形式上寻求突破。过去一写重大典型、重要经验等"重头戏"报道,动辄"大篇幅、大块头、大版面",但2004年改版后如果继续沿袭这种让人望而生畏的老套路、老面孔，无疑与《大众日报》新一轮的改版目标背道而驰。怎样既提高宣传报道效果，又能保证报道的可读性和吸引力？大众日报编辑部和特派记者组进行了积极探索。比如2004年5月全省提出"干事创业 加快发展"一周年之际，编辑部准备对一批走在全省前列的地级市的发展经验进行重点推介。承担这一报道任务的特派记者组没像以往那样面面俱到地采写一篇篇大块头通讯，而是精心选择每个市最有新闻价值的亮点，以消息形式突出强化。稿子短了，形式新了，新闻性、可读性更为突出了。纪念邓小平100周年诞辰，庆祝中华人民共和国成立55周年，是2004年各级党报承担的重要报道任务。承担这一报道任务的特派记者组不是像以往那样，推出一篇篇的长篇综合通讯，面面俱到地回顾总结中华人民共和国成立55年来山东的巨大变化，而是推出了《走过沧桑·典型回访》栏目，通过不同历史时期山东最具代表性的典型人物故事性极强的个体经历，体现时代的沧桑巨变。每篇报道尽管只有千把字，但图文并茂，生动亲切，富有感染力和说服力。对重大典型的报道，我们也努力创新。2004年10月在报道复转军人梁远献的重大典型时，特派记者选择了最能代表梁远献身份、特征、境界的"蓝、绿、红"三种颜色巧妙切入，让人顿觉耳目一新。有的读者在网上这样评价，"像是一篇精彩的散文"。

前瞻分析，做好"自选动作"

报道重大典型、配合重大活动，只是编委会赋予特派记者组的任务之一，但如果整天围着"常规动作"打转转，那特派记者的工作也是不全面的。正是从这一角度考虑，特派记者组（包括前身的重点报道组）敏锐捕捉事关国计民生及山东政治经济社会发展全局的重大问题，写出了一批有深度、有影响的好稿子。

重大报道的影响力取决于记者的敏锐眼光和超前洞察力。前瞻性越强，眼光越独到，报道的影响力就越大。比如早在国家宏观调控政策还没全面实施的2003年9月，两位记者就敏锐捕捉到部分行业投资过热、低水平重复建设的问题，深入全省有关行业和企业调查研究，剖析导致这种过热现象愈演愈烈的深层次原因，分析预见这种经济发展模式的严重后果，探讨根治良方和科学发展路径，写出了"热门产业冷思考"一组6篇针对性、指导性很强的系列报道，为钢铁业等2004年国家宏观调控中严格控制的过热产业提前敲响了警钟。由于思维超前，分析独到，这组稿子引起较强反响，获得山东新闻奖二等奖。

重大报道的穿透力取决于涉及问题的现实针对性。比如承接日韩产业转移、建立胶东半岛制造业基地,是山东省委、省政府为再造区域竞争新优势、带动全省经济发展做出的重大战略决策。特派记者在深入胶东调查研究中却发现,尽管这一决策提出一年有余,半岛有关城市在具体实施中主攻方向并不明确,产业定位相当模糊,行政分割、产业趋同、各自为战、低水平重复建设的问题相当突出,导致有限的人、财、物都撒了芝麻盐,形不成整体竞争优势,甚至为了争夺外资,不惜互挖墙脚,恶性竞争。记者抓住这些问题深入剖析,推出了"半岛制造一年回眸"4篇系列报道和相关内参。系列报道公开见报后,分管副省长孙守璞专门提出表扬,认为"文章写得非常好!"省委书记张高丽、省长韩寓群、副省长王仁元还专门在内参上做出批示。20天后,全省半岛制造业基地工作会议在青岛召开,专门对报道及内参提出的有关问题进行了统筹规划和协调解决。

重大报道的实际效果有时也取决于报道推出的时机。2004年以来,面对宏观调控日趋从紧,土地、资金及国家对部分过热行业的严格控制,一些地方无所适从,等待观望。怎样正确理解并积极落实宏观调控措施,在科学破解"瓶颈"中既保证发展速度又提高发展质量?记者意识到这一问题,提前近两个月深入各地探寻良策,在省委布置这一宣传任务的同时就立即拿出1组7篇针对性、指导性较强的"认真贯彻落实宏观调控政策·创新实践在山东"系列报道,为各地加快科学发展开阔了思路,得到省委宣传部的充分肯定。省委副书记姜大明也认为,在宏观调控的大背景下怎样认真、全面、积极、准确地理解和贯彻中央宏观调控政策,将其作为新的发展机遇,《大众日报》宣传得比较到位。

重大报道的权威性往往取决于记者对重大战略问题的研究深度。比如山东提出"东部突破烟台,西部突破菏泽",那么地处全省中心位置、起到承东启西作用的中部地区怎么办?在全省区域经济协调发展的大格局中如何准确定位?朝什么方向努力?采访中连许多政府官员、专家学者都说不出个一二三,甚至根本就没考虑过。特派记者对这一前瞻性极强的问题进行了深入系统的研究思考,写出了《为什么关注中部》《靠什么推动中部崛起》,引起了决策者对这一问题的特别关注。

放开视野,拓展报道领域

区域经济竞争的空前激烈、经济的日趋全球化,使任何一个地区、企业都不可能"躲进小楼成一统"。党报面临的形势同样如此:各级决策者需要了解兄弟省市的大胆创新和超前探索,以开阔视野,拓宽决策思路;各地各部门需要了解来自长三角、珠三角等地区的资本外溢流向,以拓展区域合作空间;广大企业需要了解省外乃至国外的投资商机,以拓展发展空间,面向全国全球拓展市场配置资源。主体读者的需要就是媒体的报道重点。从这一角度审视,特派记者要想站得高、看得远,写出让主体读者耳目一新、管用解渴的深度报道,不仅要深得下去,而且要走得出去,以开阔的视野和开放的视角,密切关注兄弟省市的最新动态,把发生在省外的先进经验、重要信息及发展合作商机报道出来。基于上述考虑,2004 年以来,我们积极创造条件,鼓励特派记者跨出省门,先后深入上海、辽宁、广东、浙江、江苏等地进行了深入采访。

兄弟省市先进经验和大胆探索层出不穷,报道如何进行选择取舍? 我们的体会是,在针对性上下功夫,在结合点上做文章。出省采访前首先吃透省情,弄清楚主体读者最需要什么信息,最想解决什么难题。比如山东大量的农村劳动力转移不出去,绝大多数的建筑企业挤在省内这个极为有限的市场里抢饭吃。再比如,全省巨量的国有存量资产一方面亟须引进但又苦于找不到战略投资伙伴,另一方面在推进产权多元化过程中又亟须找到根除暗箱操作、杜绝国有资产流失的良方……特派记者带着这些问题深入上海采访调研,分析上海巨大的建筑市场和劳务需求为山东提供的区域合作全新空间;探讨上海产权交易市场的成功运作对山东加快国有企业产权多元化、提高国有资产转让收益带来的深刻启示;透析长三角经济一体化的内在动因,探讨山东整合青、烟、威三市资源,打破行政分割,形成整体竞争优势,承接日韩产业转移,建设半岛制造业基地的途径,写出了"鲁沪合作新视点·来自上海的报道"系列报道。又比如振兴东北战略的实施对山东形成了怎样的挑战? 提供了什么样的拓展空间和合作商机? 有些什么启示? 特派记者奔赴辽宁采访调研,写出了"东北振兴望山东·以辽宁为标本"系列报道。特别是在辽宁采访期间正逢沈大高速公路改扩建后正式通车,记者马上联想到山东正准备上马的第二条济青高速,随即采访了大连市发改委主任等权威人士,通过分析对比惊奇地发现,改扩建比新建第二济青高速可节约投资 106 亿元,节约土地 2.69 万亩,而且工期更短、效果更好,并据此写出《建议扩建老济青高速路缓建第二条济青高速》的内参特刊,为省里提供了富有新意的决策参考。

(《新闻战线》2005 年第 1 期)

核心价值理念——传媒品牌之魂

在日趋激烈的传媒竞争大战中，品牌经营越来越受到重视。聘请形象大使、进行 CI 设计、举办各类活动等等，各家媒体可谓解数使尽，试图以此吸引受众眼球，再造竞争新优势。但冷静审视就会发现，这些做法尽管对提升媒体的品牌形象不无裨益，却恰恰忽视了一个最根本的东西，这就是核心价值理念。如果把品牌比作人的容貌气质的话，那么它只是各种要素综合的外在的表现——体制架构是骨骼，运行机制是经络，人才队伍是血肉，而文化，特别是核心价值理念则是精神魂魄。没有核心价值理念的所谓品牌经营，就像一个人失去了灵魂，是走不长远的。

志存高远的核心价值理念，把个人的前途命运和自我价值实现，与媒体的社会责任、事业成败紧紧联系在一起，能够从内心深处激发出每一位新闻从业者的崇高感、使命感和责任感，进而获得创业的不衰激情和不竭动力，这才是媒体最核心的竞争力。

核心价值理念，百年品牌长盛不衰的根基

美国斯坦福大学副校长杰里·波勒斯与商学院教授詹姆斯·柯林斯，曾联手对通用、波音、福特、沃尔玛和迪士尼等十几个百年长青的全球知名品牌，进行了长达 6 年的追根问底式研究。得出的结果出人意料，其长盛不衰的首要因素不是别的，而是无一例外始终固守着自己的核心价值理念。"就像一个伟大的国家、教会、学校或任何持久不坠的机构一样，高瞻远瞩的公司有一组基本的准则，像基石一样稳固地埋在土壤里，表明'这就是我们的面貌，这就是我们的主张，这就是我们追求的东西'。"更让人惊奇的是，这些企业在核心价值理念中没有一个把"尽量扩大利润"作为主要动力和首要追求目标；其第一位强调的都是服务人类和社会，终极追求目标都是对社会对人类做出贡献，而利润只是随之而来的东西。

同样发人深思的是国内像巨人、三株、德隆系等企业的昙花一现。为什么它们都曾神奇般扶摇直上风光无限，却在一夜间"呼啦啦似大厦倾"？为什么国内的许多企业只是各领风骚三五年？与那些固本守根的百年品牌稍作比较就会发现，关键是这些企业的领导者缺乏长远战略眼光，更缺乏诚信意识、道德意识和社会责任感。这也同时决定了其所领导的企业，不可能拥有或固守一种将员工和企业的自身价值实现，与一项值得奋斗的伟大事业紧紧联系在一起的、能够有效引导激励企业和员工源源不断迸发创造激情的核心价值理念。于是乎，坑骗客户、假冒伪劣等为了眼前利润无所不用其极的急功近利行为才会屡见不鲜。这既无法保证企业健康持续发展，更无法真正对社会和消费者负责，最终只能搬起石头砸自己的脚。

媒体持续协调健康发展离不开核心价值理念

核心价值理念对现代传媒同样至关重要。原因显而易见：传媒提供的产品同样需要消费者（对报纸而言就是读者）的苛刻检验和长期认同。更何况作为特殊商品的报纸，还肩负着引导舆论、教化人心的社会使命。在媒体竞争白热化程度一点也不亚于商战的今天，报纸的社会公信力、美誉度和读者认同感已经上升为决定媒体生死存亡的决定性因素。而核心价值理念正能引导传媒志存高远，以崇高的社会责任感和使命感，向读者提供有用、有益、有趣的内容产品，以此来扩大影响力，提高公信力，增强认同感，确立其在社会的良好形象和市场的牢固地位，屹立百年而不倒。

有人可能会说，办报特别是办生活类报纸，只要吸引住读者的眼球，发行、广告不是都有了么？用得着考虑这么多？正是在这种目光短浅、急功近利的办报思想影响下，不良信息、低俗之风、有偿新闻、虚假报道满天飞，成了令广大读者深恶痛绝的当今新闻界"四大顽症"。事实上，这种出卖灵魂、不讲道德、放弃社会责任的行为，就像吸毒一样，短期内或许对报纸的发行和广告有刺激作用，但从长远看则无疑是一种自杀行为。特别是在读者阅读心理日益成熟挑剔、市场监管日趋严格的今天，一篇虚假、低俗、影响恶劣的报道，甚至可以让一个媒体辛辛苦苦在读者心目中树立起来的高大形象轰然倒塌，让一个多年打拼出来的知名品牌瞬间失色，甚至让其触"雷"关门。

西方媒体的竞争轨迹已经为我们提供了前车之鉴。以《纽约时报》为例，在1896年阿道夫·奥茨接手时，《纽约世界报》《纽约新闻报》等众多美国媒体的黄色新闻大战正酣,但奥茨却坚定不移地确立了"无所畏惧、不偏不倚、力求可靠、庄重严肃"的办报理念和高品位办报风格。靠着这样的理念和风格,《纽约时报》这个奥茨接手时已经难以为继的三流小报,不仅迅速起死回生,而且牢固确立了了其在西方传媒中不可撼动的主流位置。去年,在该报记者杰森·布莱尔新闻造假事件发生后,该报不仅以多个版面向读者真诚致歉深刻反思,甚至不惜勒令总编辑辞职,其对社会公信力和品牌美誉度的重视程度可见一斑。难怪该报发行量高达200多万份,100多年来在美国报界长盛不衰。

这些都再有力不过地说明,树立核心价值理念,将社会责任感放在首要位置,将为社会进步和大众利益服务作为办报从业的终极目的,不仅是传媒扎根社会的坚实基础,更是其赢得读者、赢得市场、赢得利润、做强做大、基业长青的必由之路。

持久的创业激情和动力来自核心价值理念

新闻工作是崇高的职业。这一职业并非像外人想象的那样体面风光,而是充满了挑战和风险。那为什么还有那么多人向往追求这一职业?古人讲"铁肩担道义,妙手著文章";现代人认为新闻工作者是"社会航船的瞭望者"和"人类灵魂的塑造师"。我认为,正是这种职业的崇高感、神圣感和价值感,才是大多数人追求这一职业、有的甚至不惜为之献身的主要动因。大家想想,为什么我们有些记者编辑刚参加工作时干劲冲天、激情四射,慢慢地就越干越疲沓,越干越没劲了?主要原因是刚刚从业时的那种崇高感、使命感和社会责任感日渐淡漠,只是把这一职业当成养家糊口的饭碗,甚至有人说"办报为挣钱,记者是打工"。所以,钱多多干,钱少少干,斤斤计较,得过且过;作风漂浮,浅尝辄止。如此追求、如此境界的人,最终是不会有出息的,甚而可能被淘汰——砸了饭碗!

(《新闻战线》2005 年第 9 期)

"五大战略"再造竞争力

最近,新闻出版总署公布晚报都市类报纸竞争力排名,齐鲁晚报竞争力全国第三,比上年进步了两个名次。成绩可喜可贺,成绩也来之不易。

"竞争力"是个永恒的主题。"竞争力"体现在当下,就是综合实力与领先优势;着眼于未来,就是再造更强的综合实力、更大的领先优势。

2006 年,是齐鲁晚报·生活日报(以下简称"两报")的"竞争力再造年"。如何进行竞争力再造,是我们一直在思考、并且必须在实践中不断解决的重要课题。去年,两报党总支提出并确立了"服务读者,奉献社会,成就自我——办主流大报,树百年品牌"的核心价值理念。如果说"服务读者,奉献社会,成就自我"是解决办报"为什么"的问题;那么"办主流大报,树百年品牌",就是阐明办什么报、干什么事业的问题。这既是两报中长期发展的总目标,是我们的共同愿景,也是两报团队始终保持旺盛竞争力的重要动力源,必须坚定不移地践行和推进。

为实现竞争力再造,做大做强两报事业,并最终达成我们的目标,当前和今后一个时期,要重点抓好和落实"五大战略"。

区域次中心城市发展战略

齐鲁晚报是大众报业集团的优势子报、优质资源。去年,集团党委提出,要转变经济增长方式,重点发展优质业务和优势资源,开发拓展齐鲁晚报品牌,逐步办成覆盖全省的综合性市场类领军报纸,全面占领全省市场。作为齐鲁晚报自身,落实这一部署责无旁贷。同时,这也是晚报自身发展规律所决定的。从我国报业发展趋势来看,报业增长特别是市场类报纸新的增长,其重点区域正在由中心城市向次中心城市转移。抓住这个重要的历史机遇期,打牢晚报在次中心城市、特别是东部地区的根基,无疑是将晚报事业做大做强的必由之路。

坚定不移地推进晚报地方发展战略,是晚报持续发展的必然选择。在竞争日趋逼近的态势下,两报党总支经过研究论证,把晚报的地方发展确定为近两年的工作重点,明确了责任人,逐项抓落实,取得了良好社会效益和经济效益,为晚报的地方发展探索了道路,提供了可资借鉴的经验。山东省东部地区经济盘子大、增长迅速,报业市场则相对竞争不足,因而对市场类报纸来说,有着丰富的存量资源和较大的发展空间,是晚报开拓东部市场的重要机遇。因此,"东部拓展战略"必须坚定推进。省报集团跨区域、跨媒体、跨行业发展是符合中央和省委关于深化文化体制改革精神的,市场竞争是大势所趋。无论经过多少艰难曲折,我们丝毫不能动摇继续向前的决心和信心。

跨媒体发展和品牌衍生战略

网络媒体与平面媒体融合、新兴媒体与传统媒体交互,是现代传媒业发展的趋势。我们必须整合现有纸媒体和网络媒体的资源,使传统媒体的新闻创意内容、新媒体的技术载体、服务这三方面相结合,以实现报业的更大增值。

今年,按照集团党委部署,将大众网与两报整合起来,探索传统媒体与新媒体融合发展的道路,这是集团跨媒体发展的一项战略决策。齐鲁晚报是山东发行量最大、广告收入最高、社会影响面最大的报纸;大众网是山东最重要的新闻门户网站,二者进行整合,是强强联合,资源共享,优势互补,能产生 1+1>2 的效应。整合以后,要为跨媒体发展闯出一条新路来,大众网要依托两报原创新闻及集团其他报纸的新闻资源推出手机报,进一步做大做强短信业务,开展两报和大众网采编及广告经营方面的互动等,让两报借助大众网的新技术得到延伸发展,使大众网的内容更丰富更有底气。

品牌衍生战略,主要是利用两报特别是晚报的品牌公信力、影响力和美誉度,拓展事业面,拉长产业链,在更大的范围和领域内配置资源,实现价值的更大化。如我们已成功运作了会展业(房展、车展、首届文博会等)、矿泉水项目、商业演出等。下一步可以尝试涉足房产中介、书画等领域。实施这一战略的前提是:一要与主业有一定的关联性,二要相对比较熟悉,三要有这方面的人才、专才。

人才强报战略

报业是内容产业、创意产业,是将人的智力资源转化成效益和资本的产业。因而,人才是报业竞争力的核心。没有人才的支撑,要想办出一流的媒体如同纸上谈兵。报业的竞争归根到底是人才的竞争。两报要实现大发展,人才强报战略是根本所在,是实现其他战略目标的基础工程;同时,又要靠其他事业目标的实现来吸引人、凝聚人、培育人。两方面相互促进,把两报打造成事业高地、人才高地。

人才强报战略,就是要进一步提高两报团队在吸引人才、培养人才、留住人才方面的能力。多年来,齐鲁晚报在人事干部分配制度改革中勇为先锋,独树一帜。自1992年改革试点以来,晚报实行招聘制,从社会各界吸引了大批有识、有志之士加盟。许多同志已经成为两报决策层成员和各方面重要骨干力量。同时,晚报也培养和锻炼了大批报业人才,向山东及全国报界输送了不少优秀的报业经营管理人才和名编名记。所以,两报特别是晚报,一直就是市场类报纸的人才基地。

推进人才强报战略的重点在哪里? 就是要把"人才基地"提升为"人才高地"。"人才基地"与"人才高地"的区别在于,"人才高地"拥有更强的人才吸聚效应,不仅是一所"大学",更是一个各类人才干事创业、实现价值的平台。要尽力打造这样一个塑造人才的平台,一方面要继续拓宽事业面,靠事业发展凝聚人气、培养人才,让人人都在工作中实现价值、成就自我;另一方面,要继续搞活机制,加大激励和淘汰的力度,始终保持队伍的旺盛斗志和蓬勃生机。

组织重构和机制创新战略

报业的发展,需要不断调整生产关系,调动员工积极性,解放和发展新闻生产力。组织重构和机制创新,就是调整生产关系的一种重要方式。

坚持体制机制的不断创新,是两报事业发展的重要经验。现在,两报摊子大、成员多、关系复杂,既有报纸、网站,还有地方版。随着事业的拓展,涉及的新领域、新增加的事业单元,也将会越来越多。在这种情况下,采取一种科学的组织架构、管理模式和运行机制,构建符合实际需要的生产关系,对于事业发展具有十分重要的意义。

组织重构要坚持"扁平化"原则,以"精简、顺畅、协调、高效"为标准,对层级、机构、岗位合理设置,不能叠床架屋,防止人浮于事、推诿扯皮。要健全激励机制,让每个人都各得其所,有动力、有压力、有活力,充满价值感和成就感。既要有正激励措施,也要有负激励措施。一个单位,没有5%以上的淘汰率,优秀人才进不来,庸碌无为者出不去,这个单位就会死水一潭,就可能整体被淘汰。建立末位淘汰制度有一定难度,但是为了事业的发展,不能有畏难情绪。只有实现了末位淘汰,把不合格者淘汰出去,把真正优秀的人才源源不断地纳入事业发展的体系中来,才会有事业的大发展。要在事业发展和个人要求的结合点上创新用人机制。报界是知识分子的"聚居地",追求自我发展、渴望价值实现的愿望比其他人群更加强烈,对公平公正待遇的诉求更加原则化。所以,要创造更加公正的用人环境,坚持竞争机制,凭本事吃饭,不拘一格选人才,公平竞争用人才,让优者进、能者上、庸者下、劣者出,在整个团队中树立以业务、能力取胜的规则和风气。无论是谁,只要加入这个组织,就处在同一平台上,就不需要过多考虑报酬问题、待遇问题及人际关系问题。只要认真工作,就有发展平台;只要敬业奉献,就能实现价值、得到利益。这样,成就自我与服务读者、奉献社会就能有机统一到一起。

文化提升战略

两报近几年一直重视加强文化建设,2003 年齐鲁晚报提出了文化建设的思路和措施,2004 年推广到两报,这在全国晚报生活类报纸中产生了很大影响。2005 年,两报党总支又确立了"服务读者,奉献社会,成就自我——办主流大报,树百年品牌"的核心价值理念,对前段文化建设实践的经验进行了总结,对两报文化发展的内涵进行了提升。这是两报文化建设的灵魂和核心所在,是文化建设各项活动的总纲。

就晚报生活类报纸当前的需要而言,加强文化建设十分重要、十分必要。报纸品牌的推广依靠品位的提升,品位的提升依靠文化的提升。新闻事业是伟大的事业,需要全心全意地投入和献身。从业人员既不是"都市白领",也不是"新闻民工"。但是当前,像这样的不正确认识在采编人员中非常普遍。从业者没有将个人工作与伟大的事业紧密结合起来,因而出现了空虚感、疲惫感、厌倦感。这就说明在价值观方面群体性地出现了问题。另外,一张有社会责任感和使命感的报纸,要求从业人员对"办报为什么"这一命题必须有正确的理解和判断,否则,靠低俗、猎奇、炒作等吸引读者和广告客户的"自杀"行为就会屡屡发生,报纸也最终会被读者所唾弃。这是非常可怕的。追根溯源还是价值取向出了问题。加强文化建设,树立正确的价值观念,正是抓住了医治这些顽症的根本。

落实核心价值理念,要以各种活动为载体。党员记者编辑深入基层搞调研,了解读者意见,倾听群众呼声;举办系列社会公益活动,可以使报纸的美誉度、公信力得到进一步提升。

　　在文化建设当中,领导的带头和示范作用尤为重要。所谓"领导",一个是"领",就是要有道德高度,要有人格魅力,要有凝聚力和感召力,大家愿意跟着你干,跟着你冲锋陷阵;一个是"导",就是要有正确的目标、理念和思路。要当好这个"领导",首要的是公道正派,二要境界高、心胸宽、能容人,三要有能力。两报领导班子通过对市场类报纸的长期运作,市场意识普遍很强,操作能力强。下一步强化的重点,主要是提高"讲政治"的水平。"讲政治"不是一句空话套话,而是有实实在在的内容。政治是一门协调和平衡各方利益关系的艺术。搞新闻,首先要有敏锐的政治判断力和鉴别力,用联系的、发展的、全面的观点来观察、分析事物和问题;用政治的眼光和方法来协调、平衡、处理各种关系,不可孤立片面地考虑问题,不可盲动和蛮干。当领导的能做到这些,团队就会风正气顺心齐,我们的凝聚力、战斗力、竞争力就会愈来愈强。

　　"五大战略"中,前两个战略是近中期的事业发展目标,后三个战略属于保证、激励和支持系统。落实这些任务目标,需要党总支领导下的所有方面、全体人员共同参与,出思路,想办法,抓落实。

　　　　　　(《青年记者》2006 年第 17 期,原文发表时有副标题
"写在齐鲁晚报获得'全国第三'之际")

改革是不竭动力　创新乃永恒主题

在刚刚过去的 2012 年,齐鲁晚报·生活日报(以下简称"两报")奋力拼搏,攻坚克难,在新闻宣传、广告经营、报纸发行以及事业拓展方面均取得了新的突破:新闻宣传方面,在向主流大报转型、重大主题报道方面有了新作为,涌现出了张刚及张刚大篷车等全国先进典型;广告经营方面,在全国报业同行效益普遍滑坡的不利形势下,两报保持了利润基本与上年持平;报纸发行方面,面对新媒体的冲击,齐鲁晚报实现了较大增长;事业拓展方面,创办了《黄三角早报》,整合了《牡丹晚报》,地方版事业蒸蒸日上。

2013 年,是集团向"双百四强"目标迈进的重要一年,是齐鲁传媒集团成立后自身做大做强的重要一年,也是两报肩负更多重任与担当、转型发展的重要一年。两报尤其是晚报在集团的位置举足轻重,晚报强则集团强,晚报发展则集团发展。齐鲁传媒集团承担着整合全省非时政报刊资源的重任,这篇整合文章主要以齐鲁晚报为主来做,只有晚报自身迅速做大做强,积聚内部品牌资源,才能以强大的市场竞争力和影响力促进外部资源整合。两报要在新形势下实现快速发展,就必须提升发展境界、转变发展思路,从办报内容到经营方式,从产业结构到赢利模式等,进行全方位转型。发展方式转型,既是集团党委的要求,也符合两报发展的实际。两报必须按照集团的战略部署,全力打好发展方式转型的攻坚战、持久战。

在新的一年里,齐鲁传媒集团包括两报要站在新起点,瞄准新目标,实现新跨越。要围绕全面战略转型,实施四大战略:

一是实施区域发展战略,实现由报到"团"的转变。统筹实施区域次中心城市直至县一级的分步发展,在实现中心城市地方版全覆盖及推进各地市报业资源整合的同时,积极在经济强县尝试推进发展县域版。以竞争赢得合作,以创新加快发展。

二是实施品牌衍生战略,实现由报到"业"的转变。要利用两报特别是晚报的品牌,进行品牌衍生和产业链延伸,实现品牌价值最大化。这方面,晚报已累积了很好的经验：天一会展公司成为省内会展业龙头企业，并将走出省门；齐鲁不动产、书画院涉足房地产和书画交易市场。集团将西部的汽车文化主题公园交由晚报来运作，我们一定要珍惜这一机会，积极拓展事业、产业发展空间。要抓住文化产业大发展的重要机遇期，围绕与报业相关联、相对熟悉和有较强市场控制力的产业领域，加快产业扩张发展步伐。

三是实施跨媒体发展战略，实现由报到"媒"的转变。要用全新的思维和运作方式，探索适合两报发展的跨媒体发展路径、载体。要借助大众报业集团作为山东广电网第一大股东的优势，积极探索与广播影视、有线电视网及商业网站等媒介合作，主动介入相关领域，借助新技术新平台实现线下影响力和效益向线上的平移与提升，探索构建新的媒体运营模式，最终实现从山东第一报向第一传媒的转变。

四是实施内生发展战略，靠人才和体制机制改革创新来支撑和保证发展方式的转变。改革是不竭动力，创新乃永恒主题。报业作为内容产业，内容的不可替代性至关重要。都市类媒体的内容向主流化转型，关键是内容创新，通过差异化和独特性形成自己的不可替代性。内容的转型必须靠越来越多的办报与经营人才来支撑。经过近10年"名校战略"的实施，现在两报已形成了人才聚集的高地，要靠改革激发大家的积极性和创造性，让每个人都有施展才华、实现价值的平台，让每个人的智慧和创意涌流。

当下全国人民都在憧憬"中国梦"。我们作为大众报人，作为齐鲁传媒人要憧憬我们的"大众梦""齐鲁梦"，要明确我们的共同愿景，那就是"双百四强"和"办主流大报，树百年品牌"，梦想变成现实要靠大家同心同向、努力奋斗。同时在奋斗的过程中，我们也实现了自我价值，创造了自己的美好生活。让我们共同努力，为了我们的梦想，为了创造幸福美好生活而戮力前行！

（作于 2013 年 1 月）

转变发展方式，做大做强报业

　　集团"转变发展方式，稳固报业增长"，关键是"抓好一个根本，实施四大战略"。一个根本，就是报纸内容；四大战略，就是区域拓展战略、品牌衍生战略、跨媒体发展战略和制度创新战略。

一、提升报纸内在质量，打牢报业稳定增长的根基

　　在新媒体高度发达的今天，投资大师巴菲特至今最主要的消息来源还是报纸，他每天要看 5 份报纸。他甚至特意让邮递员晚上就把《华尔街日报》给他送到家里，有时竟然会为等报纸半夜也不睡觉。巴菲特的坚守说明了什么？说明尽管网上内容铺天盖地，但由于缺乏选择性、权威性和公信力，所以并没取代报纸。只要做出内容的独特性和不可替代性，报纸一定会有自己的读者和市场。

　　报纸是内容产业，报纸的核心竞争力是内容。面对新的舆论生态和主流舆论弱化现实，必须牢牢抓住内容这个根本和核心，下大力气增强权威性、公信力和整合解读能力，提升报纸内在质量，增强内容的独特性和不可替代性，增强以内容为本的核心竞争力，打牢报业稳固增长的根基。如果内容这个基础不牢，整个大众报业的经济增长和事业发展就会地动山摇。

　　做好报纸内容，关键是进一步明确定位做出特色。比如《大众日报》如何尽快向以人为本做新闻转变，做强主流舆论，做好主板块，同时在扩张行业版、地方版和向强县延伸上取得实质性突破；《齐鲁晚报》《半岛都市报》等市场类媒体，如何在做好政治、经济和主流文化新闻报道，加强主流价值传播，提升格调品位，尽快向主流媒体转型的同时，更加重视和突出读者需求，避免与《大众日报》的趋同化倾向；《齐鲁晚报》与《生活日报》等如何进一步明确市场分工，实现差异化办报，把各自的优势真正挖掘出来。各报如何真正转变作风和文风，少说官话、套话、空话，多说人话、新话、实话，增加报道的可读性和信息量；如何真正树立问题意识，把握好社会热点、突发事件、舆论监督报道，善于发现问题，提出问

题,直面问题,研究问题,回答问题,推进问题解决。如是等等,都不能仅仅停留在口头上。从各报领导到每一名采编人员,必须立即行动起来,以强有力的制度和措施,一件一件地抓出成效;一篇一篇稿件、一个一个版面地抓出变化,让每一张报纸每一天的版面,甚至每一篇稿件,都出现新的气象,这样才能有效应对新媒体的冲击,打牢报业增长的稳固基础。

二、实施区域发展战略,实现由报到"团"的转变

面对新媒体的剧烈冲击,报纸还有没有增长空间? 最具潜力的增长空间在哪里? 再举一个巴菲特的例子。

从 2008 年到 2010 年,尽管美国有数十家报纸破产关门,还有的报纸不得不转型为网络出版。但恰在此后不到一年时间,巴菲特就投资了 115 家报纸。其中仅给 Media General 公司旗下的 63 家报纸,就一次注资 1.42 亿美元。更耐人寻味的是,早在 20 年前,这位全球最理性的投资大师已经预言到报纸的衰落,2009 年他还在股东大会上表示不会以任何价位收购美国大多数报纸。巴菲特的突然逆转因为什么? 因为他看到了社区报的独特优势。所以他集中收购的报纸,不是全国性大报,而是社区性中小报纸。

巴菲特的投资逻辑是,社区性报纸具有更加稳定的经济特权。他说:"尽管从我收购水牛城日报以来,报纸的基本面出现了巨大变化,但我相信那些集中报道他们所在社区新闻的报纸,将有一个很好的未来……因为没有人会在阅读一个有关他们自己或者他们的邻居的故事时,中途停下来。"

他又说:"未来几年伯克希尔公司(巴菲特掌控的投资平台)可能将会收购更多的报纸。我们偏爱那些喜欢具有强烈社区意识的小镇报纸或城市报纸,类似于我们即将运营的这 26 家报纸。如果市民对他们所在的社区漠不关心,他们最终也不会关心所在社区的报纸。一般说来,对社区事务的兴趣大小与人口规模成反比,而与社区人口居住年数成正比。于是,我们将集中关注属于历史悠久社区的小型和中型报纸。"

他还说:"我不相信社区报会一直亏损下去,我不会糟蹋股东的钱。"

事实也是如此。金融危机之后,尽管美国报业至今持续低迷,但地方报的情况却比全国性大报广告收入高得多,收入下降速度也更低一些。原因显而易见,社区性报纸客户黏性更强、忠诚度更高。

新媒体、新技术高度发达的美国如此,国内省内的情况怎样? 让我们看看以

下几个例子：

2011年浙报传媒所属9家县市报，营业收入高达3亿余元，利润超过4000万元，而且浙报传媒明确要求，这9张县级报到2015年，收入和利润比2012年再翻一番。杭州日报旗下的萧山日报，2011年经营收入突破1.7亿元，利润1700元，分别同比增长36%和52%。苏州日报旗下的吴江日报，2012年经营收入高达1.1亿元。

山东省县域经济实力尽管比不上江、浙等省，但去年全省财政收入过10亿元的县、市、区高达94个，比上年增加12个，其中过30亿、40亿、50亿、60亿元的分别达到31个、19个、10个和3个，最高的青岛市南区已突破百亿大关。寿光、滕州两个县报总收入也在3000万元左右。去年齐鲁晚报来自地方版的广告收入更是高达1.35亿元，而且年年保持很大增幅。

地市、县域报业市场的增长潜力可见一斑。

上述种种再有力不过地说明，未来几年，集团最具潜力的报业增长空间，就是地市、县域和社区。报业集团由报到"团"，不仅体现在拥有的报纸有多少，更要体现在每张报纸覆盖面和纵深度上。我们要加快实施区域拓展战略，努力向下延伸扎根，尽快培植出一批利润过5000万元、过1亿元的区域发展高地，实现由报到"团"的彻底转变。要把向县域、社区拓展扎根作为应对新媒体冲击的锐利武器。从党报、都市报到行业报、社区报，都要各显其能，在经济强市、强县办成一批县域版、社区版，并尽快在全省复制。从采编力量到经营人员，都要真正沉得下去，深入到县里、社区里，抓到更多网络媒体没有的鲜活内容，获取网络巨头不可能覆盖获取的收入和资源，使县域、社区成为未来几年集团报业新的增长点。

三、实施品牌衍生战略，实现由报到"业"的转变

品牌衍生和非报产业的潜力到底有多大？以下几个例子很能说明问题。

杭州一个小小的县级报萧山日报，2011年非报产业收入接近1亿元。河南报业集团非报产业收入已经占到集团总收入的半壁江山。浙报集团近10年通过新干线等投资平台，赚回10多亿元。特别是浙报的星空文化产业投资基金，这两年投资电影和电视剧制作，收益非常可观。华商传媒集团去年仅通过股权投资，就实现收益4亿多元。

而北京一个金港汽车文化主题公园没有我们这样的媒体宣传优势，非常羡

慕《齐鲁晚报》对汽车厂商的媒体影响力和品牌号召力，但 2011 年却在除 F3 赛道外占地仅 380 亩的土地上，产生了高达 49.8 亿元销售收入；主题公园管理公司正式管理人员仅 7 人，但 2011 年纯收入高达 9000 万元。

所以纯报纸的广告收入和利润增长极有限，有的已经摸到天花板，但品牌衍生没有极限，依托品牌拉长产业链条，拓展发展空间，创造的收入、利润更是看不到天花板。我们要"转变发展方式，稳固报业增长"，就必须以更大的力度实施品牌衍生战略，实现由报到业的彻底转变。

在这方面，集团已经拥有很好的产业基础和人才、资源贮备。天一会展公司去年营业收入近 6000 万元，已经成为省内最具影响力的会展业龙头，并且即将走出省门；山东大众文化产业投资公司、晚报齐鲁不动产公司已经成功进入房地产开发和楼盘代理市场；新闻书画院、齐鲁晚报书画院、半岛都市报、鲁中晨报、山东文交所等，也已成功涉足书画等艺术品运作，以及演艺、棋类比赛、教育培训等市场。特别是济南西部园区一期 300 亩土地已经拿到，即将具备开建设汽车主题文化公园的条件，二期 180 亩土地即将摘牌。青岛大众报业文化创意产业园高水平规划设计即将通过规划部门审批，"中国院子"主题公园的建设用地无偿划拨即将落实。另外，通过有线电视股权的资本化和文投、创投平台的建立，集团的投资平台已经建立，投融资通道初步打通。

我们要紧紧依托这些产业基础和资源资本，充分发挥所属媒体的政治、品牌、市场、人才等方方面面的优势，加快做好品牌衍生和产业链延伸文章，实现品牌价值最大化。一是充分利用《齐鲁晚报》对汽车商的影响和号召力，加快建设济南西部汽车文化主题公园，使之成为晚报收入增长和利润的新的强力引擎。二是依托集团现有土地贮备和开发运作团队，获取更多土地资源，加快商业地产开发、代理和文化创意产业拓展，尽快见到更大的效益。三是依托天一会展品牌，丰富会展品种，加快全省布局，引进战略投资，面向省外主要城市并购重组会展资源，培育具有全国影响的会展品牌，力争会展收入尽快过亿元，成为集团又一经济增长点和上市题材。四是依托品牌媒体和书画院、棋院、文交所、泉城学院等平台，深入介入、加快拓展教育培训、赛事演艺、艺术品交易等相关产业，扩大品牌影响，获取更多收入。五是依托创投、文投、文交所平台，立足省内面向省外，投资相关产业，实现投资增值。

总之，我们要紧紧抓住文化产业大发展大繁荣的重要机遇期，鼓励各个媒体、单位发挥优势，各显其能，紧紧围绕与报业相关联、相对熟悉和有较强市场控制力的产业领域,做足品牌衍生文章,获取宝贵资源,加快产业扩张,拉长产业链条,培育优势板块,形成更多的事业拓展平台和更大的产业发展空间,尽快使非报产业收入占到集团总收入的半壁江山,成为实现集团"双百四强"目标的强力支撑。

四、实施跨媒体发展战略,实现由报到"媒"的转变

长期的计划经济体制,导致中国传媒市场人为割裂条块分割,相互之间很难进行涉足。但看看发达国家最具影响的传媒巨头,无一不是经过了横跨报刊、出版、电视等多种媒体的发展之路。以全球最大的媒体集团默多克的新闻集团为例,由澳大利亚一家小报起家,经过50多年的扩张,已发展成为一个涉足几乎所有媒体领域的传媒帝国。仅其经营的核心业务,就涵盖了电影、电视节目的制作和发行、无线电视和有线电视广播、报纸、杂志、书籍出版以及数字广播、加密和收视管理系统开发等众多媒体领域。所以跨媒体发展,符合市场经济规律和传媒产业发展趋势,是已经被西方发达国家证明了的传媒集团做大做强的必由之路。面对文化大改革、大发展、大整合、大繁荣的难得机遇,集团要想抢得发展先机,占领传媒竞争的制高点,尽快做大做强,就要在跨媒体发展方面迈出更大步伐,走在全国前列,实现由报到媒的彻底转变。

在这方面,集团作为山东广电网络的第一大股东,已经迈出了极为难得但非常坚实的一步。去年,面对市场类报纸面临的前所未有的市场压力,如果没有广电股权的资本化,集团的利润增长目标不可能实现。今年乃至今后几年,集团转变发展方式,稳固发展基础,实现更快增长,仍然离不开跨媒体发展。我们要把跨媒体发展,作为实现"双百四强"目标的重要战略举措,要用全新的思维和运作方式,探索适合集团报刊发展的跨媒体发展路径和载体,借助新技术新平台,实现线下影响力和效益向线上的平移与提升,构建新的媒体运营模式,最终实现从山东第一报业集团向山东第一传媒集团的转变。一是各主要媒体和文投公司,都要组织专门力量,进行深入研究,借助集团作为山东广电网络第一大股东的优势,积极探索与有线电视网络融合互动、借力发展的有效路径,在有线电视闲置频道开发利用、报纸内容向有线网络平移、电视购物频道合作、利用报纸版面合作拓展有线收费频道用户分享增长收益、联手打造全省统一收视费支付平台等方面,取得实质性突破。二是抓住机遇,寻机进军影视剧投资、制作领域。三是以大众网为龙头的新媒体板块要继续向下扎根,扩大覆盖面、影响力和用户

黏性，拓展手机报、手机杂志和户外大屏，同时积极推进与商业网站等媒介合作，形成新的赢利模式。四是加强报网互动优势互补，办好车行天下、搜房网，继续拓展新的报网合作频道，加快建设覆盖全省主要城市的现代物流配送网络，实现更多收益。

五、实施内生发展战略，靠人才和体制机制
改革创新支撑保证发展方式的转变

去年，齐鲁晚报遇到创刊 25 年来的首次增长停滞。这对太长时间已经习惯增长的晚报人来讲，犹如一记猛掌——这一次，狼真的来了！

晚报尚且如此，其他媒体、单位情况怎样？经过连续 7 年的"名校战略"，以及各种方式的人才选拔培养和激励约束机制，集团已经形成了人才聚集的高地和干事创业的良好氛围，涌现出一大批采编骨干和独当一面的复合型人才，但用人论资排辈、分配差距拉不开、末位淘汰执行不彻底，干部职工缺乏危机意识、老态疲沓，工作按部就班缺乏激情等情况，仍然不同程度地存在着，深化改革的紧迫性越来越强。

改革是不竭动力，创新乃永恒主题。报业作为内容产业，内容的不可替代性至关重要。而内容提升并转化为品牌、资源和资本，必须靠越来越多和富有活力的办报与经营人才来支撑。改变干部职工老态疲态、缺乏活力激情，激发出大家的积极性和创造性，让每个人都有施展才华、实现价值的平台，让每个人的智慧和创意涌流，靠什么？靠深化改革和制度创新。所以齐鲁晚报提出，今年是改革元年。要下决心转变体制机制，探索建立现代企业管理模式。靠改革防止官僚主义，去除行政化，打破层级和条框阻碍，让大家的思想随处产生共鸣，交流无障碍地畅通，自我价值在奉献中得以实现，优秀人才竞相脱颖而出。要尊重人的生存和发展需求，围绕人、提升人、完善人和成就人，实现每个人自我价值最大化。

齐鲁晚报如此，别的媒体、单位怎么办？归根结底，要坚持通过改革激发活力，让早改革的单位早得实惠、多得实惠。改革改什么？还得继续深化干部使用、人事、分配三项改革，既增加正激励，更要体现反激励。一是开展部门岗位评估和工作流程再造，下决心"拆庙减和尚"，把不需要、没事干、光吃闲饭还在说风凉话的部门和岗位真正撤并裁减下去，实现流程简洁、运转高效、工作量饱满。二是打破人员身份界限，实现同岗同酬、同工同酬、薪随岗走，干什么活领什么工

资。三是打破论资排辈的用人惯性,加大轮岗交流、末位淘汰和责任追究力度,既要把会干事能干事的年轻干部大胆提拔到合适的岗位,也要敢于把完不成任务、不称职、消极应付甚至故意捣乱的人淘汰下去。四是进一步缩小固定薪酬,加大按贡献取酬力度,真正发挥奖金的激励作用。

（作于 2013 年 2 月）

不断改革创新　不辱责任使命

　　刚刚过去的 2013 年,齐鲁报系围绕集团实现"双百四强"目标的部署,按照集团党委关于报业转型的要求,贯彻落实"一个核心、四大战略",积极推进内容转型和发展方式转变,在新闻宣传、经营管理、事业拓展等各项工作中都取得了优异成绩。

　　齐鲁报系 2014 年工作,要从以下几方面实现突破:

一、做好提升舆论影响力的文章,坚持以内容为根本,为集团壮大主流舆论发挥更大作用

　　报社是舆论阵地,肩负着宣传党的主张、服务人民大众、推动社会进步、提升民众素质的重任。作为集团的重要媒体,齐鲁报系特别是《齐鲁晚报》,要担当起巩固扩大舆论阵地的责任。面对新的舆论生态,面对纷纭的论调、思潮,大家要坚定对报业未来的信心,干好报纸要有"风吹浪打不动摇"的定力;要坚持以内容为根本的思路,做强内容要有"咬定青山不放松"的执着,增强内容的独特性和不可替代性,增强以内容为本的核心竞争力。

　　提升内在质量,离不开新闻创新。我们要坚持党性与人民性的统一,按照以人为本做新闻的理念,以人民为中心推进新闻创新,更加注重人的思想感情诉求,更加注重人的基本权利实现。同时,我们要把握好突发事件、热点报道和舆论监督报道,担当起媒体的社会责任,要适应传媒格局的新变化,善于运用新的传播方式、手段,实现影响力从线下到线上的平移,从而不断增强舆论传播力、影响力和公信力。

　　实现新闻创新,需要一支作风、学风、文风都要正的高素质新闻队伍。我们要继续推进"走转改",让记者编辑真正到基层、到百姓中间,增进与人民大众的感情,用更多鲜活的、百姓喜闻乐见的新闻丰富版面。像《齐鲁晚报》的"张刚大篷车"活动、"步行齐鲁"策划等,都要继续坚持、推广,把实现以人民为中心的新闻创新落到实处。

二、做好"深耕、融合、转变"的文章,转变思想理念,
为壮大集团经济实力担负起更大的责任

齐鲁传媒集团成立,是省委、省政府深化文化体制改革、加快文化产业发展的重要举措,它承担着当好文化强省建设排头兵的光荣使命。齐鲁报系是传媒集团的中坚力量,要为集团打造大型文化传媒航母提供强劲驱动力;而作为报系核心,《齐鲁晚报》又是大众报业集团经济发展的三大"火车头"之一,更要积极转变发展方式,做好"深耕、融合、转变"的文章,发挥好支柱带动作用,肩负起壮大集团经济实力的使命。

转变发展方式,首先要转变思想观念。大家要牢固树立服务至上的理念,用增值服务、超值服务满足客户需求,用经营创新拓展业务资源。随着传媒格局的变化,报纸正由"卖方"市场向"买方"市场转变,经营正从不充分竞争时代向充分竞争时代转变,如果还是用甲方心态来干乙方工作,还是靠过去的经验应对市场新变化,服务水平不可能真提升,服务方式不可能真转变。

转变发展方式,要向深耕山东报业市场要效益,进一步推进区域发展战略。《齐鲁晚报》已经创办了 44 个县域版,《生活日报》创办了 6 个社区版,下一步要选择部分县域版作为试点,探索可复制推广的县域发展模式。临沂两报和牡丹传媒要最大限度地提升整合效益,《黄三角早报》要加快挖掘拓展潜力。同时,齐鲁报系还要肩负起齐鲁传媒集团整合集团内外非时政类报刊资源的重任,继续推进与其他地市报的整合,加快构建全省统一报业市场。

转变发展方式,要继续推进品牌衍生和跨媒体发展战略,由报到"业"由报到"媒",争取形成更多的利润增长点,向"动车经济"转变。齐鲁晚报要加大非报产业的拓展力度,像天一会展和齐鲁不动产,要继续开发新业务、提升盈利水平,像济南西部文化产业园、齐鲁影业公司,要尽快形成新的利润增长点;同时积极推进线上线下的影响力和资源融合、提升,依托自身优势,借助传播技术和传播平台的发展,整合平面媒体、网络、广电、手机终端等不同的传媒业态,构建新的媒体运营模式,逐步向全内容、全产品、全传播方式的目标迈进。

三、做好体制机制创新的文章,增强内生动力,
为集团深化改革当好先锋

齐鲁传媒集团是应改革而生。作为集团的中坚力量,齐鲁报系必须增强改

革的紧迫感,努力走到改革前列,为集团抢抓战略机遇、谋求跨越式发展承担起更大责任;而作为报系核心,诞生于改革大潮的《齐鲁晚报》,面对新一轮改革,更应该勇当先锋,为齐鲁传媒集团,为大众报业集团的改革发展闯出一条路。

事业的发展,需要人才的支撑,事业的活力,需要体制机制的创新来释放。齐鲁报系尤其是齐鲁晚报,要以转企改制为契机,坚定不移地实施内生发展战略,通过继续深化干部、人事、分配制度改革,探索建立现代企业管理模式,让每个人都有施展才华、实现价值的平台,激发干事创业的积极性和创造性;培育真正按公司法运行、具有强大竞争力和自主发展能力的骨干市场主体,增强持续发展动力,从而为转变发展方式提供人才支撑和制度保障。

回首 2013 年取得的战绩,大家有理由感到骄傲,但我们更应该清醒地认识到未来任务的艰巨。2014 年,是党的十八届三中全会之后全面深化改革的一年,文化大发展机遇难得;2014 年,也是报业发展面临更严峻挑战的一年,报纸转型任重道远。大时代要有大作为,大责任要有大担当。如果说 2013 年大家是靠着背水一战的勇气完成了任务,那么 2014 年就必须拿出中流击水的豪情,勇于改革创新,为驶向报业转型发展的彼岸做出更大努力,为实现集团双百四强的目标,实现我们的大众梦做出新的贡献。

（作于 2014 年 1 月）

加快推进集团工作的全面转变转型

近年来,面对新媒体冲击和挑战,传统报业通过转型升级来应对发展、生存危机,一直是业界努力的方向。我们集团在转型方面,也做了大量探索,前年我在常委学习议事会上提出集团转型发展,要实现由报到团、由报到媒、由报到业的转变;此一提法后来上升到集团战略的高度。而集团近几年围绕主业、资源、资本做文章,转型发展也取得了显著成效。今年,集团党委又适应形势变化,将转变转型确定为全年工作的重中之重。我理解,转变转型是一项系统工程,不是某个方面或某个环节的独立变化,而是包括发展理念、发展战略、发展目标、发展路径、发展方式、发展内涵、发展主体、发展动力等方面的全方位转变转型。所以我将其称之为"全面"转变转型。全面转变转型成效如何,不仅直接关系到年度目标任务能否顺利实现,也将关系到集团未来发展的前途命运。

一、实现全面转变转型,首先要搞清楚为什么转

对报社或报业集团来讲,转变转型不是一个新命题,在经济社会发展的不同阶段表现为不同形式。就我们集团来说,我们经历或者正在经历着从事业单位向企业集团转型、从传统报业向多媒体转型、从经营报业向报业为主多业并举转型的过程,每一次转型都是对生产关系的理顺和再调整,根本目的是解放和发展新闻、文化生产力,提高报业影响力、竞争力。去年,习近平总书记在中央全面深化改革领导小组会议上强调,要着力打造一批形态多样、手段先进、具有竞争力的新型主流媒体,建成几家拥有强大实力和传播力、公信力、影响力的新型媒体集团,为报业集团转型发展指明了方向。经过多年的努力,我们的经济规模综合实力跃居全国三甲,具备了继续向前迈进的基础,跻身全国知名的大型新型媒体集团行列将是我们下一阶段奋斗的目标。如果说实现"双百四强"目标主要还是看经济规模、看 GDP,那么要实现跻身全国大型新型媒体集团的目标,则主要看内功,看综合实力。这方面还有很多工作要做,任重而道远。

当前,世界传媒格局发生了深刻变化,以报纸为代表的传统媒体遭遇以互联

网为代表的新兴媒体的猛烈冲击,传统报业的市场份额、广告收入、影响范围都被新媒体远远落在后面。内容生产,本是传统媒体的最大优势,但面对移动媒体的快速崛起,优势也在被削弱。受冲击最严重的,还是报业经营。2005年,中国报业广告增长率开始出现下滑,报纸发行量呈现下降趋势,唱衰报业的声音甚嚣尘上。2012年,报业广告市场再次出现萎缩。《中国报纸广告市场2014年度报告》显示,自2012年报纸广告由增长转为下降后,降幅逐年扩大,2014年降幅急剧由上一年的8.1%扩大到18.3%,3年来报纸广告累计下降29.6%。特别是房产、汽车、金融、商业零售、酒水等支柱广告收入大幅下滑。2015年,我们面临的形势依然不容乐观。一方面,我国改革正处于深水区,利益格局重构,社会思潮日益多元多样多变,加之读者群体和阅读习惯变化,宣传工作任务更加艰巨。另一方面,中国经济发展进入新常态,发展速度、经济结构、增长动力等发生重大变化,宏观经济下行压力依然较大,汽车、房产、教育等直接和报纸经营相关的产业增长乏力,人力资源成本不断上涨,报纸经营仍面临极大困难。媒体融合国家战略,也对我们提出更高要求。传统报业到了救亡图存的关键时期。报业全面转变转型,应是我们主动寻求提升突破的内生需求,不应是我们疲于应付挑战的被动之举。

思想是行动的先导。要实现全面转变转型,首先要实现思想的再解放、观念的再更新、境界的再提升。

要更加坚定干报业的信心。报业发展面临危机,我们要看到"危",更要看到"机",关键是要善于危中求机,化危为机。要用辩证的观点分析问题,要看到机遇总是和困难相伴生,办法总比困难多。尽管报业发展减缓是不争的事实,但党委和政府巩固宣传舆论阵地、壮大主流思想舆论的要求没有变,党媒的喉舌作用不仅不会变,还会进一步加强,这就为报业提供了发展空间和底气。在当前的舆论格局下,要通过我们卓有成效的工作,使舆论主阵地的作用得到更好发挥,打牢报业发展的根基。要是干报业的信心没有了,精气神儿就没了,队伍就散了,经营指标就会出现塌方式下滑。我们要科学准确研判经济大势和集团实际,进一步坚定对做好报纸主业的信心。我让有关部门作过测算,我们主要报纸的利润率,过去是30%以上,现在再下滑也在15%~20%左右。这是许多实体经济行业平均利润难以企及的。新媒体有其优势,但报纸的优势也很明显。报纸的影响力大、公信力强,是"品牌老店",影响着最有影响力的人群,客户大部分是高端客户,多年发展中积累了大量已发表的权威内容资源,这是新媒体无法比拟的。何况,我们还可以利用其技术和手段来巩固壮大自己。去年以来,美国一些大公司和品牌广告又重新回归纸质媒体或许是个信号。

要转变思想观念。我们面临的形势、所处的环境,都在变,思维方式和工作方式也需要变。当前关键要学会在互联网的背景下思考报业、传媒业的发展走向。互联网是迄今为止人类最伟大的发明,不管你喜欢也好,不喜欢也罢,它都在渗透、改变甚至颠覆我们的工作方式、生活方式、思维方式。要善于学习、使用互联网思维。关于什么是互联网思维有很多定义,我认为首先是"用户第一"的观念。在互联网上,用户是一个巨大的分母,也是一个巨大的乘数,可以让你的边际成本近乎于零,也可以让你的边际收益无限大。海尔的张瑞敏有一种观点:互联网时代并不是"我做什么、怎么让顾客来了解和接受",而是企业必须和用户融为一体,满足用户最佳体验。对我们来说,读者是用户,客户也是用户。报纸要发展,必须要树立全心全意为用户服务的意识,真正把用户当上帝。内容生产要适应读者接受环境和心态的变化,提供最能满足他们个性化阅读需求的资讯和精神食粮,在最能打动读者思想感情方面着力。报纸经营正由"卖方"市场向"买方"市场转变,从不充分竞争时代向充分竞争时代转变,如果还是用甲方心态来干乙方工作,还是靠过去的经验应对市场新变化,服务水平不可能真提升,服务方式不可能真转变。报纸经营要变坐商为行商,积极研究广告客户需求,加强与客户的交互沟通,提高创意策划水平和服务能力,为广告客户量身定做宣传策划方案,开展全媒全案销售,提供增值、超值服务,从而开发广告"蓝海"。这方面的工作我们做得还不到位,亟须进一步加强。

二、实现全面转变转型,关键要解决转什么、怎么转

集团党委提出实现四个方面的转变转型,是当前和今后一个时期各项工作的重要遵循。其中,加快推进由报业集团向传媒集团和文化产业战略投资者的转变转型,打造全国知名的大型新型媒体集团,是集团战略的核心和目标。实现由主要发展传统媒体,向传统媒体和新兴媒体融合发展转变转型,代表了集团未来发展的方向。实现主要由媒体支撑向多元支撑转变转型,由线型思维、线型经济向平台思维、平台经济转变转型,是巩固壮大报业经济、提升辅业反哺主业能力的必然选择。实现由人治思维向法治思维的转变转型,由粗放管理向精确管理的转变转型,则是集团各项工作的坚强保障。这四个方面的转变转型,具体分解为33项年度重点任务。为了便于梳理和把握,我将这些任务大致划分为内容

转型、融媒体转型、经营方式转型、产业转型和治理管理模式转型五个层面。

(一)内容转型

报业是内容产业,报业经营实质上是内容经营。以内容为核心,做强舆论影响力,把报纸做成品牌,广告发行工作的基础才坚实,吸引力才更大,舞台才更广阔。当前,面对受众阅读习惯变化、信息获取途径多样的现实情况,报纸与新媒体竞争,传播内容的信息量、时效性、互动性、服务性等方面都处于明显劣势,传统的、陈旧的宣传方式已经很难提高传播力和影响力。报纸内容转型,关键是进一步明确定位,做出特色,发挥优势,下大力气增强权威性、公信力和整合解读能力,增强内容的独特性和不可替代性,提升报纸内在质量。要善于利用新媒体提升报道质量,用新媒体的长处克服传统媒体的短板,推出更多符合现代传播规律的新闻作品。融媒体报道方面,我们已经有了成功实践,并逐渐成为工作常态。下一步,要继续总结经验,探索建立完善"1+X"(或者是"1+N")的融媒体报道机制。"1"是党报,即大众日报;"X"是集团所有媒体,包括晚报、都市报、行业报、期刊、网站、手机报、客户端等各种媒介形态,将来还可纳入有线电视。每年的重头戏报道,根据不同题材确定"X"参与范围。要抓好新闻精品创作,特别是冲击中国新闻奖的作品。这代表了报业集团的业务标杆,各媒体都要树立责任意识、夺奖意识,全员参与、人人争先。为了调动采编人员采写新闻精品的积极性,从今年开始,年终重大奖项评选时,对获中国新闻奖的作品按集团最高奖励额度进行奖励。

(二)融媒体转型

当以互联网为代表的新媒体威胁到报纸的生存和发展时,包括我们在内的多数报业集团,多是以报纸数字化应对竞争,即使采取报网互动、全媒体采编流程再造等方式,也多是浅尝辄止,鲜有成功案例。报纸与新媒体融合,不是简单地为报纸的新闻报道增加新的平台和渠道,也不是浅层次地运用新技术新手段让新闻报道多样化,更不是报纸+网站的平面组合。网络媒体与平面媒体融合、新兴媒体与传统媒体交互,才是现代传媒业发展的趋势。集团既有传统媒体发展的优势,又有新兴媒体发展的良好基础,关键是要通过融合,打通报纸、有线电视和网络媒体三条传媒线,达到1+1+1>3的效果,实现此长彼长、共享共赢。

大众网是集团新闻资讯的集聚平台,也是推进传统媒体与新兴媒体融合发展的核心平台,要充分发挥好集团新媒体龙头的示范带动作用。在BAT(百度、阿里、腾讯)主导互联网市场竞争的当下,大众网作为地方新闻网站,必须清醒认识和发掘好自己在区域信息掌控方面的优势,走出适合自己的路子。"一网、两端、三线、四点"的融合发展规划必须落到实处,全力打造传播内容更及时丰富、互动性参与性更强、用户服务更细致、区域影响力更大的新媒体平台。要继续扩大并稳定山东手机报及系列产品的发展规模,加快整合全省手机报。"山东 24 小时"新闻客户端要继续完善服务功能,打造具有山东特色的新闻客户端,将纸媒内容通过手机端传递给手机用户,将主流媒体的声音向移动终端传播覆盖;加快推进与浪潮集团和山东广电网络公司的合作,拉动客户端下载,提高用户活跃度。要积极争取和创造条件,加快推进山东省互联网传媒集团落地,完成集团内所有新媒体资源的整合,尝试以多种方式整合集团外新媒体及资金、人才、技术等各种资源。

山东广电网络现拥有 2000 万缴费用户、5000 万以上收视人群和数百万数字用户,以及巨量的内容资源和遍布全省的收费渠道。集团要运用好作为第一股东的有利条件,获取最大收益分红是一方面,更重要的是推进报刊与广电网络、大众网等新媒体与广电网络的深度融合。报刊与广电网络融合,要打破内容、广告资源简单置换的模式,实现内容生产的深度合作,双方携手打造面向有线电视用户的市场类报纸,便是一种创新形式。大众网等新媒体与广电网络融合,要进一步加强在内容、技术、电信增值业务等领域的合作拓展,真正打通电视屏、电脑屏和手机屏,让用户通过网络、手机看电视、读报刊,通过电视看报刊、上网、上手机。把"在山东"区域电商平台和"周游齐鲁"垂直电商平台,与广电网络的电视机顶盒技术革新结合起来,实现电视购物直接支付功能,建设山东区域特色电商推介频道,服务电视的网购人群,增强对本省重点广告客户的服务与控制能力。各报刊和发行、广告等公司,要充分认识广电网络的巨大开发潜力,研究探索与广电网络在内容推送、广告宣传互动、发行共享、其他产业融合等方面的融合路径,通过其终端将我们的内容资源和影响力直接推送到千家万户,深度挖掘这一强大传输网络和庞大用户群体背后的内容传播潜力和巨大商业价值。

(三)经营方式转型

我国经济正在向形态更高级、分工更复杂、结构更合理的阶段演化,经济发展进入新常态,正从高速增长转向中高速增长,经济发展方式正从规模速度型粗放增长转向质量效率型集约增长。在此大背景下,传统媒体特别是晚报、都市报广告收入和利润增长碰到了"天花板"。新常态下的报业发展,不可能再像过去那样采取大水漫灌似的投入方式,强调的是对关键领域和薄弱环节的喷灌、滴灌。

要稳固传统行业。汽车、房产、金融等行业是报纸的广告支柱,必须牢牢抓好。去年,齐鲁晚报针对汽车、房产广告市场形势变化,分别成立事业中心,对上下游产业、相关行业和新媒体资源进行整合,通过服务模式、服务形态、服务平台的转型,主动适应客户需求变化,实现广告收入的基本稳定。半岛都市报创新广告经营模式,调整广告结构,突破金融、旅游、政府公告、体育休闲等行业广告的做法,也取得了显著成效。这些措施是各报在经营中积累的宝贵经验,可以相互借鉴。

要开拓新增长点。新领域、新产业、新业务将是报纸新的利润增长点。在经济新常态背景下,要把握机遇,开动脑筋,把触角伸出去,把菜挖到篮子里来。当前,城镇化、养老和医疗保险社会化、金融改革市场化、重大基础设施建设大规模铺开,通信、电子商务、健康、食品、旅游、家居等新的消费热点呈现增长态势,广告需求增大,给报纸带来了机遇。要抓住机遇,在新领域、新产业培植新业务,打造新的利润增长点。书画艺术品产业潜力也很大,仅去年全集团书画产业创收就达4700余万元。要发挥集团各媒体的宣传优势,利用好三大美术馆和中国书画名家精品博览会等平台,组建艺术品基金等,努力做大做强。要充分认识社区发展对报纸发展的重要意义,整合社区各类资源,促进报纸发行和经营,将社区报发展壮大,形成收入、利润新的增长点。

要创新营销办法。纸媒的传统广告投放额度已经出现瓶颈,很难保持高速的增长。但创新无止境,只要思想不滑坡,办法总比困难多。报业经营工作要打破思维定式,不能让经验变成包袱,形成方法依赖、路径依赖、客户依赖。要推行全员创新,加大力度为员工打造创新平台。一要提高创意策划能力。没有创新就没有广告,没有策划就没有广告。要摸准客户需求,想其所想,想其未想,进行高水平创意策划营销。二要打通整合内部资源,广泛寻求外部合作,积极参与到企业的生产经营全过程,控制好广告源头,管住"水龙头",主导广告投放的分配权,实施全产业链营销。三要以报纸为主,整合网站、手机、微博、微信等多种媒体资源,进行线上线下互动,推进融媒体整合营销。

(四)产业转型

推进集团发展全面转变转型,不是转业,舍近求远,还得干自己擅长的,把自己最擅长的干到最好。那就是聚焦主业,突出主报,并依托品牌拉长产业链,获取优质资源,将资源资本化,再反哺主业,形成具有报业特色的优势产业。这是报业经营最基本的特征,也是集团近十年来积累的宝贵经验。目前,集团依托报纸主业,打造了报刊支柱、有线电视和新媒体、楼宇经济、文化园区、投融资、印刷、发行物流、会展等 8 大产业板块,形成集团未来发展的产业基础。产业板块代表了集团经济实力,是集团政策、资金、人力等方面重点扶持的对象。但板块构成不是一成不变的,取决于其他产业对集团的贡献。现阶段,我们可以将这个标准设为年利润贡献 5000 万元以上,我在去年提出用 3 至 5 年时间,打造 3 至 5 个利润过 5000 万元的产业板块。现在看,这个目标完全可以实现。随着集团事业快速发展,将有更多新的产业加入到集团产业格局中,将来还会随时做出调整。

1.媒体板块,包括报刊、有线电视和新媒体。集团现拥有 18 张报纸、5 份杂志的传统媒体方阵,年利润贡献达到 4 个多亿,占到集团总利润的 70%,这是集团事业发展的根基,也是集团利润的主要来源。传统的报业经济是线型经济,要构建平台经济新型产业格局,这代表了当前报业发展的方向。报社(集团)和报纸,都是价值很大的平台。要强化平台思维,充分发挥好平台对优质社会资源的聚合吸纳作用,不遗余力地做大做强媒体板块。要继续深耕山东报业市场,重点是做好地方版、行业版和社区版的提升文章。要深挖报纸整合效益,让整合红利得到完全释放,同时增强整合报纸的造血功能,通过复制嫁接齐鲁晚报、半岛都市报拓展市场的成功模式,加大当地市场开拓力度,力求实现双赢。行业版是去年集团经营的亮点,大报、晚报的行业版做出了很大贡献,今年要继续保持,并抓住经济新常态可能带来的机遇,开拓更多潜力行业。另外,要高度重视社区报发展,据不完全统计,集团各报现已创办社区报 40 多个,覆盖了济南、青岛、潍坊、淄博等城市主要社区。社区报与读者贴得最近,最能掌握读者需求,要结合报纸社区终端建设,搞好社区市场开发,培植新增长点。大众网地方站要继续复制总部成功经验,完善组织架构,实现均衡健康发展,打造城市新闻门户网群,确保密集覆盖全省城市市场。

2.楼宇经济板块。传媒大厦、新闻大厦、报业大厦以及青岛、临沂、淄博的楼宇是集团的重要财富,每年可为集团贡献 1 个多亿的收入,下一步要重点研究解决好楼宇租售后的可持续发展问题。要建立专业运营团队,加强对楼宇经济的统筹规划和运作,明确各楼宇的功能与定位,发挥好集团和各媒体的品牌效应、规模效应,在确保办公自用的前提下,进行市场化运作,确保效益最大化。要加强楼宇服务配套建设,提高对业主的服务质量和水平,打造具有鲜明文化特色的楼宇品牌。现阶段,要整合集团媒体营销资源,加强对传媒大厦宣传推介力度,精选优质客户,确保以理想价格完成剩余楼层租售。山东新闻大厦要加快实施改造升级,进一步提高服务和经营水平。

3.文化园区板块。去年的学习议事会上,我讲过,文化园区应该说是集团投入最大、占用资金最多的一块,同时也是集团产业中潜力最大、后劲最足的板块;做好了,将是回笼资金最快,能使集团在资产规模、营业收入、利润水平和整体实力等方面迅速扩大、提高的产业板块。去年以来,济南西部汽车文化产业园建成投入运营,大众文化创意产业园开始招商,"中国院子"项目主体完工,蓬莱园区教育用地和存量楼盘实现置换,集团文化园区陆续进入收获期,这将是集团今年以及今后几年可以有大增长的主要支柱。同时,各园区又是一个大的资源聚集平台和项目孵化器,如蓬莱园区可以成立动漫学院为契机,打造动漫创新谷。利用葡萄酒学院,吸引葡萄酒产业上下端的人才与资源,打造中国葡萄酒的产学研基地。青岛的"中国院子"可以利用引进大家、大院、大馆,孵化出更多高端项目。各园区相关责任单位,首先要落实好房产出售和处置计划,迅速回笼投资资金;要进一步明确各自定位,树立平台意识,加强项目引进和开发,做好土地资源的争取和储备,落实好园区新征地计划。除了已有园区,要借助大众报业、齐鲁传媒、半岛传媒、网络传媒、物流网等平台,在全省各地拿到更多优质低价土地资源,开辟一批新的园区、基地,不断巩固壮大集团的园区经济。

4.投融资板块。报业的大发展,需要资本的支撑。要牢牢抓紧资本市场这个"牛鼻子",彻底打通资源资本化和增值、退出通道,从更高层次实现资本与主业的融合互动和协同发展。对内全力加快大众网上市步伐,对外通过文投直接或间接参股控股上市公司。一旦其中有一条路走通,不仅投融资板块将迅速拉升为集团的支柱板块,整个集团也将真正转变为文化产业的战略投资者。从国内外传媒集团和文化产业集团做大做强的成功经验看,都是通过资本运作,通过收购、兼并、重组等路径实现的。要深入调研,开阔眼界,理清集团"文化战略投资者"的战略和路径,形成规范的投融资制度。进一步面向省内外精选优选对集团战略目标实现最有拉动作用和增值潜力的投资项目,用活文投、创投公司存量资金,全力运营好已拓展项目,争取投资收益最大化,成为今年重要的利润增长点。同时,要做好省内政策性扶持基金的争取工作,搭建新的资本运作平台,开发延伸产业链条,实现投资与融资的良性循环。

5.其他板块。要加大开发力度,盘活印刷、发行和会展等现有资产和资源。

在做加法的同时,也要做好减法。梳理确定哪些是需要加大投入、重点推进、对集团长远发展起决定作用的项目,哪些是短期和长期盈利空间小、占用资源多、市场竞争力小的项目,对后者要果断关停、清理或转产,确保资源的最优配置。抓紧实施济南印刷基地西迁改造,同时统筹做好腾空厂区的综合开发;大力实施各地印点整合,提升印务保障能力和盈利水平。发行要由季节发行向常年发行转变,由主要靠邮局向靠邮局、自发和社会投递公司转变;要认识社区的重要性,加快推进社区服务终端网络建设,使办报办媒体和居民生活融合,打开既服务群众又开发产业的新途径;强化读者意识和服务意识,将订户升级为 VIP 用户。会展要立足山东,继续大力开拓省外市场,以上市为目标,规范公司运作。

(五)治理管理模式转型

当前,我国大部分报业集团是一种特殊产业集团,既属于国有事业单位,又有明显的企业性质,实行事业性质的企业管理。我们集团从上世纪 90 年代开始自收自支,2000 年成立集团,应该说已经是企业,就要按照现代企业制度进行管理。但受传统观念的影响,依然存在事企不分现象,人治思维、粗放管理依然存在,这与全面依法治国以及现代企业精神相悖。集团治理模式转变转型,要突出法律、政策、制度的权威性,塑造真正符合市场主体的管理体制。在集团治理和工作管理上,要实现由人治思维向法治思维的转变转型,实现由粗放管理向精确管理的转变转型,增强法律纪律意识,增强依法依纪办事的能力,增强做党的工作和群众工作的能力,增强对矛盾所在点、风险点的准确掌控和矛盾风险化解能力。

三、实现全面转变转型,重点要明白依靠什么转

报业转型,是报业在面对其他产业的冲击之下,为应对报纸衰退趋势与危机,变革自身运作模式、体制机制、理念思路的过程。集团的转型发展,要注重内涵发展,就是要通过不断调整生产关系,改革体制机制,解放和激发员工积极性和创造性,塑造更多合格的市场主体,打造更多的创新主体,让大众创业、万众创新成为新常态,让每个单位每个人的创造活力迸发。

要打好改革创新攻坚战持久战。我多次讲过,改革是不竭动力,创新乃永恒主题。习总书记在今年"两会"上强调,唯改革者进,唯创新者强,唯改革创新者胜。今年是全面深化改革的关键一年,既然是深化,就要把真正限制我们事业发展的瓶颈找出来,把牵一发动全身的关键找出来,不能隔靴搔痒、避重就轻。武

侠小说有个说法,只有打通任督二脉,才能成为真正的武林高手。现在我们的改革也到了要打通任督二脉的时候,要下决心借转企改制的契机,加大干部、人事、分配制度改革力度,敢于触及矛盾和现有利益格局,打破事实上还一定程度存在的"大锅饭"现象和人员身份界限,真正做到干部能上能下、人员能进能出、收入多劳多得。各单位都是改革的主体,要有主动改革的意识,有攻坚克难的精神,不要怕得罪人,不要怕丢选票,集团党委会做大家的坚强后盾,为大家撑腰,为大家保驾护航。创新要有打持久战的精神。创新无止境,现在社会发展日新月异,去年的创新,到了今年可能就要落伍,唯有不断创新,才能跟上时代。创新无捷径,他人的经验可以借鉴,但不能照搬。要实事求是,沉下心来寻找适合自己的转型之路、媒体融合发展之路,关键是要去做,去大胆尝试,我们允许"试错",但绝不容许不改革、不创新。当前集团层面的改革创新应聚焦到培育更多合格的市场主体和营造万众创业创新的平台和氛围上。

一是培育更多合格的市场主体。新兴媒体的内容生产、运作、销售、运营有自己的一套理念、规则、方法和机制,特别强调依托市场力量。传统媒体在市场方面仍较多地采用"事业单位企业化管理"模式,与现代企业制度有较大差异,体制机制不活不顺也是阻碍传统媒体发展的重要原因。事业的活力,需要体制机制的创新来释放。上海报业集团组建后,实际成为投资控股型集团,所属解放、文汇、新民三大报恢复独立法人资格。集团科学、合理、清晰界定集团与报社的职责,赋予报社很大的自主权。我们现在已拥有齐鲁传媒、半岛传媒、大众传媒等市场主体,可借鉴上海报业的做法,赋予其更多的市场自主权。集团层面主要管导向、管战略、管班子、管大的投融资项目、管上缴利润和分红,至于其他决策权、经营权则完全可以下放。让各发展主体有更多权力、动力和活力,当然也会有更大的压力。要以非时政类报刊转企改制、大众网上市为契机,进一步理顺体制机制,培育真正按公司法运行、具有强大竞争力和自主发展能力的骨干市场主体,增强持续发展动力。

二是营造人尽其才、万众创业的平台和氛围。转变转型靠谁来实现?靠人,靠人才。报业集团是人才聚集的高地,人才是报业集团最大最核心的竞争力。引进人才,培养人才,发现人才,使用人才,让合适的人在合适的位子上,让每个人都能人尽其才,应该说是我们工作的终极目标。从 1992 年开始,集团在人事、分配、奖惩管理上进行了大胆探索,形成许多人才培养的成功做法和经验。随着社会发生深刻变化,文化体制改革不断深入,人才工作也必须与时俱进。现在,我们培养人才,要有跨界思维,重点培养熟悉意识形态工作、掌握新技术与媒体融合、熟悉资本运营与管理的复合型、专家型人才。要坚持内部培养与外部引进相结合,加强集团人才库建设。集团实施的名校招聘、奖励进修等方法,为集团事业发展储备了后备力量,要有意识地进行引导和培养。要健全人才引进机制,按需求引进人才,优化人才结构。同时,要建立与市场法则相对应的人才激励机制,通过继续深化干部、人事、分配制度改革,探索建立现代企业管理模式(如股权、期权、分红等激励机制),有多大的本事给你多大的平台,给你匹配多大的资源;做出多大贡献,就给你多大奖励,让你名利双收。在这方面,海尔"创客"的做法很值得我们学习和借鉴。2013 年、2014 年海尔连续两年裁员,同时启动鼓励员工内部创业的小微公司模式,提出"人人都是创客"口号,企业从管控型组织变成投资平台,决策权、分配权、用人权"三权"彻底让渡于小微公司,激发了创客们的积极性、创造性。海尔已不是单纯的家电生产商,而是创新的孵化器。

实现集团发展全面转变转型,不是一朝一夕之功,也不是简单地凭某个人、某个部门、某个单位的努力就能完成的,应成为集团上下全体员工的思想共识和自觉行动。只要将全面转变转型战略切实落到实处,集团发展完全能够实现新跨越。

(作于 2015 年 2 月)

大力实施创新发展　打造新型主流媒体

习近平总书记在新闻舆论工作座谈会上的重要讲话,对党的新闻舆论工作具有重大指导作用和里程碑意义。讲话内容丰富、思想深邃、特点鲜明,可以用五个字概括:一是"全",全面系统地对党的新闻舆论工作进行了深入阐述,对地位作用、责任使命、方针原则、工作重点、保障支撑等方方面面都做了概括。二是"深",讲话有思想深度、理论厚度,通篇贯穿着辩证唯物主义和历史唯物主义的世界观和方法论,体现着党性与人民性的高度统一。三是"新",讲话有新思想、新论断、新要求,处处体现了创新的意识,针对分众化、差异化传播趋势,提出加快构建舆论引导新格局的新要求。四是"准","四个着力点""九个创新点"涉及的内容,都是我们新闻舆论工作存在短板的方面,问题找得非常准,解决方案针对性非常强。五是"透",讲话对问题一针见血、力透纸背,不遮掩、不含糊,旗帜鲜明,举旗亮剑,过瘾管用。我们新闻工作者,要把总书记的要求贯彻到新闻实践中,融化到血液里,内化于心,外化于行。要以讲话精神为指引,抓队伍,抓管理,抓制度,抓培训,打造一支有铁一般信念、铁一般纪律、铁一般担当的新闻铁军。

当今时代,互联网用"连接一切"的方式重构了社会,重构了市场,重构了传播形态。新兴媒体迅猛发展,传统报业特别是市场类报纸发行和广告断崖式下滑,全国大部分报业集团陷于经营困境,报业已到了"生死存亡"的最危急时刻。如何应对新形势带来的新挑战,既筑牢党的新闻舆论主阵地,又保住我们广大员工的饭碗? 唯有创新发展。总书记强调,党的新闻舆论工作必须创新理念、内容、体裁、形式、方法、手段、业态、体制、机制,增强针对性和实效性。唯创新者进,唯创新者强,唯创新者胜。这为我们实现创新发展,提升自身传播力、引导力、影响力、公信力提供了根本遵循。

第一,坚持服务理念创新。总书记指出,"必须坚持以人民为中心的发展思想"。这一理念体现到新闻舆论工作以及报业发展、网媒集团事业发展中,就是要牢牢树立"用户第一"意识,全心全意为读者、为用户服务。当前,社会化信息传播的一元化格局已经打破,传统媒体在传播渠道上的独占地位不复存在,读者的阅读习惯和接受心理也都发生了极大变化,由受众变为用户,在新闻传播中的参与度、能动性逐渐放大。新闻舆论工作要适应新形势新任务,就必须坚持"以用户为中心"和"以人为本做新闻",适应读者接受环境和心态的变化,提供最能满足他们个性化阅读需求的资讯和精神食粮,在最能打动读者思想感情方面着力,要彻底改变自说自话、自娱自乐式的传播思维和习惯。报纸经营也要变坐商为行商,积极研究广告客户需求,加强与客户的交互沟通,提高创意策划水平和服务能力,为广告客户量身定做文宣策划方案,提供全案全网服务和增值超值服务。网媒集团更要把用户当上帝,这是建设新型主流媒体的需要,也是影响力实现商业价值的需要。正是互联网拥有巨大海量用户的特点,根据"长尾效应",可以使边际成本近乎于零,也可以使边际效益无限大。所以,只有在中国才可以短短几年就成长出"BAT"这样的互联网商业帝国。

第二,推进采编流程再造创新。面对新技术、新应用、新平台层出不穷,传统的内容生产和传播方式被颠覆,必须以用户为中心再造采编流程。要整合利用好传统媒体和新兴媒体资源,创新形式,开放平台,让用户参与报道线索、议题设置和内容制作,提高内容的聚合力、传播力和影响力。围绕重大策划选题,传统媒体和新兴媒体同频共振,发挥各自优势,生产符合现代传播规律的新闻产品,实现新闻信息一次采集、多种生成、多元传播。主动适应分众化、差异化传播趋势,依托先进的采编技术和平台,精准目标受众,突出自身特色,构建全方位、多层次、多声部的主流舆论阵地。技术方面要顺应全媒体时代的传播规律,真正了解用户需求和体验效果,不断优化产品和服务,实现媒体与用户的共生共赢。

第三,强化商业模式创新。受经济新常态和新媒体冲击影响,传统报业经营遇到前所未有的困难和挑战。但我们的商业模式、服务理念、营销手段等方面,出现诸多与新趋势不相适应的地方。互联网的快速发展,不断催生新的商业模式,为用户提供全新的产品和服务体验,从而实现用户和企业价值提升。要探索运用"互联网+"思维推进集团产业融合,实现资源价值最大化。市场类媒体要以品牌影响力优势聚集资源,以人才创意优势孵化项目,以社会、市场资本激活裂变,实现商业价值的多渠道、多形式变现。网媒集团、新媒体项目要肩负起集团创新发展先锋的使命,先行先试,探索适合自己的、成功的商业模式,实现经验复制嫁接。网媒集团已明确信息资讯、电子商务、电子政务综合提供商的定位,要以重点工作、重点项目为抓手,打造独具网媒特色、领先行业的商业新模式。

集团客户端用户达到 400 万规模,关键要挖掘好用户的潜在价值,服务办报的同时,探索盈利模式,走出新路子。

第四,实施技术服务创新。加快构建舆论引导新格局,以互联网为代表的信息传播技术扮演着重要角色。集团既有传统媒体发展的优势,又有新兴媒体发展的良好基础,关键是变"相加"为"相融"。要强化技术支撑,主动借助新媒体传播优势,加快推进传统媒体与新兴媒体的融合发展,打通报纸、有线电视和网络媒体三条传媒线,推出新型融媒体产品,建设新型主流媒体。大力加强信息化建设,围绕报纸采编、经营管理、媒体融合、转变转型,提升集团信息网络系统基础建设,提高信息技术服务水平。要整合集团新闻源数据库、实时新闻采集分析系统、行业资源数据库、新媒体用户数据库,依托云计算,打造基于大数据的新闻生产与数据应用平台,为生产更多贴近性、针对性、悦读性强的新闻产品,满足用户分众化、差异化、专业化、个性化需求创造条件,提升新媒体时代背景下新型主流媒体的传播能力。

第五,探索组织架构创新。面对分众化趋势,媒体的差异化、个性化发展尤为重要。要以解放和发展新闻生产力为目的,以"一体化"思维完善组织架构。一个是"压扁",推进管理去层级化、去中心化,尽快实现扁平化管理。要在充分论证、深入调研的基础上,以项目制、工作小组制等试点形式,循序渐进地推进组织架构改革,既要有打破常规的理念和魄力,又不能急于求成仓促推进。再一个是"打通"。这一点,集团在组织融媒体报道方面已积累了丰富经验:以党报为龙头,整合子报、网站以及手机报、手机客户端、微博、微信等媒体资源,以中央厨房模式,对采集到的信息分时段、分层次、按照媒体特点需求多次处理,适应了各种媒体形态和传播方式的需求。大众日报新锐大众客户端依托全媒体采编系统,打通部门间、媒介间界限,实现线索监控、稿件素材、大型策划等资源共享与开放下的全媒体运行新机制;齐鲁晚报调整部门架构成立房产事业中心,将房产工作室和不动产公司等部门资源整合其中,发挥出"1+1>2"的合力。这些措施和经验,涉及采编和经营多个环节,都为集团范围内的组织架构创新提供了启示。

第六,加强体制机制创新。新兴媒体的内容生产、运作、销售、运营有自己的一套理念、规则、方法和机制,特别强调依托市场力量。传统媒体在市场方面仍较多地采用"事业单位企业化管理"模式,与现代企业制度有较大差异,体制机制不活不顺也是阻碍传统媒体发展的重要原因。事业的活力,需要体制机制的创新来释放。我们现在已拥有齐鲁传媒、网媒集团、半岛传媒等市场主体,可借鉴先进报业集团的做法,赋予其更多的自主权。集团层面主要管导向、管战略、管班子、管大的投融资项目、管上缴利润和分红,至于其他决策权、经营权则完全可以下放。让各发展主体有更多权力、动力和活力,也有更大压力。要建立完善激励机制,打破固有的级别薪酬制度,实行全员全绩效考核,以绩效定薪酬;在政策允许的前提下,可以探索管理层持股,及股权、期权、分红激励;畅通人才晋升机制,激发员工干事创业的活力;简化审批管理流程,提高工作效率,顺畅运转机能。通过改革创新真正实现"人员能进能出,干部能上能下,收入能增能减",充分激发大家的潜能,让创造的活力迸发,让财富的源泉涌流。

第七,突出企业文化创新。"责任、创新、和谐"是集团文化的核心,创新已化作文化血液,渗透到方方面面。在当前报业面临转变转型的关键期,更应强调创新意识。要进一步凝练企业文化、特别是核心价值观,加强文化建设,营造"敢于突破、勇于探索"的文化生态。硅谷之所以成功,很大的原因在于他们营造的敢于否定、容忍失败、鼓励颠覆的文化气质。要鼓励员工冒尖冒险,鼓励大家进行颠覆性改革尝试,要敢于否定自己、容忍失败,创造宽容、和谐、向上、实干的文化氛围。

创新发展是时代要求,更是集团生生不息的动力之源。创新无止境,现在社会发展日新月异,去年的创新,到了今年可能就要落伍,唯有不断创新,才能跟上时代。创新无捷径,他人的经验可以借鉴,但不能照搬。要实事求是,沉下心来寻找适合自己的创新发展之路。要以创新的思维、创新的精神、创新的措施,全面贯彻落实习总书记重要讲话精神,大胆探索,努力开拓,使党的新闻舆论阵地更加巩固。

（作于 2016 年 7 月）

附录:

梁国典:一位文化守望者的担当与追求

很怕跟梁国典写稿子。2001 年,他带我到烟台市牟平区采访一个典型,不说采访之细,不说消化材料之烦,单说拉初稿,一共揉搓了六七遍,从 9 千多字,压缩到 4 千字。每次送审,额头沁汗,老怕通不过。但经他"修理"过的稿子,反响大,获奖率高。由此更印证了我对他的观察:表面上看似有点不拘小节,举重若轻;骨子里却严细认真,追求完美。

时代航船的瞭望者

32 年前,梁国典走进大众日报社时,还不满 21 岁。刚刚从中国人民大学校园出来,他意气风发,大有指点江山、煮酒论英雄之气。随着时移月转,他把身心融入到大众报业里,淘去了浪漫,积聚了深沉。他念念不忘的,是在青年记者编辑部时追踪名记者的经历,他体味到,真正的记者,必须是站在历史大潮的前头,做时代航船的瞭望者,激励弄潮者,鞭策观潮者,把准航向,以笔为旗。

上世纪 80 年代中期,北方人到南方考察回来,都感叹南方人思想解放,北方人则不行。梁国典在一份材料上看到,济南街头的修鞋匠 80% 是南方人,于是,他把目光盯在小鞋匠身上。原以为修鞋匠家境穷困不堪,一聊才知,人家不但不穷,他们中有许多人,不光顾着修鞋,还在瞅机会干大买卖。表现在修鞋匠身上的发展商品经济所需具备的观念意识,正是北方人所欠缺的,这种挑战才是真正的挑战!他由此发掘出一个重大主题,疾笔写出《南来的挑战——济南市区修鞋摊前采访记》。该文获得省新闻奖一等奖。有人著文称,"《南来的挑战》对山东思想解放、观念更新有振聋发聩的作用"。

牛刀小试,便一发不可收。梁国典先后参与写出了《青纱壮歌——掖单系列玉米良种培育者群塑》《朱彦夫——特殊材料制成的人》等重头稿件,他还参与采写了像莱芜市简政放权、莱西市村级组织建设等好多重头戏报道,挖掘重大典型、新闻事件、英模人物身上的时代价值,捕捉新闻背后的丰盈内涵,显示出敏锐的观察力和高超的驾驭能力。梁国典迅速成长为新闻界的名记者。

除了能写,梁国典还能"管"。1991年28岁当上文体部副主任,成为报社最年轻的处级干部,分管的"丰收"副刊,成为名牌专刊;由他主持创办的"《大众日报》扩大版"深受读者喜爱。1994年9月,他受命组建周末专刊部,创办《大众周末》,成为全国省级党报最早开辟的"试验田"。其中的《周末人物》专栏此后三获中国新闻名专栏奖。

1998年10月,梁国典挑起总编辑助理、总编室主任的重担。他主持起草了《大众日报采编工作守则》一书,成为大众报人的办报准则。后又兼任特派记者组组长。报社的一些重大典型报道、重大战役报道,他大都参与其中。他参与组织策划的"国庆五十周年"系列报道,被有关业务报刊誉为"有大报风范,有气势,有创意"。他策划组织的《改革发展99'新篇——海尔告诉我们什么·采访日记》系列报道获中国新闻奖。

梁国典成为集团党委常委、副总编辑后,多次参与《大众日报》改版方案设计并组织实施,使党报定位更加明晰,质量大幅提高。分管《齐鲁晚报》和《生活日报》时,他提出两报的核心价值理念:"服务读者,奉献社会,成就自我——办主流大报,树百年品牌";实施区域发展战略,创办地方版,开大众报业整合、深耕山东报业市场先河;实施品牌衍生战略,以报为主,适度多元,为报业产业结构合理布局夯实了基础。"两报"人凝聚在核心价值理念下,积极性和潜能被激发出来,《齐鲁晚报》在全国晚报都市类报纸综合竞争力排行榜上稳居前3强。

儒家文化的赓续传承者

2006年12月,梁国典调任中国孔子基金会秘书长、党组书记。兢兢业业履职近6年。他常自称"孔子一秘",说干的是传"不朽之言"、为传统文化"续根"的工作。

履新不久,梁国典以他在媒体工作20多年的经历和资源优势,提出要借助现代传播手段和主流媒体,让孔子从学者的书斋,走向大众、走向社会、走向青年、走向世界,实现传统文化的创造性转化和创新性发展。

创办的"中国孔子网",成为国内最大的传统文化门户网站;与山东电视台合作创办的大型传统文化栏目"新杏坛",获"中国栏目创新贡献奖";特别是与省委宣传部等联合制作104集动画片《孔子》,他花费了大量心血,该片2007年启动,2009 年 9 月 28 日孔子诞辰 2560 周年纪念日在央视首播,2011 年 4 月,在法国戛纳电视节首届亚洲展映会上,该片入选最佳作品第一名,而后又获得中国动画片最高奖"美猴奖",并改编为孔子学院正式教材。

梁国典和基金会同仁一道,还打造了 35 集电视剧《孔子》、专题片《永远的孔子》(中英文)、《儒藏》(500 部)、《儒家文化大众读本》(10 卷)、《论语》普及与《论语》译介工程、"孔子文化世界行"等十大文化品牌项目,影响越来越大。耳闻对基金会的赞美之声,梁国典说,在基金会的 6 年,是他自己最充实、最有意义、最有意思的 6 年。

梁国典说的"最有意思",我理解,是他在基金会内部搞的儒家文化治理人心的"试验"。

梁国典说:"中国孔子基金会,不是一般的文化单位,它担负着弘扬儒家文化的使命,倡导知行合一理念,是职责所在。子曰:'学而时习之',习,是实践的意思,时时践行;孟子曰:'人皆可以为尧舜',人人都有君子的潜质。挖掘人的潜质,培养人向善向上,大有文章可做。"

他在基金会内部集思广益,提炼出"厚德、好学、笃行、和谐、日新"的会训。开展了"我是君子"活动,要求基金会的每一位同志都争当君子,不当小人。基金会慢慢形成读经典、写心得、修己惠人、笃行致远的"小气候"。

"试验"两年后,风气焕然一新。2008 年,基金会被评为"省直文明机关",2012 年又被评为"省级文明单位"。孔子基金会还获得文化部、山东省政府颁发的首届孔子文化奖。

一位省领导说,没想到一个 20 来人的基金会,一没钱二没权三没资源,却干了这么多事,实属不易。梁国典说:生逢其时,恰在其位。

媒体全面"转变转型"的践行者

2012 年 9 月,"修身"6 年的梁国典回到大众报业集团,主抓报业经营管理,原来满脑子"之乎者也",现在满脑子数字、指标,工作急难繁重,都是"硬茬"。但已有儒将气度的他,面对一个个难题,毫不退缩,从容应对。

2013 年初,在集团党委常委学习议事会上,梁国典把握传媒发展大走势,提出集团转型发展,要实现由报到团(整合深耕全省报业市场)、由报到媒(由报业集团到传媒集团)、由报到业(由报业向文化产业战略投资者)的转变。这一提法后来上升到集团战略的高度。

　　面对宏观经济下行和新媒体的冲击,梁国典和社委会及各利润主体负责同志一道,一面巩固主业,将报纸影响力向行业、社区延伸,开展各种活动和全案营销、全媒体营销,遏制房产、汽车等广告下滑势头;一面对非报产业进行梳理,分类指导,让"摇钱树"尽快结"果子",让"金鸡"尽快下"金蛋"。

　　目前,集团依托报纸主业,打造的报刊支柱、有线电视和新媒体、楼宇经济、文化园区、投融资、印刷、发行物流、会展艺术品等产业板块渐成规模,逐步进入回报期,集团经济综合实力稳步提升,2014 年,国家新闻出版广电总局排名,大众报业集团位居全国报业集团前三,利润位居第一。

　　报业集团全面转变转型,是巩固主流舆论阵地、提升国家文化软实力的攻坚战。打好这场硬仗,对有着强烈文化抱负的梁国典来说,是挑战,更是机遇。他用"守土有责,守土尽责"来砥砺自己。

　　回眸走过的路,梁国典说:一是发自内心地感恩报社,正是一代代大众报人薪火相传凝成的大众报人精神,像清泉一样滋养着他,像大树一样庇荫着他;二是感到欣慰,在中国孔子基金会那 6 年,为弘扬优秀传统文化,尽了自己的一份力。

　　日前,省委、省政府任命梁国典兼任山东省互联网传媒集团党委书记、董事长一职。梁国典深感责任重大,在互联网迅猛发展的大背景下,他表示将不辱使命,紧紧围绕改革创新发展,为巩固党的思想舆论主阵地,为文化改革发展做出自己的新贡献!

（逄春阶撰于《大众日报》,2015 年 8 月 28 日）

后记:

鸿爪片羽亦留痕

这本集子算作对自己新闻职业生涯的一个阶段性回顾。

1983 年,我大学毕业进入报社,从助理记者、编辑做起,一干就是 30 多年,其间虽短暂调任中国孔子基金会,却也没有离开文化口,反而对新闻工作有了新的感悟。不管角色如何转换,始终不忘新闻人的初心,奔波在采编一线,即使走上领导岗位,也时常带队采访调研,只是多了对报纸和报业发展的思考。收进这本集子的通讯作品均已与读者见面,新闻论文部分有的已见诸报端,有的则是首次公开发表。

真正的记者,必须是站在历史大潮的潮头,做时代航船的瞭望者,激励弄潮者,鞭策观潮者,把准航向,以笔为旗。回头翻看每一篇通讯,采写的《南来的挑战》《撞击与引发》等报道,为山东的改革开放鼓与呼,起到较大助推作用;报道的李登海、朱彦夫等先模人物,成为"新时代楷模";莱芜市简政放权、莱西市村级组织建设等典型,成为近 20 年山东经济社会发展中具有标志意义的事件。这些重大典型、先模人物的时代价值,通过作品得到体现,并经受住了时间的检验;自己在采写典型的过程中,思想、情感、境界也得到感动和升华。论文是对新闻实践的思考,党报改革的探索实践、媒体品牌建设、报业转变转型、媒体融合创新等课题,即使放到媒体新生态、新格局发生巨变的当下,仍有些许参考价值。这些作品,虽然有的是"奉命作",有的是"急就章",但每一篇都像自己的孩子一样,皆为心血之作;虽不是鸿篇巨制,但都镌刻了时代的印记;虽不能藏之名山,于我却是敝帚自珍。正所谓,鸿爪片羽亦留痕。

感谢文化名家暨"四个一批"人才工程领导小组对文化名家暨"四个一批"人才自主选题资助项目的支持,促成本书的顺利出版。

感谢中华书局对本书的编校出版发行之功。

感谢大众报业集团(大众日报社)多年的培养,正是受到报社这棵文化大树的庇荫,我才得以不断成长。

因为工作关系,本书辑录的一些作品,是与同事合作完成,他们是朱宜学、傅绍万、赵念民、魏武、韩曰明、鲍继民、佟化文、孙巍、任松高、魏东、贠瑞虎等,在此一并表示感谢。

在本书出版过程中,唐德强、孙力同志对文稿的收集、整理、校对做了大量工作,在此表示感谢。

34 年的职业生涯,能够全身心投入工作和事业,离不开家人的默默奉献和支持,特致以最深的谢意!

2016 年 6 月